La légende des glaces

CHRISTIE GOLDEN

La légende des glaces

LUNA

Titre original :
IN STONE'S CLASP
publié par Luna®

Traduction de l'américain par FATIMA KHALLOUK

83/85 boulevard Vincent Auriol 75646 PARIS CEDEX 13.
ISBN 2-280-15438-2 — ISSN 1775-6480

Prologue

— Nous avons échoué, murmura la Danseuse de Terre.

Elle se tenait au bord du rivage, main dans la main avec son Gardien des Traditions, son âme sœur, sa moitié dans cette vie comme dans d'autres. Ils contemplaient tous deux l'approche de l'Obscurité.

— Nous n'avons même pas eu l'occasion de la combattre ! s'écria-t-elle d'une voix où se mêlaient douleur et incrédulité.

Elle leva ses grands yeux bruns vers lui, comme s'il avait le pouvoir de changer ce qui était sur le point de se produire.

— Nous n'avons même pas…

Son regard glissait irrésistiblement vers la force destructrice qui avançait lentement et inexorablement sur eux. Le Gardien des Traditions la serra dans ses bras, incapable, lui aussi, de détourner les yeux de cette Obscurité palpitante qui menaçait d'engloutir cette île, ce monde, et de les faire disparaître.

Bien qu'elle fût la seule à détenir le pouvoir de maîtriser la terre, le sol et les végétaux, il avait été son guide, son protecteur et son confident. Lui détenait le savoir des événements d'antan. Plus âgé qu'elle, il la connaissait depuis sa naissance. Il avait été son mentor. N'ignorant rien de ce dont elle avait été capable dans ses vies précédentes, il connaissait mieux qu'elle-même l'ampleur de ses pouvoirs. Durant ces longues années de formation, il avait fini, malgré lui, par s'éprendre de cette jeune fille calme, tendre et pleine de grâce, destinée un jour à sauver leur monde.

A cette pensée, il eut un goût amer dans la bouche. Sauver leur monde… Non, il était impossible de le sauver. Ne leur restait plus qu'à regarder, impuissants, incapables d'agir, l'approche inéluctable du néant, prêt à les engloutir et à les faire disparaître comme s'ils n'avaient jamais existé. Les conversations qu'ils avaient eues dernièrement autour du feu lui semblaient désormais tellement futiles ! Ils s'étaient inquiétés de préparer le départ de la Danseuse de l'île, de savoir où ils dirigeraient leurs pas et comment ils trouveraient les autres Danseurs. Quelle perte de temps ! Il aurait tant voulu revenir en arrière, et profiter de ces longues heures pour faire l'amour à la jeune femme et lui dire à quel point elle était importante à ses yeux.

Ils savaient tous deux ce qui s'était passé. Quelque part, loin de cette tranquille plage de sable blanc, de ce havre de paix, un Danseur était mort.

Le Gardien des Traditions se surprit à se demander, avec une curiosité macabre, qui avait succombé sous les coups de l'Ennemi. L'Eau ? L'Air ? L'Esprit ? Le Feu ? Comment avait-il péri ? Quel âge avait-il au moment de sa mort ?

A l'abri des bras du Gardien, la Danseuse de Terre

frissonna, malgré la chaleur des derniers rayons du soleil sur leurs peaux hâlées.

— C'est tellement injuste ! s'écria-t-elle.

Malgré lui, le Gardien des Traditions sourit. Elle n'avait que dix-huit printemps, et bien qu'elle détînt un pouvoir ancestral, elle lui paraissait parfois si jeune…

— Je n'ai pas eu le temps de rencontrer les autres, et nous n'avons pas pu lutter ensemble comme nous étions destinés à le faire…

Elle sanglotait, à présent, et il la serra plus fort contre sa poitrine. Lui-même sentait des larmes lui piquer les yeux.

— Les choses ne sont pas toujours justes, murmura-t-il, se rendant compte à quel point ces paroles étaient vaines. Nous aurons une autre chance.

Elle hocha la tête, se dégagea légèrement de son étreinte et essuya ses larmes.

— Oui, balbutia-t-elle. C'est ce que tu m'as dit. Une dernière chance…

Elle leva les yeux vers lui, et l'amour qu'il y lut alors lui déchira le cœur. Il ferait tout ce qui était en son pouvoir pour lui éviter de souffrir davantage. N'importe quoi.

— Nous nous retrouverons alors, ajouta-t-elle.

Il l'attira vers lui et l'embrassa désespérément. Il l'avait aimée dans toutes ses incarnations successives : parfois de manière platonique, en ami ou en parent, parfois passionnément, comme aujourd'hui. Il l'aimerait de nouveau, quels que fussent leurs formes ou leurs âges respectifs. Il l'aimerait toujours. En dépit des incertitudes et de leur destruction imminente, il savait que cela ne changerait jamais.

Elle répondit à son baiser et, pendant un long moment, ils restèrent là, serrés l'un contre l'autre. Le Gardien des Traditions espéra que l'Obscurité les surprendrait ainsi — dans les bras l'un de l'autre, indifférents devant la menace imminente.

Mais la Danseuse se détourna et fixa de nouveau le nuage noir au loin. L'Obscurité masquait déjà en partie le soleil, et l'océan n'était plus d'un bleu limpide, mais gris sombre, comme à l'approche d'une tempête. Gris et immobile. L'Obscurité avait fait disparaître le roulis naturel des vagues.

Ils demeurèrent face à l'océan. Il la tenait par la taille.

— Qu'allons-nous ressentir ?

— Je l'ignore, reconnut-il. Je ne m'en souviens pas. Les Gardiens ont un grand savoir du passé, mais de cela, non. Nous ne savons même pas quelle forme l'Obscurité prend chaque fois.

— Aurons-nous mal ? demanda-t-elle. Est-ce que cela fait mal d'être… « effacés », ou ne sentirons-nous rien ?

Il la connaissait mieux que personne et comprit qu'elle était terrifiée. Rien de ce qu'il pourrait dire ne la rassurerait. La femme qu'il aimait plus que la vie allait mourir, peut-être dans la souffrance, sans aucun doute dans la peur.

Il ne pouvait l'accepter.

Il déposa un baiser sur son épaule.

— Tu n'auras pas mal, dit-il, sachant qu'au moins, en ce qui la concernait, il disait vrai. Tu ne sentiras rien.

Et pour la première fois de cette vie, il murmura avec une tendresse infinie :

— Je t'aime.

Il plaça alors ses mains puissantes autour de son cou et tira d'un coup sec.

Le Gardien des Traditions soutint la Danseuse alors qu'elle tombait lentement à terre. Il berça tendrement son corps inerte, ferma ses yeux en amande, déposa sa tête contre son épaule et attendit l'arrivée de l'Obscurité.

Première partie

Le Faiseur de Printemps

1.

— Es-tu sûr qu'il s'agissait bien de cet arbre ? demanda Jareth Vasalen à son ami.

— Sûr et certain, répondit Larr Ovaak depuis le pied de l'arbre.

Jareth soupira, écartant de ses yeux une mèche blonde rebelle, et poursuivit son ascension, haletant sous l'effort.

Larr avait aperçu l'étoffe bénie ou, tout du moins, quelque chose qui y ressemblait. Car personne n'avait jamais vu cet objet légendaire. Selon lui, il flottait au vent. Les deux jeunes garçons s'étaient alors lancés dans une joyeuse poursuite, fuyant corvées, familles et autres préoccupations terrestres. Larr était convaincu à présent que l'étoffe se trouvait nichée dans les hautes branches de ce vieux chêne.

— Imagine, Jareth ! s'était exclamé Larr. Je la partagerai avec toi, puisque nous l'avons vue tous les deux. Ils seront tous fous de jalousie !

Mais, évidemment, Larr garderait l'étoffe pour lui, tandis que Jareth prendrait le risque de grimper aux branches nues du chêne, rendues glissantes par la glace. Il s'en moquait, au fond. Il aimait beaucoup ce vieil arbre. Il restait souvent de longues heures assis sur ses larges branches, à contempler les champs à ses pieds, tour à tour verts, dorés, bruns, puis, comme aujourd'hui, recouverts de l'épais manteau blanc de l'hiver. Il songeait parfois que cette forêt ancienne lui était plus familière que le foyer qu'il partageait avec ses parents âgés, lesquels semblaient exaspérés par ce besoin qu'il avait de grimper sur les plus hautes branches pour y observer le monde.

Mais même au cours de ses expéditions vers la cime du vieux chêne, jamais il ne s'était aventuré à une telle hauteur. Les branches étaient plus frêles, et peu enclines, lui semblait-il, à supporter son poids. Il glissa soudain et se rattrapa, le souffle coupé, à une autre branche. Il retrouva bientôt l'équilibre et poursuivit son ascension. Si le trophée qui l'attendait au sommet était bien ce qu'ils avaient cru voir, il valait bien la peine d'encourir de tels risques.

Le peuple de Lamal croyait que les étoffes bénies étaient tissées par des créatures mystérieuses et se laissant rarement surprendre par des êtres mortels, les *taaskali*. D'après les ballades populaires, ils avaient la peau, les cheveux et les yeux sombres, et possédaient des pouvoirs inhabituels, peut-être même magiques. L'on disait d'eux qu'ils étaient proches des dieux qui vivaient au sommet des montagnes. Les *taaskali* étaient nomades, et leur seule et unique raison d'être était d'accompagner et de protéger les troupeaux de *selvas*, animaux aussi mystérieux et rares qu'eux, dont le lait donnait santé et longue vie à celui qui le buvait.

Les chants ne disaient pas clairement à quoi les *selvas* ressemblaient. Mais Jareth les imaginait semblables à de grands cerfs blancs aux bois et aux sabots d'or. Selon la légende, les manteaux faits de leur laine blanche et épaisse protégeaient leur propriétaire des flèches ennemies. Les vêtements des *taaskali* étaient en laine de *selva*, et tout particulièrement les étoffes bénies. Jareth se souvint que le *huskaa* des Deux Lacs leur avait raconté cette histoire près du feu, au cours de sa dernière visite.

— A chaque saison, avait-il conté à un public fasciné, les *selvas* s'installent dans les pâturages. Les *taaskali* saisissent alors la magie de la nouvelle saison et la tissent pour en faire des étoffes bénies. Ils chantent et jouent de la musique en travaillant, et insufflent à l'étoffe leurs espoirs, leurs rêves et leurs bénédictions en direction des *selvas*, d'eux-mêmes et de tout le peuple de Lamal. Puis ils lancent les étoffes aux quatre vents et leurs bénédictions volent à travers nos contrées.

Jareth était persuadé que le tissu accroché aux branches du vieux chêne ne recelait pas plus de magie que l'étoffe de ses propres vêtements, mais il touchait à présent au but et refusait de renoncer.

— Tu la vois ?

Jareth se retourna prudemment, s'assurant une bonne prise sur les branches.

— Non, je ne crois pas. Attends…

Elle ressemblait à un vulgaire morceau de tissu, mais lorsqu'il la saisit dans sa main, il eut le souffle coupé. Ses doigts minces et forts, calleux à force de travail dans les champs et les bois, n'avaient jamais touché une chose aussi douce. Cette sensation était impossible à décrire avec des mots.

D'une main, il dégagea l'étoffe avec délicatesse. Elle vint aisément et Jareth constata qu'elle était plus que blanche : elle paraissait briller doucement.

Lentement, le cœur battant, le jeune garçon l'approcha de son visage et la respira profondément.

Une senteur d'été. Cette étoffe avait été tissée en été. Elle exhalait le parfum des douces brises estivales, des fleurs, d'une terre bonne et saine, de la fraîcheur et de la vigueur des végétaux. C'était incroyable : la senteur enivrante de l'été en plein hiver !

Elles existaient donc bel et bien. Les étoffes bénies n'étaient pas une simple légende. Cela voudrait donc dire que les *selvas* et les *taaskali* aussi…

— L'as-tu trouvée ?

Jareth fut tiré de cette douce rêverie par la voix de son ami. Il regarda l'étoffe. Il ne pouvait en aucun cas la confier à Larr. Ce dernier la fourrerait dans sa besace avec son couteau, de vieux morceaux d'os et de viande séchée, et seuls les dieux savaient quels autres objets transportait son ami. Cette étoffe avait davantage de valeur que cela. Elle avait une mission à accomplir : couvrir de bénédictions toute la contrée de Lamal. Elle n'avait pas été créée pour être froissée et jetée au fond de la poche d'un jeune garçon, comme une vulgaire pierre.

Jareth était sûr de sa décision. Il se déplaça légèrement sur la branche. Puis, dès qu'il sentit la brise soulever ses longs cheveux blonds, il jeta l'étoffe aussi loin qu'il le put. Elle fut emportée immédiatement, et Jareth aurait juré qu'il l'avait entendue… chanter. Il la contempla alors qu'elle disparaissait au loin.

— Je descends, cria-t-il à son ami, sans répondre à sa question.

Jareth appréhendait l'inévitable dispute qui allait

suivre, mais il était certain d'avoir pris la bonne décision. Il était malade à l'idée que cette magnifique étoffe bénie fût froissée et souillée.

Il glissa jusqu'à la dernière branche et était sur le point de se laisser tomber sur le sol lorsqu'il entendit un bruit assourdissant. La branche avait cédé sous son poids, et il atterrit brutalement sur le sol.

Larr l'aida à se relever et rit de bon cœur en le voyant reprendre son souffle à grand-peine.

— Cela va aller, dit-il en donnant une tape sur le dos de son ami. Mais tu vas sans doute arrêter de te vanter de grimper aux arbres, maintenant... Alors, où est-elle ?

— Je l'ai laissée partir.

— Quoi ?

— C'était la seule chose à faire, répliqua Jareth avec fermeté.

— Sans même me la montrer ?

Jareth hésita, puis répondit :

— Tu disais vouloir la garder. Je t'ai cru sur parole. Larr, elle n'est pas faite pour être conservée... Je suis incapable de te l'expliquer... Je n'avais pas le choix.

Laissant Larr rager en silence, Jareth se tourna vers la branche qui l'avait trahi. Elle était légèrement plus grande que lui, plus fine que son bras. Il eut une idée en la ramassant.

— Je pourrais en faire un bâton, dit-il à Larr.

Larr fronça les sourcils.

— Je veux un bâton, moi aussi.

Jareth le regarda, interrogateur. Larr avait déjà oublié l'étoffe bénie et tout ce qu'elle signifiait. Il voulait à présent un bâton. Jareth sourit.

— Eh bien, on va t'en trouver un.

*
* *

Lorsque Jareth rentra enfin chez lui, la nuit commençait à tomber. Il soupira en songeant aux corvées qu'il était censé effectuer. Il ouvrit la porte de la petite maison familiale et entra. Son père, convalescent, était allongé près du feu. Jareth s'agenouilla à son côté.

— Pardon, dit-il en prenant sa main. Je jouais avec Larr et j'ai perdu la notion du temps… Je travaillerai deux fois plus dur demain, je te le promets.

Son père leva vers lui des yeux rouges et serra sa main.

— Ce n'est pas grave, mon fils, dit-il, avant de se mettre à tousser.

Jareth jeta un regard inquiet vers le foyer enfumé. Il ne pouvait s'empêcher de penser que le feu aggravait l'état de son père, mais que faire ? Le feu était indispensable dans cette région, en hiver, et la fumée était inévitable.

Sa mère l'appela. Il se dépêcha de la rejoindre. Elle préparait le dîner, du poisson et des légumes.

— Avec ton père si malade, nous avons plus besoin de toi que jamais, Jareth, dit-elle avec douceur.

— Je sais, répondit-il. Je suis désolé, ça ne se reproduira plus.

Elle interrompit sa tâche et le fixa de ses grands yeux d'un bleu très pâle. Il remarqua pour la première fois que ses cheveux dorés étaient presque entièrement gris.

— L'hiver est rude. Tu ne peux pas vagabonder ainsi alors qu'il y a tant de choses à faire. Tu étais censé nous apporter davantage de bois. Nous en avons à peine assez pour passer la nuit, et ton père a besoin de chaleur.

— Je vais le faire tout de suite.

Il s'éloigna, prêt à tout pour faire disparaître la déception qu'il lisait sur le visage de sa mère.

— Jareth, quelque chose ne va pas ?

Il s'arrêta net.

— Non, tout va bien. Il fera bientôt nuit, je ferais bien de me mettre au travail.

Il se précipita hors de la maison avant que sa mère eût le loisir de lui poser plus de questions.

Jareth rapporta le plus vite possible des piles de bûches de la réserve du village. Il n'avait pas froid, malgré les quelques flocons de neige qui commençaient à tomber. Il s'épuisa à la tâche, dans l'espoir de ne pas faire de rêves cette nuit-là.

La taaskal était la plus belle femme qu'il eût jamais vue. Elancée, voluptueuse, elle portait une étoffe légère qui révélait davantage qu'elle ne dissimulait ses formes. Sa peau était hâlée, ses cheveux aussi noirs que la nuit, et ses yeux d'un brun chaud. Ces créatures étaient-elles toutes aussi belles ? Sans doute, pour être ainsi chargées de tisser les étoffes bénies. Si tel était le cas, pourquoi davantage de Lamali n'épousaient-ils pas des taaskali ? Elle lui sourit, puis s'éloigna dans l'étendue neigeuse, indifférente en apparence au froid.

Soudain, elle se métamorphosa sous ses yeux et devint une divinité. Plus souple encore que sous sa forme humaine, le grand tigre azur traversa les champs enneigés d'un pas assuré. Des larmes montèrent aux yeux de Jareth en voyant la neige fondre à chacun de ses pas. Lorsque le dieu-tigre leva ses pattes, Jareth vit que des fleurs étaient nées, comme le disait la légende.

— Faiseur de Printemps !

Les voix des villageois étaient vives et pleines de joie. Ils suivirent le dieu tandis que ce dernier apportait la belle saison tant attendue. Jareth se mêla à eux, riant et dansant. Il entendait d'autres voix et sut qu'elles n'étaient pas humaines. Cette pensée aurait dû l'effrayer, mais elle le réconforta étrangement. Des mains douces se glissèrent dans les siennes et l'entraînèrent vers la terre neigeuse, douce et accueillante. Soudain, il fut nu. Une poitrine généreuse lui caressa le torse, des lèvres se posèrent sur les siennes, des mains effleurèrent son sexe et il succomba au plaisir de ces caresses.

Des mains étaient sur son visage à présent, des mains fortes appartenant à quelqu'un qui se tenait derrière lui. Jareth ne savait pas qui était là, mais il se sentait à la fois en sécurité et envahi d'une immense tristesse. Il contemplait une vaste étendue d'eau. Les mains se déplaçaient sur son visage, son menton, puis il y eut cette explosion de lumière…

Jareth se réveilla en sursaut. Ses vêtements étaient trempés de sueur. Sa gorge était enrouée et il comprit qu'il avait dû crier. Des mains l'enlacèrent, qu'il repoussa.

— Jareth, réveille-toi !

La voix de sa mère dissipa le brouillard de peur et de confusion qui l'entourait, et les battements de son cœur ralentirent.

Sa mère le berça, comme elle le faisait durant son enfance. Mais à présent, son fils devenait plus grand et fort de jour en jour. Malgré cela, Jareth céda à son étreinte apaisante.

— Demain, murmura sa mère à son oreille, tu iras voir Paiva.

Après ses corvées, Jareth se dirigea tant bien que mal, à travers la neige, vers le lac et la maison des pierres chaudes. Cette maison était le cœur de tous les villages, et la Vallée de Skalka ne faisait pas exception. La maison était une version plus petite des constructions traditionnelles de Lamal, faite de bois avec un toit d'écorce et de terre. Mais ici, chaque interstice ou craquelure était soigneusement fermé, il n'y avait aucune fenêtre, et dès qu'on franchissait l'entrée, on comprenait qu'on se trouvait dans un espace différent.

C'était en ce lieu que les enfants venaient au monde et que les morts étaient préparés pour leur enterrement. Le blé y était séché, ainsi que les viandes, et le malt y fermentait. Tous les rituels essentiels se déroulaient en cette demeure, et les gens de la vallée y venaient afin de se reposer et laisser la chaleur et la vapeur pénétrer leurs os, facilitant ainsi leur sommeil.

Jareth connaissait à la perfection les préparatifs du rituel. Il entra dans la petite pièce attenante à la maison et se déshabilla en frissonnant. Il prit sur un banc un morceau de tissu qu'il ceignit autour de sa taille. Il ne pouvait porter rien d'autre, à l'intérieur de la maison des pierres chaudes. La sage-femme ne porterait rien de plus, de son côté. Car le rituel était le seul moment où les hommes et les femmes étaient ensemble dans cette maison.

Il ouvrit la petite porte. La vapeur et la fumée exhalaient le doux parfum d'herbes. Il referma la porte derrière lui.

— Jareth Vasalen...

La voix de Paiva le surprenait toujours. Elle était harmonieuse et forte, et semblait appartenir à une femme bien plus jeune.

— Entre donc. Viens t'asseoir près de moi.

Ses yeux, s'accoutumant à la pénombre, distinguèrent les pierres ardentes, que l'on avait réchauffées pendant des heures jusqu'à obtenir la bonne température. Une lumière pâle éclairait la silhouette mince de Paiva. Elle se tenait droite et paraissait forte malgré les années. Elle versa un peu d'eau sur les pierres. Des volutes de vapeur s'élevèrent. Ceci était le *hamantu*, l'esprit du rituel des pierres chaudes. Jareth commença à sentir l'humidité sur sa peau.

Paiva jeta quelques herbes sur les pierres. Jareth respira profondément leur arôme doux et âcre à la fois. Il se sentait à présent détendu, et légèrement étourdi.

— Tes parents m'ont dit que tu faisais des rêves étranges, dit Paiva. Raconte-moi cela.

Jareth déglutit péniblement. Puis, lentement, il fit le récit de ses rêves. Elle l'écouta avec attention, puis éclata de rire.

— Ces rêves sont loin d'être inquiétants. Il est tout à fait naturel et sain pour un jeune homme de ton âge de commencer à rêver de telles choses. Et d'avoir les réactions physiques... appropriées. Ne t'en inquiète pas, Jareth. Mais j'ai du mal à croire que tes parents se préoccupent de ces rêves. Ils connaissent bien la réalité de la vie. Y a-t-il autre chose que tu souhaites me dire ?

A voix basse, il lui raconta le reste de ce songe récurrent : la femme *taaskal*, les dieux apportant le printemps, cet étranger, derrière lui, en qui il avait confiance mais qu'il finissait toujours par craindre.

— Et je rêve également que tout, autour de moi, rochers, herbes, tout a une voix, poursuivit-il en tentant de traduire par des mots les images, les sons et les sensations qui lui étaient venus. J'ai parfois le sentiment que les arbres veulent me parler.

Sa peau était à présent couverte de sueur. Dans cette obscurité enfumée, où la seule lumière provenait des pierres chaudes, ses pensées ne semblaient pas aussi ridicules qu'en plein jour.

— Lorsque je marche pieds nus en été… j'ai l'impression de marcher sur quelque chose… de vivant, ajouta-t-il dans un murmure.

— Il y a autre chose dont tu ne m'as pas parlé, dit Paiva.

Jareth fut surpris. Cette femme pouvait-elle lire dans ses pensées ?

— Hier… hier, j'ai trouvé une étoffe bénie.

Paiva écarquilla les yeux.

— En es-tu certain ?

Il hocha la tête.

— Je n'ai aucun doute. Elle sentait l'été et brillait, comme dans les légendes.

— Qu'en as-tu fait ?

— Je l'ai laissée partir. Larr voulait la garder et je le voulais aussi, au début, mais… après l'avoir touchée, j'en étais incapable… incapable.

Paiva ouvrit un petit sac et en sortit des os symboliques. Elle les jeta sur le sol, examinant les présages en silence. Puis elle prit la main de Jareth dans la sienne et la garda un long moment.. Sa main était moite. Elle ferma les yeux et se concentra. Enfin, elle soupira et relâcha la main du jeune garçon.

— Quelle que soit la signification de ces rêves, je ne sens en eux rien de mauvais, dit-elle. Ni en toi. Tu es aussi doux et bon que tu l'étais le jour où je t'ai mis au monde, Jareth.

Il rougit, et songea que le mot « doux » n'était guère un compliment pour le jeune homme qu'il était en train de devenir.

— Le fait que tu rêves des dieux est un signe de leur protection. Peut-être es-tu simplement plus ouvert à la présence des esprits que le reste d'entre nous. Le rêve sur la femme *taaskal* est clairement lié à l'étoffe bénie que tu as trouvée. En ce qui concerne l'homme derrière toi, il représente sans doute ta peur de ces rêves. Personne n'aime être différent, mon enfant, et ces rêves te disent que tu es différent. Les étoffes bénies ne viennent pas à n'importe qui. Et c'est à ce moment du songe que tu te réveilles, désireux de croire en son contenu et empli de peur en même temps.

Elle réfléchit un instant.

— Prépare un repas pour les esprits de la forêt et laisse-le au pied des arbres au lever du soleil.

Il acquiesça. Ils demeurèrent ensuite silencieux, laissant la chaleur pénétrer leur corps et purifier à la fois leur peau et leur esprit.

*
* *

Le matin suivant, Jareth sortit dès les premières lueurs du jour afin de faire ses offrandes. Il se dirigea vers son vieil ami le chêne, qui lui avait offert un si merveilleux bâton. Au pied de l'arbre, il déposa sa ration de miel de la semaine, des fruits secs et du lait, le déversant de manière à former une petite mare. Puis, incapable de résister à l'appel des branches, il grimpa.

Le vent se leva et Jareth se balança doucement sur son perchoir. La brise apporta avec elle le parfum entêtant des pins, voisins du vieux chêne. Il ferma les yeux et respira profondément.

Il était las de l'hiver. Celui-ci paraissait durer depuis toujours, et Jareth avait l'impression de marcher depuis des années sur la neige et la glace. Il dut se forcer à penser que même si cet hiver avait été plus rude que les autres, il finirait par céder la place au printemps.

Il était content d'avoir vu Paiva, la veille. Il avait bien dormi, la nuit dernière, et ses rêves avaient été agréables. Il s'installa confortablement contre une branche et laissa ses pensées vagabonder. Il ferma les yeux.

Le Changement doit venir maintenant.

Jareth sursauta, se demandant qui lui avait parlé ainsi. Ces mots avaient été très distincts et lui avaient probablement sauvé la vie. Il n'était guère avisé de s'endormir au sommet d'un arbre.

— Qui est là ? appela-t-il en regardant vers le sol à travers les branches nues du chêne.

Personne.

Il frissonna. Peut-être l'arbre s'était-il adressé à lui. Les esprits habitaient les bois et les eaux, tout le monde savait cela. Mais personne n'en avait jamais vu. « Comme personne n'a jamais vu une étoffe bénie », songea-t-il.

Il attendit, retenant son souffle. La voix ne résonna plus, mais il l'avait bel et bien entendue : *Le Changement doit venir maintenant.*

Comme dans un rêve, il descendit de l'arbre et atterrit près de l'endroit où il avait déposé son offrande aux esprits. Les liquides avaient pénétré la terre et les fruits n'étaient plus là, emportés par des esprits ou des écureuils ; il l'ignorait et s'en moquait.

Il se sentit comme attiré irrésistiblement vers une petite clairière dans les bois. La lumière y était faible. Après tout, l'hiver était toujours là. Lentement, Jareth s'agenouilla sur le doux manteau de neige. Il ôta les tissus qui protégeaient ses mains du froid.

Le Changement doit venir maintenant.

Il ignorait ce qu'il faisait au juste, et la raison pour laquelle il le faisait, mais il devait le faire. Jareth se pencha en avant, ouvrit ses mains pâles et plongea les doigts dans la neige, puis dans le tapis de feuilles mortes et d'aiguilles de pin, vers le sol froid et presque gelé.

Et le Changement vint.

2.

Jareth ferma la main sur les baies qu'il venait de cueillir. Elles étaient petites, réchauffées par le soleil et légèrement poussiéreuses, à l'abri de sa paume rendue calleuse par le travail. Il ressentit leur vie, leur existence, différente de ce qu'elle avait été sur l'arbuste, mais sans que la séparation suscite aucune douleur. C'était tout simplement leur raison d'être, songea-t-il. Elles naissaient sous la forme de fleurs blanches, devenaient fruits, puis tombaient de leur mère afin de recommencer le même cycle. Peu leur importait que des mains humaines ou des dents animales les cueillissent.

Il ne put résister à l'envie d'en déguster quelques-unes. Leur peau éclata sous ses dents, et il sentit le goût à la fois doux et piquant de la pulpe et du jus des fruits. Il accueillit avec gratitude cette nourriture inattendue.

Tout était si différent dans sa vie, depuis cette journée d'hiver, il y avait si longtemps de cela, où la terre elle-même avait lancé un appel en sa direction.

Tout avait changé.

Savourant les baies, Jareth jeta un regard vers les autres cueilleurs. Comme lui, ils étaient pieds nus et leurs pieds étaient recouverts d'une fine poussière. Mais ils ne sentaient pas comme lui la terre sous leurs pieds. Ils ramassaient des poignées de fruits sans y prêter la moindre attention, si ce n'était pour y goûter de temps à autre. Ils ne songeaient pas, contrairement à Jareth, à quel point ces baies étaient une merveille de la nature. Le soleil dardait ses rayons sur ses cheveux dorés, qui lui arrivaient aujourd'hui à la taille, comme il convenait à un homme.

Il avait désormais vingt ans, et, depuis presque dix ans, il était le *Kevat-aanta*, le Faiseur de Printemps. La nouvelle de ses pouvoirs extraordinaires s'était propagée comme une traînée de poudre, et Jareth était embarrassé d'être l'objet d'une telle adoration. Plus de *huskaas* étaient venus à la Vallée de Skalka en neuf ans qu'au cours des cinquante années précédentes, lui avait-on assuré. Ces *huskaas* désiraient rencontrer ce nouveau personnage de légende et composer des chants sur ses pouvoirs.

Les saisons avaient changé, par le passé, bien sûr ; mais elles obéissaient aujourd'hui à Jareth. Il ne considérait plus rien comme allant de soi, désormais : les pierres, l'herbe et le sol sous ses pieds, le bruissement des feuilles et le parfum envoûtant des pins, le goût des baies en été.

Il aimait cette contrée. Il se sentait à sa place, ici, et était conscient que sa faculté d'entrer en communion avec la terre et les êtres vivants qui tiraient leur subsistance du sol était un don précieux qu'il devait protéger, et non un droit. Il en avait parlé à Paiva qui, après un hochement de tête approbateur, avait déclaré qu'il était bien sage pour un garçon de son âge. Une fois de plus, Jareth n'avait guère apprécié le « compliment ». Il se demanda si Paiva, qui paraissait à ses yeux aussi âgée que son vieux chêne favori, le considérerait un jour comme un adulte.

A quelques pas de là, son ami d'enfance Larr posa son panier à terre et se releva. Leurs regards se croisèrent. Larr fronça les sourcils, s'étira, se frotta la nuque et se remit au travail. Jareth ressentit un pincement au cœur. Les *huskaas* auraient beau chanter ses louanges comme s'il était l'égal des dieux, lui savait qu'il n'était pas meilleur que Larr ou les autres hommes du village. Les deux amis s'étaient peu à peu éloignés depuis que Jareth avait découvert ses pouvoirs, et il avait été incapable de retrouver leur complicité d'antan. Jareth était le Faiseur de Printemps, il pouvait toucher la terre et faire naître les végétaux, mais ce don avait un prix très élevé : il l'avait à jamais mis à l'écart de ses semblables.

Ce que Paiva ignorait — personne d'ailleurs ne le savait —, c'était à quel point Jareth craignait de perdre un jour ses pouvoirs aussi mystérieusement qu'ils étaient apparus. Chaque fois qu'il tenait dans la main une poignée de graines, sentant la plante dormante en elles, il se demandait si ce n'était pas la dernière. Chaque fois qu'il s'agenouillait dans la neige et demandait à l'été de céder la place à l'automne, ou à l'hiver de devenir printemps, son cœur se serrait d'inquiétude à l'idée que les éléments ne lui obéissent pas. Il chérissait le lien qui l'unissait à la terre, et il était heureux de venir en aide à son village, mais, parfois, il se demandait si Larr n'était pas plus heureux que lui. Les parents de Jareth avaient quitté ce monde depuis plusieurs années, et il n'avait ni frère, ni sœur, ni famille. L'homme le plus populaire du village vivait seul.

Jareth reprit le travail et cueillit des poignées de petits miracles vivants. Une voix aiguë appela soudain son nom et il leva la tête. C'était Altan Lukkari, un petit garçon de six ans. Il courait vers lui aussi vite que le permettaient ses petites jambes, faisant voler la poussière autour de lui. Jareth sourit à cette vue. Il avait assisté Paiva pendant la naissance de ce petit garçon vif et intelligent. Mais, aux yeux de Jareth, Altan aurait toujours un alter ego invisible : sa jumelle, mort-née, que leur mère avait prénommée Ilta, une fillette qui n'aurait jamais la chance de courir pieds nus sur les sentiers poussiéreux par une belle journée d'été. Ilta était morte dans le ventre de sa mère, étranglée par le cordon supposé la tenir en vie. La vue du petit corps gris et inanimé avait horrifié Jareth, et il était encore aujourd'hui incapable de regarder Altan sans songer à la pauvre Ilta.

— Je croyais que tu étais censé pratiquer la *kyndela*, le gronda Jareth sans conviction.

Le dernier *huskaa* qui était venu au village avait été impressionné par la douce voix de l'enfant et sa mémoire des chants, et lui avait offert une vieille *kyndela*. Altan s'était pris de passion pour l'instrument et passait presque tout son temps à apprendre seul à en jouer. Ses parents lui avaient promis qu'il pourrait entrer au service de l'*huskaa* des Deux Lacs comme apprenti à l'âge de treize ans, s'il continuait à montrer autant d'application.

— C'est ce que je faisais, mais maman m'a demandé d'aller te chercher, dit Altan à bout de souffle.

Il s'agenouilla, saisit une poignée de baies qu'il enfourna dans sa bouche. Leur jus dégoulina sur son petit visage et il l'essuya d'un revers de main.

— Mmm… Elles sont très bonnes.

— Oui, c'est vrai, répondit Jareth, mais je doute que ta mère t'ait envoyé ici afin que tu goûtes à ces baies. Que se passe-t-il ?

— Le chef des Deux Lacs est ici. Il a besoin de ton aide. Sa fille la plus jeune a disparu.

Jareth et Orvo Relaanan arrivèrent au village des Deux Lacs au début de l'après-midi. Les villageois semblaient s'être réunis au grand complet afin de les accueillir, mais deux femmes parmi la foule s'avancèrent vers eux. L'une était Kivi, l'épouse du chef des Deux Lacs. Dans la force de l'âge, elle était toujours une belle femme aux formes généreuses, malgré les quelques rides qui entouraient ses yeux bleus.

Et la deuxième était sa fille aînée…

Jareth tenta de ne pas la fixer des yeux, mais c'était difficile. Taya Relaanan avait à peu près son âge, et c'était la plus belle femme qu'il eût jamais vue. Elle était petite, comme sa mère, avec de grand yeux de la couleur du ciel d'automne, et une bouche douce et rose. Il songea que s'il la tenait dans ses bras, sa tête lui parviendrait à peine au niveau du cœur. Il rougit à cette pensée. Elle était dotée d'une jolie poitrine et sa robe cintrée accentuait sa taille fine. Ses paupières étaient gonflées à force de pleurer. Lorsqu'elle leva les yeux vers lui, les lèvres tremblantes et le regard vibrant d'un tel espoir, Jareth se sentit perdu.

Il avait été déterminé à retrouver la trace de la petite fille dès l'instant où il avait entendu le récit de son père : mort d'inquiétude, celui-ci tordait ses grandes mains calleuses tout en parlant. Mais Jareth était à présent plus décidé encore à aider cette famille. Il ne pouvait supporter l'idée de voir cette adorable jeune femme pleurer. Il se surprit à se demander à quoi pouvait ressembler son rire.

Il bondit hors de la charrette qui les avait amenés.

— Où a-t-on vu Vikka pour la dernière fois ? demanda-t-il en essayant de retrouver son calme.

— Devant notre maison, répondit Taya.

Sa voix était enrouée à force de pleurer.

— J'étais à l'intérieur à filer et elle cardait la laine pour moi. Lorsque je suis sortie, elle n'était plus là.

— Nous avons fouillé tous les lieux où jouent habituellement les enfants, ajouta sa mère, mais personne ne l'a vue.

Jareth hocha la tête, l'air absent. Son esprit travaillait déjà fébrilement. Ses yeux se posèrent sur le petit tabouret et sur le tas de laine que Taya avait évoqué. Il s'agenouilla sur le sol. Il n'avait jamais essayé pareille chose auparavant, et il espérait que cela fonctionnerait. Sinon…

Il inspira profondément et posa les mains sur le sol, ressentant au plus profond de son être les herbes jaunissantes, les pierres, la terre elle-même. Il avait fait le même geste par le passé, mais il voulait alors provoquer le changement des saisons. Cette fois-ci, son but était différent.

— Parle-moi, murmura-t-il les yeux fermés, parle-moi de la petite fille qui était assise sur ce tabouret aujourd'hui.

Il entendit des murmures mais les ignora. Il se concentra sur la voix de la terre et pria les dieux qui lui avaient offert ce don pour qu'elle l'entendît.

Terre je suis, sol et sable, sans cesse changeante et pourtant toujours la même. Je suis la chair des êtres vivants disparus et la protectrice des racines des arbres, des herbes et de tous les végétaux. Terre je suis et je te parlerai.

La petite fille a quitté le tabouret et s'est assise sur moi afin de travailler, tout en chantant des chants sur les moissons et la neige. Au bout de quelques heures sous le soleil qui nous réchauffait toutes les deux de ses rayons, elle s'est levée et a couru au loin, à la poursuite d'un lapin. Je n'en sais pas plus.

Jareth fut soulagé. La terre avait daigné lui répondre.

Il rouvrit les yeux.

— Elle est partie à la poursuite d'un lapin, dit-il.

Il examina le sol de plus près, à la recherche de traces de pas. Il en trouva, s'agenouilla de nouveau et demanda à l'herbe de lui venir en aide.

Herbe je suis, verte d'abord, puis sèche et jaunie à l'approche de l'hiver. Je recouvre la terre de mon manteau et y plonge mes racines afin de la maintenir en place, l'empêchant de voler au loin, emportée par le vent, la pluie et la neige. Herbe je suis et je te parlerai.

Le lapin ne fut point effrayé car l'enfant ne pouvait espérer le rattraper. Ils étaient tous deux joyeux et rieurs tandis qu'ils me foulaient aux pieds. Ils se dirigèrent vers la forêt, où les arbres, la mousse et les pierres sont les gardiens d'êtres plus anciens que l'herbe saisonnière. Je n'en sais pas plus.

Jareth fut empli d'espoir. Malgré ses incertitudes, chacune de ses questions recevait une réponse. Parvenu à l'orée de la forêt, il posa les mains sur les racines enchevêtrées d'un arbre et fit de nouveau appel à la sagesse de la nature.

Il poursuivit son chemin dans la forêt, écoutant les arbres, les pierres et la terre lui raconter le récit de la promenade insouciante de la petite fille. Silencieux et emplis de déférence, les villageois le suivirent. Vikka n'avait disparu que depuis quelques heures, mais elle s'était aventurée très loin et il mit du temps à la retrouver, endormie au creux des racines d'un pin. S'il n'avait su où la chercher, il aurait pu la dépasser sans la voir.

Merci, songea-t-il, les yeux emplis de larmes de reconnaissance. *Merci de lui avoir accordé ta protection.*

Il avança vers elle. La fillette entrouvrit les yeux. Elle portait une robe blanche et une tunique rouge, tachées d'herbe et de poussière. Son regard était confiant et ses cheveux si blonds qu'ils paraissaient blancs.

— Bonjour, dit-elle en souriant.

Charmé, Jareth lui rendit son sourire. C'était une adorable petite fille.

Si jamais je deviens père un jour, je voudrais une fille comme elle.

— On dirait que tu t'es endormie, dit-il avec douceur en s'agenouillant et en ouvrant les bras.

Vikka s'approcha de lui et fronça les sourcils, comprenant la gravité de la situation en voyant les visages de sa famille et des villageois.

— Oh, dit-elle tandis qu'il la soulevait. Ils doivent être fâchés contre moi… Le petit lapin était tellement drôle que je n'ai pas pu m'empêcher de le suivre…

— Chut, ma chérie, dit son père en la prenant dans ses bras à son tour. Nous ne sommes pas en colère. Nous étions inquiets, voilà tout. Tu as de la chance que le Faiseur de Printemps t'ait retrouvée ; sinon, tu aurais pu passer la nuit dans les bois.

Vikka regarda Jareth.

— Merci, Faiseur de Printemps, dit-elle en bâillant.

Puis elle glissa les bras autour du cou de son père.

— Oui, ajouta Taya, les yeux brillants. Merci, Faiseur de Printemps.

Il savait que tous étaient persuadés qu'il possédait des pouvoirs magiques, mais il aurait juré en cet instant précis que Taya était l'être magique. Son cœur s'accéléra et il eut la bouche sèche. Incapable de parler, il lui offrit ce que d'aucuns auraient considéré comme un piètre cadeau.

A ses pieds poussait une petite fleur. Il se pencha et saisit la fleur par la tige. Il murmura ensuite :

— Je voudrais t'offrir à cette dame, en témoignage de mes sentiments pour elle.

Fleur sauvage je suis, mes pétales sont rouges comme le sang, mon cœur aussi bleu que le ciel et je suis le soleil sur son parcours, de l'aube au crépuscule. Fleur sauvage je suis et je te parlerai.

Je sais ce que tu ressens pour cette jeune femme et je m'offre à elle librement et avec joie, en témoignage de ton amour.

Il eut de la peine en arrachant la fleur et la sentit mourir entre ses doigts. Submergé d'émotion, il se tourna vers Taya et lui tendit la fleur.

— C'est pour toi, dit-il d'une voix tremblante.

Elle saisit l'offrande entre ses doigts fins et en caressa ses joues. Jareth envia la fleur.

3.

Le soleil d'automne se reflétait à la surface du lac. Jareth admirait cette merveille de la nature, ainsi que les arbres revêtus à cette saison d'une robe d'or, de roux et de brun en lieu et place de leur feuillage vert tendre. La brise, douce encore, jouait avec ses cheveux blonds. L'automne était une saison mélancolique mais n'en restait pas moins tendre et agréable. La dernière note obsédante de l'été avant l'hiver, tel le couplet final d'un chant accompagné de la musique d'une *kyndela*.

Le soleil disparut brièvement derrière l'un des nuages d'un blanc cotonneux qui traversaient le ciel, et Jareth fut parcouru d'un frisson glacé. Les moissons approchaient à grands pas : céréales, fruits et légumes seraient bientôt récoltés, puis viendrait le tour des animaux, abattus afin de faire des provisions de viande pour l'hiver. Jareth se sentait mieux lorsqu'il parcourait les champs, les vergers et les étables à cette époque de l'année. Il sentait d'abord une pointe de chagrin, puis un sentiment d'acceptation émaner du blé, des pommes ou des moutons prêts à être sacrifiés. Tous ces êtres vivants comprenaient mieux que lui encore leur rôle. Il savait, comme eux, qu'au printemps prochain, le blé renaîtrait, les vergers embaumeraient le parfum des fleurs de pommiers et de petits agneaux couvriraient les collines vertes de points aussi blancs que les nuages. Mais la renaissance impliquait la mort, ce qui rendait toujours Jareth triste.

Il marcha à travers les champs de blé, ses cheveux blonds se confondant avec les épis dorés, et leur dit adieu. Puis il rejoignit les autres, une faucille à la main.

Les villageois bavardaient sur un ton animé, se réjouissant de la fête qui aurait lieu dans quelques jours. A dire vrai, Jareth attendait aussi cet événement avec impatience. Car les habitants des villages voisins de la Vallée de Skalka viendraient également à la fête marquant la fin des moissons, afin de troquer le produit de leurs propres récoltes et de participer à un copieux banquet, lequel serait suivi de danses et d'un immense feu de joie.

Il n'avait plus vu ni eu de nouvelles de la belle Taya Relaanan depuis le jour où il avait demandé à la terre et aux arbres de l'aider à retrouver sa petite sœur Vikka. Il s'était alors épris de la jeune fille et avait pensé que son intérêt pour elle était partagé, mais peut-être n'était-ce qu'un sentiment de reconnaissance qu'il avait lu dans ses yeux lorsqu'elle avait accepté la fleur.

La pensée de la jeune femme, dont la chevelure rivalisait de beauté avec le soleil et dont le visage hantait ses rêves, provoqua un désir physique si puissant chez Jareth qu'il en était douloureux. Il tenta de se concentrer sur sa tâche. Mais depuis le jour de leur rencontre, Taya obsédait son esprit. Il souhaitait désespérément la revoir au cours de la fête.

Et ensuite ? Les plaisirs de la chair ne lui étaient point étrangers. Il était grand, beau et bien bâti et aurait attiré les femmes à lui comme le miel les abeilles, même s'il n'avait pas été le Faiseur de Printemps. Plus d'une jeune fille du village, et même des villages alentour, était venue à lui la nuit et l'avait rejoint silencieusement dans son lit. Elles lui avaient donné beaucoup de plaisir et Jareth avait fait en sorte de les satisfaire également. Il soupçonnait certaines de ne pas le désirer pour ce qu'il était mais dans l'espoir de concevoir un enfant doté de ses soi-disant pouvoirs « magiques ». Porter un tel enfant garantirait à sa mère tous les honneurs. D'autres avaient souhaité une union plus formelle et lui avaient offert un cadeau fait de leurs propres mains en dot, car, à Lamal, c'étaient les femmes qui demandaient les hommes en mariage. Jareth avait refusé toutes ces jeunes filles. Mais il était vrai que le *Kevat-aanta* pouvait avoir toutes les femmes qu'il désirait dans son lit.

Néanmoins, à la surprise générale et à la sienne, il choisissait bien souvent la solitude. Plus jeune, l'acte d'amour lui procurait une grande excitation. Mais, au fil du temps, Jareth avait compris qu'il voulait ressentir un lien plus étroit avec une femme que la simple attirance et le désir physique mutuels. Ses sentiments envers les jeunes femmes qui avaient partagé son lit étaient semblables à ceux de la plupart des gens à l'égard de la forêt et de la terre : agréables mais peu profonds. La terre elle-même lui avait enseigné ce qu'était un lien puissant, et il désirait le même lien avec une femme, une seule, avec laquelle il partagerait sa vie.

Taya n'était pas seulement belle. Il avait vu une telle beauté, auparavant, et même s'il n'y était pas indifférent, il voulait davantage. Taya se comportait comme si elle était fière de ce qu'elle était au fond d'elle-même. Il soupçonnait qu'elle le pousserait dans ses derniers retranchements et le défierait si elle devenait son épouse. Elle serait tout autant une camarade et une amie qu'une compagne.

Tu ne l'as vue qu'une seule fois, Jareth. Tu tires des conclusions bien hâtives. Toute femme qui te choisira devra endosser ton fardeau, et ce n'est pas rien.

Se maudissant à voix basse, il reprit le travail. En pensant à Taya, il avait coupé le lien unique qui l'unissait au blé. Il s'ouvrit de nouveau à la nature et se concentra sur l'acceptation de la douleur du blé alors qu'il abattait sa faucille sur chaque épi.

Taya et sa famille arrivèrent dans une charrette. Les yeux de la jeune fille se posèrent sur Jareth. Il se sentit immédiatement rougir et se dissimula derrière un arbre. Quelle emprise cette femme avait-elle sur lui ? Il se comportait comme un adolescent amoureux pour la première fois, alors qu'il était un homme adulte de vingt ans ! Il s'obligea à sortir de sa cachette, mais Taya n'était plus là. Jareth se contenta de saluer ses parents et accepta de nouveau leurs remerciements pour avoir secouru Vikka. Il se calma les nerfs en prenant la petite fille rieuse sur ses épaules et en la promenant ainsi pendant un moment.

Mais sa nervosité ne diminua guère au cours de la journée. Les trois villages procédèrent au troc de leurs marchandises jusqu'au crépuscule. Il remarqua qu'une magnifique couverture de laine, aux tons bleus, or et verts, que Taya avait apportée avec elle, ne quitta jamais la charrette. Il se demanda distraitement pourquoi elle s'était donné la peine de l'apporter si elle ne souhaitait pas s'en séparer, puis reporta son attention sur les préparatifs du banquet.

Trois villages contribuaient au généreux festin : pains variés, soupes, poissons grillés, gibiers et viandes rôtis, moutardes, gelées et fruits secs le disputaient aux plats de légumes crus, cuits ou bouillis. La contribution la plus célèbre de la Vallée de Skalka était aussi la plus appréciée. La Vallée était en effet renommée pour la qualité et la quantité du vin de miel qu'elle produisait. Jareth avait la capacité de calmer les abeilles qui fabriquaient le précieux liquide doré, rendant ainsi le miel particulièrement délicieux et permettant aux producteurs d'extraire sans difficulté davantage de rayons, même s'il insistait toujours pour que les abeilles en conservent suffisamment.

— C'est leur nourriture, disait-il. Elles la partagent avec nous, et non le contraire.

A la tombée de la nuit, la vieille Paiva s'avança devant l'immense feu de joie, une branche crépitante à la main. Ivo, le chef du village, avait présidé aux principaux événements de la journée, mais le moment des rituels était venu et ils étaient le domaine réservé de Paiva.

— Nous sommes bénis des dieux, dit-elle d'une voix forte.

Ce n'était pas la première fois que Jareth s'émerveillait de la force intérieure qui continuait d'habiter le corps chaque jour plus faible de Paiva. Il eut un élan d'affection pour elle. Parmi tous les habitants du village, elle était la seule à continuer de le traiter comme elle l'avait toujours fait.

— Nous avons une nourriture abondante pour l'hiver. Nous avons parmi nous nos bons amis des villages voisins. Et ce soir, nous avons la chaleur du soleil contenue dans ce grand feu. Brûle !

Elle jeta son tison. Le feu avait été bien préparé et abondamment arrosé d'huile. D'immenses flammes chassèrent bientôt l'obscurité, au grand émerveillement de l'assemblée. Paiva n'était plus à présent qu'une silhouette sombre se détachant à la lueur du feu.

— Avancez et libérez-vous des fardeaux que vous avez transportés cette année. Laissez le feu prendre et transformer votre souffrance !

Cette tradition était très ancienne et tous savaient ce qu'ils avaient à faire. Ils formèrent une ligne ordonnée, saisirent de petits paquets de tiges de blé séchées et avancèrent. Un par un, certains d'un pas peu assuré du fait du vin qu'ils avaient bu, ils dirent dans un murmure quel était le fardeau dont ils souhaitaient se débarrasser et jetèrent la petite gerbe parmi les flammes. Quand vint le tour de Jareth et qu'il sentit la chaleur du feu sur son visage, il comprit qu'il savait exactement ce qu'il désirait. Il était honoré et envié mais personne ne savait combien sa souffrance était grande.

Parlant distinctement mais à voix basse afin que personne ne l'entende, il dit fermement :

— Je veux être libéré de mes doutes.

Il jeta la gerbe de toutes ses forces et la regarda

se tordre et noircir dans les flammes. Il respira profondément. Il ne se sentait pas encore apaisé, mais Paiva avait souvent rappelé à ceux qui participaient au rite que, parfois, le souhait n'était pas exaucé immédiatement. Mais les dieux entendaient toujours la prière.

Il s'écarta et son cœur battit la chamade losqu'il vit Taya s'avancer vers le feu, quelques instants plus tard. Jareth ne comprit pas les mots qu'elle prononça, mais il remarqua le sourire qu'elle esquissa aussitôt le rite accompli.

La cérémonie prit beaucoup de temps mais bientôt, tous eurent participé et les festivités purent commencer. Les rires retentirent bientôt alors que les villageois échangeaient des outres de vin de miel autour du feu. L'air était frais, à présent, et la chaleur des flammes était la bienvenue.

Il chercha Taya du regard mais ne la vit nulle part. Puis il l'aperçut enfin, à l'écart de la foule. Le feu l'éclairait de lueurs jaunes et orangées et Jareth songea qu'elle ressemblait à un soleil vivant. Sentant sans doute son regard sur elle, Taya se tourna lentement vers lui. Leurs regards se croisèrent et les lèvres de la jeune fille esquissèrent un léger sourire. Prenant son courage à deux mains, Jareth avança vers elle…

Une petite main saisit la sienne avec fermeté. Il baissa les yeux et vit le petit Altan, tout sourires.

— Devine quoi, Jareth ! L'*huskaa* des Deux Lacs m'a entendu jouer et chanter cet après-midi et il a accepté de faire de moi son apprenti, son *huskaalal* !

C'était là un honneur immense et, à tout autre

moment, Jareth aurait été ravi pour Altan. Mais ce soir... Il leva les yeux. Taya avait disparu. Sa déception fut immense.

— Jareth ?

Altan le tirait par la main. Jareth se força à sourire.

— C'est merveilleux, Altan... Je suis très fier de toi. Tu as beaucoup de talent et tu as travaillé dur. Tu seras un excellent *huskaa*.

Ses paroles étaient sincères et il s'efforça d'être convaincant. Il avait dû y parvenir car Altan se dérida et sourit à son ami.

— Viens t'asseoir avec moi ! demanda Altan avec insistance. Il va commencer à jouer. Je veux être comme lui quand je serai grand. Et comme toi.

Le cœur de Jareth fondit à ces mots. Il était toujours difficile de résister au charme du petit garçon. Il avait toujours le sentiment de devoir quelque chose à la famille Lukkari, à cause de leur fille décédée, même si Paiva lui avait assuré que sa présence à la naissance d'Altan n'avait en rien causé la mort d'Ilta. D'ailleurs, la mère d'Altan clamait haut et fort à qui voulait l'entendre que la présence du Faiseur de Printemps avait à la fois donné à Altan la vie et le talent.

Pourquoi ne resterait-il pas là à écouter des chants toute la nuit ? Taya était introuvable. Jareth soupira, s'assit sur un des troncs d'arbre qui servaient de sièges, posa Altan sur ses genoux et décida de profiter de la soirée.

L'*huskaa* méritait qu'on l'écoutât. Son répertoire était traditionnel, certaines des chansons étaient gaies, d'autres tristes. Jareth songea qu'il n'avait jamais entendu encore ce cycle de chants sur la Vierge de Glace, le « Cercle de Glace », dont l'*huskaa* fit une interprétation majestueuse. La soirée se faisait longue, et Altan s'endormit dans les bras de Jareth avant que l'*huskaa* n'entamât des chants s'adressant davantage aux adultes présents. En écoutant l'une des compositions originales de l'artiste, écrites spécialement pour cette soirée, Jareth fut empli de nostalgie.

L'or devient pourpre.
Le pourpre laisse place au gris.
Quitte les champs obscurs
A la fin du jour.
Viens trouver le repos de ton corps las
Près du feu.
Car les moissons sont rentrées
Et nous célébrons ce moment ce soir.
Contemple notre table
Couverte de fruits et de vin.
Partage notre pain de blé doré
Et goûte au doux vin rouge.
Notre garde-manger est rempli de provisions pour l'hiver,
Heureuse nouvelle,
Car les moissons sont rentrées
Et nous célébrons ce moment ce soir.
Je masserai tes épaules fatiguées,
Et dormirai près de toi jusqu'à l'aube.
Peut-être cette nuit sèmerons-nous la graine
En vue d'une récolte prochaine ;
Un enfant qui naîtra dans neuf mois
Et grandira dans l'amour et la lumière.
Car les moissons sont rentrées
Et nous célébrons ce moment ce soir.

Les pensées de Jareth revinrent vers Taya. Des couples quittaient le feu, d'autres étaient assis, main dans la main. Les moissons impliquaient l'abondance et la famille, la lutte commune contre l'obscurité et les privations de l'hiver. Et une fois encore, lui était seul.

Le vent est froid et mordant désormais,
Les grands arbres sont nus.
Hélas, l'Eté a rendu l'âme,
Mais le désespoir ne nous vaincra pas.
Car malgré l'Hiver devant nous,
Notre amour brûle telle une flamme vive,
Car les moissons sont rentrées
Et nous célébrons ce moment ce soir.
Car les moissons sont rentrées
Et nous célébrons ce moment ce soir.

Des applaudissements retentirent dans l'assemblée. L'*huskaa* remercia son public et entonna une autre chanson d'amour. Jareth se leva et emporta Altan.

Il se dirigea vers la maison des Lukkari et déposa doucement le petit garçon sur son lit. Altan se réveilla un instant. D'une voix endormie, il dit :

— Je t'aime, Jareth.

— Je t'aime aussi, répondit Jareth en caressant ses cheveux blonds et en le bordant. Dors maintenant, petit.

L'air frais de la nuit lui piqua les joues. Jareth contempla les étoiles, autant de petits points brillants dans l'immensité noire de la nuit. Il ne fut guère surpris de voir que ses pas le menaient naturellement vers les champs moissonnés. S'il ne pouvait être avec

Taya, il voulait être près de la terre, s'asseoir sur le sol froid et l'aider à se préparer à la saison hivernale. Et retirer autant de réconfort que possible de ce contact, reconnut-il en son for intérieur.

Il s'arrêta soudain. Quelqu'un l'avait précédé. Assise au clair de lune sur une couverture, une cape autour des épaules, Taya se tourna vers lui.

— J'ai pensé que tu finirais par venir ici cette nuit, dit-elle.

Jareth ouvrit la bouche mais aucun son n'en sortit. Taya tapota la couverture et Jareth s'assit à son côté. Il sentit la chaleur de son corps lorsque son genou effleura le sien. Son cœur s'emballa, mais il ne trouva rien à dire.

— Comment va Vikka ? balbutia-t-il enfin.

— Elle va bien, répondit Taya en riant. Elle raconte à tous ses amis comment le Faiseur de Printemps l'a sauvée.

— Je suis content d'avoir pu vous aider. Les bois peuvent être dangereux, la nuit.

Il se maudit intérieurement de sa stupidité. Quelle remarque idiote ! Tout le monde le savait bien.

Un silence gêné suivit. Il avait envie de l'attirer vers lui et de l'embrasser, de respirer son parfum de fleurs et de soleil, de contempler son corps nu à la lueur de la lune. Mais il était incapable de faire le moindre geste.

— J'avais espéré que tu reviendrais aux Deux Lacs plus tôt, dit-elle enfin.

Il se tourna vers elle, le cœur battant de plus belle.

— Je l'espérais aussi, dit-il. Ou alors que tu aurais l'occasion de venir ici.

Elle le regarda attentivement.

— Je suis là, maintenant.

— Taya…

Jareth avait du mal à respirer.

— Est-ce que tu aimes la couverture ?

— Quoi ?

— La couverture. Je l'ai faite moi-même.

Elle hésita puis ajouta :

— Je l'ai faite pour toi. Si tu veux bien l'accepter.

Elle était en train de lui offrir une dot. Il se souvint soudain du rite du feu qu'il avait accompli quelques heures auparavant et de sa prière silencieuse. Tel un poids que l'on aurait ôté de ses épaules, il sentit toutes ses incertitudes s'évanouir. Il savait ce qu'il voulait et… *qui il voulait.*

— Elle est magnifique, dit-il, acceptant par ces paroles sa demande en mariage. Tu me fais un grand honneur. Merci.

Il prit sa main et la serra. Puis, pris d'une impulsion, il la posa doucement sur le sol froid.

— Sens-tu quelque chose ? demanda-t-il, plein d'espoir.

— Seulement ta main sur la mienne, répondit-elle en souriant. Jareth, que ressens-tu quand tu fais cela ?

— Je sens la terre. Tous les êtres qui tirent leur vie de cet élément. En même temps. Tel un battement de cœur géant.

Il avait hésité, et ses mots lui paraissaient naïfs et dérisoires pour décrire l'océan de sensations qui le parcourait lorsqu'il était en communion avec la terre.

La main de Taya était toujours sous la sienne, sur le sol. Il la souleva lentement. Elle déposa leurs doigts entrelacés entre ses seins.

— Que sens-tu, à présent ? murmura-t-elle.

— Un battement de cœur, dit-il doucement.

Sa bouche était sèche et il ouvrit la main, pressant sa paume sur le cœur de Taya, le sentant battre des ailes tel un oiseau en cage. Il se souvint soudain que sa main était sale. Honteux, il essaya de la retirer.

— Pardonne-moi, mes mains…

— Non, murmura-t-elle, tu as de très belles mains. Et les miennes aussi sont sales.

Il voulut la regarder dans les yeux une nouvelle fois, mais la lune formait des ombres sur son visage.

— Je suis incapable de ressentir les mêmes choses que toi, dit-elle, mais je sais que tes pouvoirs signifient davantage à tes yeux que la simple maîtrise des saisons. Davantage que de bonnes récoltes. Sais-tu ce que contient ce petit sac autour de mon cou, Jareth ?

Il ressentait un tel désir pour elle qu'il en était étourdi. Il secoua la tête pour seule réponse.

— La fleur que tu m'as donnée cet été, dit Taya. J'ai vu la peine que tu as eue en la cueillant. Je sais que tu l'as sentie mourir, mais tu as voulu le faire afin de me l'offrir. Je l'ai gardée précieusement depuis.

Elle savait donc. Elle le comprenait. Elle ne pouvait partager son fardeau — personne ne le pouvait —, mais elle comprenait ce que signifiait son pouvoir à ses yeux.

— Je suis tombée amoureuse de toi à ce moment-là, ajouta-t-elle en s'approchant de lui.

Lentement, il se pencha vers elle et, la main toujours posée sur son cœur, il l'embrassa.

Tendrement, doucement, il explora et savoura ce moment. Ses lèvres étaient d'une douceur infinie, aussi douces que les pétales de la fleur qui s'était sacrifiée pour elle, aussi sucrées que le miel. Il déplaça sa main et la plongea dans ses cheveux, puis caressa sa nuque. Il la prit dans ses bras et la déposa sur ses genoux.

— Tu es si menue, s'émerveilla-t-il dans un soupir. Je peux te tenir ainsi tout entière !

— Continue de le faire, dit-elle en lui caressant le visage.

Il posa un baiser sur sa main, puis l'embrassa de nouveau. Combien de temps restèrent-ils ainsi, Jareth l'ignorait et s'en moquait. Lorsqu'ils se séparèrent enfin, il tremblait de désir et respirait difficilement.

Il voyait ses yeux, à présent. Ils brillaient, reflétant la clarté de la lune. Elle le regardait avec ravissement et sa petite main lui caressa les joues et les lèvres.

— Tu es si beau, dit-elle d'une voix admirative.

— C'est moi qui suis censé dire cela ! répondit-il en riant.

— Alors, dis-le.

Le doigt de Taya caressa sa lèvre inférieure. Il ouvrit la bouche et le mordilla légèrement. Elle poussa un petit cri et il le lâcha.

— Tu es magnifique, Taya. Depuis le jour de notre rencontre, je n'ai pas arrêté de penser à toi.

J'ai rêvé de toi. Je ne veux plus jamais être séparé de toi.

— Cela n'arrivera pas.

Il se pencha vers elle et elle ferma les yeux, espérant un autre baiser, mais il retira le petit sac qu'elle portait autour du cou. Elle avait dit vrai : la fleur, séchée avec soin, était à l'intérieur. Avec douceur, il la sortit du sachet. Les feuilles brunies redevinrent vertes à son toucher et les pétales ressuscitèrent.

— Que fais-tu ?

— Chut, dit-il en allongeant sa bien-aimée sur la couverture qu'elle avait faite pour lui.

Il se mit à caresser tendrement son corps avec la fleur et chaque caresse était suivie d'un baiser. Taya ferma les yeux et gémit doucement.

Prenant son temps, Jareth caressa et embrassa son visage, ses oreilles, le creux de sa gorge, l'intérieur sensible de ses poignets et de ses coudes. Il poursuivit ensuite avec ses chevilles, ses jambes, son ventre et sa poitrine. Dieux, comme il désirait cette jeune fille… Il la voulait ici même, sur cette terre à peine moissonnée. Il la voulait dans son lit, enveloppée de cette couverture, leurs deux corps au chaud et indifférents au froid de l'hiver. Il la voulait à l'ombre de la forêt, dans les prés baignés de soleil.

Il la voulait à son côté, pour toujours.

Elle s'assit brusquement et le surprit en retirant sa tunique, ne gardant que la chemise transparente qu'elle portait dessous. Il vit ses seins pointer sous l'étoffe blanche.

Avant qu'il pût réagir, Taya l'avait surpris une fois encore en lui arrachant sa chemise. Ravi de son audace, Jareth l'aida dans cette tâche. Le froid de cette nuit automnale aurait dû glacer son torse nu, mais il brûlait d'un désir tel qu'il ne ressentit aucun froid. Il cria en sentant les mains de Taya explorer son corps. Il la laissa faire, malgré son envie de la caresser à son tour. Elle posa les mains sur son torse et le poussa légèrement.

— Couche-toi sur la terre, dit-elle d'une voix rauque. Sens la terre sous ton corps, mon amour.

Cette demande l'émut profondément. Mais avant d'obéir, il avança vers elle et lui ôta sa chemise. Elle était assise fièrement face à lui, la peau brillante au clair de lune. Elle ne fit aucune tentative pour couvrir sa nudité, et les mains de Jareth caressèrent ses seins, blancs et doux, dont les pointes étaient durcies par le désir. Elle pencha la tête en arrière et gémit doucement, excitant davantage Jareth.

Lentement, il s'allongea sur le sol froid et l'attira contre lui, plaquant ses petits seins parfaits contre sa poitrine et l'obligeant à ouvrir la bouche du bout de la langue. Il sentit la terre dure sous lui, les brindilles sèches lui piquant le dos, la dureté des pierres, mais malgré l'inconfort, son plaisir était immense. Il permit à la terre de l'emplir de son essence. Il se sentait plus ouvert, plus exposé et plein de désir qu'il ne l'avait jamais été.

Taya se frottait contre lui et son mouvement était une torture délicieuse. Incapable de résister plus longtemps, Jareth se libéra de la contrainte de ses braies. Taya recula brièvement en le sentant contre elle. L'air froid piqua le corps de Jareth.

Il serra les dents. Il n'avait jamais autant désiré une femme, jamais ressenti une envie aussi intense, avec la terre, infinie et solide sous lui, et cette adorable jeune fille dans ses bras. Il se força à rester immobile, voulant inciter Taya à faire le mouvement infime qui lui permettrait d'entrer en elle entièrement. Elle se pencha davantage et ses cheveux tombèrent en un rideau délicat sur la poitrine du jeune homme. Il les écarta de ses grandes mains, qui semblaient énormes à côté du petit visage de Taya.

— Ne me laisse pas !

Ces mots venaient du plus profond de lui-même et il savait qu'il s'adressait à la fois à Taya et à la terre.

— Jamais, murmura Taya.

La terre se fit l'écho de la jeune femme : *Jamais*. Jareth les crut toutes les deux.

— Est-ce que tu ressens... ?

Etonné de sa perspicacité, il hocha la tête. Sa profonde communion avec la terre était telle que les sensations qui l'envahirent étaient presque insupportables.

— Bien, dit Taya. Maintenant, fais-moi l'amour, ajouta-t-elle, soulevant légèrement ses hanches puis, lentement, doucement, l'accueillant en elle.

Ils se marièrent avant les premières neiges.

4.

Taya allaitait son fils nouveau-né pendant qu'Annu filait dans un coin de la pièce. Altan chantonnait devant le feu tout en jouant de sa *kyndela*, et Jareth regardait par la fenêtre l'étendue de neige aux teintes blanches et bleutées. Jamais il n'avait ressenti pareille plénitude.

Vingt années s'étaient écoulées depuis l'appel de la terre qui l'avait attiré vers la forêt et l'avait incité à plonger les doigts dans le sol glacé afin de faire renaître la vie. Treize étés avaient passé depuis l'année où son épouse et lui avaient fait l'amour passionnément dans ce champ fraîchement moissonné, au clair de lune et sur la terre accueillante. Ils avaient conçu un enfant, cette nuit-là ou peu de temps après, et Taya avait été enceinte le jour où Paiva avait officialisé leur union. Comme l'évoquait la chanson de l'*huskaa* des Deux Lacs cette nuit-là, l'adorable Annu avait vu le jour neuf mois plus tard.

Aucun père n'aurait pu choyer sa fille davantage, et ce n'est que grâce à son bon sens inné qu'Annu ne devint pas une enfant trop gâtée. Elle avait la beauté de sa mère, un caractère raisonnable et un grand sens de l'humour, sans oublier la taille de son père et son amour pour la nature. Ils avaient reçu un autre cadeau du ciel quelques semaines auparavant, à la naissance de Parvan. Paiva n'était plus de ce monde : elle était morte cinq ans plus tôt, et son ancien apprenti avait accompli ce devoir à la fois solennel et joyeux.

A la mort de ses parents, Altan était devenu un membre de la famille de Jareth à part entière : il passait des heures ou même des jours en leur compagnie. Jareth considérait le jeune *huskaa* comme son petit frère. Et après tout, qui n'aurait voulu avoir un *huskaa* à portée de main, susceptible de jouer de la musique apaisante ou gaie, selon les circonstances ? En outre, Annu était à présent une jeune femme et avait célébré ses premiers saignements. Taya se disait souvent que les deux jeunes gens étaient un couple naturellement assorti et encourageait le jeune Altan, âgé de dix-huit ans, à passer du temps avec sa fille. Jareth était d'accord avec son épouse sur ce point, même si Altan était parfois sujet à des humeurs noires qui le rendaient maussade et soucieux, lui qui était d'ordinaire si agréable.

— Il a dix-huit ans et a un grand talent, lui dit un jour Taya. Il a naturellement le droit d'être d'humeur inégale.

Jareth avait éclaté de rire à ces paroles, et même aujourd'hui, le souvenir de cette conversation le faisait sourire. Il continua de songer à quel point sa vie était agréable, tout en regardant la neige tomber. *Il est presque temps.*

— J'irai dire à Ivo que c'est pour bientôt, dit-il en se tournant vers les siens. Cinq, peut-être six jours. La terre est près de se réveiller de son long sommeil.

En réalité, la terre était déjà prête, mais le chef du village voulait être averti quelques jours à l'avance afin d'envoyer des messagers aux villages voisins. Jareth s'était résigné depuis longtemps à ce que la venue du printemps fût considérée comme une grande occasion. Ivo avait constaté en effet que les villageois qui venaient assister à l'événement apportaient des marchandises à échanger, et faisaient une fête improvisée. Qui était Jareth, pour refuser aux autres villageois une occasion de se réjouir et de troquer un peu de nourriture ?

Il porta de nouveau son attention sur la neige et, soudain, sans raison évidente, il frissonna. Pour la première fois depuis le jour où il avait senti la chaleur du corps de Taya contre le sien, il éprouva de la peur et une inquiétude sourde.

Cinq jours plus tard, vêtu d'un magnifique manteau brodé de vert sombre, de bottes de cuir et de braies brun et or, Jareth était prêt à accomplir le rituel saisonnier.

Taya parcourut du regard le corps de son mari, l'air admiratif.

— Les années t'ont réussi, mon époux, dit-elle en caressant sa joue fraîchement rasée.

Elle dut pour cela se hisser sur la pointe des pieds car, comme Jareth l'avait deviné des années auparavant, la tête de Taya lui arrivait à peine à la poitrine. Il pressa sa petite main contre ses lèvres.

— Surtout à toi, mon amour, car tu es plus belle de jour en jour.

— Je suis toujours enflée à cause de l'accouchement, dit-elle en riant, et de la tête aux pieds !

Jareth se pencha vers elle.

— J'aime tout ce que je vois en toi, murmura-t-il en l'embrassant.

Puis il recula, voyant Annu lever les yeux au ciel et Altan esquisser un large sourire.

— Je ne crois pas que nous ayons le temps pour ce genre de choses, dit Altan malicieusement. Ton peuple t'attend, Jareth, et j'ai hâte de chanter ma nouvelle composition !

Jareth se tourna vers sa fille. Annu était plus grande que sa mère. Il déposa un baiser sur ses cheveux dorés.

— Le manteau est magnifique, dit-il. Et c'est ma couleur préférée. Tu as beaucoup de talent, pour une fille si jeune.

Annu leva une nouvelle fois les yeux au ciel.

— J'ai treize ans, père. Je ne suis plus une enfant.

Il soupira et lui ébouriffa les cheveux. Il se dirigea ensuite vers la porte et saisit le bâton qu'il s'était fabriqué à l'âge de treize ans. Derrière la porte se tenait le chef du village, la mine réjouie. Jareth s'efforça d'adopter une posture digne et sourit à la foule dont les visages impatients étaient tournés vers lui.

Tous le suivirent à travers le village. Altan avait trouvé le moyen de jouer de son instrument tout en marchant, en l'attachant à une solide bandoulière de cuir fixée à son épaule — une première pour un joueur de *kyndela*, tout du moins à la connaissance de Jareth. Mais Altan était ainsi : il rompait avec les usages tout en incarnant le meilleur de la tradition des *huskaas*. Grognon ou charmant, caustique ou agréable, le jeune homme était indéniablement brillant, et Jareth était fier d'être son ami.

Au lever du jour, le ciel était clair mais la neige commençait à tomber. Cela ne dérangeait en rien Jareth, car elle se transformerait bien assez vite en pluie, à son goût. Il emprunta le sentier familier qui conduisait aux forêts qui entouraient le village et à une petite clairière. La neige continuait de tomber de plus belle et, malgré la musique de l'instrument d'Altan, Jareth entendit les murmures inquiets des villageois.

Il caressa son vieil ami, le chêne, qui avait supporté son poids pendant son enfance et même ensuite. Il fronça les sourcils. Habituellement, il ressentait toujours quelque chose en effleurant ce grand arbre, quelle que soit la saison. Il s'efforça d'écarter ses appréhensions. L'hiver avait été particulièrement rude, cette année, malgré tous les efforts de Jareth pour l'adoucir ; peut-être l'arbre était-il simplement plongé dans un sommeil plus profond qu'à l'accoutumée.

Appuyant son bâton contre le tronc du chêne, Jareth avança au milieu de la clairière. Il ferma les yeux et ralentit sa respiration.

— J'ai été béni des dieux et j'ai entendu l'appel de la terre, dit-il d'une voix pleine d'émotion. Je suis le gardien des saisons et en appelle à la poursuite de leur cycle éternel.

Il s'agenouilla. La neige détrempa ses braies presque immédiatement, mais son manteau de laine le protégeait du vent. Ses cheveux blonds se couvrirent rapidement de flocons poudreux. Il étira ses doigts engourdis et les plongea dans la neige.

Le sol était si froid qu'il ressentit presque une brûlure sur sa peau. Il inspira profondément et plongea sa main dans la terre dure.

Rien.

Le vent s'accéléra, jouant avec ses cheveux mouillés. Il recommença, tenta de sentir la terre, de l'éveiller à la vie, de faire fondre la neige et de faire venir le printemps. Il entendit des voix confuses et se demanda ce qui se passait.

Il creusa plus profondément dans la terre, malgré le froid mordant. *Printemps, le temps est venu. L'hiver a dominé ces terres des mois durant, mais c'est à présent ton tour.*

Aucune réponse. La terre était aussi inanimée pour lui que pour les autres. Jareth sentit la sueur perler sur son front, puis couler sur son visage. La terre l'avait toujours entendu, auparavant. Les pierres lui parlaient, les animaux venaient à sa rencontre, les arbres devenaient plus grands et plus forts…

Il sentit une main délicate se poser sur son épaule. Il leva les yeux sur Taya. Le regard de son épouse était empli d'amour et de sollicitude. Mais elle lut la peur sur le visage de son mari et comprit ce qui se passait sans qu'il eût besoin de parler.

Ses pires craintes étaient devenues réalité : ses pouvoirs avaient disparu.

L'hiver durait depuis six mois.

Trois mois étaient une période naturelle. Longs et durs, certes, mais cela faisait partie d'un cycle de la nature que Jareth avait appris à comprendre et avait fait sien.

Mais l'hiver s'était poursuivi ensuite. La neige étouffait tous les sons et bloquait les échanges. Elle tuait lentement végétaux et animaux.

A moins que le temps ne fût trop mauvais, Jareth était allé tous les jours à la clairière. Parfois avec la mine sombre, parfois furieux, il creusait le sol et tentait désespérément de réveiller la terre.

Mais il avait chaque fois l'impression de toucher un cadavre. Un corps familier, certes, mais sans vie. Les voix, les chants avaient laissé place à un silence lugubre. Les pierres étaient indifférentes et les arbres inanimés. De temps à autre, sans savoir au juste pourquoi ni comment, il était en mesure d'appeler les animaux vers lui. Cela lui causait de la peine, car le seul pouvoir qu'il possédait encore provoquait la mort d'êtres vivants, même si la mort de ces animaux signifiait la survie des habitants de la Vallée de Skalka.

La panique avait envahi la foule après son échec, mais Ivo avait réussi à apaiser les villageois. Tous avaient supposé que malgré l'incapacité du Faiseur de Printemps à changer les saisons, la belle saison reviendrait naturellement, comme elle l'avait toujours fait par le passé. Mais rien de tel n'arriva, et l'hiver s'installa. Certains exigèrent le bannissement de Jareth de la Vallée. Beaucoup — et Larr, son ami d'enfance, était parmi eux — disaient haut et fort que les dieux étaient en colère contre Jareth parce qu'il avait usurpé leurs pouvoirs, et punissaient Lamal.

Depuis, une trêve tendue régnait entre les villageois

et Jareth Vasalen. Ce conflit larvé le tourmentait plus encore que des attaques directes. Car il aurait pu au moins se défendre contre des attaques.

Le seul qui faisait encore souvent le trajet entre le village et la maison de Jareth, située plus près des forêts et des collines, était Altan. Jareth appréciait les visites de son ami, non pas pour lui-même mais pour sa famille. L'épouse et les enfants du *Kevataanta* étaient en effet tenus également à l'écart des activités du village.

— Jareth ? Tu n'as rien mangé de la journée.

La voix de Taya était emplie de peur et d'inquiétude, ce qui était désormais habituel.

— Je n'ai pas faim.

Il ne bougea pas de la fenêtre, où il regardait la neige tomber continuellement. Il détestait à présent ces flocons cotonneux qui recouvraient la terre d'un hiver constant.

Une main se posa sur son bras. Il l'écarta d'un geste brusque. La honte l'envahit en voyant Annu reculer, comme si elle avait peur qu'il ne la frappât. Jareth n'avait jamais levé la main contre un seul membre de sa famille, mais il reconnut en son for intérieur que son comportement, ces derniers temps, pouvait les conduire à penser le contraire.

— Pardonne-moi, Annu, dit-il d'une voix douce. Je ne voulais pas te faire peur.

Elle sourit bravement.

— Tu ne m'as pas fait peur, père, mentit-elle en s'efforçant de dissimuler ses larmes. Viens manger, s'il te plaît, viens manger quelque chose.

Il la laissa le conduire à la table. Il s'assit sur un tabouret et avala une cuillerée d'une soupe insipide, se forçant à sourire à son épouse, à son fils et à sa fille. Ensuite, comme chaque nuit depuis la disparition de ses pouvoirs, il tourna le dos à sa femme et la repoussa, refusant son amour ou même la tendresse de son étreinte.

Il en était incapable. Il faisait de son mieux pour être attentionné avec elle pendant la journée. Mais la caresser, poser ses mains sur ses courbes familières, non. Il ne la méritait plus. Jareth avait été le Faiseur de Printemps, le *Kevat-aanta*, et avait pris soin des siens. Il les avait abandonnés et tous en pâtissaient.

— Jareth ?

Il ne répondit pas. Si elle pensait qu'il dormait…

— Je sais que tu ne dors pas.

Elle tendit la main vers lui, la posa timidement sur son épaule, puis sur son dos. Il recula.

— Tout ira bien.

Il partit d'un rire dur.

— Mes pouvoirs se sont évanouis. Les dieux sont en colère contre moi… L'hiver dure depuis six mois. Je doute que les choses aillent bien un jour, à moins que je ne fasse quelque chose pour arrêter tout ceci.

Elle se taisait.

— Tu sais qu'aucun de nous ne t'aime moins aujourd'hui qu'avant. Ni Annu, ni Altan, ni moi. Nous t'aimons, et cela n'a aucune importance, à nos yeux, que tu ne retrouves jamais tes pouvoirs.

Il ne put se taire plus longtemps.

— Tu n'es pas tombée amoureuse de Jareth ! dit-il, furieux, essayant de parler à voix basse afin de ne pas réveiller les autres. Tu t'es éprise du *Kevat-aanta*. L'homme qui a retrouvé ta petite sœur.

Elle s'assit d'un bond.

— Crois-tu vraiment que je suis tombée amoureuse de toi à cause de ce que tu étais capable de faire ?

— Et ce n'est pas vrai ? Si je n'avais pas retrouvé Vikka ? Si elle était morte, perdue dans la forêt ?

— J'étais contente que tu l'aies trouvée, bien sûr, mais…

— Et qui m'a demandé de m'allonger sur le sol afin que je sente la terre sous moi, alors que tu me chevauchais comme une…

Il s'interrompit, mais c'était trop tard. Il était allé trop loin. Elle se figea puis s'allongea lentement sur le lit. La colère de Jareth disparut et il tendit la main vers elle. Mais cette fois, Taya refusa ses caresses. Malgré l'obscurité, Jareth vit les larmes qui coulaient sur ses joues.

— Je suis tombée amoureuse de toi parce que tu étais bon, Jareth, dit-elle d'une voix rauque. Et non à cause de tes pouvoirs. J'ai vu à quel point tu voulais retrouver Vikka. J'ai vu la façon dont tu ressentais la peine de la fleur que tu venais de cueillir. Te rends-tu compte de ce que d'autres auraient fait de ce don ? Ils seraient devenus des despotes, refusant le changement de saisons à ceux qui leur désobéiraient. Mais toi, tu n'y as même jamais pensé. Tu aimais la terre, les pierres et les fleurs, et tu ressentais leurs joies et leurs peines. Tu les protégeais. Tu leur demandais de nous donner leur abondance, mais jamais tu ne l'as exigée comme un dû. Voilà l'homme dont je suis tombée amoureuse.

Elle se tut de nouveau. Puis elle ajouta :

— Je me demande ce qu'il est devenu.

5.

Au matin d'une nuit claire où les dieux avaient dansé joyeusement dans les cieux, peignant la nuit de leurs robes bleues et blanches, l'aube s'annonçait glaciale. Jareth endossa son manteau de laine et déclara :

— Je vais aller chasser avec les hommes du village. Le ciel est dégagé pour l'instant, et nous devons en profiter.

Son épouse et sa fille hochèrent la tête en silence, gardant les yeux fixés sur le sol. Jareth se souvint à quel point il avait aimé admirer leurs yeux bleus magnifiques. Ceux de l'une reflétaient amour et passion, ceux de l'autre une adoration inconditionnelle. Mais aucune des femmes de sa vie ne voulait le regarder, à présent, et il ne pouvait guère les en blâmer.

Tout s'arrangera ce soir, songea-t-il. Lorsque je rentrerai de la chasse avec les autres, avec de la nourriture, tout s'arrangera. Au moins aurai-je été capable de subvenir aux besoins des miens.

Il faillit prononcer ces mots à voix haute mais se tut. Ses actes seraient plus éloquents. Il se leva et se dirigea vers la porte.

— Sois prudent, dit Taya d'une voix douce.

Il hocha la tête, incapable de la regarder ou de lui

dire adieu. Annu se tenait près de la porte, Parvan dans les bras. Elle accordait toute son attention au bébé, évitant ainsi le regard de son père. Le babillement de l'enfant fit fondre le cœur de Jareth et il se pencha pour caresser la joue de son fils. Parvan saisit le doigt de son père et ce geste confiant acheva de lui briser le cœur. Des larmes lui montèrent aux yeux et il ouvrit la porte brusquement.

Tout s'arrangera ce soir.

Les hommes s'étaient rassemblés au centre du village, armés d'arcs et de flèches, de poignards de chasse et de petites haches. Les lames étaient bien aiguisées, les flèches droites et affûtées. Durant les longues et sombres journées orageuses qui s'étaient succédé, il n'y avait rien de mieux à faire que de préparer les armes. Jareth connaissait trop bien le cycle infernal de la chasse. Les armes entraînaient la mort, la mort était synonyme de nourriture et de vie.

La fin du printemps aurait dû être là. Les animaux de la forêt avaient depuis longtemps sevré leurs petits. Jareth et les autres villageois voyaient souvent de petites carcasses gelées qui auraient dû grandir et forcir suffisamment afin de survivre. Tout en regrettant leurs morts injustes, Jareth avait aidé les chasseurs à ramener les carcasses au village. Cette nourriture était indispensable, quelle qu'elle soit.

Il se demanda si les abeilles survivraient. Etaient-elles déjà mortes dans leurs ruches ? Les arbres n'avaient pas fleuri, et, sans fleurs, pas de fruits. Les garde-manger des villageois seraient bientôt vides, malgré toutes les précautions prises afin d'économiser leurs provisions. Ils seraient ensuite obligés de se nourrir des graines et semences qu'ils avaient conservées afin de les planter cette année.

Des rumeurs étaient parvenues au village, apportées par les rares *huskaas* qui osaient encore s'aventurer dans la Vallée et réclamer l'hospitalité au nom de la tradition. Selon ces rumeurs, des hommes avaient quitté leurs villages afin de voler leurs voisins, pillant leur nourriture et laissant des cadavres derrière eux. Jamais pareils événements n'avaient eu lieu par le passé. Des pillages ? Jareth aurait autrefois écarté ces rumeurs d'un revers de la main, mais il avait compris dans leurs regards que les *huskaas* disaient vrai.

En hiver, il était d'usage d'évoquer la Vierge de Glace. Il était bien beau de chanter ces histoires mélancoliques au coin du feu, lorsqu'on était certain que le printemps viendrait bientôt. Mais à présent, certains se demandaient si la légende n'était pas réelle. Cet hiver éternel n'avait en effet rien de naturel. Il se marmonnait que la Vierge de Glace était peut-être responsable de ce phénomène.

Les hommes bavardaient entre eux à voix basse mais se turent en voyant Jareth. Il se tint droit, s'efforçant de demeurer impassible. Il ne leur montrerait pas à quel point leur rejet le blessait. Il savait que la seule raison pour laquelle il était autorisé à se joindre à eux était l'aide qu'il pouvait parfois leur apporter. Larr le fixa avec une haine à peine voilée, et Jareth se demanda s'il n'avait pas tenté de convaincre les autres de le tenir à l'écart.

Si seulement il comprenait ce qui s'était passé… Pourquoi était-il ainsi tombé en disgrâce auprès des dieux ? Il les avait implorés d'avoir pitié de son peuple aux abois. Il ne mangeait pas sa part de nourriture, ces derniers jours, afin d'en faire offrande aux dieux en la déposant au pied du vieux chêne. Comme tous les autres villageois, il avait maigri. Mais les dieux n'avaient pas écouté ses prières.

Chacune des expéditions de chasse était plus longue et moins fructueuse que la précédente. Quelques jours auparavant, la journée avait été claire et ils avaient réussi à capturer un renard, surpris au moment où il dévorait la carcasse gelée d'un faon. La robe d'hiver du renard avait disparu depuis longtemps, et sa fourrure rousse était facile à voir dans la neige. Le faon était jeune, comme l'indiquaient les marques blanches sur sa fourrure brune. Les hommes abattirent le renard et ramenèrent le faon, et les deux animaux constituèrent le dîner de tout le village.

Les animaux souffraient sans doute davantage que les hommes de cet hiver interminable, car ils se fiaient à leur instinct et dépendaient entièrement des cycles et des rythmes de la nature. Les hommes pouvaient choisir de porter des fourrures épaisses et de gros manteaux de laine, mais la robe du renard avait changé toute seule, contribuant à faire de lui une proie facile.

Les heures passaient et Jareth ne perçut aucune vie. Mais enfin, il sentit quelque chose, un semblant de vie dans ce monde gelé. Des lapins dans leur terrier. Se concentrant encore, Jareth vit une femelle et ses petits. L'appeler vers lui signifierait une condamnation à mort de sa progéniture, et six lapins adultes de moins dans quelques mois.

Que faire ? Il pouvait appeler la mère et montrer

aux autres le terrier. Il pouvait aussi ignorer leur présence et les laisser survivre de leur mieux à cet hiver brutal, les condamnant ainsi à mourir de faim lentement. Il pouvait enfin montrer le terrier à ses compagnons et leur proposer de ramener les lapins afin de les élever pour les manger plus tard.

Mais il comprit immédiatement que ce choix était impossible. Ils n'avaient rien à manger. Toute nourriture était bonne pour maintenir en vie les villageois. Onze personnes étaient déjà mortes, un nombre important dans une si petite communauté.

Jareth prit sa décision. C'était sans doute la décision la plus clémente, à la fois pour les animaux et les hommes.

— Viens à moi, murmura-t-il, les yeux fermés. Nous te rendrons grâce de ton sacrifice. Tes petits ne souffriront pas du froid ni d'une mort atroce sous les crocs d'un prédateur. Viens à moi et nous t'honorerons.

Il ouvrit lentement les yeux et indiqua à ses compagnons l'entrée du terrier, dissimulée par une branche. Ils ne l'auraient jamais vu si Jareth ne l'avait perçu. Le lapin, dont les côtes étaient visibles sous sa fourrure brune, sortit de son abri, tremblant de froid.

Merci. Je regrette…

Une flèche siffla et le lapin s'écroula. Son sang écarlate tacha la neige.

— Il reste des petits dans le terrier, dit Jareth, d'une voix dure. Il faut aller les chercher aussi.

Colère et chagrin se mêlèrent dans son cœur quand il vit les autres se diriger vers le terrier. En temps normal, ces hommes auraient laissé ces animaux en paix. Mais ils avaient des enfants qui maigrissaient de jour en jour.

— Au moins es-tu bon à quelque chose..., marmonna Larr en passant devant Jareth.

Jareth eut envie de frapper celui qui avait été autrefois son ami. Il fit un pas en avant, le poing levé. Une main se posa sur son bras pour l'arrêter avant qu'il eût le temps de passer à l'acte.

— Larr est effrayé, dit Ivo à voix basse. Il parle ainsi pour le cacher.

Jareth hocha la tête, faisant mine de croire le vieil homme. Le vent se leva. Il frissonna. Puis la neige commença à tomber. Il leva les yeux vers le ciel, si bleu et dégagé quelques heures auparavant et si gris à présent. Le découragement le gagna.

— Une tempête, dit-il.

Il leur était maintenant trop facile d'en reconnaître les signes annonciateurs. Les tempêtes étaient si fréquentes aujourd'hui qu'elles étaient presque quotidiennes. Les autres hommes mirent les lapins dans un sac et regardèrent le ciel à leur tour. Ils n'avaient plus le temps de revenir au village. Ils allaient devoir trouver un refuge.

Jareth regarda autour de lui. Ils se trouvaient au milieu d'une plaine enneigée et balayée par le vent. Il indiqua quelques arbres et des pierres au loin. Aussi vite que leurs doigts engourdis le leur permettaient, ils nouèrent une corde autour de leur taille. Sans cela, ils risquaient en effet de perdre quelqu'un avant de parvenir à leur abri de fortune.

Les villageois avancèrent tant bien que mal dans la neige et gagnèrent le refuge, se serrant les uns contre les autres pour se réchauffer, la mine sombre. La tempête parut durer une éternité. Jareth perdit toute notion du temps. Il se contenta de se concentrer sur sa respiration, de rester près des autres et de lutter au mieux contre le vent et la neige. Enfin, bien après la tombée de la nuit, la tempête cessa. Le ciel se déchira et la lune argentée se détacha dans la nuit noire.

Les hommes se levèrent avec prudence, brossant la neige sur leurs dos, leurs têtes et leurs épaules. Ils n'avaient plus la force de parler, mais ils savaient tous qu'il était trop tard pour tenter de rentrer au village. Ils passeraient le reste de la nuit sur place. Epuisés, frissonnants et trempés, ils allumèrent un maigre feu, après plusieurs essais, et se relayèrent afin de l'alimenter. Ils s'aventurèrent deux à deux dans la neige pour trouver des branches sèches et protéger leur abri contre une autre tempête. Jareth ne pensait pas qu'une autre tempête se manifesterait pendant la nuit, car les étoiles brillaient dans le ciel clair.

A l'aube, les dieux commencèrent leurs danses dans le ciel. Rouges, bleues, vertes, pourpres, les lumières vives se succédaient.

— C'est bon signe, grommela le chef du village. Si les dieux sont assez heureux pour jouer ainsi pendant deux nuits de suite, peut-être prendront-ils enfin pitié de nous.

Jareth songea aux tigres bleus de ses rêves et pria de tout son cœur pour qu'Ivo ait raison. Peut-être était-ce un signe favorable. Peut-être l'hiver allait-il enfin s'achever.

Dites-moi ce que je dois faire, pria-t-il en silence. *J'ai toujours fait en sorte d'honorer ce don que vous m'avez accordé. Pourquoi me l'avoir ainsi retiré ?*

Bien avant l'aube, les membres endoloris, épuisés, les villageois prirent le chemin du retour. Leurs traces dans la neige avaient été effacées par la tempête mais ils connaissaient parfaitement leur route.

L'aube se levait à peine lorsqu'ils aperçurent enfin les torches enflammées qui marquaient le sentier conduisant au village. Le cœur de Jareth bondit à cette vue. Les lapins qu'ils avaient capturés n'étaient pas grand-chose, mais un peu de viande permettrait d'épaissir la soupe. Il se sentirait moins impuissant qu'au moment de son départ.

Une silhouette approchait rapidement à leur rencontre.

— Jareth !

Les paroles banales que Jareth s'apprêtait à prononcer moururent sur ses lèvres lorsqu'il vit l'expression de panique sur le visage d'Altan.

— Taya…

Jareth saisit le bras d'Altan et le serra de toutes ses forces. Il implora les dieux pour qu'Altan prononçât les mots qu'il espérait tant : *Elle va bien, ils vont bien, ne t'inquiète pas.*

Les lèvres d'Altan tremblèrent et ses yeux s'emplirent de larmes.

— La tempête… Elle était si violente, je suis allé voir s'ils allaient bien ce matin… Oh, dieux… Jareth, je suis tellement désolé…

Quelques instants auparavant, Jareth frissonnait de fatigue, de froid et de faim. Mais un élan de panique lui redonna de l'énergie. Il laissa tomber ses armes et sa besace, tout ce qui pouvait ralentir sa course et, quittant le village par un sentier sinueux, il courut vers sa maison.

Il fit alors un marché avec les dieux. *Faites qu'ils aillent bien, et je vous donnerai tout ce que je possède... Faites qu'ils aillent bien et vous pouvez me retirer mes pouvoirs à jamais, tous mes pouvoirs... Faites qu'ils aillent bien et je m'ouvrirai les veines et offrirai mon sang à la forêt...*

Faites qu'ils aillent bien, je vous en prie, faites...

La porte était ouverte. La neige avait envahi la maison. Des traces de pas étaient visibles, celles d'Altan probablement.

— Taya ! hurla Jareth en creusant furieusement dans la neige, utilisant l'entrée qu'Altan avait déjà faite.

Altan avait découvert son visage.

Jareth fixa des yeux ce spectacle, comme hypnotisé par les traits pâles qui semblaient flotter à la surface du manteau de neige. Taya était presque aussi blanche que la neige qui avait causé sa mort, à l'exception de ses lèvres qui étaient bleues de froid. Il tendit la main pour la toucher. Sa joue était aussi dure et glacée que si elle avait été sculptée dans la pierre.

Ou plutôt dans la glace.

Son expression était étrangement paisible. Pourquoi ne s'était-elle pas réveillée, en entendant la tempête se déchaîner autour d'elle ? La neige l'avait-elle ensevelie d'une couverture mortelle et glaciale, l'empêchant de comprendre ce qui lui arrivait ? Pourquoi n'avait-elle pas entendu le vent ouvrir la porte, ni son hurlement, alors que la neige s'engouffrait à l'intérieur de la maison ?

Puis, étrangement, Jareth ne put penser à autre

chose qu'à la femelle lapin tremblant dans son terrier et à ses petits.

Il voulut voir si ses enfants avaient eu plus de chance que leur mère. Peut-être Parvan avait-il été si bien emmitouflé dans son berceau qu'il respirait encore. Peut-être pourrait-il ramener Annu à la vie. Il creusa donc de nouveau la neige, et la terrible réalité de la perte le frappa une nouvelle fois si durement qu'il s'effondra sur le manteau blanc et supplia la neige de l'emmener, lui aussi.

Jareth se coucha près de sa femme, tenant le corps minuscule et gelé de leur enfant contre sa poitrine. De l'autre côté de la pièce gisait Annu, aussi immobile et pâle que si elle avait été sculptée dans le marbre. Il regarda sa propre respiration s'élever en volutes de vapeur vers le plafond, conscient d'être au bord de la folie et priant les dieux censés veiller sur son peuple de lui permettre de franchir ce précipice. Il refusait de continuer à vivre, refusait d'être séparé plus longtemps de sa famille. Il ferma les yeux et s'abandonna.

Lorsque Altan le secoua quelques instants plus tard, massant frénétiquement ses mains gelées et criant son nom, Jareth explosa de rage. Il avait été sur le point de rejoindre les siens, de franchir l'abîme qui séparait les vivants des morts. Mais il avait si froid qu'il était incapable de se mouvoir rapidement, et ses mains étaient si engourdies qu'il ne put étrangler Altan comme il l'aurait voulu. Il le laissa l'envelopper dans une couverture épaisse, permit au jeune homme qu'il avait mis au monde de l'emmener loin des corps gelés de son épouse et de ses enfants, et but la boisson chaude qu'Altan mit dans sa main.

Il commença ensuite à réfléchir.

Jareth prêta peu d'attention aux villageois qui vinrent prendre les corps. Il savait où Taya, Annu et Parvan reposeraient d'ici à la fin de l'hiver... si l'hiver finissait un jour. Le sol était trop dur pour accueillir les corps de sa famille. Elle rejoindrait les autres morts de cet hiver dans une maison construite à cet effet, jusqu'au jour où tous pourraient être enterrés. Et leurs cadavres permettraient à la vie de renaître, il le savait. Les fleurs, les arbres, les plantes transformeraient les morts en vie. Ce cycle était sacré, naturel et inévitable.

Il fronça les sourcils et frissonna, comprenant que ce mouvement incontrôlable démontrait son retour parmi les vivants.

Mais était-ce vraiment un cycle naturel ? Jareth avait été le Faiseur de Printemps pendant des années. Personne ne connaissait davantage le pouvoir de la terre et des êtres vivants ; et personne ne respectait davantage ces pouvoirs. Mais la mort des siens était étrange. Pour commencer, cet hiver n'avait rien de naturel par sa durée. Ensuite, aucune tempête de neige naturelle n'aurait balayé ainsi leur maison et ne serait venue à bout de deux femmes aussi robustes. Mais c'était bel et bien arrivé.

Si leur mort n'avait pas été naturelle, Jareth n'avait peut-être pas besoin d'obéir aux lois de la nature.

Il songea aux tigres bleus et à leurs pouvoirs. Il savait mieux que quiconque que la vie succédait toujours à la mort.

Jareth entendit des pas dans la neige et leva les

yeux. Les hommes sortaient le corps de Taya de la maison. Ils avaient essayé de la recouvrir, mais il était évident que le corps était celui d'une femme, trop petit pour être celui d'Annu.

— Attendez, dit-il en se levant péniblement.

La couverture et la tasse de thé tombèrent à terre.

— Jareth…, dit Altan, inquiet.

Jareth ignora son ami et s'approcha du corps inanimé de sa femme. Il toucha son visage froid, puis retira le petit sac qu'elle portait toujours autour du cou. Il le mit autour de son propre cou, à l'abri sous ses vêtements, d'une main ferme.

Ne me laisse pas, avait-il crié la nuit où ils avaient fait l'amour pour la première fois.

Jamais, avait-elle répondu en l'embrassant.

— Vous pouvez l'emmener, à présent, dit-il enfin.

Les villageois parurent surpris de son ton ferme. Jareth tourna les talons et rentra dans la maison. Il fouilla dans la neige, à la recherche de la seule chose qu'il désirait.

— Je t'en prie, Jareth, partons d'ici. Viens avec moi, laisse-moi prendre soin de toi.

La voix d'Altan ressemblait au bourdonnement d'une mouche, aux oreilles de Jareth : bruyant, irritant et sans importance. Il poussa un grognement de satisfaction : il avait trouvé ce qu'il cherchait, une poignée de terre gelée, qu'il glissa dans une besace qu'il portait à la ceinture. Il se tourna ensuite vers Altan.

— J'arrive.

Mieux valait laisser le jeune homme croire qu'il

se résignait, qu'il acceptait la situation, qu'il était prêt à porter le deuil, à guérir.

L'espace d'un instant, il observa Altan, s'efforçant de graver cette image dans son esprit. Il se souvint de sa naissance, de son arrivée au monde après celle de la pauvre Ilta, mort-née, que ses parents avaient enterrée et pleurée. Il avait vu Altan grandir, devenir un petit garçon charmant, puis un adolescent empoté et un beau jeune homme au talent exceptionnel. Altan avait bon cœur, malgré sa brusquerie occasionnelle, et Jareth l'aimait profondément.

A la surprise d'Altan et à la sienne, Jareth avança et le serra contre lui, avec une chaleur et une aisance qu'il n'avait pas su exprimer avec sa propre famille. Tel le roseau contre le chêne, Altan rendit son étreinte à Jareth. Il murmura ensuite :

— Tu seras toujours le bienvenu chez moi, Jareth. Tu y auras toujours ta place.

Jareth laissa Altan l'emmener chez lui, mangea le repas qu'il lui prépara, lui faisant croire qu'il était choqué mais résigné. Au milieu de la nuit, rassuré par la respiration régulière sur la couche voisine, Jareth se leva et sortit de la maison en silence.

Ne me quitte pas.

Jamais.

Taya et la terre le lui avaient promis. Elles avaient toutes deux rompu leur promesse.

Il ne pleurerait pas sa famille disparue. Il allait obliger les dieux à les lui ramener et à lui rendre également son autre grand amour, sa communion avec la terre.

Et si les dieux refusaient d'obéir, il les tuerait.

6.

Kevla-sha-Tahmu était perchée sur le dos du grand Dragon rouge qui avait autrefois été un dieu aux yeux de son peuple. Le battement de ses ailes puissantes créait un vent qui caressait son corps et soulevait ses longs cheveux noirs. Elle caressa les écailles de son ami alors qu'ils survolaient les pics irréguliers des montagnes septentrionales, appréciant leur douceur, satisfaite de se trouver là où elle était aujourd'hui.

Elle regarda ses mains : de longs doigts effilés mais forts et calleux. Ici et là, de petites cicatrices claires, vestiges de coupures et de brûlures anciennes. Elle sourit doucement et songea à quel point sa vie avait changé.

Il n'y avait pas si longtemps, Kevla aurait été plus heureuse de couper des légumes, de porter de l'eau et de s'occuper d'alimenter les feux de la cuisine que de se tenir perchée sur le dos d'un animal de légende. Mais après les privations, la peur et la perte déchirante qu'elle avait souffertes, Kevla avait accepté son destin. Pour la première fois sans doute de sa courte vie, elle se sentait calme et sereine. En paix. Libre.

Elle regarda en bas distraitement et, comprenant

dans quelle direction ils se dirigeaient, elle fronça les sourcils.

— Dragon, pourquoi allons-nous par là ?

— Tu dois trouver les autres, répondit le Dragon de sa voix de stentor.

Il pencha la tête afin de la regarder.

— Nous n'avons réussi à sentir la présence que d'un seul Danseur, jusqu'à présent, et son pays est au nord.

Kevla ferma les yeux, se remémorant son rêve prémonitoire. Elle vit l'homme qui les attendait, sans le savoir sans doute. Grand, les cheveux clairs, la peau rasée, si différent des siens avec leurs cheveux noirs, leurs yeux sombres et leur peau hâlée. Les yeux de cet homme étaient bleus, et il se tenait au sommet d'une colline couverte d'une substance blanche qui ressemblait à du sable, mais qui, selon le Dragon, était de la *neige*. A la pensée de rencontrer cet homme, si fort et si calme en apparence, et qui comprendrait leur mission commune, elle était emplie d'impatience. Kevla portait ce fardeau seule depuis si longtemps… Elle serait reconnaissante de pouvoir le déposer entre des mains avisées. Il saurait sans doute quoi faire, ensuite.

Il n'en restait pas moins que…

— N'y a-t-il pas d'autre chemin ? demanda-t-elle. Nous survolons les terres de l'Empereur !

— Je ne le sais que trop, répondit le Dragon, ennuyé. Mais ce chemin est le plus rapide et notre temps est précieux.

Nos vies également, songea Kevla. La satisfaction qu'elle avait ressentie quelques instants auparavant laissa place à une appréhension soudaine. Au fond d'elle-même, elle savait que le Dragon avait raison. Son rêve vibrait d'une urgence certaine. Leur temps était précieux. Mais…

Au cours de ses vingt années d'existence, Kevla avait appris à craindre de nombreuses choses : la pauvreté, le ridicule, les lois en apparence incompréhensibles de son peuple et ses propres pouvoirs. Elle avait appris à craindre la mort et le crime, la douleur déchirante de perdre un être qu'on aime plus que tout au monde.

Et l'homme qu'elle ne connaissait que sous le nom d'Empereur.

L'Empereur commandait une armée puissante qui aurait détruit son pays si le Dragon et elle ne s'étaient dressés pour défendre le peuple. L'Empereur disposait de certains pouvoirs magiques, elle en était certaine. Elle était également convaincue de sa volonté féroce de faire échouer sa mission : retrouver les quatre autres Danseurs.

Et cette raison était suffisante pour qu'elle n'ait pas envie de survoler le domaine de l'Empereur.

— Dragon, dit-elle en regardant les montagnes céder la place à des collines, puis à des plaines, peut-être est-il préférable d'attendre la nuit… Nous serions moins visibles.

Il éclata d'un rire semblable au tremblement d'un volcan.

— Jour ou nuit, cela ne change rien pour ceux qui détiennent des pouvoirs magiques comme l'Empereur. La route est longue. Tu as reçu les meilleurs enseignements qu'Arukan avait à t'offrir, mais Arukan ne sait rien de ce qui existe au-delà de ses frontières.

— Et toi, oui ? rétorqua Kevla, sceptique.

Le Dragon avait vécu au cœur d'un volcan pendant cinq mille ans.

— Dans ce monde ? Non. Mais j'ai connu quatre autres mondes et les créatures qui les habitaient, et je me souviens du temps que cela prend de voyager du nord vers le sud. Le Danseur de Terre est parfois très loin du Danseur de Feu. Penses-tu le retrouver en un seul jour ?

— Tu es un Dragon, répliqua Kevla. Ne le peux-tu pas ?

— Je suis une créature magique, certes, mais je ne puis aller plus vite ou plus loin que mes ailes ne peuvent me porter. Je n'ai pas besoin de repos ni de nourriture, mais toi, si. Cela dit, je ferai aussi vite que possible.

Kevla se sentit découragée. Elle avait imaginé que la partie la plus difficile de sa mission était derrière elle. Elle avait tellement souffert, et tant perdu...

Comme à son habitude, le Dragon perçut son humeur et comprit ses pensées.

— Je sais combien tu as souffert, dit-il doucement. J'aimerais pouvoir t'emmener loin, te laisser te reposer et guérir tes blessures. Je voudrais pouvoir accomplir ton destin à ta place, mais je ne le puis, hélas. Je fais partie de toi, mais je ne suis pas toi, et ce devoir est exclusivement le tien.

— Je comprends, répondit Kevla.

Elle ne pouvait pas encore déposer son fardeau.

Elle n'avait plus envie de parler, à présent. Le Dragon respecta son silence et ils se turent jusqu'au coucher du soleil.

— Nous allons nous reposer ici pour la nuit, dit

le Dragon. Je vais me poser dans un endroit aussi sûr que possible, loin des villes. Mais avant cela, je dois t'avertir : nous sommes sur les terres de l'Empereur, et cela pourrait renforcer ses pouvoirs. N'oublie pas qu'il est à notre recherche.

— Alors, est-il raisonnable de nous arrêter ?

— Nous n'avons pas le choix. Tu dois prendre du repos, manger et te dégourdir les jambes. Je monterai la garde, ne crains rien. Mais n'utilise pas tes pouvoirs. La magie appelle la magie. Protège-toi pendant que nous sommes sur son territoire en te vidant l'esprit. Il essaie de sentir ta présence en ce moment, je le sais. Nous savons qu'il connaît ton existence. Mais peut-être pas celle des autres Danseurs. Tu ne dois pas la lui révéler.

Le cœur de Kevla s'accéléra — la réaction inverse de ce que le Dragon lui demandait de faire. Elle eut une envie irrésistible de rire, qu'elle réprima, tout en se demandant si le Dragon se rendait compte à quel point ce qu'il exigeait était difficile.

Elle ne devait en aucun cas penser à l'homme qu'ils recherchaient. Elle se concentra donc délibérément sur autre chose, tandis que le Dragon s'apprêtait à se poser sur la terre ferme.

Kevla se représenta des images inoffensives. Elle se souvint de l'époque où elle était servante de la Maison des Quatre Eaux. Elle songea aux tâches qui avaient occupé ses journées d'alors : masser les pieds de Yeshi, l'épouse du maître de maison, préparer les légumes, apporter de l'eau des grottes souterraines. Autant de tâches quotidiennes et ordinaires.

Le sol approchait à toute vitesse. Ils quittèrent le ciel étoilé et se dirigèrent vers une plaine verdoyante.

Kevla se laissa glisser du dos de son ami, et ses genoux se dérobèrent sous elle lorsqu'elle toucha le sol.

Son rire la surprit elle-même.

— Je suppose que j'avais bien besoin de me dégourdir les jambes, avoua-t-elle.

Sa vessie était pleine et son estomac vide, et elle dut reconnaître la sagesse de son compagnon. Elle avait certes de grands pouvoirs, mais son corps était celui d'une femme et avait des besoins tout à fait naturels.

Le Dragon s'était posé près d'un petit cours d'eau. Kevla s'émerveilla de l'abondance de l'eau dans ce pays. A Arukan, l'eau était plus précieuse que l'or même. Son clan, le Clan des Quatre Eaux, devait principalement son influence à sa position stratégique au confluent des deux fleuves les plus importants du pays. Mais ici, l'herbe était verte et l'eau coulait à flots, indifférente à l'émerveillement de Kevla.

Elle s'agenouilla et se rafraîchit le visage. Elle se sentit beaucoup mieux et se remémora ses bains quotidiens dans les grottes du Palais des Quatre Eaux. Elle avait quitté un Arukan où les clans s'étaient unis contre l'armée de l'Empereur au lieu de se combattre les uns les autres, et où les traditions étouffantes d'antan disparaissaient peu à peu. Elle espéra que les progrès se poursuivraient.

Kevla but une longue gorgée d'eau et remplit d'eau les outres que sa vieille amie Sahlik lui avait données. Sa gorge se serra lorsqu'elle pensa à la vieille servante qui avait fait de son mieux pour rendre la vie de Kevla supportable, au Palais. Sahlik avait même veillé à ce que Kevla et…

Non. Je ne dois pas penser à lui. Je ne connais pas

l'étendue des pouvoirs de l'Empereur, il pourrait percevoir mes pensées.

Elle bondit sur ses pieds et rejoignit le Dragon. Il s'était allongé de tout son long et Kevla s'émerveilla de sa beauté, une fois encore. Elle l'avait craint autrefois. Il avait hanté ses rêves et l'avait terrorisée, mais uniquement parce qu'elle ne comprenait pas alors qui elle était, ni ce qu'elle était. Aujourd'hui, elle le savait, et le Dragon était pour elle la créature la plus dévouée du monde, malgré son apparence imposante et ses crocs et griffes acérés. Sans oublier les flammes qu'il pouvait lancer simplement par la force de la pensée.

Mais ce pouvoir ne l'effrayait guère, elle qui savait contrôler le feu par sa volonté.

Kevla s'assit près de son ami et ouvrit son sac. Elle en sortit une miche de pain enveloppée d'un torchon et huma sa bonne odeur. Elle en eut l'eau à la bouche.

— Tu avais raison, dit-elle. Je meurs de faim. Sahlik a été si gentille de me donner un peu de nourriture. Je n'y avais même pas pensé et…

Les mots moururent sur ses lèvres. Etonné, le Dragon pencha son énorme tête vers elle pour comprendre ce qui l'avait fait taire ainsi.

— Qu'y a-t-il, Kevla ? demanda-t-il.

Kevla tenait un plateau de bois à la main. Des cercles y étaient peints en blanc et noir et les intersections étaient de couleur grise. Un grand sac était toujours dans sa besace. Son cœur battit la chamade et elle eut du mal à respirer.

Le *Shamizan*. Sahlik lui avait donné un jeu de *Shamizan*. Elle savait combien Kevla et le jeune maître du Palais des Quatre Eaux aimaient y jouer lorsqu'ils étaient enfants, et la vieille femme avait sans doute pensé que le jeu réconforterait Kevla. Elle fut soudain ramenée en arrière, se souvenant de la première fois où elle avait joué au *Shamizan*.

— Sais-tu jouer au *Shamizan* ? avait-il demandé.

— Qu'est-ce que le *Shamizan* ?

Les yeux du jeune garçon s'étaient éclairés. Pour la première fois depuis qu'elle le connaissait, Kevla avait pensé qu'il ressemblait à un garçon de son âge et non à un petit adulte.

— Oh, c'est tellement amusant ! Je vais aller chercher mon jeu…

Il s'était levé, avait couru hors de la maison. Il était revenu quelques minutes plus tard, à bout de souffle. Il avait certainement couru sans s'arrêter entre la maison et le Palais. Un comportement peu digne d'un futur *khashim*, mais elle était contente de le voir si heureux.

— Tu vas voir, c'est facile à apprendre.

Facile à apprendre, mais difficile de s'arrêter, ensuite, pensa Kevla. Elle avait levé les yeux à un moment et s'était aperçue que le khashimu la fixait intensément. Son visage s'était éclairé lorsqu'il l'avait vue sourire.

— Tu aimes ce jeu, n'est-ce pas ?

— Oh oui, beaucoup !

— J'en suis ravi. Je l'espérais un peu.

Kevla fut assaillie par un flot de souvenirs qu'elle ne pouvait contenir plus longtemps : le souvenir de leurs sentiments l'un envers l'autre, la façon dont ils s'étaient aimés… et dont il était mort.

Même alors, même lorsque nous étions trop jeunes pour le comprendre, nous nous aimions.

Kevla serra le plateau de *Shamizan* contre sa poitrine pendant un long moment. Elle voulait crier sa colère mais sa raison l'en empêcha. Ils couraient un danger de tous les instants sur ces terres, et attireraient l'attention de leur ennemi, si elle se laissait aller à crier son chagrin.

Kevla se leva et jeta le plateau de bois aussi loin qu'elle le put. Puis, ouvrant le sac, elle prit d'une main tremblante les dizaines de petites pièces rondes de verre poli qui constituaient le jeu. Elle les jeta au loin également, en versant des larmes silencieuses. Puis elle s'effondra contre le flanc du Dragon, la tête entre ses mains, les épaules secouées de sanglots.

Il ne dit rien pour tenter de la réconforter ; il savait que rien ne pouvait la consoler. Le temps s'écoula, interminable. La douleur ne faiblit pas et ses souvenirs étaient aussi vivaces que jamais. Elle en avait peu : les moments qu'une servante *Bai-sha* et l'héritier du Clan pouvaient partager étaient peu nombreux. Chaque souvenir était précieux. Chaque geste, chaque mot, depuis le jour où leurs regards s'étaient croisés au cours d'un banquet jusqu'à leurs derniers instants de bonheur et d'horreur mêlés, de leurs conversations à voix basse jusqu'à leurs rêves de dragons et d'autres vies…

Kevla poussa soudain un cri. Ses souvenirs doux-amers volèrent en éclats. L'Empereur était entré dans ses pensées subrepticement, tel un rat pénétrant un grenier à blé, cherchant à apprendre ce qu'il voulait savoir à tout prix...

— Ne le laisse pas faire, Kevla ! cria le Dragon, la tirant de l'état de choc où elle se trouvait. Pense à quelque chose qui lui serait tout à fait inutile ! Vite, dis-moi comment tu soignerais une piqûre d'insecte !

— Il faut la frotter avec de l'ail puis appliquer un cataplasme d'argile blanche.

Ces paroles banales la calmèrent, et elle sentit la présence de l'Empereur devenir moins forte.

— Bien, très bien. Et comment prépares-tu l'*eusho* ?

Kevla récita consciencieusement les nombreuses étapes de la préparation de cette boisson chaude et amère.

Non ! Tu es en mon pouvoir à présent, sur mon territoire.

L'Empereur avait changé son angle d'attaque. Il ne fouillait plus son esprit, mais son cœur. Elle posa sa main sur sa poitrine, comme si elle pouvait ainsi atteindre son propre cœur et le protéger.

— Feu ! cria le Dragon.

Les mains sur la poitrine, Kevla visualisa son cœur entouré de murs de feu. Leur chaleur envahit son être. Une douleur lancinante déchira ses tempes. Puis, soudain, de manière inattendue, elle se trouva libérée et prit une profonde inspiration.

Dans un soupir, elle s'écroula, épuisée. Mais elle sentit le soulagement du Dragon.

— Nous l'avons échappé belle, dit-il. Nous avons de la chance qu'il ne se soit pas attendu à te retrouver si tôt. Sinon, il aurait été mieux préparé.

— Je n'aurais pas dû penser à *lui*, répondit Kevla d'une voix tremblante.

Elle était incapable de prononcer son nom, mais elle savait que le Dragon comprenait de qui elle parlait.

— J'aurais pu révéler ce qu'il m'avait dit. Il aurait été si déçu par moi… s'il était encore en vie.

— Non, au contraire, dit le Dragon, d'une voix aussi douce que possible pour une créature si puissante. Je crois qu'il serait très fier de toi.

L'estomac de Kevla cria famine. Elle rit et essuya ses larmes. Son corps se moquait visiblement des Empereurs, des Gardiens des Traditions, d'amour et de devoir. Il voulait se nourrir. Toutes les provisions fournies par Sahlik étaient séchées et se conserveraient longtemps. Kevla n'aurait pas besoin d'allumer de feu, et après ce qui venait de se passer, elle n'était pas près de le faire. Autant signaler sa présence à l'Empereur !

Elle mâchouilla un morceau de viande séchée et but un peu d'eau. La viande était insipide mais elle se força à l'avaler. Le pain était meilleur, tendre et frais. Elle se sentit mieux après avoir mangé, plus calme, plus à même de dominer la situation. Elle se leva.

— Où vas-tu ? demanda le Dragon.

— Ramasser les pièces du *Shamizan*, répondit-elle.

— Il fait nuit.

— Je m'en moque. Elles sont tout ce qui me reste de lui.

— Tu le feras demain matin. Quand il fera jour.

Elle ne pouvait rien objecter, malgré son désir de retrouver les pièces et de les savoir toutes à l'abri dans son sac. Elle avait été stupide de les jeter ainsi dans un accès de colère. Tout comme elle était stupide de vouloir les garder. Elle appuya la tête contre le flanc confortable de son ami. En contemplant le ciel étoilé et la course de la lune, Kevla se rendit compte que c'était la première nuit qu'elle passait loin de sa terre natale. Cette pensée était à la fois excitante, triste et effrayante.

Elle les avait mis tous deux en danger et avait failli compromettre leur quête en cédant à ses émotions. Elle ne commettrait plus cette erreur une seconde fois.

Elle admira les étoiles, les paupières de plus en plus lourdes. Elle aimerait être comme elles. Briller au-dessus du monde, au-dessus de ses soucis, de ses peines et de ses épreuves.

Kevla-sha-Tahmu chevauchait le grand Dragon rouge. Elle accomplirait elle aussi son devoir. Le monde et ses souffrances n'auraient aucune prise sur elle. Elle volerait avec le Dragon vers le nord et rejoindrait un autre compagnon, plus expérimenté et qui prendrait la tête de leur mission. Elle savait à quoi il ressemblait, elle avait constaté sa force et sa bonté sur ses traits pâles.

Elle s'endormit enfin et ne fit aucun rêve.

7.

Kevla remua ses membres engourdis en faisant la grimace et s'assit. Sa main se posa sur quelque chose d'humide et elle la retira brusquement.

— Qu'est-ce…

Elle regarda sa main, couverte de gouttelettes d'eau, et se rendit compte que sa *rhia* était également humide.

— Dragon, il y a de l'eau sur l'herbe.

Kevla se leva. Le Dragon s'étira et se leva aussi. Il rit doucement et Kevla rougit, embarrassée.

— Je ne me moque pas de ton ignorance, mon petit, mais de ton inexpérience, si attachante. Cette eau s'appelle de la *rosée*. La nuit, l'eau remonte à la surface du sol, et, le matin venu, elle s'évapore à cause de la chaleur du jour.

Kevla admira ce petit miracle entre ses doigts. De l'eau qui apparaissait juste comme cela…

— Est-ce là un effet de la magie de l'Empereur ?

— Non, c'est simplement la façon dont le monde fonctionne ici. Tu ne fais que commencer à comprendre à quel point les choses sont différentes, sur cette terre. Arukan était isolé des autres contrées par les montagnes, et, à l'inverse des autres pays, ne commerçait pas avec les étrangers.

Kevla goûta avec méfiance au liquide sur son doigt. Le Dragon avait raison : c'était bien de l'eau. Elle sourit, émerveillée.

Le Dragon regarda autour de lui, puis vers l'horizon.

— Je ne sens pas sa présence. Et toi ?

Le contentement de Kevla disparut, comme la rosée dont le Dragon avait dit qu'elle s'évaporerait avec les premiers rayons du soleil. Elle oublia son émerveillement et se concentra sur ses pensées, nerveuse, essayant de sentir la présence de l'ennemi sur son propre territoire.

— Non, dit-elle, consciente de la tension dans sa voix. Mais je ne suis pas sûre de ce que je dois percevoir au juste.

Il tourna la tête de gauche à droite. Ses narines se gonflèrent et une fine volute de fumée en sortit.

— Tu l'aurais su tout de suite, si tu avais senti sa présence. Mais nous ferions mieux de ne pas nous attarder.

— Je suppose que je n'ai pas le temps, alors, de ramasser les pièces, dit-elle tristement.

— Bien sûr que si… Je vais t'y aider.

Kevla lui sauta au cou.

Par chance, les petites pièces de verre brillaient au soleil et furent plus faciles à retrouver qu'elle ne l'avait craint. Malgré tout, ce fut long. Les yeux du Dragon étaient plus perçants que les siens, mais ses griffes ne pouvaient se saisir des minuscules pièces du jeu. Il se contenta de lui indiquer leur emplacement, et elle les ramassa une à une. Chaque fois, elle ressentait un pincement au cœur. Elle aurait voulu oublier sa peine, mais elle aurait ainsi renoncé au souvenir de celui qu'elle avait aimé de tout son cœur. Et cela lui était impossible.

Le soleil était à présent plus haut dans le ciel, mais ils avaient réussi à retrouver toutes les pièces, presque une centaine. Kevla regarda avec envie le cours d'eau. Elle aurait aimé prendre un bain rapide mais savait qu'ils s'étaient attardés trop longtemps déjà. Elle se coupa un morceau de pain pour la route et grimpa sur le dos du Dragon.

Les deux compagnons du Feu trouvèrent rapidement leur rythme. Pendant la journée, le Dragon avançait rapidement et ne s'arrêtait que pour permettre à Kevla de se dégourdir les jambes et manger un morceau. La nuit, ils se posaient à terre afin qu'elle pût dormir quelques heures. Chaque jour qui passait apportait à Kevla des émotions diverses. Elle était contente de ce voyage, mais son ancienne vie lui manquait. Elle se sentait sereine et libre, au-dessus du monde matériel. Mais elle pleurait intérieurement l'homme qui l'avait appelée « sa petite âme ». Elle attendait avec impatience le jour où elle pourrait déposer le fardeau de sa quête sur les épaules de cet étranger du Nord, mais craignait également de rencontrer un être aussi différent d'elle.

La terre changeait sous leurs pieds. Même si Kevla n'avait jamais vraiment froid, il était évident que le climat du pays de l'Empereur n'était pas celui du désert. Les plaines grasses et jaunies de la première nuit laissèrent la place à de riches prés verdoyants et fleuris. Les fleurs ressemblaient, aux yeux de Kevla, à autant de petits joyaux. Deux nuits plus tard, le Dragon se posa dans une clairière, au milieu d'un nombre incalculable d'arbres.

Kevla descendit à terre, constatant que ses pieds se posaient sur un tapis de feuilles mortes.

— Je n'ai jamais vu autant d'arbres à la fois. Pas même dans les vergers.

— Le terme qui désigne un aussi grand nombre d'arbres est « forêt », expliqua le Dragon.

Eblouie par la taille et la bonne santé de ces arbres — à Arukan, seuls les arbres fruitiers étaient cultivés et prospéraient ; les autres étaient rabougris et chétifs —, elle se promena parmi eux et caressa leur tronc. Les variétés étaient diverses et les feuilles de mille couleurs, or, rouges, orangées, jaunes…

— Je suppose que tu vas me dire que cette merveille n'est pas non plus un produit de la magie de l'Empereur ? dit-elle au Dragon d'un air de défi.

— La magie n'a rien à voir là-dedans. Arukan est une terre désertique. Les changements sont peu fréquents : un orage ici et là, des moments où le temps est plus chaud ou plus froid que d'habitude… Mais ici, les changements sont plus brutaux. La plupart des contrées vivent quatre saisons différentes : le printemps, temps de la croissance, l'été, époque de l'épanouissement, l'automne, où l'on récolte les fruits de l'été, et enfin l'hiver, où tout est endormi et calme.

Kevla secoua la tête, stupéfaite, et ramassa une feuille dorée qu'elle fit tourner entre ses doigts.

— J'ai du mal à comprendre tout ceci, mais mes yeux ne peuvent me mentir.

Elle réfléchit aux explications du Dragon et ajouta :

— Je comprends qu'un peuple prospère dans des lieux où tout pousse si aisément. Mais cet hiver dont tu parles, n'est-il pas mauvais ?

— Pas nécessairement. Mais ce n'est pas une saison fructueuse. Tout est endormi. Aucun végétal ne pousse et les fruits ne mûrissent pas sur les arbres. Les animaux ont du mal à trouver de la nourriture, et les hommes aussi. Certaines bêtes s'engraissent volontairement et hibernent dans une grotte plutôt que d'affronter cette saison.

— Comment font-ils tous pour survivre ?

— Ils savent que cette saison est inévitable et s'y préparent. Ils récoltent et engrangent de la nourriture.

— Comme nous le faisons lorsque les hommes partent pour des expéditions.

— Exactement. Puis le printemps revient, ils sèment de nouvelles cultures, le cycle reprend son cours.

Kevla esquissa un sourire. Ce cycle, sempiternel et régulier, était rassurant. Les siens ne connaissaient que le désert. Comme le Dragon l'avait rappelé, son climat était marqué par de rares inondations, des changements de température et des orages ponctuels, mais les jours et les mois se succédaient à l'identique, et elle se dit soudain que cela avait quelque chose… de monotone.

Elle marcha entre les arbres, caressa la plante verte et épaisse que le Dragon nomma « mousse », et tenta d'embrasser un des arbres. Elle s'aperçut vite qu'il était trop gros pour cela, et qu'il devait par conséquent être très vieux. Les feuilles de certains arbres ne changeaient pas de couleur mais avaient la forme d'aiguilles dont le parfum était enivrant, presque insupportable.

— Si les parfumeurs d'Arukan pouvaient capturer cette senteur, leur fortune serait faite, dit Kevla au Dragon en portant une branche à son nez et en respirant profondément son parfum.

Cette nuit-là, elle fit un rêve. Elle était à un banquet, dans la grande salle de réception du Clan des Quatre Eaux. Kevla avait assisté à nombre de ces festins au cours de son existence. D'habitude, elle se tenait invariablement derrière la *khashima*, voilée et silencieuse, ne mangeant de petits morceaux qu'une fois que sa maîtresse avait dégusté les plats servis à la table, qu'elle eût faim ou non.

Mais cette fois, elle était assise au centre de la table basse de bois sombre, à la place d'honneur. Elle n'était pas voilée, ce qui ne pouvait signifier qu'une seule chose : elle était la femme présente dont le rang était le plus élevé. Elle était installée sur des coussins de soie brodée et comprit, sans regarder derrière son épaule, que ses propres servantes se tenaient à sa disposition. Le festin était riche : viandes rôties, gibier farci d'herbes aromatiques et glacé au miel, pain frais, fruits succulents à la chair rouge et mûre, dattes, olives et toutes sortes de mets délicats.

Kevla mangeait de bon cœur, riait et bavardait avec aisance et grâce avec les autres convives, comme si cette situation était naturelle, comme si c'était la vie que sa naissance appelait plutôt que celle d'une enfant *Bai-sha*, illégitime et non désirée. Elle entendait de la musique, aussi bruyante et animée que les invités.

A sa droite se tenait le *khashim* du Clan, Tahmu-kha-Rakyn. Grand et fort, les traits aquilins, les cheveux noirs et bouclés, il la regardait affectueusement et, de temps à autre, esquissait un geste tendre à son égard. L'aisance qui existait entre eux n'avait jamais eu sa place dans leurs rapports réels, mais Kevla comprit que cette vie était celle qu'elle aurait vécue si Tahmu, son père, l'avait autrefois reconnue comme sa fille.

Elle se concentra sur Tahmu, car elle devinait qui se trouvait à sa gauche. Même en rêve, Kevla était incapable de le regarder. Elle sentait sa main, tendre et douce, caresser ses cheveux, elle sentait son souffle dans son cou, et elle ferma les yeux. Ce n'était qu'un rêve, mais ces moments étaient tellement précieux… Elle ne voulait jamais plus se réveiller.

J'ai oublié tant de choses, Danseuse de Feu, murmura son bien-aimé. Ses lèvres caressaient le lobe de son oreille. Elle trembla mais refusa d'ouvrir les yeux. *Dis-moi, dis-moi…*

Elle ne pouvait rien lui refuser. Elle ne l'avait jamais pu et, dans ce rêve merveilleux, tout en sachant que ce n'était qu'un rêve, elle s'apprêta à lui dire ce qu'il voulait savoir.

Ses yeux s'ouvrirent brusquement. Des flammes dévoraient la table du banquet. La chaleur et la lumière aveuglante du feu… Elle cria et leva les mains…

Kevla se réveilla complètement. Le Dragon crachait ses flammes sur elle. Elle n'eut pas mal car elle était le feu même. Mais elle comprit, horrifiée, ce qui venait de se passer.

L'Empereur avait fait irruption dans ses rêves. Il avait feint d'être Jashemi, son Gardien des Traditions, son amour, et avait essayé de l'amener à révéler tout ce qu'elle savait.

Le Dragon se baissa, permettant à Kevla de grimper sur son dos. Elle s'accrocha à son ami tandis qu'il prenait son envol à une vitesse jamais égalée jusqu'alors pour elle. Son estomac se souleva et elle faillit perdre l'équilibre.

— Nous ne nous arrêterons plus avant d'avoir quitté le territoire de l'Empereur. Cette attaque était plus forte que les précédentes. Une nuit de plus, et il pourrait venir à bout de ta résistance…

Kevla était folle de rage. Comment l'Empereur osait-il utiliser ses précieux souvenirs de l'homme qu'elle aimait avec passion ? Elle frissonna, mais non de peur, cette fois. Au lieu de chercher à protéger ses pensées, elle les rassembla et les jeta à son ennemi sans visage et sans nom.

Tu ne me briseras pas ! Tu n'obtiendras pas ce que tu veux de moi ! Et jamais plus tu n'utiliseras mon amour pour lui contre moi !

Elle fit appel au feu par la force de son esprit et dirigea ses boules de feu contre son adversaire. A sa grande surprise, elle le sentit reculer, trébucher et quitter hâtivement ses pensées.

Un autre cherchait à atteindre son esprit, maintenant, une présence aimante et bienvenue.

Bien joué, Danseuse de Feu, lui dit en pensée le Dragon. *Très bien joué. Il y réfléchira à deux fois avant de revenir nous ennuyer encore.*

J'aimerais mieux ne plus remettre les pieds sur son territoire, songea Kevla. Cette méthode de communication était plus aisée, du fait du vent qui lui hurlait dans les oreilles. Le pays de l'Empereur avait semblé si agréable, si paisible, mais elle frissonna à la pensée de ses pieds nus sur ce sol, à la recherche des pierres colorées qui lui rappelaient tant Jashemi.

Comme tu voudras, répondit le Dragon dans son esprit. Mais si tu changes d'avis, je descendrai.

Non !

Sa propre virulence l'étonna.

Pas question, même si ma vie en dépendait.

Le Dragon ne dit rien. Kevla s'installa confortablement sur son dos, s'allongeant dans l'espace entre ses crêtes, et s'agrippa à lui.

Lorsqu'elle ne dormait pas, le voyage lui paraissait un rêve intemporel. Le vent se calma. Une brise légère finit par caresser son corps et par jouer avec ses cheveux. Le Dragon volait à un rythme rapide et régulier, et Kevla laissa son esprit vagabonder.

— Kevla, dit le Dragon, regarde en bas.

Kevla cligna des yeux et bâilla. Le soleil se levait à l'horizon. Elle obéit à la requête du Dragon et jeta un œil encore ensommeillé en bas. Elle poussa un cri de surprise. Le monde à ses pieds était blanc. L'étendue blanche s'étirait aussi loin qu'elle pouvait voir. Seules quelques forêts formaient des taches sombres se détachant sur ce tapis blanc.

— De la neige ! s'écria-t-elle, se souvenant des propos du Dragon. Cela doit être de la neige !

Kevla regarda, éblouie, les couleurs roses de l'aurore changer le monde sous leurs pieds.

— C'est magnifique, dit-elle dans un souffle. Je

n'ai jamais rien vu de tel. Non, attends…, corrigea-t-elle. Cela me rappelle les pierres que j'ai vues une fois au marché. Elles étaient blanches et solides, et reflétaient la lumière comme ceci. Oh, Dragon, qu'est-ce que c'est ?

Elle montra du doigt quelque chose qui ressemblait à un serpent d'argent traversant la vaste étendue blanche.

— Je dirais que c'est un fleuve, reprit elle aussitôt, mais…

— En effet, répondit le Dragon, mais il est gelé. Il est presque aussi dur à présent que la pierre que tu as évoquée.

— C'est une merveille, murmura Kevla. Et regarde, il y a tellement d'arbres ! Mais leurs feuilles ont disparu. On dirait des squelettes…, ajouta-t-elle en baissant la voix.

Elle se tut, tâchant de saisir la portée de ce spectacle. Plus elle contemplait le paysage, plus elle se sentait mal à l'aise. Elle pensa à l'homme qu'elle était venue trouver sur ces terres. A quoi ressemblerait-il ? Comment trouver un terrain d'entente avec une personne si différente de tout ce qu'elle avait connu ?

— Je me demande comment les gens vivent dans un pareil endroit…, murmura-t-elle. Ces gens qui connaissent le rythme des saisons et s'y préparent… Ces gens qui connaissent chaleur et froid, pluie et neige, et non le sable, la chaleur et le désert inaltérable…

Le Dragon éclata de rire et plongea vers le sol.

— Tu es sur le point de le voir de tes propres yeux, dit-il.

⁂

Le visage de l'Empereur était baigné par la lumière écarlate du foyer. Le conseiller regarda son maître, puis la silhouette vêtue de noir qui se tenait derrière l'Empereur. Des mains gantées se posèrent un instant sur les épaules du maître, puis relâchèrent leur pression.

Le conseiller fit un geste de recul en voyant l'Empereur s'éveiller soudain de sa torpeur. Après deux échecs si retentissants et si humiliants, il était certainement d'humeur massacrante.

Mais le maître se contenta de soupirer et saisit une coupe de vin d'une main tremblante. Avec l'autre main, il s'empara de l'objet suspendu qui lui permettait d'avoir accès à l'esprit de la Danseuse de Feu. Aussitôt, l'objet de couleur pourpre, dont la base était ronde mais l'extrémité plus fine, telle une goutte de sang, se posa sur sa main. Aux pieds de l'Empereur était allongé, comme toujours, le ki-lyn. Etait-ce un effet de l'imagination du conseiller, ou le bel animal tenu en captivité avait-il vraiment l'air satisfait ?

— Ce n'était pas la victoire que j'avais imaginée, dit l'Empereur en caressant la surface lisse de l'objet.

Il reposa avec soin la coupe de vin sur la table près de lui.

— Regrettable, en effet, mon seigneur, répondit le conseiller en regardant le visage de l'Empereur puis l'endroit où le Mage aurait dû être.

— J'ai cru que je tenais ma chance, lorsqu'elle était ici, mais…

L'Empereur s'interrompit et baissa la main afin de caresser le ki-lyn. L'animal tenta de l'éviter, mais lorsque la chaîne autour de son cou élégant l'en empêcha, il se laissa faire.

— Vous ne connaissez pas aussi bien cette arme que vous le croyiez, Excellence, dit le Mage d'une voix qui glaça le sang du conseiller. Prenez votre temps.

— Je suis sûr que mon seigneur a une autre stratégie, mentit le conseiller.

Tu as raison, mon vieil ami, dit calmement l'Empereur. Elle n'est plus sous mon influence directe à présent, certes. Mais je ne manque pas de serviteurs à mes ordres dans d'autres contrées. Des serviteurs qui désirent ce que j'ai à offrir, et dont les esprits sont forgés selon mes besoins.

Il regarda le conseiller à la dérobée et éclata de rire.

— Tu ne pensais tout de même pas que j'allais tout te dire ?

— A dire vrai, si, mon maître, répliqua le conseiller. Je suis votre conseiller, après tout. Comment pourrais-je remplir cet office si vous ne me racontez pas tout ?

Cette fois, l'Empereur ne le regarda plus à la dérobée mais le fixa avec insistance. En son for intérieur, le conseiller tremblait de peur. Mais il n'en laissa rien paraître. Il n'osait montrer des signes de faiblesse, pas devant ce cruel prédateur. Car l'Empereur ne respectait que la force et le pouvoir.

— Ceux qui en savent trop sont dangereux, déclara l'Empereur d'une voix faussement douce. Mais fais-moi confiance, mon vieil ami...

Il baissa les yeux sur l'objet que le Mage appelait

le Tenacru et fixa son reflet sur sa surface brillante, comme captivé.

— J'ai des alliés que tu ne peux même pas imaginer. Des alliés qui sont liés à moi par les plus primaires des émotions : l'amour et le chagrin. Certains ignorent même qu'ils sont mes alliés.

Ses lèvres esquissèrent un sourire cruel. L'espace d'un instant, le conseiller regarda les grands yeux expressifs du ki-lyn et lut dans ces lacs limpides un reflet de sa propre frayeur.

8.

La surface blanche parut surgir à leur rencontre. Malgré la confiance que lui inspirait son merveilleux compagnon, Kevla ne put s'empêcher de s'agripper au dos du Dragon. Mais il était inutile de s'inquiéter : il se posa aussi légèrement qu'une plume et le bruit de ses pattes fut étouffé par la neige.

Le Dragon l'avait prévenue que la neige était froide au toucher, mais Kevla savait qu'elle n'aurait pas froid. Quel que fût le temps ou les vêtements qu'elle portait, ses pouvoirs lui accordaient une chaleur perpétuelle. Mais elle fut néanmoins surprise par la sensation de la neige sur sa peau.

C'était froid, en effet, et…

— C'est mouillé ! lança-t-elle.

Le Dragon rejeta son énorme tête en arrière et s'esclaffa.

— Tu l'as fait exprès !

La neige lui arrivait aux cuisses, et plus elle essayait de s'en débarrasser, plus elle était trempée.

— Non, je ne l'ai pas fait exprès, dit le Dragon. Mais je l'avoue, tu es drôle à voir…

Elle le fusilla du regard.

— C'est facile pour toi, la neige t'arrive à peine aux griffes. Comment puis-je marcher là-dedans ?

Je pensais que cette substance ressemblait au sable, mais elle se transforme en eau. Je sais que les gens de ce pays souffrent beaucoup de cet hiver dont tu parles mais, pour moi, ils sont riches ! Autant d'eau dans les prés, sur les collines…

Elle contempla l'étendue blanche autour d'elle, frappée de sa beauté, puis ajouta :

— Un *khashim* lancerait de nombreux raids à la quête d'un tel trésor.

— Ce qui a de la valeur ou pas dépend du moment et du lieu où l'on se trouve, répondit le Dragon. Dix mille pièces d'or ne représentent rien aux yeux d'un homme affamé et errant seul dans la nature. Et de l'eau en abondance n'a aucune valeur si ce qu'elle recouvre est mort. Les habitants de ces terres n'ont peut-être jamais soif, Kevla, mais ils ont certainement froid et faim.

Kevla s'accoutuma peu à peu à l'humidité de la neige et remarqua un autre phénomène inhabituel, le profond silence qui régnait sur l'étendue immaculée. Elle s'arrêta et écouta. Aucun chant d'oiseau. Pas de vent dans les branches d'arbres.

— C'est si paisible, dit-elle dans un murmure, hésitant à rompre le silence. Oh ! Je peux voir ma respiration !

— Tu vois, maintenant : toi aussi, tu peux cracher de la fumée ! plaisanta le Dragon.

Elle lui sourit, reconnaissante de cet humour rassurant.

La neige faisait ployer les arbres à feuilles persistantes et recouvrait chaque branche nue des autres végétaux. Kevla contemplait le paysage, fascinée, lorsqu'elle sentit de petites piqûres froides sur ses joues. Elle leva les yeux et comprit que la neige venait du ciel, telles les rares pluies à Arukan. Elle se pencha et en saisit une poignée. Elle la porta à sa bouche et la sentit fondre sur sa langue. Elle se tint alors immobile, admirant les flocons qui tombaient, les arbres, la lumière pâle du jour et les ombres de la forêt autour d'elle. Le silence sembla absorber le son de sa voix lorsqu'elle parla enfin.

— Je n'aime pas cet endroit, Dragon, eau en abondance ou pas. Je veux retrouver très vite l'autre Danseur et quitter ce lieu.

— Cela pourrait être plus difficile que tu ne le penses, répondit le Dragon. Tu as senti sa présence au Nord, mais jusque-là, nous n'en savons pas plus. Nous sommes dans le Nord, Kevla, et nous sommes en train de découvrir à quel point cette contrée est vaste.

Elle fut découragée davantage par ces paroles.

— Comment allons-nous le retrouver, dans ce cas ?

— Essaie de te souvenir, Kevla, dit-il en la fixant intensément. Tu as accompli cette tâche auparavant. Les liens les plus forts qui existent sont ceux qui relient un Danseur, son Gardien des Traditions et son Compagnon animal, parce qu'ils forment un tout inséparable. Mais tous les Danseurs sont liés par un lien invisible. Jashemi aurait été capable de sentir la présence du Danseur de Terre, davantage que tu ne le peux, car il était Gardien des Traditions. Tel était son devoir. Mais toi et moi en sommes également capables, dans une moindre mesure. Tu es plutôt douée, toutefois. Aie confiance en tes facultés. Essaie d'entrer en contact avec lui. Ecoute jusqu'au moment où une petite voix te dira d'aller dans telle ou telle direction. Les Danseurs sont des êtres exceptionnels. Leurs pouvoirs sont forcément connus de tous. Quelqu'un pourra nous indiquer le chemin à suivre.

Les paroles rassurantes du Dragon redonnèrent confiance à Kevla. Malgré tout, l'énormité de la tâche l'intimidait. Elle s'appuya contre un tronc d'arbre. D'un air absent, elle caressa l'écorce blanche semée de taches noires et irrégulières.

— Ce n'est pas Arukan, avec ses grandes étendues désertiques à perte de vue, dit-elle. Cette contrée compte de nombreuses forêts sombres et mille cachettes. Nous n'allons pas en apprendre beaucoup si nous nous contentons de la survoler, Dragon. Et si j'en crois mes yeux, tu es trop gros pour marcher entre ces arbres.

Il plissa ses yeux dorés.

— Survolons ce pays, voyons ce que nous pouvons apprendre et sentir, avant que tu ne décides d'abandonner.

— Je ne vais pas abandonner ! lança-t-elle, furieuse.

— Bien. Parce que, pendant un court instant, on aurait dit le contraire.

— Tu me connais mieux que ça !

Le regard du Dragon se radoucit.

— En effet. Viens, grimpe sur mon dos et allons trouver les habitants de ces lieux si inhospitaliers.

Elle fut soulagée de quitter le sol et de retrouver les airs, loin de cette neige glaciale, de la forêt et de ce silence étrange. Kevla sécha sa *rhia* trempée d'une seule pensée. Ils poursuivirent leur route mais ne se dirigeaient plus en ligne droite vers le nord : le Dragon volait plus près du sol afin qu'ils aient la possibilité de repérer des maisons. Kevla tenta de concentrer son esprit sur le Danseur de Terre, comme le lui avait conseillé le Dragon, mais elle ne sentit rien d'autre que le début d'une migraine.

Elle abandonna ses efforts et scruta le paysage qui se déroulait sous ses pieds. Elle ignorait même ce qu'ils recherchaient au juste.

— Quelle sorte de maison devons-nous rechercher ?

— Quelle est la plus grande richesse de cette contrée ? dit le Dragon, répondant à une question par une autre question.

— La neige, plaisanta-t-elle, puis elle ajouta plus sérieusement : Les arbres. Ils construisent certainement leurs abris avec des arbres.

Maintenant qu'elle y pensait, elle supposa que le bois faisait un bon matériau de construction, même si personne à Arukan ne l'avait jamais utilisé. Personne n'était suffisamment riche pour le faire. Même le Clan des Quatre Eaux ne pouvait se permettre de gaspiller de l'or en construisant des maisons de bois, alors que la pierre était si disponible et facile à exploiter.

— S'ils fabriquent des maisons à partir de troncs d'arbres, continua-t-elle en réfléchissant à voix haute, nous devrions chercher des clairières où des arbres ont été visiblement abattus.

Le Dragon baissa son aile droite et fit un écart brusque.

— Je crois que je viens de voir une clairière de ce genre à quelques lieues d'ici, vers l'est.

Ils survolaient à présent une étendue dépourvue de forêts et de fleuves. Quelques instants plus tard, Kevla aperçut de petites maisons. Comme elle l'avait imaginé, elles semblaient faites de bois.

— Là-bas ! s'écria-t-elle en pointant le doigt dans leur direction. A ta gauche.

— Je les vois, répliqua le Dragon. Espérons qu'ils sont d'humeur à accueillir des visiteurs.

Les maisons étaient rassemblées à l'orée d'une forêt, mais le Dragon avait raison : il y avait bien une grande clairière où l'on devinait des souches sous la neige. *Certainement les troncs de grands arbres, abattus afin de construire ces abris*, songea Kevla. Elle était à la fois nerveuse et impatiente. Mais à la vue de la première maison, tout espoir s'éteignit en elle.

Les maisons étaient faites des troncs de ces grands arbres blancs, élancés et droits qu'elle avait déjà vus. Les troncs avaient été disposés de manière à ne laisser aucun espace, et les rares interstices avaient été comblés d'un matériau visqueux. Mais elle aperçut vite ce qu'elle n'avait pu voir depuis les airs : les toits avaient désespérément besoin d'être réparés et ils s'étaient même effondrés à certains endroits.

Personne n'avait vécu dans ces abris depuis longtemps. Pleine d'appréhension, Kevla s'approcha. Les lourdes portes de bois, sculptées de motifs compliqués, avaient été laissées ouvertes ou s'étaient écroulées. Certaines étaient toujours munies de serrures de métal. Au fil du temps, la neige s'était engouffrée à l'intérieur des maisons, en intruse, et avait fini par emplir tout l'espace.

Kevla entra et regarda autour d'elle. La neige recouvrait tout. La seule lumière était celle qui venait de la porte ouverte et des espaces des volets de l'unique fenêtre. Ici et là, des formes, enveloppées de neige. Kevla balaya la neige de la main et découvrit un petit tabouret de bois. Les murs étaient nus et l'endroit respirait l'abandon.

— Alors ? demanda le Dragon lorsqu'elle ressortit.

— Les maisons sont emplies de neige. Peut-être les gens se sont-ils lassés de la rigueur de l'hiver et sont-ils partis vers le sud, où il est plus clément.

— C'est une possibilité, accorda le Dragon. As-tu trouvé quelque chose à l'intérieur ?

— Oui, des meubles, dit-elle doucement en comprenant la portée de ses propres paroles. Ils ont laissé leurs meubles.

Le Dragon et elle échangèrent un long regard. Une question muette les taraudait : si ces personnes avaient quitté les lieux de leur propre chef, n'auraient-elles pas emmené leurs meubles ?

Kevla savait ce qu'il lui restait à faire. Effrayée de ce qu'elle soupçonnait, elle entra de nouveau dans la maison.

Elle se concentra sur la neige et émit un ordre silencieux. Telle l'eau de la rivière Nur, la neige lui obéit, fondit et sortit de la maison en petits ruisseaux. Lentement, inexorablement, Kevla découvrit l'horrible vérité.

Certaines des formes qu'elle avait vues étaient bien des meubles, comme le tabouret qu'elle avait touché. Mais les autres…

— Kevla, que vois-tu ? demanda le Dragon.

— Ils… ils ne sont pas partis, dit-elle d'une voix tremblante. Ils sont encore là.

Six personnes étaient couchées sur le sol et sur les lits. Deux hommes, trois femmes et un enfant, dont les corps avaient été dissimulés par le manteau de neige. La première pensée de Kevla fut de se dire qu'ils étaient morts de froid, mais la neige fondante devint bientôt rouge. Le sang gelé se mit à couler des blessures ouvertes. Kevla fut incapable de détourner le regard et vit que le corps d'une des femmes avait quasiment été coupé en deux.

Elle sortit de la maison à reculons et faillit se cogner au Dragon. Elle leva les yeux vers lui, consciente que son visage en dirait plus long que tous les mots.

— Des rôdeurs les ont attaqués, murmura Kevla. Ils… ils ont été tués.

— Lorsque la terre ne fournit pas suffisamment de nourriture, dit le Dragon à voix basse, certains arrachent aux autres ce dont ils ont besoin. Par tous les moyens.

Il regarda autour de lui.

— Il y a d'autres formes sous la neige. D'autres victimes, je suppose.

Kevla regarda dans la direction qu'il indiquait et frissonna.

— Les hommes qui ont fait cela sont-ils toujours dans les parages ? demanda-t-elle.

Elle était déchirée entre la peur et une terrible envie de venger ces gens de la brutalité dont ils avaient été victimes.

Le Dragon renifla l'air.

— Non, pas âme qui vive dans les alentours.

Et aucune empreinte de pas non plus, ajouta-t-il en fronçant les sourcils. Pas même celles d'un écureuil.

Kevla était trop bouleversée pour songer à demander ce que pouvait bien être un écureuil. Elle tenta de se calmer en posant les mains sur ses tempes, et en respirant lentement et profondément.

— Si le Danseur de Terre s'est trouvé un jour ici, il n'y est plus, à présent. Je crois... je crois que je le saurais, si l'un d'entre nous était mort.

— Ni toi ni moi ne serions ici si l'un des autres était mort, dit le Dragon. L'Obscurité surgit très vite lorsque l'un des défenseurs du monde n'est plus.

— Ces corps sont en train de dégeler, dit-elle, surprise par le ton calme de sa voix. Nous devons les brûler.

Le Dragon secoua la tête.

— Nous n'avons pas le temps. Nous devons continuer.

— Non, dit doucement Kevla. Ils méritent que leur dépouille soit traitée avec respect. J'imagine que ces bois sont le domaine de prédateurs semblables aux chiens de désert ou aux *simmars*. Je refuse que ces gens soient dévorés de la sorte.

Elle fut prise d'une nausée soudaine mais se contint.

— Vas-tu m'aider, ou vais-je devoir me débrouiller seule ?

Le Dragon soupira.

— Dépêchons-nous, alors.

Il avait eu raison. Lorsque Kevla vit fondre la neige de la clairière, d'autres victimes apparurent. Elle entra dans chaque maison et en vida la neige, découvrant davantage de corps inanimés. Le cœur lourd, elle empila des meubles au centre de la clairière. Le Dragon enleva les toits des maisons, en sortit les corps avec douceur et les amena sur le bûcher funéraire. Kevla s'aperçut qu'une note d'espoir était possible : ils étaient au bon endroit pour trouver le Danseur de Terre, car ces gens avaient la peau d'une blancheur de lait et des tresses aussi dorées que le sable du désert d'Arukan.

— Ils sont si nombreux..., murmura-t-elle. Ils ont dû tuer tous les villageois.

Elle se dirigea vers le bûcher et regarda les corps avec compassion.

— Ce n'est probablement pas la façon dont vous honorez les morts, dit-elle à voix haute, comme s'ils pouvaient l'entendre. Mais je refuse de vous laisser devenir la proie de charognards. Que le vent vous emporte vers vos dieux.

Elle ferma les yeux, leva les mains et pensa : *Brûle.*

Le bûcher prit feu immédiatement. Kevla regarda les flammes crépiter et se souvint qu'il n'y avait pas si longtemps, elle avait allumé un bûcher semblable pour les siens, à l'issue de la bataille contre les troupes de l'Empereur.

— Tu as fait ce qu'il fallait. Partons.

Elle hocha la tête, consciente que le Dragon avait raison, mais, l'espace d'un instant, il lui fut impossible de détourner les yeux des flammes. L'odeur, souvent agréable, du bois qui brûle devenait de plus en plus insupportable au fur et à mesure que se consumaient les corps. Kevla tourna enfin les talons et grimpa sur le dos du Dragon.

*
* *

Ils ne trouvèrent rien d'autre pendant le reste de la journée, et la nuit vint plus vite qu'à l'accoutumée. Lorsque Kevla le lui fit remarquer, le Dragon répondit :

— Nous allons vers le nord et c'est l'hiver. Le soleil ne brille pas autant en cette saison, et la nuit dure parfois de longues heures. Parfois même des mois.

Le Dragon se posa à terre alors que le soleil disparaissait à l'horizon. Kevla se laissa glisser sur la neige et s'aperçut que la couche en était très épaisse partout.

— Je ne peux pas dormir sur cette neige humide, dit-elle, consciente du ton irrité de sa voix.

— Les arbres empêchent la neige de tomber sur le sol, dans les forêts, répondit le Dragon. Tu pourrais empiler quelques branches et te faire une couche confortable.

Sa *rhia* était de nouveau trempée. Ses fines sandales de cuir étaient peu adaptées à la marche sur ces monticules de neige. Elle regarda son compagnon, les bras croisés sur la poitrine, consciente qu'elle devait avoir l'air d'une enfant perdue. Après tout, qui pourrait le lui reprocher ? Elle avait traversé de lourdes épreuves et se sentait comme une enfant. Un sentiment étrange, car elle n'avait pas eu une enfance protégée. Elle avait passé ses premières années à trouver des clients pour sa mère, puis à éviter les manœuvres compliquées du Clan des Quatre Eaux. Mais, pour la première fois depuis longtemps, elle se sentait vulnérable : loin de chez elle, dans ces contrées étranges et couvertes de blanc, sans oublier les cadavres qu'elle venait de découvrir. La volonté qui lui avait permis d'ériger un bûcher et de brûler ces corps avait disparu. Elle était physiquement et mentalement épuisée, et affamée. Si seulement ils pouvaient découvrir le Danseur de Terre rapidement, afin qu'elle retrouve le rôle secondaire qu'elle aimait par-dessus tout !

Le Dragon se dirigea vers les arbres, arracha quelques branches énormes, comme si elles n'avaient été que de simples brindilles, et les débarrassa de la neige qui les recouvrait. Il dégagea ensuite une petite clairière et y installa les branches. Il s'allongea autour de cet abri et appela Kevla.

— Viens, mon petit. Dors près de moi.

Les branches étaient dures et leurs aiguilles piquaient sa peau, mais Kevla n'émit pas une plainte. Elle préférait dormir près de son compagnon, sur un tas de pierres, que seule dans un lit confortable au cœur de cette forêt sinistre.

Ils étaient à présent loin du domaine de l'Empereur, et Kevla pensa qu'elle pouvait allumer un feu en toute sécurité. Le feu crépita bientôt gaiement, et elle trouva un certain réconfort dans ces flammes orangées.

Elle pouvait faire mieux qu'allumer un simple feu. Elle était capable de voir à travers les flammes ou de les utiliser afin d'aller de son feu à celui de quelqu'un d'autre. Elle eut soudain une idée.

— Je vais voir si je peux trouver le Danseur.

Si seulement elle pouvait le voir, elle pourrait lui parler… et retrouver sa trace.

— Excellente idée, dit le Dragon en penchant sa tête pour mieux voir.

Kevla fixa les flammes et se concentra.

— Montre-moi le Danseur de Terre, dit-elle.

Rien. Le feu ne changea pas d'apparence. Un sentiment d'amère déception la submergea. Elle avait pourtant pensé que ce serait facile.

— Peut-être n'a-t-il pas encore allumé de feu, observa le Dragon.

— Il fait presque nuit, rétorqua Kevla d'un ton plus sec qu'elle ne l'avait voulu. Il a forcément allumé un feu, à cette heure.

— Il n'est peut-être pas près du feu. Tes pouvoirs sont grands, Danseuse de Feu, et ne feront qu'augmenter. Mais ils ont leurs limites.

Kevla soupira et se frotta les yeux.

— Tu es la voix de la raison, Dragon. Mais j'avais tout de même espéré…

Il pencha la tête et lui caressa le front aussi doucement qu'il le put.

— Continue d'espérer.

Le jour suivant, ils virent de nouvelles clairières se détacher dans la forêt. Kevla et le Dragon étaient à l'écoute de leurs sens, de cette « petite voix » dont avait parlé le Dragon. Au début, elle ne perçut rien que l'immobilité et le calme de l'hiver. Mais lorsqu'ils survolèrent une clairière où étaient nichées des maisons, quelque chose dans la poitrine de Kevla réagit. Les battements de son cœur s'accélérèrent lorsqu'elle songea à la dernière fois qu'ils avaient vu un spectacle aussi faussement plaisant. Elle n'était pas très enthousiaste à l'idée de descendre et de fouiller ce village, mais elle savait qu'ils se devaient au moins d'essayer.

— Je crois que nous devons descendre.

— Sens-tu la présence du Danseur de Terre ? demanda le Dragon.

— Je ne suis pas sûre. Tout ceci est si nouveau pour moi… Mais quelque chose me dit que nous devons nous arrêter ici.

— C'est suffisant pour moi, dit le Dragon.

Il se mit à la recherche d'un endroit pour se poser. Kevla remarqua plusieurs formes au sommet de la colline : sombres, difficiles à identifier à cette hauteur, et en mouvement. Un son faible parvint à ses oreilles alors que le Dragon s'apprêtait à se poser dans une clairière, non loin de celle où se trouvaient les maisons.

— Tu vas devoir approcher de ce village seule, Kevla, dit le Dragon en se posant sur l'épais manteau de neige. Je n'arriverai pas à avancer facilement dans cette forêt.

Elle hocha la tête.

— Sans doute est-ce mieux ainsi. Tu risquerais de leur faire peur. Attends que je t'appelle pour me rejoindre.

Kevla glissa à terre. La neige lui arrivait cette fois aux genoux. Sa *rhia* fut trempée immédiatement. Elle se demanda une nouvelle fois comment les gens parvenaient à se déplacer dans cette neige épaisse. Elle avança tant bien que mal, résignée, songeant que si elle continuait ainsi, elle aurait bientôt les jambes particulièrement musclées !

Le bruit étrange mais non désagréable qu'elle avait entendu auparavant se renforça à mesure qu'elle escaladait la colline. Cela ressemblait à de la musique, mais produite par un instrument qui lui était totalement inconnu et dont les notes lui parurent aléatoires. Elle trébucha plus d'une fois, tombant dans la neige blanche puis se relevant péniblement. Elle arriva enfin au sommet de la colline, à bout de souffle et les yeux fixés sur ses pieds afin d'éviter de glisser de nouveau.

Elle regarda enfin devant elle et poussa un cri, manquant de tomber à la renverse. Les formes étaient des corps, suspendus à des piquets plantés dans le sol et qui se balançaient au gré du vent.

Elle fut tellement soulagée ensuite de constater que ces « corps » étaient des animaux qu'elle sentit ses jambes se dérober. Le sang des carcasses avait gelé et formait de petites gouttes écarlates. La viande était grise et probablement très dure au toucher.

Kevla connaissait cette pratique. Elle comprenait que les habitants de cette contrée devaient compter sur le vent pour sécher la viande et non sur la chaleur des rayons du soleil. Elle comprit également ce qui produisait ce son étrange : des bandes de métal suspendues côte à côte. Le but était certainement d'éloigner les animaux.

Elle regarda de près l'instrument improvisé et fronça les sourcils. Très utile, certes, contre les prédateurs, mais des villageois si affamés ne se contenteraient pas d'une aussi piètre protection. Quelqu'un devait faire le guet…

Kevla tourna brusquement les talons et…

9.

Ils étaient au moins vingt et ne ressemblaient à aucun des êtres qu'elle avait connus. Grands, enveloppés de fourrures qui leur donnaient l'air, à première vue, d'animaux géants, tous brandissaient un objet qui était visiblement une arme. Ils portaient des coiffes et d'étranges planches et de larges chaussures semblaient attachées à leurs pieds. Comme les cadavres qu'elle avait découverts quelques jours auparavant, ces gens avaient un teint pâle et des cheveux jaunes. Leurs visages arboraient des expressions franchement hostiles. Kevla se tint immobile, se demandant ce qu'elle devait faire, lorsqu'ils s'avancèrent et formèrent un cercle menaçant autour d'elle. Ses yeux scrutèrent la foule, espérant reconnaître les traits familiers du Danseur de Terre.

En dépit de leur nombre, Kevla n'était pas inquiète. Leurs torches et leurs outils de fermiers ne pouvaient rien contre ses pouvoirs. Quelques archers étaient certes présents, arcs bandés et prêts à l'emploi, ainsi que quelques épées. Mais même ces armes ne constituaient pas une menace réelle pour elle.

Je pourrais les détruire avec une simple pensée. Mais elle n'était pas là pour les combattre.

Kevla se redressa et les regarda calmement.

— Je suis Kevla-sha-Tahmu, dit-elle. Je viens d'Arukan, à la recherche de l'homme connu sous le nom de Danseur de Terre.

Les étrangers continuèrent de brandir leurs armes. Elle réessaya :

— Je ne suis pas une menace, pour vous. Mais je dois retrouver cet homme.

Aucune réaction, mis à part quelques pas gênés et des regards échangés. Kevla parcourut la foule du regard, cherchant le *khashim* du groupe.

— Emparez-vous d'elle, dit une voix de femme. Mais ne lui faites pas de mal.

Le cercle se resserra autour d'elle. Elle se raidit. Elle n'avait certes aucune envie de blesser ces gens, mais elle ne pouvait les laisser la capturer. Peut-être pouvait-elle faire une démonstration de ses pouvoirs…

— Brûle ! cria-t-elle.

Et immédiatement les arbres les plus proches s'enflammèrent.

Les étrangers eurent un mouvement de recul et poussèrent un cri. Certains tombèrent à genoux. D'autres fuirent, leurs étranges chaussures leur permettant de marcher sur la neige plutôt que de s'y enfoncer. Mais une femme ne bougea pas. Elle s'adressa aux autres en ces termes :

— Allez-vous abandonner si facilement, bande de lâches ?

Cette femme ne bronche pas, malgré cette démonstration de mes pouvoirs, songea Kevla. Les mots du Dragon lui revinrent à l'esprit : « Les gens de cette contrée n'ont peut-être jamais soif, Kevla, mais ils ont certainement froid et faim. »

L'argument de la femme fut visiblement efficace, car les fuyards revinrent en arrière, obéissant à son ordre tacite. Elle avait une faux à la main et tremblait de tous ses membres, sans toutefois fuir.

Kevla admira son courage et tenta de le lui faire comprendre. Elle s'inclina, fit un signe de la main et le feu s'éteignit immédiatement.

— Tu es très courageuse, dit Kevla.

Les yeux bleus de l'étrangère se plissèrent.

— Tu fais brûler les arbres pour nous faire peur, *taaskal*. Essaies-tu à présent de me jeter un sort à moi aussi ?

La réponse de la femme n'avait aucun sens pour Kevla. A moins que… Une idée troublante lui vint soudain à l'esprit. Tout en surveillant l'étrangère, Kevla envoya une pensée au Dragon.

Dragon, que se passe-t-il ?

Ils ne te comprennent pas, répondit-il.

Kevla ouvrit de grands yeux. Elle n'y avait même pas songé !

Je parle leur langue, reprit le Dragon. *Mais ils auront encore plus peur de moi que de toi.*

Tant pis, rejoins-moi. Comment se fait-il que tu parles leur langue ? demanda Kevla, sans quitter la femme des yeux.

Le Dragon était déjà en route pour la retrouver. Les Danseurs et leurs Compagnons auraient bien du mal, s'ils n'étaient pas capables de communiquer avec les hommes.

Tu commences déjà à comprendre leur langue. Tu sauras bientôt la parler.

Kevla entendit le son familier des puissants battements d'ailes du Dragon. Ses adversaires levèrent les yeux et pâlirent encore davantage. Certains poussèrent de faibles gémissements et tombèrent à genoux dans la neige. Mais ils ne prirent pas la fuite. Ils étaient sans doute trop terrifiés. Ou alors la bravoure de cette femme leur avait fait tellement honte qu'ils étaient restés. Le Dragon écrasa plusieurs arbres en se posant et la terre trembla sous ses pattes. Kevla le rejoignit d'un pas rapide et le caressa, montrant ainsi aux villageois qu'il était sous ses ordres.

— Que veux-tu que je leur dise ? demanda le Dragon en fixant la foule de son regard doré. Ils ont l'air paniqués.

Kevla choisit ses mots avec soin.

— Commence par les saluer respectueusement. Dis-leur que je suis la Danseuse de Feu et que nous venons tous deux en amis, à la recherche de quelqu'un qui, lui, nous reconnaîtra.

Le Dragon traduisit ses paroles et Kevla fronça les sourcils. Elle comprenait les mots prononcés par son ami alors qu'il ne parlait pas sa langue maternelle.

Cette fois, les villageois parurent comprendre le message. Mais ils étaient loin de paraître plus à l'aise.

— Monstre des cieux, dit la femme d'une voix profonde, nous n'avons peur ni de toi ni de la *taaskal* à laquelle tu obéis. Quittez nos terres et laissez notre nourriture, ou nous vous combattrons.

Kevla se demanda ce que pouvait bien être une *taaskal* mais admira le courage de ces gens.

— « Monstre des cieux »..., marmonna le Dragon à l'intention de Kevla. Ces gens du Nord sont plutôt mal élevés.

— Ils ont peur, répondit Kevla, pleine de compassion. Dis-leur que leur bravoure les honore et que nous ne sommes pas une menace pour eux. Nous n'en voulons pas à leurs provisions. Nous sommes ici à la recherche de l'homme que l'on appelle le Danseur de Terre.

Une fois encore, le Dragon parla en leur nom à tous les deux. La femme l'écouta mais secoua la tête.

— Ce nom ne nous dit rien.

Elle regarda ensuite Kevla.

— Pourquoi ne nous parle-t-elle pas ?

— Dis-lui que je comprends la conversation mais que je ne puis parler sa langue.

Kevla espéra que le Dragon avait dit vrai et que, bientôt, elle serait capable de parler cette langue étrange aussi aisément que lui. Passer par son truchement risquait de devenir rapidement pénible.

— Dis-lui que j'apprends leur langue et que nous pouvons les aider, ajouta-t-elle. Comme ils l'auront remarqué, tu peux voler. Tu pourrais aider ces hommes à chasser.

Le Dragon répéta ces paroles. Mais elles parurent déplaire. La femme serra plus fort sa faux.

— Nous n'avons pas besoin d'aide.

C'est alors que Kevla s'aperçut que bien peu d'hommes étaient présents dans la foule. La plupart des adultes étaient des femmes au visage fermé. Les deux ou trois hommes étaient âgés et visiblement fatigués. Kevla vit aussi quelques jeunes garçons à la barbe tout juste naissante.

— Les hommes sont partis, murmura-t-elle au Dragon. Sinon ils seraient là pour défendre leur village.

— Peut-être les hommes d'ici sont-ils ceux qui ont attaqué les villageois que nous avons trouvés morts, dit le Dragon.

Cette éventualité était horrible, mais Kevla savait que c'était possible.

— Peut-être, reconnut-elle. Mais leurs hommes ont pu être victimes de rôdeurs, eux aussi.

Kevla hésita. Son instinct lui soufflait de les aider, mais s'ils étaient responsables du massacre…

« Je refuse de les condamner sans être sûre de leur culpabilité », se dit-elle farouchement.

— Peux-tu leur trouver de la nourriture ?

— Je peux essayer, même si je n'ai pas vu de gibier en abondance.

— Je vais rester ici. Je veux leur montrer ce dont je suis capable, comment je peux les aider. Si nous démontrons nos bonnes intentions, peut-être nous feront-ils confiance.

— Comme tu voudras.

Le Dragon prit son envol sous les regards ébahis des villageois. Lorsqu'il eut disparu, ils reportèrent leur attention sur elle. Mal à l'aise, elle se laissa dévisager. Pendant de longs instants, personne ne dit mot.

Soudain, un cri de fureur déchira le silence. Kevla vit un mouvement du coin de l'œil. Un jeune garçon chargeait dans sa direction, une torche à la main.

— Olar, non ! cria la femme à la tête des villageois.

Instinctivement, Kevla fit un geste vers lui. La flamme de la torche s'éleva plus haut et, stupéfait, le jeune garçon la laissa tomber à terre. Il se tenait les mains, cherchant à voir si elles étaient intactes. Le feu s'éteignit dans la neige.

Kevla fut emplie d'une rage muette. Elle n'avait pas voulu effrayer davantage ces gens mais gagner leur confiance. Elle s'avança et ramassa la torche.

— Brûle, dit-elle.

Le feu ressuscita immédiatement, plus fort qu'auparavant. Lentement, avec le sourire, Kevla s'approcha du jeune garçon et lui tendit la torche.

Ils échangèrent un long regard. Il était si jeune, et ses yeux bleus étaient emplis de terreur. Elle savait qu'il ne pouvait la comprendre, mais elle dit néanmoins :

— Tout ira bien. Tu peux la prendre.

Prudemment, le jeune garçon tendit une main tremblante et saisit la torche. Leurs doigts se touchèrent. Il parut surpris. Elle continua de sourire et, comme elle l'avait espéré, il se détendit légèrement.

Kevla leva alors les yeux et aperçut le regard méfiant de la femme.

Ils pensent que le feu est dangereux, même si je viens de le lui rendre, comprit-elle. Comment gagner leur confiance ? Comment pouvait-elle utiliser ses pouvoirs de manière positive et sans les effrayer ? Si seulement le Danseur de Terre était là ! Il connaissait ces gens et aurait pu…

La terre.

Kevla s'agenouilla et commença à fouiller dans la

neige. Des murmures s'élevèrent parmi les villageois, mais ils ne firent pas un geste pour l'arrêter.

Ils doivent se dire que je suis folle, songea Kevla. *Parfois je me le dis aussi.*

Elle trouva enfin ce qu'elle cherchait : une large pierre, enfouie dans le sol gelé. Kevla retira la neige afin que les villageois la voient. Elle montra la pierre et leur fit signe d'avancer. Personne ne bougea.

Kevla posa ses mains sur la surface rugueuse, espérant qu'elle pourrait mettre son idée à exécution. Ses pouvoirs étaient trop récents pour qu'elle connût leurs limites. Avec de la chance, cela fonctionnerait.

Chaleur, pensa-t-elle.

La grosse pierre devint de plus en plus brûlante. En quelques instants, Kevla vit s'élever des ondes de chaleur. Elle poussa un cri de joie et posa sa main au-dessus de la pierre comme elle l'aurait fait pour un feu. Pour leur faire comprendre ce qu'elle voulait et les empêcher de se blesser, elle jeta un peu de neige sur la pierre. La neige siffla et fondit immédiatement.

Kevla s'éloigna et fit signe aux villageois. La femme fut la première à approcher, d'un pas hésitant. Elle esquissa un sourire. Ses traits s'adoucirent immédiatement. Elle appela une autre femme, plus jeune, qui répéta les mêmes gestes. Elles parlaient à voix basse et Kevla ne put les entendre.

La femme qui paraissait diriger le village se tourna vers Kevla. Cette dernière lui rendit son regard, malgré son envie de détourner les yeux. Elle avait passé sa vie à servir les autres et à éviter leur regard de peur d'être accusée d'impertinence, mais elle sentait qu'il serait peu avisé, et peut-être même dangereux de regarder ailleurs en cet instant. Kevla ne s'était jamais sentie aussi exposée qu'aujourd'hui.

— Le monstre des cieux a dit que tu comprenais notre langue. Est-ce vrai, femme de feu ?

Kevla hocha la tête.

— Tu nous as montré que tu pouvais faire du feu sans faire de mal. Nous offres-tu ton aide ?

Kevla acquiesça sans dire un mot.

— Les *taaskali* sont des créatures dangereuses, mais tes pouvoirs peuvent nous être utiles.

La femme leva les yeux vers le ciel gris.

— L'hiver dure depuis une éternité et nous avons besoin de toute l'aide que nous pouvons trouver. Même celle d'une *taaskal*. Je ne sais pas où est passé ton monstre, mais si tu veux venir au village, tu es la bienvenue.

Kevla fut ravie, mais elle pointa néanmoins un doigt vers le ciel.

— Va-t-il revenir ? demanda la femme.

Kevla hocha la tête.

— Alors, attendons.

Tous attendirent le retour du Dragon. Un par un, au début, puis par petits groupes, les villageois s'approchèrent afin de se réchauffer à la chaleur de la pierre. Leur peur sembla disparaître alors qu'ils tendaient les mains au-dessus de la chaleur bienfaisante. Kevla les observa, se demandant s'ils étaient victimes ou bourreaux.

Enfin, le Dragon revint. Il tenait dans ses pattes de devant deux gros animaux. Ils étaient couverts d'une fourrure brune tachée de sang et ressemblaient à des *liahs*, même si leurs bois étaient formés de plusieurs branches et que leur fourrure était épaisse et hirsute. Le Dragon fut accueilli par des murmures, mais, cette fois, ils étaient appréciateurs. Il se posa à terre et laissa tomber les carcasses sur le sol enneigé.

— Dragon, tu es merveilleux ! s'exclama Kevla.

Il inclina la tête avec modestie.

— Dis leur que ce sont des cadeaux, poursuivit-elle.

Le Dragon obéit. La femme sourit à Kevla.

— Nous préférons de loin une Vierge de Feu à une Vierge de Glace, dit-elle, et sommes ravis d'avoir une *taaskal* comme alliée et non comme ennemie.

Kevla lui rendit son sourire, soulagée. Au moins parvenait-elle peu à peu à gagner leur confiance. Elle se demanda néanmoins ce que signifiait ce terme de « vierge de glace », et elle était sur le point de poser la question par l'intermédiaire du Dragon lorsque la femme plus âgée parla.

— Je suis Gelsan Tulari et je commande les Bois d'Arrun. Reste avec nous jusqu'au moment où tu connaîtras notre langue.

— Merci, dit Kevla.

— La Danseuse de Feu vous est reconnaissante de votre hospitalité, traduisit le Dragon.

La jeune femme à qui Geslan avait parlé auparavant s'avança. C'était une jolie fille aux grands yeux bleus et aux joues roses. D'épaisses boucles blondes dépassaient de son bonnet de fourrure.

— Je suis Mylikki, la fille de Geslan, dit-elle. Je

serais honorée de te montrer notre village. Viens avec nous.

Le groupe redescendit la colline. Kevla remarqua de nouveau les étranges objets autour de leurs pieds. Certains portaient de longuess planches attachées à leurs bottes. D'autres arboraient de grands cercles, faits de branches liées par des boyaux d'animaux. Elle avança prudemment dans la neige alors que Mylikki descendit gracieusement et rapidement la colline et s'arrêta afin de l'attendre.

— J'espère que tu nous pardonneras, en particulier Olar, dit Mylikki.

Kevla comprenait de mieux en mieux les mots étrangers.

— Nous ne sommes pas toujours ainsi avec les étrangers. Cet hiver meurtrier a été très dur. Mais depuis que les *bayinba* ont commencé...

Des raids, songea Kevla, traduisant le mot dans son esprit. *Bayinba* voulait dire « raids », de toute évidence.

— Nous avons malheureusement une bonne raison de craindre les étrangers.

Les habitants des Bois d'Arrun étaient donc des victimes et non des assassins. Malgré sa tristesse à l'idée des pertes qu'ils avaient dû subir, Kevla fut contente de savoir qu'elle n'aidait pas des meurtriers. Mylikki avait cependant ajouté quelque chose qui avait troublé Kevla. Elle tapa sur l'épaule de la jeune fille, qui la regarda d'un air interrogateur.

Kevla répéta lentement un mot que Mylikki avait prononcé. Mylikki dut la comprendre car elle reprit :

— Meurtrier ? L'hiver meurtrier ? Oh… tu ne sais pas. Tu dois venir de très loin !

Mylikki regarda le ciel plombé.

— Habituellement, l'hiver ne dure que quelques mois, même dans les régions les plus au nord de Lamal. Et ensuite le printemps commence. Mais cette année, il s'est produit une chose étrange. L'hiver n'est jamais reparti.

Elle regarda Kevla d'un air grave.

— L'hiver dure depuis plus d'un an.

10.

Kevla regarda Mylikki, interloquée. Voilà pourquoi il restait si peu d'animaux, et pourquoi certains hommes avaient commencé à se comporter eux-mêmes comme tels. Si seulement elle pouvait leur parler directement ! Kevla avait tant de questions qui lui venaient... Elle posa la main sur l'épaule de Mylikki en signe de compassion, et elles reprirent le chemin vers les maisons de la clairière.

Le Dragon s'était frayé son propre chemin dans la forêt en déracinant plusieurs arbres et en les empilant. Les villageois discutaient d'une voix animée en regardant le tas de bois qu'ils n'auraient pas à couper eux-mêmes. L'air satisfait, le Dragon s'installa confortablement, repliant ses pattes avant comme aurait fait un chat, et il se mit à bavarder avec les villageois.

Kevla rit, amusée.

— Les gens de Lamal ont bon cœur, dit Mylikki. Voici notre maison.

Kevla regarda dans la direction indiquée par la jeune fille. Elle se souvint de la maison en ruines que le Dragon et elle avaient découverte quelque temps auparavant. Elle s'efforça d'écarter cette image de son esprit. Mylikki ouvrit la porte et Kevla fut immédiatement frappée par l'odeur de fumée qui se dégageait de la maison.

L'intérieur était obscur, comme dans l'autre maison. Kevla entra prudemment dans une grande pièce unique, toute en longueur, et regarda autour d'elle. Le sol était fait de simple terre battue. Ses yeux s'habituèrent rapidement à l'obscurité et elle vit d'où provenait la fumée. Dans un trou creusé à même le sol se trouvait un feu. Un chaudron était suspendu au-dessus du foyer. La fumée s'échappait par un petit espace dans le plafond. Des lampes à huile étaient allumées, fournissant un éclairage faible et ajoutant leur fumée à celle du feu. La première pensée de Kevla fut d'éteindre le feu et de réchauffer la pièce à la seule force de sa volonté, mais elle comprit que le feu était nécessaire dans la cuisine. La fumée ne la gênait en rien, mais Mylikki se mit à tousser aussitôt qu'elles eurent franchi la porte.

Cette fumée ne peut pas être bonne pour eux, songea Kevla. *Mais il fait si froid, et ils ont besoin de ce feu constamment s'ils veulent survivre...*

Gelsan vida un bol empli de morceaux de viande dans l'eau bouillante du chaudron.

— Cela ne sera pas long car le monstre des cieux nous a apporté de la viande fraîche, leur dit-elle.

— C'est un Dragon, répondit Kevla en indiquant l'extérieur de la maison.

— Un Dragon, très bien, dit Gelsan en souriant. Peu importe, nous mangerons bien, ce soir.

Gelsan avait retiré les vêtements épais qu'elle portait à l'extérieur et portait à présent une robe bleu vif tachée et maintes fois rapiécée. Sous cette robe, elle avait une tunique en lin, à manches longues. Ses cheveux avaient dû autrefois être aussi blonds que ceux de sa fille, mais ils étaient aujourd'hui parcourus de mèches argentées. Elle les portait tressés et enroulés autour de sa tête. En lieu et place des planches, elle était chaussée de chaussures de cuir.

Mylikki se dirigea vers sa mère et murmura quelque chose à son oreille. Les yeux de Gelsan brillèrent, puis elle fronça les sourcils.

— Nous ne devrions pas lui demander une chose aussi superflue, gronda Gelsan.

— Ce n'est pas superflu, répliqua Mylikki. Cela nous permet de nous purifier et de nous guérir. Et nous savons que c'est facile pour elle.

— Très bien, Mylikki, soupira Gelsan. Montre à la Danseuse de Feu la cabane, et laisse-la décider si elle veut vraiment gaspiller ses pouvoirs pour notre amusement.

Mylikki sourit et se tourna vers Kevla.

— Attends, je vais d'abord retirer ceci et, ensuite, je te montrerai.

Kevla s'adossa à la porte de bois tandis que Mylikki s'asseyait sur l'un des bancs élevés qui entouraient la pièce. Rapidement, elle retira les planches et les suspendit à un crochet dans le mur, puis rejoignit Kevla.

Kevla sourit à la jeune fille. Etrange, cette façon qu'elle avait de la considérer comme « plus jeune ». Mylikki ne pouvait avoir plus d'un an ou deux de moins qu'elle. Mais elle-même n'avait plus, désormais, le sentiment d'avoir vingt ans. Elle se sentait très âgée. Elle en avait trop vu et trop fait.

Son innocence avait disparu le jour de la mort de l'homme qu'elle aimait.

— Viens, Kevla !

Mylikki se précipita hors de la maison, s'enfonçant dans la neige aussi vite qu'elle le pouvait. Kevla la suivit, se demandant pourquoi elle avait retiré ces pieux qui lui permettaient de glisser si aisément sur la neige. Puis elle comprit : elles se dirigeaient vers la forêt.

Kevla ne s'était jamais aventurée très loin dans les forêts que le Dragon et elle avaient trouvées sur leur route. Celles-ci étaient trop sombres, trop denses, pour mettre à l'aise une femme habituée à vivre dans une maison claire et spacieuse, et dans une contrée où les arbres étaient aussi rares que la pluie. Elle suivit à contrecœur son guide sur un sentier apparemment très utilisé, qui conduisait aux rives d'un lac gelé.

Kevla contempla la vaste étendue d'eau solide. La plus grande partie du lac était recouverte de neige et était impossible à distinguer de la terre ferme. Mais à certains endroits, le vent avait balayé la surface de la glace et Kevla vit que sa couleur était d'un vert vif et intense.

« C'est si beau..., songea-t-elle. Si seulement il pouvait être là pour voir ces merveilles avec moi ! »

— Nous y voilà, dit Mylikki.

Kevla détourna les yeux de la glace et vit ce qui lui sembla être une version plus petite de l'une des maisons du village. Mylikki ouvrit la porte et Kevla jeta un coup d'œil prudent à l'intérieur. Aucune fenêtre. La cabane paraissait totalement scellée. L'intérieur était très obscur, presque noir, et l'espace d'un instant, Kevla pensa que l'endroit avait brûlé.

Elle regarda Mylikki et secoua la tête, tentant de communiquer ainsi son incompréhension.

— C'est notre cabane des pierres chaudes, dit Mylikki, comme si c'était évident.

Kevla ne comprenait toujours pas.

— Hum..., ajouta Mylikki en se mordillant la lèvre. J'ai cru, en te voyant réchauffer la pierre, que tu connaissais cette coutume. Comment te l'expliquer ? Il y a de cela très longtemps, nos ancêtres ont bâti les maisons de pierres chaudes. Elles sont de bois, et, ensuite, nous les fermons le plus possible. Nous allumons un feu afin de réchauffer plusieurs pierres, comme tu l'as fait tout à l'heure. Une fois qu'elles sont bien chaudes, nous les apportons à l'intérieur et nous versons de l'eau dessus afin de créer de la vapeur. C'est si agréable... A la fois chaud, purificateur et relaxant.

Mylikki indiqua à Kevla quelques pierres dans le foyer.

— Cela nous prend presque toute la journée de réchauffer les pierres. Et il reste si peu de gens dans le village que nous le faisons rarement. Mais cet endroit est plus qu'un simple confort, à nos yeux.

Mylikki décrivit un lieu sacré, dédié à la vie et à la mort, un lieu pour tous, où les changements de saison étaient célébrés par un rituel à la fois pratique et plein de sens. Kevla hocha la tête. Elle sentit l'âme de ce lieu dès qu'elle y entra, malgré sa réticence.

— Fais attention, dit Mylikki. Tu peux t'asseoir

sur les bancs, mais ne touche pas aux murs ni au plafond. Ils sont couverts de suie.

Kevla, qui était justement sur le point de toucher les murs, s'abstint. A sa grande surprise, les bancs de bois étaient immaculés. Leur surface était d'un noir brillant et profond, comme si la suie avait pénétré le bois.

Elle regarda les pierres au centre de la cabane. Elle souleva sa *rhia* afin d'éviter de se salir par inadvertance, s'agenouilla et tendit la main. A force de chercher à communiquer avec ces gens sans leur parler, elle avait sans le vouloir accompli un geste qu'ils chérissaient par-dessus tout : celui de réchauffer la pierre.

Chaleur, ordonna-t-elle dans son esprit.

La pierre obéit. Kevla en toucha une autre, puis une autre, et bientôt, toutes diffusaient une intense chaleur.

Mylikki se tenait à l'entrée de la hutte, les mains sur la bouche. Elle ouvrit de grands yeux.

— C'est incroyable, murmura-t-elle, même si je le vois de mes propres yeux. Peut-être aurions-nous dû chercher à devenir vos amis depuis longtemps, ajouta-t-elle en souriant.

Kevla se demanda une nouvelle fois qui ils s'imaginaient qu'elle était. Elle se leva et sourit.

— Merci, Kevla. Tu ne sais pas ce que cela signifie pour nous. Cela fait si longtemps…

Mylikki retint ses larmes. Kevla eut envie de pleurer face à une telle détresse. Elle savait trop bien ce que pouvait être une vie dure, dénuée de tous les petits plaisirs. Elle se souvint de la petite fille qui aimait nager dans les grottes fraîches du

Palais des Quatre Eaux, et de la manière dont elle se sentait revigorée, chaque fois. Si cette coutume des pierres chaudes pouvait rendre Mylikki et les autres heureux, c'était le meilleur usage à faire de ses pouvoirs. Malgré les réticences de Gelsan, l'endroit représentait visiblement bien plus, pour ces gens, qu'un simple lieu de détente.

Mylikki s'éclaircit la gorge.

— Allons chercher les autres.

Bientôt, plusieurs femmes qui avaient regardé Kevla d'un air soupçonneux, à son arrivée, se rassemblèrent autour de la cabane. Mylikki emplit un seau de neige qu'elle déposa près des pierres brûlantes. Choquée, Kevla vit les femmes se dévêtir rapidement et entrer, presque nues, dans la maison. Elles tendirent leurs vêtements à l'une des filles les plus jeunes. Celle-ci les enroula avec soin et les plaça dans un grand sac.

Mylikki, dont la peau pâle et la poitrine rose étaient pour Kevla tout droit sorties d'un conte, remarqua sa gêne.

— Si tu ne veux pas participer, ce n'est pas grave, mais je crois que tu devrais apprécier. Et c'est grâce à toi que nous pouvons le faire. Nous serions ravies de t'avoir avec nous.

Kevla observa les autres femmes, une dizaine, aux cheveux blonds et à la peau claire. Elles bavardaient à voix basse, assises sur les bancs. Elles étaient si maigres… Leurs côtes saillaient sous leurs poitrines pâles.

Kevla comprit que ce geste serait bien perçu, mais à l'idée de se déshabiller devant tant d'étrangères, elle rougit violemment.

Lorsqu'elle était au service de la *khashima*, elle avait dormi dans une chambre avec d'autres femmes. Et elle s'était souvent baignée dans les grottes que les autres clans enviaient tant au Clan des Quatre Eaux. Mais elle avait toujours porté une *rhia* la nuit et n'allait aux grottes que si elle était sûre d'être seule. Etre nue devant tant de personnes...

Elle sourit d'un air forcé et retira sa *rhia*. Les femmes se turent et Kevla rougit davantage en comprenant qu'elles examinaient à leur tour son corps hâlé et sa poitrine brune.

« Je suppose que je devrais être contente que cette pratique ne soit pas mixte, songea-t-elle. Je serais nue devant tout le village... »

Mylikki fit de la place à Kevla près d'elle. Hésitante, Kevla s'assit sur le banc. Gelsan ferma la porte et, soudain, la seule lumière dans la pièce fut celle des pierres incandescentes.

Kevla se détendit et laissa la chaleur sèche pénétrer son corps. Elle aimait la chaleur, les flammes ou les braises, et, dans cette obscurité, elle ne voyait pas les autres femmes. Mais elle les entendait se mouvoir et parler d'une voix douce. Ces sons étaient apaisants. Kevla ferma les yeux et se concentra sur l'obscurité chaleureuse et anonyme.

Elle marchait, ses pieds s'enfonçant dans la neige blanche. Mais elle n'était pas seule. Le Danseur de Terre marchait à son côté. Elle n'était vêtue que de sa *rhia* rouge, mais cet homme était enveloppé de plusieurs épaisseurs de vêtements de laine et d'une cape de couleur verte. Il lui parlait, et elle tourna la tête vers lui afin de l'écouter et de sourire à ses paroles. Il était plus grand qu'elle, malgré la haute taille de Kevla. Il ressemblait à celui dont elle se souvenait : beau, mais triste, les cheveux blonds et les yeux bleu ciel.

A leurs côtés se tenait un *simmar* bleu, noir et blanc. Ils ne le craignaient pas ; au contraire, ils le regardaient avec affection. L'animal était énorme, sa fourrure était épaisse et dorée, ses yeux expressifs. Il marchait dans la neige avec la grâce et l'agilité de tous les félins, quelle que soit leur taille.

Ils arrivèrent au pied d'une colline. Derrière elle, Kevla entendit des battements d'ailes et sut que son ami le Dragon volait au-dessus d'eux. Cette pensée la réconforta.

Elle frissonna soudain. Ils étaient observés. Elle aurait dû avoir peur mais elle se sentit à l'aise, au contraire. Choyée, aimée... Elle se concentra et essaya de...

Un sifflement chassa cette vision. Kevla sursauta. Mylikki posa une main douce sur son bras.

— C'est le *hamantu*, dit-elle. Gelsan a versé un peu d'eau sur les pierres. Il va faire plus chaud encore.

La jeune fille disait vrai. Même si cette température n'était pas gênante pour Kevla, qui avait découvert son identité dans les profondeurs d'un volcan. Mais cette chaleur humide était inhabituelle pour quelqu'un qui était habitué au désert. Elle rendait sa peau moite. Elle referma les yeux, entendit l'eau que l'on versait sur les pierres et sentit une nouvelle vague de chaleur caresser son corps. Une lassitude divine l'envahit. Elle ne s'était jamais sentie aussi détendue, même dans les grottes du Palais des Quatre Eaux. Elle savait désormais pourquoi. Elle était Feu. L'eau était agréable sur sa peau de femme et elle avait apprécié sa fraîcheur pure. Mais ce lieu obscur et chaud, empli de fumée et de vapeur, pénétrait au plus profond de son âme. Ces gens n'étaient peut-être pas si différents d'elle, après tout.

Elle laissa ses pensées vagabonder et le temps parut s'arrêter. Si seulement elle pouvait retrouver cette vision… Ce ne fut pas le cas. Il n'y eut que chaleur et obscurité, et les sons étouffés des autres femmes près d'elle.

Pour le moment, songea Kevla, c'était suffisant.

11.

Le soleil se couchait lorsque les femmes sortirent de la maison aux pierres chaudes. Avant son départ, Kevla posa ses mains sur les pierres et les réchauffa de nouveau. Ainsi les hommes pourraient à leur tour utiliser la cabane de la manière la plus agréable.

Kevla se sentit divinement bien après plusieurs séances de vapeur chaude, suivies du froid rafraîchissant de la neige. Elle n'avait pas mesuré, jusque-là, les tensions qui s'étaient accumulées en elle, mais le *hamantu,* sans oublier la vision à la fois réconfortante et troublante, lui avait permis de se libérer. Alors que les femmes regagnaient le village, Kevla entendit un sifflement. Peu de temps après, une file d'hommes apparut sur le chemin de la forêt. Ils étaient si peu nombreux que Kevla en éprouva de la peine.

Au village, Mylikki déclara :

— Ma mère a autant apprécié cette séance que nous, mais elle ne voudra pas retarder le repas. Je dois aller l'aider.

La jeune fille se hâta d'entrer dans la maison, refermant la porte derrière elle.

— Tu as l'air détendue, dit le Dragon à Kevla.

— Je le suis, répondit-elle, heureuse de parler

enfin à quelqu'un. C'était merveilleux. Je n'ai pas la moindre envie de continuer notre voyage dans la neige, après cela.

— Espérons, alors, que nos pérégrinations ne dureront plus très longtemps.

— Oui, soupira-t-elle. Je suppose que je vais devoir apprendre à me servir de ces planches qu'ils attachent à leurs pieds.

— Ce sont des *skeltha*, si tu veux savoir. Ce mot veut dire « longs bâtons ».

— Ah, un mot simple pour désigner une chose simple...

— Ces gens respectent le pouvoir des mots. Les choses ont un nom simple et je doute fort que les femmes aient bavardé de façon futile, dans la cabane.

— En effet, tu as raison.

Elle regarda le ciel sombre.

— Le crépuscule. L'heure d'allumer un feu.

Il était temps pour elle d'essayer de localiser le Danseur de Terre. Kevla ramassa quelques brindilles et les empila.

— Brûlez.

Elles obéirent. Kevla sourit à la vue des flammes rouges et orangées qui chassèrent les tons bleus et lavande de la neige et du crépuscule. Elle se pencha vers les flammes et se concentra.

— Montre-moi le Danseur de Terre.

Le feu vacilla. Kevla crut voir les traits d'un visage dans les flammes. Son cœur battit plus vite. Elle s'approcha de plus près, cherchant à avoir une image plus nette.

Soudain, le visage flou disparut et Kevla se retrouva

nez à nez avec la semelle d'une botte. Elle recula, craignant un instant que la botte ne s'écrase sur son visage. Puis il n'y eut plus rien du tout.

Un grondement détourna son attention du feu. Le Dragon était en train de rire !

— Notre homme est malin ! s'exclama-t-il entre deux éclats de rire tonitruants. Il t'a vue, Kevla. Il t'a vue et a éteint le feu ! Il semblerait que notre Danseur de Terre n'apprécie guère qu'on l'espionne.

Kevla était embarrassée mais finit par rire également. Elle se dit qu'à la place de cet homme, elle aussi se serait inquiétée de l'apparition soudaine d'un visage dans le feu.

— Je doute qu'il me donne une autre chance, maintenant qu'il se méfie de mon visage. Nous devrons trouver un autre moyen d'entrer en contact avec lui, dit-elle. Je vais voir si je puis aider Gelsan. Je travaillais il y a peu de temps encore dans les cuisines. Sans doute puis-je lui être utile.

— Fais attention, Kevla. Tu voudrais qu'ils t'aiment et qu'ils te fassent confiance, mais ils ne doivent en aucun cas te considérer comme leur servante.

Kevla sourit avec tristesse.

— Une femme qui commande le feu est davantage à craindre qu'à mépriser. Je ne perdrai pas leur respect si je coupe quelques légumes ou si je prépare un ragoût.

— Peut-être... Mais certains ne comprendraient pas.

— Ces gens ne sont pas ainsi, dit Kevla avec certitude.

Elle entra dans la maison et s'avança vers une petite table où Gelsan et sa fille coupaient des légumes séchés. Elle montra les légumes du doigt et fit mine de les couper.

Gelsan parut satisfaite de son offre.

— Oui, certainement. Coupe-les en petits morceaux et mets-les dans le chaudron.

Le temps s'écoula rapidement mais aucune parole inutile ne fut échangée. Le Dragon avait dit vrai : les gens de Lamal ne gaspillaient pas leur salive à prononcer des mots superflus. Quelque temps après, Gelsan goûta au ragoût et décréta qu'il était prêt.

— Va chercher les autres, demanda-t-elle ensuite à Mylikki, laquelle enfila rapidement une cape et s'empressa d'obéir à sa mère.

Quelques minutes plus tard, dix personnes étaient installées en tailleur sur le sol froid de la maison de Gelsan.

Gelsan servit le ragoût dans des bols. Kevla porta une cuillerée à sa bouche avec un peu de viande. Elle ouvrit de grands yeux et fit de son mieux pour ne pas recracher le ragoût. Il sentait le gibier, mais il était filandreux et dur ; aux yeux de Kevla, c'était le pire repas qu'elle eût jamais fait. Mais elle mâcha vigoureusement et avala la cuillerée. Puis elle sirota le bouillon, qu'elle trouva insipide et sans goût. Elle regarda autour d'elle à la dérobée et constata que tous semblaient apprécier le repas, malgré leur silence. Si l'hiver durait depuis un an, ce ragoût devait être un véritable festin pour eux. Elle se souvint à quel point les femmes lui avaient paru maigres et se demanda combien de temps ils pourraient tous survivre à cette saison interminable.

Kevla se força à avaler une autre cuillerée. Elle se refusait à insulter son hôtesse et, de toute façon, elle avait besoin de nourriture. Les autres se resservirent une, voire deux fois. Gelsan avait préparé un ragoût copieux, mais, malgré cela, le chaudron était vide à la fin du repas.

— Il est grand temps à présent de nous divertir un peu et de faire honneur à notre invitée, annonça Gelsan.

Elle fit un signe à Mylikki. Celle-ci se leva et se dirigea vers un coin de la pièce. Gelsan demanda à Kevla de rejoindre les autres sur les bancs. Mylikki revint bientôt, un instrument dans les mains.

Il semblait fait du même bois noir et blanc que celui des maisons. De petites chevilles étaient alignées sur toute sa longueur, et, en dépit de l'obscurité, elle crut voir des cordes. Mylikki s'installa sur un petit tabouret et posa l'instrument sur ses genoux.

Dès les premières notes, Kevla sentit une vague d'émotion l'envahir. C'était le plus beau son qu'elle eût jamais entendu. Clair, doux et entêtant, à la fois vif et métallique, il lui sembla que c'était l'instrument le plus parfait qui eût jamais existé.

On dirait de la neige en train de tomber, songea-t-elle.

Mylikki joua un petit moment. Kevla osait à peine respirer et se concentrait sur chacune des notes de cet étrange instrument. Puis Mylikki commença à chanter. Sa voix était pure et claire, telles les étoiles dans le ciel nocturne, mais la chanson était loin d'être gaie.

Les hommes armés pâlissent,
Et leurs cœurs de terreur bondissent
Alors que l'Obscurité engloutit la Lumière du ciel.
Quel être humain

Vivra jusqu'au matin ?
Seras-tu parmi eux ? Serai-je parmi eux ?
Mais quelques-uns dont nous sommes
Sur la terre ravagée
Restent et luttent contre l'Obscurité.

Kevla poussa un cri étouffé et plusieurs personnes se tournèrent vers elle, surprises.

L'Obscurité... L'Obscurité qui devait un jour venir et défier les Danseurs. L'Obscurité qui avait été vaincue deux fois, mais qui avait vaincu à deux reprises. L'Obscurité qui avait englouti deux mondes comme s'ils n'avaient jamais existé.

Elle écouta, terrifiée, la suite des paroles.

Comme son père avant lui,
Mon fils est parti à la guerre,
Avec le sourire et une chanson dans le cœur.
L'Obscurité froide et sans nom
Emporta une autre vie...
Et sur mon âme perdue imprima sa marque.

Mylikki chanta de nouveau le refrain inquiétant. Pour la première fois depuis qu'elle disposait de ses pouvoirs, Kevla avait froid.

Ma fille a perdu la raison,
Elle porte un enfant
Et chantonne doucement à l'aube.
On me dit qu'elle est folle,
Sans doute devrais-je en être heureuse,
Car son époux est mort et la Nuit continue.
Mais quelques-uns dont nous sommes
Sur la terre ravagée
Restent et luttent contre l'Obscurité.

Cette chanson était familière à Kevla, et pas uniquement à cause de la référence à l' Obscurité. Jashemi n'avait-il pas parlé d'une vie précédente où il était un mendiant et se tenait près d'une *khashima* dont la fille enceinte avait perdu la raison ?

Je fus un jour Reine,
Il y a longtemps, quand tout était verdoyant,
Et ce château veillait au bonheur du royaume.
Mais aujourd'hui rien ne pousse
Dans le vent glacial.
Et l'Obscurité bientôt nous engloutira.

Cette dernière strophe prouvait qu'elle avait vu juste. Elle savait que « reine » voulait dire *khashima*, et que « château » désignait un Palais. Cela ne pouvait être une simple coïncidence.

Mylikki poursuivit. Les paroles décrivaient le désespoir absolu : manque de provisions, puis d'eau. Des torches furent allumées dans un effort vain pour éloigner l'Obscurité.

Mais quelques-uns dont nous sommes
Sur la terre ravagée
Restent et luttent contre l'Obscurité.

Les yeux de Kevla s'emplirent de larmes. Elle savait que les personnages de cette chanson avaient vécu, respiré, aimé.

Et Jashemi était parmi eux.

Dans quelques heures seulement
Nous capitulerons
Car combien de souffrances peuvent endurer de simples
[mortels ?
Et lorsque nous tomberons…

Ce sera fini ;
Le silence régnera.

L'instrument se tut. Kevla applaudit poliment, comme les autres. Mais lorsque Mylikki se lança dans une chanson joyeuse sur un chasseur et la femme d'un fermier, elle ne put se concentrer sur les paroles grivoises.

Elle avait une seule chose en tête.

Quelqu'un, ici, était un Gardien des Traditions, et elle devait le trouver.

12.

Kevla ne prêta guère d'attention aux histoires et chansons qui se succédèrent ensuite. D'autres villageois se joignirent à la soirée et Gelsan servit un vin doux et puissant à base de miel fermenté. A la fin de la dernière chanson, Gelsan se leva et offrit à Kevla l'hospitalité pour la nuit. Kevla se rendit compte que les dix personnes qui avaient dîné dans la maison de Gelsan prévoyaient toutes d'y dormir. Au Palais des Quatre Eaux, elle avait partagé une chambre avec de nombreuses femmes mais jamais avec des hommes. Sa surprise devait se lire sur son visage.

Elle montra du doigt la porte et dit « Dragon », espérant que Gelsan la comprendrait.

Cette dernière hocha la tête.

— Tu préfères être avec ton ami, dit-elle. As-tu besoin d'une fourrure ou d'une couverture ?

Kevla était sur le point de refuser puis se ravisa. Dormir sur une couverture au lieu du sol humide serait agréable, pour une fois. Elle acquiesça et en choisit une. Celle-ci était épaisse et de couleur brune, mais Kevla fut incapable d'identifier l'animal sacrifié ainsi pour son confort.

Avant de sortir, elle fit signe à Mylikki de la suivre.

La jeune fille parut intriguée mais saisit son manteau et accompagna Kevla. Elles marchèrent dans la neige épaisse en direction du Grand Dragon. Celui-ci s'était roulé en boule et sa respiration régulière était visible dans l'air glacial. A leur approche, il s'étira comme un énorme chat.

— Dragon, Mylikki a chanté une chanson à propos d'une reine regardant, seule, l'avancée de l'Obscurité, dit Kevla. Certaines des paroles de la chanson ne m'étaient pas inconnues… C'était quelque chose que Jashemi m'avait raconté. Je crois que des Gardiens des Traditions sont ici.

— Je vous ai comprise ! s'exclama Mylikki. Enfin, pas tout…

— Tu commences à apprendre cette langue, dit le Dragon. Bien !

— Si nous pouvions trouver les Gardiens des Traditions, peut-être nous aideraient-ils dans notre quête, poursuivit Kevla.

— Vous aider ? Mais vous aider à quoi ? demanda Mylikki, enthousiasmée visiblement par le fait qu'elle comprenait enfin Kevla.

— Mylikki, qui a écrit la chanson de ce soir ? L'as-tu composée toi-même ?

Le joli visage de la jeune fille s'assombrit.

— La chanson ?

— Kevla voudrait savoir si cette chanson est une composition originale, dit le Dragon.

Kevla soupira. Visiblement, sa maîtrise de cette nouvelle langue était encore loin d'être parfaite.

— *Luttant contre l'Obscurité ?* C'est une chanson très ancienne, à vrai dire…, répondit Mylikki, brisant les espoirs de Kevla. Elle remonte à des centaines d'années au moins. J'ignore qui l'a composée. Elle est singulière, car une femme en est le personnage principal alors que la plupart des compositions ont un narrateur masculin. Sans oublier que cette femme détient un grand pouvoir.

— Gelsan dirige pourtant le village, dit Kevla.

Cette phrase était assez simple et Mylikki la comprit immédiatement.

— Seulement parce que les hommes ne sont plus là.

Mylikki se tut soudain, s'enveloppa davantage dans son épais manteau et regarda le ciel nuageux. Elle se tourna ensuite vers Kevla et son visage clair se détacha dans l'obscurité de la nuit.

— Ne parlons pas de cela maintenant, pria-t-elle. Nous verrons demain matin. Nous vous dirons tout demain.

Kevla serra le bras de Mylikki.

— Nous avons beaucoup à vous dire aussi, confia-t-elle à sa nouvelle amie.

Mylikki repartit vers la chaleur enfumée de la petite maison de Gelsan.

— Il s'est passé quelque chose de terrible ici, dit Kevla.

— Ce monde n'a rien de naturel. Rien de surprenant à ce qu'ils soient ainsi, répondit le Dragon.

Kevla frissonna, mais le froid n'en était pas la cause. Elle étendit au côté du Dragon la fourrure qui s'enfonça dans la neige et Kevla s'appuya contre le flanc chaud de son ami, caressant les écailles lisses.

***

Kevla fut réveillée par l'arôme des céréales grillées. Elle ouvrit les yeux et vit un bol et une tasse fumante à côté d'elle.

Elle s'assit et tendit la main vers ce repas chaud, consciente qu'il s'agissait d'un immense cadeau, de la part de ces gens qui mouraient littéralement de faim. Elle renifla prudemment la tasse. On aurait dit du thé. Elle prit une petite gorgée. La boisson chaude était forte et légèrement amère, mais on y avait ajouté quelque chose de sucré. Les céréales grillées étaient très bonnes.

Elle porta la tasse à ses lèvres, se retourna et faillit renverser le liquide chaud. A quelques dix pieds de là, tous les enfants du village, assis dans la neige, fixaient Kevla et le Dragon. Kevla sourit et les salua. Ils lui rendirent timidement son geste. Kevla regarda autour d'elle et s'aperçut que d'autres villageois les observaient, même si les adultes étaient plus discrets.

— Depuis quand nous observent-ils ?

— Depuis l'aube, répondit le Dragon, l'air impassible. J'ai fait semblant de dormir.

— J'ai l'impression d'être une marchandise sur un étal de marché, murmura Kevla tout en continuant son repas.

Elle mangea de bon appétit. Lorsqu'elle eut fini, un petit garçon se leva et prit la tasse et le bol vides.

— Merci, dit-elle en lui souriant.

— De rien, murmura-t-il les yeux baissés.

Kevla ne fut pas surprise de trouver la maisonnée de Gelsan debout. Les couvertures avaient été rangées et tous finissaient leur repas en silence. Ils lui sourirent mais nul ne parla.

— Merci pour le déjeuner, dit Kevla.

— Tu parles notre langue ! s'exclama Gelsan, ébahie.

— Apparemment, oui, répondit Kevla, surprise de comprendre les mots étrangers qui sortaient de sa bouche.

C'était sans doute l'un des pouvoirs des Danseurs.

— Gelsan, je dois te parler. En privé.

— Aide-nous à débarrasser et nous parlerons ensuite.

Kevla s'exécuta, ramassa les bols et les nettoya à l'aide de neige à l'extérieur de la maison. Le jeune garçon qui l'avait attaquée — Olar, d'après les souvenirs de Kevla — traîna le lourd chaudron au-dehors. Ses longs cheveux blonds étaient retenus par une queue-de-cheval. Kevla remarqua une ressemblance avec Gelsan et Mylikki, qu'elle n'avait pas perçue jusqu'alors.

— C'est votre fils, dit-elle à Gelsan.

— En effet. Et je suis contente que tu n'aies brûlé que sa torche et non sa chair !

— Tu dois lui pardonner, ajouta Mylikki dans un murmure, afin d'éviter que son frère ne l'entendît. Il essaie de jouer les hommes mais il ne sait pas toujours comment réagir. Depuis que les hommes…

— Mylikki !

Mylikki se redressa de toute sa petite taille et soutint le regard de son imposante mère.

— J'ai dit à Kevla que nous lui raconterions tout, dit-elle. Elle mérite de savoir.

— Et je dois aussi vous parler, rétorqua Kevla.

Vous ne savez pas encore ce qui est en jeu. Pourquoi ma mission est si importante…

— Rien n'est aussi important à mes yeux que le bien-être de mon village, dit Gelsan.

— Je comprends. Et je voudrais vous venir en aide.

Gelsan soupira.

— Prends les bols.

Elles rentrèrent à l'intérieur de la maison. Olar s'agenouilla sur le sol et essaya d'allumer un feu.

— Olar, laisse-nous seules quelques instants, demanda Gelsan.

— Oui, Mère. Je vais aller dans la forêt chercher du bois avec Ranin. La… Danseuse de Feu pourra-t-elle réchauffer les pierres de la maison sacrée aujourd'hui ? ajouta le jeune garçon en regardant timidement Kevla.

— Bien sûr, répondit-elle.

Le visage d'Olar s'éclaira.

— Quel âge a-t-il ? demanda-t-elle.

— Treize é…

Mylikki s'interrompit et sourit tristement.

— Nous avons coutume de compter les années en étés, mais cela paraît stupide aujourd'hui. Peux-tu nous aider à faire du feu, Kevla ? Olar ne semble pas avoir réussi.

— Je vais faire mieux que cela.

Elle réchauffa la pièce d'une pensée.

— Nul besoin de cette fumée.

— Vous autres *taaskali* êtes incroyables, dit Gelsan en s'installant sur un tabouret et en sortant un grand sac, deux vêtements et une petite boîte à couture.

Elle tendit une robe à Mylikki.

— Nous avons du raccommodage à faire. Nous ne pouvons nous permettre de rester à bavarder sans rien faire.

Kevla hocha la tête en signe de compréhension. Les deux femmes sortirent des aiguilles en os et du fil. Kevla observa leur travail pendant un long moment, puis parla enfin à voix basse.

— Dites-moi ce qui est arrivé aux hommes.

Gelsan soupira. Une goutte de sang tacha le vêtement qu'elle tenait à la main. Elle suça son doigt puis répondit :

— A toi de parler la première, Danseuse de Feu.

— Je vous ai dit qui j'étais. Je suis Kevla-sha-Tahmu et je suis la Danseuse de Feu. Le Dragon est mon Compagnon. Vous avez vu de vos propres yeux l'étendue de mes pouvoirs. Je ne connais pas le mot *taaskali* ni ce qu'il signifie. Mais je sais que si mes pouvoirs sont uniques, d'autres possèdent des facultés similaires dans ce monde.

Mylikki avait interrompu son travail et fixait Kevla, ébahie. Gelsan garda les yeux baissés sur son ouvrage et son aiguille ne s'arrêta pas, mais Kevla constata qu'elle l'écoutait avec attention.

— Je suis à la recherche de l'un de ces êtres exceptionnels, poursuivit Kevla. Le Danseur de Terre.

— Quels sont ses pouvoirs ?

L'expression de Mylikki avait changé.

— Je n'en suis pas sûre. Mais son élément est la Terre, comme le mien est le Feu. Quels que soient ses pouvoirs, ils doivent être liés à la Terre.

Mylikki était sur le point de répondre lorsque Gelsan l'interrompit.

— Pourquoi le cherches-tu ?

Kevla comprit soudain ce que pensait Gelsan : elle craignait que Kevla et le Dragon ne veuillent du mal à cet homme !

— Nous avons besoin de son aide.

— Dans quel but ?

Au lieu de répondre directement à la question, Kevla changea de sujet.

— La chanson d'hier soir, Mylikki... Tu m'as dit qu'il s'agissait d'une vieille chanson. Une histoire sur une lutte contre l'Obscurité, une Obscurité qui viendrait effacer le monde comme s'il n'avait jamais existé.

— En effet.

— Existe-t-il d'autres strophes ? A propos d'un jeune mendiant, d'un Danseur assassiné dans la rue ?

Les yeux bleus de Mylikki se firent plus grands encore.

— Oui, murmura-t-elle. Cette chanson possède de nombreux vers mais on l'écourte toujours pour l'interpréter. Où les as-tu entendus ?

— Je n'avais jamais entendu cette chanson avant hier, répondit Kevla. Mais je connais l'histoire qui l'a inspirée. Par quelqu'un... quelqu'un qui a vécu cette histoire dans une vie antérieure. Il était le mendiant sur le balcon et moi le Danseur assassiné.

Les deux femmes l'écoutaient, bouche bée.

— Cet homme était un Gardien des Traditions, continua Kevla. Les Gardiens sont les seuls à se souvenir du passé. Leur devoir est de retrouver les Danseurs et de les aider à se souvenir.

— Les Danseurs ?

La voix de Gelsan était emplie d'incrédulité mais elle avait interrompu son raccommodage.

— C'est le nom qu'on nous donne, dit Kevla. J'ignore pourquoi exactement.

Elle inspira profondément, puis décida de révéler tout ce qu'elle savait.

— Je suis l'Elément Feu incarné. L'homme que je recherche est la Terre. Il en existe trois autres : l'Eau, l'Air et l'Esprit. Nous avons vécu quatre vies antérieures et avons lutté afin de protéger les mondes où nous avions vu le jour. Nous combattons l'Obscurité et j'ignore comment mais nous tentons de la refouler. Si nous gagnons, le monde survit. Si nous tombons, il est englouti par l'Obscurité. Nous avons vaincu deux fois et capitulé à deux reprises. C'est aujourd'hui notre dernière chance, la dernière Danse. Le destin du monde dépend de nous.

Gelsan émit un son incrédule. Mais elle parla d'une voix tremblante.

— Kevla, pardonne-moi si je te manque de respect, mais cette histoire ressemble davantage à une chanson fantastique composée par un *huskaa* qu'à la réalité.

— Je n'y ai pas cru non plus, au début. Quelqu'un que j'aimais est mort avant que je comprenne ce qui se passait.

C'était la première fois qu'elle évoquait la mort de Jashemi depuis le début de sa quête. La douleur et la culpabilité l'envahirent de nouveau.

— C'est pour cette raison que je dois trouver cet homme, dit-elle. Ainsi que les Gardiens des Traditions qui pourraient se trouver dans votre village.

— Comment le sais-tu ?

— Mon peuple ne connaissait ni l'existence des Gardiens ni celle des Danseurs, répondit Kevla.

Elle se souvint des rêves qu'elle faisait autrefois, et des questions maintes fois répétées du Dragon pour la forcer à reconnaître sa véritable identité. Elle se souvint aussi des rêves de Jashemi, qu'il avait eu peur de raconter.

— La vérité est contenue dans des rêves. Je crois que celui ou celle qui a écrit cette chanson était un Gardien des Traditions. Quelqu'un au village fait-il des rêves troublants ou a-t-il des visions ?

— Je doute que quiconque parle ouvertement de telles choses, grommela Gelsan, qui avait repris son ouvrage. Mais si c'est tellement important, je poserai la question, ajouta-t-elle avec plus de douceur.

— Je vous ai dit à quel point cette quête était vitale, répliqua Kevla. Et vous savez à présent qui je recherche et pourquoi.

Gelsan s'éclaircit la gorge.

— Je ne sais pas si cela a un quelconque rapport avec... ta quête. Mais je vais te raconter ce qui s'est produit ici. Mylikki a raison. Tu as le droit de savoir.

Kevla attendit, retenant sa respiration.

— Mylikki t'a déjà dit que l'hiver dure depuis plus d'un an. Nous avions suffisamment de provisions pour un hiver ordinaire, mais avons fini par les épuiser. Nous ne vivons à présent que du produit de la chasse. Mais même les animaux meurent aujourd'hui de faim. La viande que tu as vue, quelques sacs de céréales et de légumes secs, c'est tout ce qui nous reste.

— Nos chasseurs doivent aller de plus en plus

loin pour trouver de la nourriture et certains ne sont jamais revenus. D'autres ont perdu la raison et ont attaqué, tué et pillé d'autres villages. Des tempêtes étranges éclatent de temps à autre, font de terribles ravages et se dissipent aussitôt. Les femmes, à Lamal, ne servent pas les hommes, mais les tâches sont clairement réparties. Nous avons dû assumer les responsabilités des hommes en plus des nôtres. Nous avons appris à chasser, à découper la viande et à travailler les peaux afin de nous protéger de ce froid qui semble ne jamais vouloir disparaître.

Elle regarda Kevla dans les yeux.

— Cet hiver n'est pas naturel. Les esprits des forêts sont silencieux. Morts ou trop terrifiés pour se montrer, je ne sais pas. Nous ignorons s'il s'agit d'un châtiment ou d'un sortilège maléfique jeté par une *taaskal* puissante… ou…

Elle sourit, visiblement embarrassée.

— … d'un effet de la magie de la Vierge de Glace, si elle existe vraiment. Et voilà que tu arrives au milieu de tout cela et que tu évoques d'autres mondes, des rêves et tes semblables. Nous avons besoin de ton aide, Kevla Danseuse de Feu. Tu dois ramener le printemps.

— Je ne sais pas si je le peux, répondit Kevla, mais j'essaierai.

Elle remarqua le silence de Mylikki. La jeune fille était assise les bras croisés, les yeux dans le vague.

— Mylikki ? Que se passe-t-il ?

— Parle-moi encore de ce Danseur de Terre…, dit Mylikki d'une voix songeuse.

— J'en sais peu. Je ne connais même pas son nom. Il est…

Kevla tenta de se souvenir de son rêve.

— Il est grand, il a les cheveux blonds. Fort, les yeux bleus, des rides autour des yeux, mais à présent ils sont durs, emplis de souffrance et de colère. Il... il a beaucoup souffert. A ses pieds se tient un grand chat aux rayures bleues. Dans mon rêve, ils m'attendent sur une colline enneigée.

Elle constata que Mylikki et Gelsan la regardaient, surprises. Kevla fut emplie d'espoir.

— Le connaissez-vous ? s'écria-t-elle.

— Non, dit Mylikki en secouant la tête. Mais je crois que je connais quelqu'un qui, lui, sait où il se trouve.

13.

— Il y a quelques semaines, un *huskaa* est venu au village, poursuivit Mylikki. Les *huskaas* vont de ville en ville pour chanter des chansons et apporter des nouvelles. Ils sont accueillis avec tous les honneurs. Cet homme m'a appris la chanson que tu as entendue et bien d'autres. Son nom est Altan Lukkari.

Mylikki rougit violemment à ces mots. Elle s'éclaircit la gorge et continua.

— Il venait d'un village bien plus au nord. Il a décrit un homme de son village qui n'avait rien d'un *taaskal* mais qui possédait une magie puissante. Il avait le pouvoir de changer les saisons. Les siens l'appelaient le *Kevat-aanta*, le Faiseur de Printemps.

— Mais... je croyais que les saisons changeaient d'elles-mêmes.

— C'est vrai. Mais selon Altan...

Mylikki rougit une nouvelle fois en prononçant ce nom.

— ... cet homme avait la capacité de les faire changer à volonté. D'accroître les vertus des saisons, même. Les arbres donnaient davantage de fruits, les récoltes étaient plus abondantes grâce à lui. Mais ses pouvoirs ont fini par disparaître.

Kevla fut horrifiée. Comment un Danseur pouvait-il perdre ses pouvoirs ? Il était l'Elément Terre même, comment ses pouvoirs pouvaient-ils s'évanouir purement et simplement ?

— Comment est-ce arrivé ?

— Nos dieux sont tels que vous les avez décrits, dit Gelsan d'une voix douce.

Kevla se tourna vers Gelsan. Cette remarque semblait n'avoir aucun lien avec leur conversation.

— Je ne comprends pas.

— Tu as parlé d'un homme qui se tenait avec l'un de nos dieux, ajouta Gelsan. Ce qui signifie que ta vision correspond à la réalité. Tu ne connais visiblement pas notre pays, mais tu as pourtant décrit nos dieux à la perfection. Des félins géants, aux rayures bleues et blanches. Ce sont des « tigres ». Ils vivent dans les montagnes, ont créé le monde et en ont déterminé les cycles. Autrefois, ils descendaient des montagnes et, sous leurs pattes, renaissaient les fleurs au printemps.

— Lorsque le Faiseur de Printemps a commencé à changer les saisons, tous ont cru que les dieux lui avaient délégué leurs pouvoirs, dit Mylikki. Mais il en a ensuite été privé et les gens en ont conclu que les dieux étaient en colère contre lui, et lui avaient retiré ses pouvoirs afin de le punir.

— Mais dans ma vision, répondit Kevla, je le vois avec le *simmar*... le tigre. Il est donc toujours béni des dieux.

— Alors pourquoi cet hiver ne prend-il pas fin ? rétorqua durement Gelsan.

Elle était en colère, ce qui était compréhensible. Si Mylikki disait vrai et si le Danseur de Terre avait perdu ses pouvoirs, ce peuple endurait de très grandes souffrances depuis des mois.

Kevla se tint le front, perplexe. Jashemi l'aurait aidée à comprendre ces informations nouvelles. Mais il n'était plus là et ne pouvait lui offrir ni conseils ni réconfort ni amour.

Elle prit une profonde inspiration.

— Je l'ignore, répondit-elle. Mais cet homme semble être celui que je recherche. Où est Altan, maintenant ?

— Parti depuis longtemps, répondit Gelsan avant que Mylikki ait pu parler. C'est mieux ainsi, car il mettait des idées folles dans la tête de ma fille.

— J'ai du talent, répliqua Mylikki. Il disait que j'étais capable de jouer presque aussi bien qu'un *huskaa* qui avait reçu un enseignement complet.

— Les femmes ne deviennent pas *huskaas*, dit Gelsan.

— Les femmes ne dirigent pas un village non plus, rétorqua Mylikki.

En voyant la réaction sur le visage de sa mère, elle fit un geste de recul. Elle avait parlé sans réfléchir.

Cherchant à éviter la dispute, Kevla prit la parole.

— Je voyage sur le dos du Dragon. Je pourrais retrouver le Danseur de Terre si tu me dis où je dois le chercher.

Mère et fille échangèrent un regard appuyé. Mylikki déglutit péniblement.

— Je ne compte pas te le dire, je vais te le montrer.

— Mylikki..., dit Gelsan d'une voix menaçante.

La jeune fille bondit sur ses pieds, faisant tomber le tabouret.

— C'est la première lueur d'espoir que nous ayons depuis longtemps, Mère ! Si Kevla a des pouvoirs aussi puissants que ceux du Faiseur de Printemps, peut-être pourra-t-elle l'aider à retrouver les siens. Peut-être pourra-t-elle mettre fin à ce terrible hiver ! Nous mourons à petit feu, ajouta-t-elle d'une voix emplie de colère sourde, un par un, et si cela se poursuit, toute vie disparaîtra de cette contrée. Tu sais aussi bien que moi qu'il nous reste peu de nourriture. Tu as fait ce que tu estimais être ton devoir. Laisse-moi faire le mien !

— Tu veux retrouver ce jeune *huskaa* parce qu'il était joli garçon et qu'il t'a parlé gentiment !

Gelsan s'était levée à son tour et serrait tellement son ouvrage dans sa main que ses articulations étaient devenues blanches.

— Et alors ? demanda Mylikki en tremblant de rage. Il est notre seule chance et la seule chance de Kevla. Je suis lasse de cet hiver, Mère, lasse de ce froid, du manque de nourriture, de la peur, du chagrin qui collent à cette terre comme un linceul. Je veux espérer. Je veux croire que je peux agir pour changer les choses et pas simplement rester dans cette maison à raccommoder de vieux vêtements et à mourir un peu plus chaque heure !

Gelsan ouvrit la bouche et la referma aussitôt. Elle finit par répondre, d'une voix douce :

— Tu fais honte à cette maison, ma fille, en parlant ainsi devant une étrangère.

Kevla ne put se taire plus longtemps.

— Sans vouloir vous manquer de respect, si Mylikki veut me mener à Altan, j'accepte son offre. Mais je dois vous avertir : les Danseurs ont un ennemi puissant, un homme que je ne connais que sous le nom d'Empereur. Il semblerait que j'échappe à sa surveillance dans cette contrée, et j'en suis heureuse. Mais si Mylikki vient avec moi, elle pourrait être en danger.

Gelsan jeta un regard furieux à Kevla, puis parut se radoucir soudain.

— Mylikki a raison, dit-elle d'une voix vide de toute émotion. Nous mourons un peu plus chaque jour. Je voudrais la garder en sécurité auprès de moi, mais sans doute le sera-t-elle davantage avec un Dragon et une femme aux pouvoirs de Feu que dans ce village, avec les maraudeurs fous qui errent dans les bois, et la nourriture qui se fait de plus en plus rare.

Mylikki se tenait immobile.

— Rassemblons tes affaires, dit Gelsan.

Mère et fille paraissaient vouloir désespérément se parler, mais quelque chose semblait les retenir.

Kevla était déjà debout.

— Je vais tenir le Dragon informé, dit-elle avant de sortir de la maison.

Les yeux de son ami scrutèrent les siens.

— Tu as appris quelque chose, je le vois sur ton visage.

Kevla lui raconta ce qu'elle venait d'apprendre.

— Un autre indice de ta quête, dit-il, une autre pièce du puzzle.

— Je suis lasse des quêtes et des puzzles, soupira Kevla. Je voudrais retrouver cet homme et qu'on en finisse.

— Bien sûr, mais les choses ne marchent pas ainsi, répliqua le Dragon d'un ton philosophe qui irrita Kevla. Je vais voir si je peux leur trouver un peu de nourriture avant notre départ, ajouta-t-il en se dressant.

Seule au milieu des maisons, Kevla regarda autour d'elle et mesura l'extrême pauvreté de cet endroit. Même s'ils étaient très éloignés, le petit village des Bois d'Arrun et les lieux où Kevla avait passé les dix premières années de sa vie se ressemblaient à bien des égards. La mort était aux aguets, avait dit Gelsan, sous les traits de rôdeurs tapis dans les bois ou le manque cruel de nourriture. Le village respirait la peur mais les habitants n'avaient pas renoncé à vivre. Kevla se souvint du visage dur de sa mère, forcée de se prostituer afin de se nourrir et de nourrir son enfant. Elle se souvint des mendiants, qui avaient déjà un pied outre-tombe. Elle sourit à l'un des enfants qui passa devant elle sur ses *skelthas* et la salua timidement ; elle se rendit compte alors qu'elle commençait à s'attacher à Gelsan et à sa famille.

« Non, Kevla, se dit-elle. Ce n'est pas ton pays ; ces gens ne sont rien pour toi. Ils doivent se débrouiller seuls. Peut-être Mylikki a-t-elle raison, peut-être peux-tu ramener le printemps. Mais ta véritable mission est de trouver le Danseur de Terre. Cette contrée est sous sa responsabilité et non sous la tienne. »

Néanmoins, Kevla utilisa le temps qui lui restait dans le village à réchauffer les pierres de la maison sacrée.

Mylikki et Gelsan ressortirent de la maison quelque temps après. Mylikki portait un baluchon maladroitement noué et Gelsan deux grands sacs.

— J'ai déjà des provisions, dit Kevla, craignant de priver le village d'une nourriture rare. Et nous avons le Dragon. Nous ne mourrons pas de faim.

— Vous partez afin de nous ramener le printemps, répliqua Gelsan. Je refuse de vous voir échouer par manque de provisions. Et il faut plus que des aliments, pour survivre dans notre pays. Mylikki ne possède pas des pouvoirs magiques.

Gelsan déposa les sacs à terre et se redressa, les mains sur les hanches.

— J'ai ajouté une tente, des vêtements secs, des ustensiles de cuisine ainsi que de la viande séchée, des céréales et des fruits, expliqua Mylikki. Et des raquettes et des *skelthas*.

Kevla hocha la tête. Sahlik avait eu la sagesse de lui donner des provisions et le jeu de *Shamizan*, songea-t-elle avec un pincement au cœur. Il était vrai que Mylikki n'avait pas le pouvoir de rester au chaud quelle que fût la température extérieure, et Kevla reconnut qu'elle devait apprendre à marcher dans la neige comme le faisaient ces gens.

— Le froid recèle de nombreux dangers, poursuivit Gelsan. Si l'une d'entre vous tombe dans une rivière, ou en cas de tempête, il faut la réchauffer prudemment. Retirer les vêtements mouillés et se servir de la chaleur corporelle de l'autre. Une chaleur trop soudaine peut tuer aussi sûrement que le froid.

Kevla écouta attentivement les conseils de Gelsan sur les risques du froid extrême et les soins à prodiguer à ses victimes. Lorsqu'elle eut fini, tous entendirent les battements d'ailes du Dragon. Toute peur ayant disparu, les villageois se rassemblèrent afin de le regarder. Il tenait dans ses pattes trois gros animaux à la fourrure épaisse. Kevla ne savait toujours pas comment s'appelaient ces animaux. Les yeux de Gelsan s'emplirent de larmes de gratitude et Kevla eut envie de pleurer.

— De la nourriture… Merci à vous deux. Bonne chance. Kevla, j'ai posé la question… comme vous l'aviez demandé. Personne ne fait de rêves comme ceux que vous avez décrits.

Kevla fut profondément déçue. Aucun Gardien des Traditions aux Bois d'Arrun… Où étaient-ils ? Elle avait besoin de leur sagesse et de leurs souvenirs en ces moments critiques, dans ce pays étrange.

— Je porterai les sacs, dit le Dragon à Mylikki. Tu peux te tenir à Kevla ?

Mylikki fit oui de la tête. Les trois besaces disparurent dans la vaste paume du Dragon et il replia ses pattes avec douceur. Mylikki se tourna vers son frère.

— Je veux venir avec toi ! dit Olar.

Il se tenait droit, mais il était tout rouge et ses lèvres tremblaient.

— Mère a besoin de toi ici, dit Mylikki en le serrant dans ses bras. Tu dois la protéger, elle et les autres.

Il hocha la tête et recula, essuyant vivement ses larmes. Mylikki se tourna vers sa mère. Gelsan la prit dans ses bras et la serra contre elle. C'était la première fois que Kevla les voyait échanger un geste de tendresse.

— Rends-nous fiers de toi, dit Gelsan.

— Oui, Mère, répondit Mylikki. Nous ramènerons le printemps. Tu verras.

Gelsan sourit mais Kevla vit le doute dans ses yeux. Mylikki fit ses adieux aux autres villageois, aux gens qu'elle avait connus toute sa vie. Kevla songea qu'elle avait l'air impatiente de partir. Elle-même avait eu du mal à quitter les siens, elle qui n'avait découvert qu'elle avait une famille que tardivement. Elle se souvint de la manière dont Mylikki avait rougi en évoquant Altan, aux remarques de Gelsan à ce sujet, et comprit pourquoi la jeune fille tenait tant à la suivre.

Le Dragon lut ses pensées et dit en silence : « Je me demande si cet Altan nous aidera ou si nous sommes sur le point de gaspiller un temps précieux. »

« Nous n'avons pas le choix, répondit Kevla tout aussi silencieusement. C'est notre seul indice et nous devons suivre cette piste jusqu'au bout. »

Mylikki finit ses adieux et s'approcha du Dragon. Il se baissa autant qu'il le put et tendit une patte afin d'aider ses compagnes de voyage à grimper sur son énorme dos. Mylikki n'avait pas l'air très rassurée.

— Un jour, j'ai été blessée et suis tombée du dos du Dragon, lui raconta Kevla alors que la jeune fille plaçait ses bras autour de sa taille. Mais il m'a rattrapée.

— C'est supposé me rassurer ?

Kevla éclata de rire. Elle se sentait étonnamment heureuse. Elle aimait bien Mylikki et n'avait jamais eu d'amie avant elle. De plus, elle était contente de ne plus être seule.

Le Dragon étira son cou et les regarda.

— Où allons-nous, Mylikki ?

— Il disait qu'il allait d'abord au village de Galak-près-du-Lac. Dirige-toi vers le sud-est et nous devrions le voir rapidement.

Deuxième partie

La Vierge de Glace

14.

Mylikki serrait tellement Kevla que celle-ci avait du mal à respirer.

— Tu ne risques rien, dit-elle à Mylikki.

La jeune fille ne relâcha pas son étreinte. Essayant de distraire sa nouvelle amie, Kevla lui demanda :

— Que penses-tu du paysage ?

Elle indiquait la terre sous leurs pieds.

— Nous sommes si haut…, dit Mylikki. Mais c'est très beau. La glace et la neige sont magnifiques, vues d'ici.

Le vent jouait avec les cheveux de Kevla. Elle se demanda si Mylikki avait froid. Cette dernière portait des vêtements épais et un manteau, et pouvait difficilement se couvrir davantage. Voyager sur le dos du Dragon avait ses avantages et ses inconvénients.

— Tu sais ce que nous recherchons, Mylikki, dit Kevla. Reste aux aguets et regarde en bas de temps à autre.

— Le village s'appelle Galak-près-du-Lac, répondit Mylikki. Près du plus grand lac de la région. En été, nous…

Mylikki se tut et Kevla n'insista pas pour connaître le récit d'anecdotes estivales.

Ils étaient partis en fin de matinée. La journée s'écoula et le soleil commença à descendre dans le ciel. Kevla vit enfin quelque chose au loin.

— Là-bas ! cria-t-elle. N'est-ce pas le lac ?

— Si, répondit Mylikki. Le village devrait être… là…

Ils virent en effet Galak-près-du-Lac, plus petit encore, en apparence, que le village de Mylikki. Le Dragon plongea et se posa entre le grand lac de forme ovale et les maisons. De la fumée s'échappait de certaines d'entre elles, d'autres semblaient inhabitées.

— Personne ne vient à notre rencontre, dit Kevla.

— Ils ont peur, répondit Mylikki. Nous ne sommes sortis que parce que nous craignions que vous ne voliez notre nourriture. Et le Dragon est loin d'être rassurant.

— Ingrate, marmonna le Dragon.

Mylikki eut l'air à la fois peinée et terrifiée.

— Je ne voulais pas t'insulter, dit-elle. Mais…

— Il comprend ce que tu veux dire, Mylikki. Dragon, tu dois admettre que tu es plutôt impressionnant.

Le compliment parut l'apaiser. Kevla se laissa glisser à terre. Elle aida Mylikki à descendre à son tour.

— Es-tu sûre que nous sommes au bon endroit ?

Mylikki hocha la tête. La capuche de son manteau avait glissé, découvrant ses cheveux dorés. Elle regarda autour d'elle de ses grands yeux bleus. Kevla la laissa ouvrir la marche ; dans ce pays où régnait la peur, Mylikki serait davantage la bienvenue.

De nombreuses maisons étaient en ruines. Sans la fumée qui sortait des cheminées, Kevla aurait cru le village abandonné.

Mylikki avança résolument.

— Mylikki, du village des Bois d'Arrun, salue les habitants de Galak-près-du-Lac, appela-t-elle d'une voix qui tremblait à peine.

Elle n'eut que le silence pour réponse.

— Je suis avec mes amis Kevla et le Grand Dragon. Nous recherchons un *huskaa* du nom d'Altan.

Personne ne sortit. Kevla s'approcha du Dragon et caressa ses écailles douces.

Soudain, Mylikki se retourna et recula de quelques pas.

— Les sacs, dit-elle. J'ai besoin de ma *kyndela*.

Kevla fut perplexe mais aida Mylikki à déballer son instrument. La jeune fille le suspendit à son épaule et avança dans la neige.

— Je suis moi aussi une *huskaa* et j'invoque la Loi d'Hospitalité ! s'écria-t-elle en montrant ostensiblement son instrument.

Au début, Kevla crut que le stratagème tenté par Mylikki avait échoué. Puis, une à une, les portes s'entrouvrirent.

— Nous saluons la *huskaa* Mylikki et nous nous rangeons à la Loi, dit une petite voix.

Un vieil homme, si maigre qu'il paraissait squelettique, sortit de l'une des maisons.

— Nous vivons une époque décidément étrange, si une femme devient *huskaa*... Mais plus rien ne semble normal aujourd'hui. Toi et tes...

Il s'éclaircit la gorge et ajouta :

— Tes compagnons et toi êtes les bienvenus.

Mylikki fut soulagée.

— Merci. Nous ne resterons pas longtemps. Nous devons retrouver Altan. Il était à peu près de cette taille, les cheveux blonds et bouclés, les yeux bleus. Est-il ici ?

— Il est venu mais est reparti, répondit le vieil homme.

Kevla fut cruellement déçue. Elle ne put s'empêcher de constater que le chef du village n'avait pas bougé du seuil de sa maison, malgré son offre d'hospitalité.

— Depuis deux jours. Nous avons subi une terrible tempête de neige, dit-il en regardant le ciel sombre, et il semblerait qu'une autre se prépare. Il allait vers Riversong. Un bien gentil garçon et une voix magnifique. J'espère que la neige ne l'aura pas fait taire à jamais.

Mylikki déglutit péniblement.

— Merci, dit-elle. Nous allons à sa recherche.

Elle hésita puis ajouta :

— Pardonne-moi, mais il me semble que ton village souffre terriblement. Allez aux Bois d'Arrun. Dites-leur que Mylikki vous envoie. Ils ont un peu de nourriture à partager avec des amis, mais non avec ceux qui chercheraient à s'en emparer par le force…

L'homme partit d'un rire amer.

— Nous ne pourrions rien prendre par la force, même si nous le voulions, mon enfant. Nous attendons simplement la Mort. Mais peut-être que grâce à toi, la Mort va devoir attendre encore un peu. Que la chance soit avec vous.

Il referma sa porte, doucement mais fermement. Mylikki se tint immobile dans la neige pendant un moment, soupira et rejoignit Kevla et le Dragon.

— Vous avez entendu, dit-elle d'une voix lasse. Nous devons nous rendre à Riversong.

— J'ai entendu, dit le Dragon en levant son énorme tête vers le ciel et en reniflant. Et je crois que cet homme a raison. Une tempête se prépare.

— Altan et Riversong ne sont pas loin, dit Mylikki. Au moins nous avons un abri, de la nourriture et l'aide du Dragon, Kevla. S'il n'a pas réussi à atteindre Riversong, Altan doit être seul dans les bois. Nous devons le retrouver !

Mylikki avait raison. Ils ne retrouveraient peut-être pas Altan, mais il fallait essayer.

— Dépêchons-nous, alors, répondit Kevla.

Mais ils n'étaient dans les airs que depuis quelques minutes lorsque la neige se mit à tomber. Un flocon, puis un autre, et encore un autre. Le soleil avait presque disparu et la terre était à peine visible.

— Dragon, peux-tu continuer à voler dans ces conditions ? demanda Kevla.

— Moi, oui, répondit-il, mais la question est de savoir si vous en êtes capables...

Kevla se tourna vers Mylikki qui avait couvert son visage du mieux possible. Kevla ne voyait pas ses yeux, mais elle sentit la jeune fille frissonner.

— Je v-vais bien, balbutia-t-elle. Nous devons continuer ! Altan est seul dans cette tempête !

Mais Kevla savait aussi bien que Mylikki que si Altan se trouvait dans cette tempête, ils pourraient très bien voler au-dessus de sa tête sans jamais le voir. Elle hésita. La neige tombait de plus en plus serrée. Elle sentait le froid, même s'il n'avait pas d'effet sur elle, et les flocons qui recouvraient ses cils.

Elle prit une décision.

— Dragon, nous devons descendre et attendre la fin de cette tempête.

Le Dragon changea de cap et se dirigea vers un endroit où il pourrait se poser, supposa Kevla. La neige tombait dru, à présent, et elle y voyait à peine. Elle s'essuya le visage et cligna rapidement des yeux. Le Dragon se posa et leur demanda d'attendre un instant.

— Je vais vous faire un abri.

La neige glissa sur les épaules nues de Kevla. Elle regarda sa compagne. Le dos et la tête de Mylikki étaient presque entièrement blancs et le vent soufflait si fort que son manteau dansait autour d'elle. La capuche se souleva et Kevla constata, inquiète, que les sourcils de la jeune fille étaient couverts de glace et ses lèvres bleues de froid.

Le Dragon ondulait dans la neige mais Kevla ne voyait guère ce qu'il faisait au juste. Elle s'agrippa à son dos afin d'éviter de tomber. Elle savait ce qu'était le froid, mais jamais Arukan n'avait connu pareilles conditions.

— J'ai creusé un trou dans la neige, dit le Dragon d'une voix forte. Je vous protégerai de mon corps jusqu'à la fin de la tempête. Dépêchez-vous !

Kevla se dégagea de l'étreinte de Mylikki. Elle glissa dans la neige épaisse et vit ce que le Dragon venait de faire. Il avait créé un abri pour elles sous son énorme corps.

— Viens avec moi ! cria-t-elle en luttant contre le vent.

Une rafale plus puissante que les autres faillit la faire tomber et elle se rattrapa à la patte du Dragon.

En temps ordinaire, le Dragon se baissait le plus possible afin de rendre leur descente plus aisée. Mais il se tenait à présent au-dessus de leur abri pour le protéger, et la distance entre son dos et le sol était plus importante. Kevla regarda le ciel blanc. La seule couleur visible était le rouge du Dragon, à quelques pas. Elle aida Mylikki à descendre. Le vent fit perdre l'équilibre à Mylikki, qui tomba sur Kevla. Elles s'écrasèrent durement sur la neige.

— Je suis désolée ! dit Mylikki en claquant des dents.

— Tout va bien, assura Kevla en l'aidant à se relever et en la tournant dans la bonne direction. Nous devons nous mettre sous le ventre du Dragon.

Un soulagement immense les envahit lorsqu'elles atteignirent l'abri formé par le corps du Dragon. Mylikki tomba à genoux et essuya la neige qui recouvrait ses cheveux et ses sourcils. Kevla se glissa à son tour dans l'abri et le Dragon changea légèrement de position. Elles avaient creusé un tunnel dans la neige, ce qui leur permettrait de respirer et d'avoir un peu de lumière.

Kevla se concentra et la « pièce » devint plus chaude. Elle n'insista pas, car l'humidité serait pire que la neige.

« Dragon, j'ai besoin de bois. »

Elle commença à creuser dans la neige au-dessus d'elle et finit par trouver quelques brindilles sèches qu'elle mit au milieu de leur abri.

— Brûlez, dit-elle.

Et les brindilles obéirent. Le Dragon fit de même. Elles entendirent un bruit et, bientôt, une grande branche apparut à l'entrée de leur refuge improvisé. Mylikki se leva et elles traînèrent la branche à l'intérieur. Kevla observa la jeune fille : cet effort semblait avoir ramené un peu de couleur sur ses joues.

— Elle est trop grosse, dit Kevla. Nous allons devoir la couper en petits morceaux.

— Il y a une hache dans le sac, répondit Mylikki, l'air peu enthousiaste à la perspective de ressortir dans la tempête.

— Allons-y.

Elles n'eurent pas à aller bien loin. Les trois sacs les attendaient à quelques pieds de l'entrée. Elles les amenèrent à l'intérieur et Mylikki se mit à fouiller dans l'une des besaces.

— Un feu ne risque-t-il pas de blesser le Dragon ? demanda Mylikki, regardant en direction du toit vivant de leur abri.

— Le Dragon vit au cœur d'un volcan où les roches sont si chaudes qu'elles sont liquides, répondit Kevla en riant. Ce feu ne fera rien de plus que le chatouiller.

Mylikki sortit deux outils. La hache promise et une petite pelle. Les deux femmes dégagèrent le centre de leur abri. Tandis que Kevla maintenait ensuite en place la branche, Mylikki la coupa en menus morceaux et les plaça dans leur petit foyer entouré de neige.

— Brûle, dit Kevla.

Une lumière vive emplit la pièce immédiatement.

Mylikki soupira d'aise et tendit les mains vers les flammes, profitant de leur formidable chaleur.

— Le Dragon est le meilleur abri que nous puissions avoir, décréta la jeune fille.

— Il ne pourra pas toujours nous accompagner, avertit Kevla. Tu as bien fait d'apporter toutes ces choses. Enlève ces vêtements humides et donne-les-moi.

Frissonnante, Mylikki se leva et retira son manteau. Kevla le saisit et se concentra, utilisant son pouvoir afin de réchauffer le vêtement gelé et couvert de glace. La glace fondit, et de la vapeur s'échappa du vêtement. Mylikki retira le reste de ses habits plus rapidement. Kevla lui tendit le manteau sec, dont Mylikki se couvrit en attendant. Bientôt, elle porta des vêtements secs et chauds.

Kevla sécha ensuite sa *rhia*. Le vêtement était fait de feu qu'elle avait pris dans l'antre du Dragon. Si jamais le besoin s'en faisait sentir, elle pourrait recommencer.

— Merci. J'étais sur le point de devenir une Vierge de Glace !

— C'est un don que je possède, dit Kevla simplement.

Elle ne dit pas à Mylikki que ce don était une épée à double tranchant. Il l'aidait aujourd'hui à tenir son amie au chaud, mais il avait aussi tué la personne que Kevla aimait plus que tout au monde.

Afin de penser à autre chose, elle se leva et déclara :

— Mangeons quelque chose de chaud.

Gelsan leur avait donné une petite marmite. Kevla l'emplit de neige et la mit sur le feu, tandis que Mylikki y ajoutait viande séchée et épices. Elle remua le tout à l'aide d'une cuillère de bois. Kevla savait qu'elle aurait pu ordonner à Mylikki de préparer le repas. Mais Kevla n'était pas une grande dame, ni une *khashima*, ni une reine. Elle avait été une enfant illégitime, avait été élevée dans les rues, et le rang le plus élevé qu'elle avait occupé était celui de femme de chambre. Elle préférait servir les autres plutôt que d'être servie.

— Nous n'aurions jamais vu Altan si nous avions continué, dit Kevla. Tu le sais, n'est-ce pas ?

— Oui, soupira Mylikki. Nous essaierons demain. Il n'est pas stupide, il a dû trouver un abri quelque part.

La jeune fille fixa les flammes, les yeux vagues et une expression inquiète sur le visage.

— De quoi parlais-tu tout à l'heure au chef du village ? D'une Loi ?

— Oh, cela..., dit Mylikki en riant. J'ai menti, je le crains. J'ai prétendu être une *huskaa*. Les *huskaas* sont toujours bien accueillis, même en ces temps durs. Il s'agit d'un ancien code d'hospitalité, la Loi des *Huskaas*. Si un *huskaa* demande le gîte ou le couvert, on le lui doit. En échange, il jouera de son instrument, racontera des histoires et partagera les nouvelles qu'il aura apprises au cours de ses voyages. Ils auraient refusé de parler à Mylikki des Bois d'Arrun, mais ils étaient forcés d'ouvrir leur porte à Mylikki la *huskaa*. Les femmes n'ont pas le droit de devenir *huskaas*, en principe, mais nous pouvons jouer de la *kyndela*. Souviens-toi des paroles du chef.

— Nous avons eu de la chance, alors, dit Kevla.

Qui est la Vierge de Glace ? J'ai déjà entendu ce nom… Est-ce elle qui amène la neige en hiver ?

Mylikki secoua la tête tout en continuant de remuer la soupe.

— Non, le mot de « glace » n'est pas censé être compris au sens propre. En tout cas, pas à l'origine. Il s'agit d'une série de chants appelée « Le Cercle de Glace » , racontant l'histoire d'une fille dont le cœur fut brisé par un homme et qui décide de se venger de tous les hommes par la suite. Cela n'a aucun lien avec l'hiver. Mais quand cet hiver s'est prolongé, les gens ont commencé à avoir peur. Nous savions que ce ne pouvait être l'œuvre des dieux : ils apportent printemps et renaissance, et non l'hiver. Quelque chose devait les en empêcher. La seule histoire à laquelle les gens ont pensé a été celle de la Vierge de Glace, et elle est devenue le symbole de cet hiver éternel.

Mylikki sourit malicieusement.

— Cela a toujours dérangé Altan, dit-elle tendrement. Il disait que cette nouvelle interprétation gâchait cette histoire en la rendant trop littérale. « La Vierge de Glace a un cœur de glace, ajoutait-il, pas un corps de glace. »

Kevla regarda la neige autour d'elles.

— Ce n'est qu'une histoire, n'est-ce pas ?

— Quelque chose ne tourne pas rond. C'est une explication aussi valable qu'une autre.

— Veux-tu chanter une de ces chansons pour moi ?

— La plupart sont écrites pour être interprétées par un homme. Chaque chant raconte une histoire, et chaque histoire fait partie d'un tout. Attendons de retrouver Altan et nous pourrons interpréter l'ensemble tous les deux.

— Et les *taaskali* ?

— Je ne sais que ce que l'on m'a dit à leur sujet. Ils sont censés te ressembler.

Elle prit une louche et versa un peu de soupe pour Kevla et elle.

— Ils ont la peau, les yeux et les cheveux sombres, et possèdent des pouvoirs magiques. Ils sont plus proches des dieux que des hommes et s'occupent des troupeaux de *selvas* blanches, dont le lait assure la longévité à celui qui le boit. Un manteau tissé à partir de leur fourrure protégerait des flèches. Je n'ai jamais rencontré personne qui aurait vu un *taaskal* ou une *selva*. Mais en te voyant sur la colline, tu comprends à présent pourquoi nous avons cru que tu étais une *taaskal*...

Kevla mangea de bon appétit. Elle écouta les hurlements du vent au-dehors et, pour la centième fois, lui sembla-t-il, elle éprouva une immense reconnaissance à l'égard du Dragon. Elle espéra qu'Altan aurait découvert un abri et qu'ils pourraient le retrouver très vite. Elles finirent leur repas en silence, lavèrent les bols et les ustensiles dans la neige et les rangèrent à leur place. Mylikki sortit des couvertures et prépara un lit. Kevla se leva pour l'aider.

— Cela devrait être suffisant pour nous deux, dit Mylikki en s'allongeant.

Kevla fut prise de court. Elle ne savait rien des coutumes de Lamal. Elle avait cru comprendre que Mylikki aimait Altan, mais se rappela que certaines personnes appréciaient la beauté des deux sexes.

— Je t'aime beaucoup, Mylikki, commença-t-elle, et ce n'est pas que je ne te trouve pas jolie, mais…

Mylikki la regarda, perplexe, puis éclata de rire.

— Toi aussi, Kevla, mais je n'éprouve aucun désir pour toi ! J'ai simplement l'habitude de dormir près des autres, et, pour être franche, j'ai besoin de chaleur. Si cela ne te dérange pas.

Kevla rougit violemment.

— Bien sûr que non…

Kevla s'allongea près de la jeune fille et la prit dans ses bras.

— Merci, Kevla… Désolée si je t'ai mise mal à l'aise.

— Je regrette de ne pas l'avoir proposé.

Kevla serra le bras de son amie.

— Heureusement que nous sommes habillées, dit Mylikki avec malice. La meilleure façon de réchauffer quelqu'un qui a froid est de se serrer à même la peau nue.

— Je m'en souviendrai !

Elles se turent. Puis Mylikki demanda :

— Kevla… en sais-tu beaucoup sur les hommes ?

— Pourquoi cette question ?

— Je me demandais juste… eh bien, je crois qu'il est évident que je tiens à Altan.

— Il n'y a rien de mal à cela.

— Quelquefois… quelquefois, il me fait penser le contraire.

— Que veux-tu dire ?

— Lorsqu'il est venu aux Bois d'Arrun… je n'ai jamais ressenti cela pour un autre. J'avais l'impression d'être une reine.

Kevla se souvint de ce qu'elle avait éprouvé avec Jashemi. *Je t'appartiens corps et âme, Kevla. Depuis toujours et à jamais.* Elle écarta ces pensées.

— Mais un soir, il a chanté les chants de la Vierge de Glace, et à la deuxième chanson, lorsqu'un jeune homme séduit une femme qu'il n'aime pas parce que son cœur appartient à la Vierge de Glace, il m'a regardé droit dans les yeux et a semblé me mépriser.

Mylikki soupira et entonna un couplet.

Ne tombe pas amoureuse de moi,
Ne tombe pas amoureuse de moi.
Car je prendrai ton corps
Et te laisserai seule ;
Dès demain,
Je t'aurai oubliée.

Elle s'efforçait de dissimuler sa peine mais n'y réussit pas. Kevla la serra contre elle.

— Pourquoi ferait-il cela ? demanda Kevla.

— Je l'ignore. Mais le lendemain, il était aussi gentil qu'avant, comme si rien ne s'était passé. Je n'y comprends rien. As-tu jamais été amoureuse, Kevla ?

— Oui, répondit Kevla doucement.

— Que s'est-il passé ? T'a-t-il… t'a-t-il abandonnée ?

Si seulement c'était le cas…. J'aurais le cœur brisé, mais il serait en vie.

— Non. Il est mort.

— Oh, Kevla, je suis désolée… Je ne voulais pas être indiscrète.

Kevla l'apaisa d'un geste de la main.

— Ce n'est pas grave. C'est juste que je ne sais rien de la façon dont les hommes traitent les femmes, par ici. Il m'est donc difficile de te conseiller.

— Quand nous le retrouverons, pourras-tu me donner ton avis ?

— Oui, bien sûr.

— Je l'aime, Kevla, murmura Mylikki. Je l'aime de tout mon cœur, même si je l'ai connu peu de temps. Je ferais n'importe quoi pour lui. N'importe quoi. Mais je ne sais pas s'il veut de moi. Je ne veux pas finir comme la Vierge de Glace, seule, en colère et blessée.

— Tu es une fille formidable, Mylikki. Attendons de voir ce que nous réserve l'avenir, avant de le craindre. A présent, il faut dormir. Et ne rêve ni de Vierges de Glace ni de neige, si possible.

15.

Kevla sortit prudemment de leur abri. Le matin était blême. Malgré ses recommandations à Mylikki, elle-même avait mal dormi, hantée par des rêves où apparaissait une belle femme faite de glace. Elle s'étira. Le Dragon, de son côté, exhala deux petits nuages de fumée.

— Le ciel est couvert mais il ne neige pas, dit-il en baissant la tête pour lui permettre de le caresser. Nous pourrons voler un petit moment.

— Bien. Cette terre m'est si peu familière que j'ai hâte de retrouver Altan et le Danseur de Terre, et de quitter enfin cet endroit.

— Ce n'est pas simplement parce que tu ne connais pas ces lieux que tu es mal à l'aise, assura le Dragon. Nous devons rester sur nos gardes. Nous ne sommes pas seuls.

Elle regarda dans la direction indiquée. L'air était brumeux et il était difficile de voir très loin, mais elle aurait juré avoir perçu un mouvement dans les bois. Sur la surface poudrée de la neige fraîche, Kevla remarqua un ruban glacé et brillant. On aurait dit qu'il formait une sorte de cercle.

— Qu'est-ce que c'est ? murmura-t-elle.

— Des hommes, dit le Dragon. Ils ont passé la nuit ici.

— Les rôdeurs ?

Le Dragon parut perplexe.

— Peut-être. C'est étrange. Leur odeur... n'est pas naturelle.

— Pourquoi ne nous ont-ils pas attaqués ?

Lentement, le Dragon baissa la tête et la regarda, l'air amusé. Elle éclata de rire. Même si les hommes tapis dans les bois les avaient vues, Mylikki et elle, la nuit dernière, elles étaient sous la protection d'un énorme dragon. Même une armée aurait hésité avant de les attaquer.

Mylikki sortit à son tour et sourit.

— A t'entendre rire ainsi, Kevla, j'ai l'impression que la journée commence bien.

La joie de Kevla avait disparu, mais elle sourit néanmoins pour éviter d'inquiéter la jeune fille. En outre, elles seraient bientôt très loin.

— Le ciel semble dégagé, dit Mylikki en regardant le ciel. Je suis certaine que nous allons retrouver Altan !

Kevla et le Dragon échangèrent un regard plein de sens. Kevla espéra qu'ils retrouveraient le jeune homme vivant. La tempête avait été terrible. S'il n'avait pas réussi à trouver un abri...

Kevla et Mylikki avalèrent rapidement un peu de thé et des fruits secs, puis rassemblèrent leurs affaires et grimpèrent sur le dos du Dragon. La journée était claire à des lieues à la ronde. Mylikki avait dessiné une carte dans la neige afin de leur indiquer la direction à suivre. Riversong n'était plus très loin.

Aucune trace de pas ne subsistait après la tempête.

Kevla avait espéré voir des traces de *skelthas* menant au village de Riversong, mais elles avaient disparu.

Quelques maisons apparurent enfin le long d'une rivière gelée.

— Voici Riversong, dit Mylikki.

— Il s'est sans doute abrité au village, répondit Kevla.

— Il n'a pas pu atteindre le village en deux jours seulement, dit Mylikki en secouant la tête. Impossible, avec ces deux tempêtes qui se sont succédé.

Le Dragon plongea et fit un demi-tour sur lui-même afin de revenir en arrière.

— Nous le trouverons, assura-t-il. Je vais voler plus près du sol afin de voir si je peux sentir son odeur.

Il ajouta en pensée, à la seule intention de Kevla : « Vois si tu peux sentir sa présence, Kevla. Il n'est pas le Danseur, mais il est essentiel à notre quête. »

« Je vais essayer », répondit Kevla. Elle ferma les yeux et apaisa son esprit. Elle sentit Mylikki trembler derrière elle et le Dragon descendre rapidement vers le sol.

Elle était capable de communiquer avec le Dragon par la pensée. Peut-être pourrait-elle faire de même avec Altan. *Altan, chanteur… Ami du Danseur de Terre. Dis-moi où tu te trouves…*

Rien. Elle ouvrit les yeux, pleine d'appréhension et déçue. Si seulement il existait une indication pour…

Puis elle sut. Précisément, rapidement, comme si elle l'avait toujours su. Elle fut si surprise de cette révélation qu'elle mit du temps à la communiquer à ses compagnons.

— Les bois à gauche, dit-elle. Il est en bas. Je le sens.

Le Dragon se dirigea vers la forêt. Il se posa à l'orée du bois et les deux femmes descendirent.

— Tu as senti sa présence ? demanda Mylikki.

— Je crois, dit Kevla.

— Comment ?

— Aucune idée. Mes pouvoirs… J'ignore l'étendue complète de ces pouvoirs. Mais je crois qu'il est là, quelque part.

Elle avait été rassurée mais se rendit compte que la forêt était immense. La respiration de Mylikki s'accéléra.

Kevla lui prit les mains.

— Mylikki, je sais que tu es inquiète, mais j'ai besoin de ton aide. Pense à Altan. Visualise-le dans ton esprit. Essaie de voir ce qui le rend si singulier à tes yeux.

Les yeux de Mylikki étaient emplis de larmes, mais elle parvint à sourire.

— C'est facile.

Kevla ferma les yeux et se concentra. Elle avait cru qu'elle serait capable de voir Altan, mais aucune image ne vint. Soudain, elle sut néanmoins où aller.

Elle lâcha les mains de Mylikki.

— Dragon, attends ici. Je t'appellerai quand nous l'aurons trouvé. Viens, Mylikki !

Elles se dirigèrent vers les bois obscurs. Les arbres étaient très serrés. Aucune empreinte de pas, du fait de la neige fraîchement tombée. Avancer était difficile, et Kevla perdit l'équilibre plus d'une fois. Mais, reconnaissante, elle suivait la petite voix qui lui disait : *Tourne à gauche ici, avance par là.* Mylikki restait sur ses talons.

Puis la forêt laissa place à une petite clairière. De grands bouleaux y poussaient. Kevla savait qu'elles étaient tout près. Son cœur battait à tout rompre.

— Appelle-le, demanda-t-elle à Mylikki.

Mylikki mit les mains en porte-voix et cria le nom d'Altan. Aucune réponse.

Il est blessé, songea Kevla, sans savoir d'où lui venait cette idée. Elle ferma les yeux et s'efforça de voir le jeune homme. Il était près d'ici. Elle se retourna, mue par une force incontrôlable.

Elle ouvrit les yeux et se trouva nez à nez avec une petite entrée au milieu des arbres. L'entrée disparaissait presque sous la neige.

— Ici, il est là-dedans.

Les deux femmes s'empressèrent de dégager l'entrée.

— Altan ? cria Mylikki. Altan, nous arrivons, tiens bon !

Kevla entra dans l'abri, mais pas avant d'avoir allumé une petite flamme qu'elle tint dans sa main. La lumière du feu éclaira une petite grotte. Elle vit une forme inanimée dans l'obscurité.

Faites que je ne me sois pas trompée.

Elle tendit les bras en avant. Soudain, elle perdit l'équilibre et faillit tomber.

Comme Altan avant elle.

Elle le vit, allongé sur le sol de la grotte. Son manteau le recouvrait presque complètement, mais elle aperçut une main blanche posée sur un sac et des boucles blondes.

Elle recula et éteignit la flamme dont la lumière n'était pas suffisante.

— Il est là, dit-elle à Mylikki. Mais il est blessé… Apporte-moi du bois, j'ai besoin de plus de lumière.

Mylikki pâlit mais s'exécuta, apportant deux branches solides. Kevla lui en donna une et les alluma toutes les deux.

— Suis-moi, mais fais attention.

Les deux femmes avancèrent lentement. Kevla constata que le changement de niveau n'était pas difficile à négocier avec de la lumière. Mais Altan, sans doute à moitié gelé et aveuglé par la tempête, était tombé dans le piège.

Elle se tourna et descendit prudemment. Ses pieds touchèrent un rocher solide. Elle aida Mylikki, puis se hâta de rejoindre Altan. Elle lui prit la main.

— Altan ?

Il était immobile. Kevla tenta de sentir son pouls. Il était en vie, mais son pouls était faible. Elle fixa sa torche improvisée à une fissure dans la roche et vit que le jeune homme — plus jeune que Mylikki, de toute évidence — était d'une pâleur peu naturelle et que ses lèvres étaient bleues.

Kevla avait appris à guérir, mais elle n'avait jamais traité les conséquences du froid. Les insolations, les brûlures du soleil, oui, mais jamais le froid. Elle fit donc appel à son instinct. Elle prit les mains d'Altan et les posa contre sa poitrine. Puis elle se pencha et glissa sa main sous ses vêtements.

— Que fais-tu ? demanda Mylikki.

Kevla ne répondit pas. Elle ferma les yeux et fit appel à son pouvoir.

Elle ne voulait pas d'une grande onde de chaleur mais d'une chaleur douce et maîtrisée, celle des braises et non celle des flammes dévorantes. Elle sentit son corps se réchauffer et la chaleur pénétrer ensuite le corps d'Altan.

— Il a besoin de plus de chaleur, dit-elle à Mylikki en appelant le Dragon en pensée.

— Ses vêtements sont trempés, répondit Mylikki en déshabillant rapidement le jeune *huskaa*.

Kevla réfléchissait très vite.

— Découpe les vêtements, évite de le déplacer.

— Je n'ai pas de couteau…

Mylikki fut interrompue par un fracas terrible qui fit trembler le sol. Poussière et pierres tombèrent autour d'elles. Soudain, elles entendirent le bruit d'arbres que l'on arrachait. Mylikki hurla et baissa la tête, couvrant Altan de son corps, afin de le protéger des pierres qui risquaient de s'écraser sur eux d'un moment à l'autre.

Mais cela ne se produisit pas. La lumière du soleil apparut. Kevla leva la tête et vit le Dragon. Il était venu à son aide. Un élan d'affection pour son ami l'envahit.

— Altan est gelé, nous avons besoin des sacs !

Le Dragon les déposa à leurs pieds et Mylikki bondit, prit un couteau et découpa les vêtements d'Altan. L'étoffe était raidie par le froid et le gel. Kevla sortit les couvertures et regarda de nouveau Altan. Il bougeait, à présent, et il gémit doucement. Kevla le tourna sur le côté et étendit les couvertures autour de lui. Sa peau était glacée.

Il était nu jusqu'à la taille. Kevla le recouvrit d'une couverture. Mylikki s'efforçait de lui retirer ses bottes et Kevla l'y aida. Mylikki commença ensuite à le recouvrir, mais Kevla l'arrêta d'un geste.

— Ses braies. Elles sont trempées aussi.

Elles découpèrent le reste de ses habits. Il était nu, à présent. Mince, d'une blancheur cadavérique, il ressemblait à une *liah* mourante, aux yeux de Kevla.

Elle se souvint de la manière dont Mylikki avait décrit la voix d'Altan : forte, belle, pure. Une voix qu'elle n'entendrait peut-être jamais. Cette pensée l'emplit de fureur et de peine.

Non ! Cette voix ne doit pas se taire ainsi !

Qu'avait dit Gelsan ? Diffuser la chaleur corporelle peau contre peau, lentement mais sûrement. Et Mylikki l'avait confirmé la veille. Oubliant sa propre pudeur ou celle d'Altan, consciente qu'elle devait l'aider avec la chaleur qui brûlait en elle, Kevla retira sa *rhia* et s'allongea à son côté. Elle s'étira de tout son long et entrelaça ses membres aux siens. Elle se serra contre lui. Cela aurait pu être une étreinte très intime, mais pour Kevla, il n'était pas question d'amour. Altan était entre la vie et la mort.

— Enveloppe-nous des couvertures ! s'exclama-t-elle.

Mylikki s'exécuta. Kevla leva la tête et vit le visage inquiet du Dragon.

— Dragon, aide-moi !

Le Dragon souleva Kevla et Altan et les serra contre sa poitrine, en une étreinte vivifiante. Ses écailles étaient chaudes et Kevla sentit son corps se réchauffer.

Accroche-toi à moi, songea Kevla. *Accroche-toi à la vie, Altan…*

Elle ne sut jamais combien de temps dura cette étreinte. Mais elle sentit enfin sa peau se réchauffer et ses battements de cœur se faire plus réguliers. Il bougea, se serrant contre elle. Il n'était pas conscient de ses gestes et elle le laissa faire, ravie qu'il se réveillât enfin.

— Pose-nous à terre, s'il te plaît.

Le Dragon obéit. Mylikki avait entre-temps monté la tente, étendu des couvertures sur le sol et allumé un feu. Kevla sentit l'odeur du thé.

Une boisson chaude lui ferait du bien.

Elle recula et vit de grands yeux bleu-vert la fixer. Le visage d'Altan était à la fois doux et masculin, très beau. Il n'était guère surprenant que Mylikki soit tombée sous son charme. Mais l'expression d'Altan changea soudain : de la perplexité, il passa à la colère. Il tourna la tête, aperçut Mylikki et parut ennuyé. Elle sourit, soulagée, mais les paroles d'Altan firent taire les mots gentils qu'elle s'apprêtait à prononcer.

— Encore toi ! Maudite sois-tu ! Ne serai-je jamais débarrassé de toi ?

Sa voix était embuée mais agréable, malgré les terribles mots qu'il venait de dire. Il continua de parler et Kevla fut soulagée en constatant qu'il délirait.

— De grandes mains… trop de monde…

Les yeux d'Altan se fermèrent et il s'évanouit de nouveau. Kevla tourna la tête, de peur de voir le chagrin dans le regard de Mylikki.

16.

Durant les heures qui suivirent, Altan fut comme ivre. Ses paroles étaient emmêlées et incompréhensibles. Il se réveillait, puis sombrait de nouveau dans l'inconscience. Elles lui donnaient thé et bouillon lorsqu'il s'éveillait ; pendant son sommeil, Mylikki le serrait farouchement contre elle.

Kevla savait qu'elle avait sauvé la vie d'Altan. Elle était le Feu incarné. La chaleur qui brûlait en elle pouvait être canalisée et maîtrisée, ce qui était tout à fait impossible à la chaleur naturelle de la peau de Mylikki. La jeune fille le savait, mais son attitude montrait à l'évidence qu'elle aurait voulu sauver la vie d'Altan elle-même. Kevla espérait que les paroles cruelles que le jeune homme avait prononcées étaient aussi incohérentes que le reste, mais elle conservait des doutes à ce sujet ; après tout, il s'était montré cruel envers Mylikki, par le passé.

« Tu as bien fait, lui dit le Dragon en pensée. Mylikki aurait voulu le sauver mais tu ne pouvais risquer la vie d'Altan. »

« Si seulement elle avait pu être à ma place », songea Kevla en retour.

Elle mit les bras autour de ses genoux et fixa le

feu. Le contact d'Altan était agréable, mais ce n'était pas de lui qu'elle avait besoin.

Ses yeux s'emplirent soudain de larmes et elle posa la tête sur ses genoux. Son cœur se serra, étreint par la douleur et la culpabilité. Les caresses dont elle avait tellement besoin, elle le savait, étaient celles qu'elle n'aurait jamais dû connaître… et qu'elle ne connaîtrait plus jamais.

Tu me manques tant, Jashemi. Tout est ma faute. Si j'avais été plus forte, si j'avais résisté, si tout s'était déroulé comme prévu, tu serais aujourd'hui à mes côtés. Je donnerais n'importe quoi pour que tu sois ici avec moi, pour voir ton visage, entendre ton rire… mais tu m'as quittée à tout jamais et je ne peux m'en prendre qu'à moi-même.

Altan dormait dans les bras de Mylikki. La jeune fille avait fermé les yeux et chantonnait doucement. Ce tableau était touchant et intime, et, soudain, Kevla eut envie d'être seule.

Elle se leva et s'éloigna du camp. Le Dragon ne dit rien. Kevla chemina péniblement dans la neige épaisse, cette avancée difficile la rendant encore plus furieuse et frustrée. Elle finit par trébucher et tomba sur le manteau blanc.

Elle sanglota alors sans retenue, comprenant qu'elle avait rangé ses sentiments dans un coin de son cœur parce qu'ils risquaient de la gêner dans sa quête. Ils l'auraient empêchée de mieux connaître Lamal ou de trouver le Danseur de Terre. Mais le contact innocent du corps d'Altan contre le sien lui avait rappelé les caresses d'un homme qu'elle avait aimé plus que tout au monde… Elle avait un jour fait l'amour avec celui qui la connaissait mieux qu'elle ne se connaissait elle-même.

Elle pleura Jashemi, pleura sur son propre sort, sur la vie qu'elle avait laissée derrière elle, sur tout ce qu'elle avait perdu et, après avoir déversé tout son chagrin dans la neige, elle se sentit un peu mieux. Son angoisse fut apaisée. Mais elle savait que sa douleur était toujours présente au fond de son cœur, qu'elle n'attendait que la prochaine occasion pour se montrer et distiller son venin de honte et de culpabilité.

Elle se rafraîchit le visage avec un peu de neige et respira profondément. Il y avait quelque chose qu'elle voulait faire depuis longtemps et, enfin, elle s'en donna la permission.

Kevla rassembla quelques branches.

— Brûlez, dit-elle.

Les flammes jaillirent. D'une voix tremblante, elle ajouta :

—Montre-moi Tahmu.

Immédiatement, le visage de son père, le *khashim* du Clan des Quatre Eaux, apparut. Il recula, surpris, puis sourit.

— Kevla !

— Bonsoir, Père.

Ce mot lui était encore si peu familier…

— Je suis heureux de te voir, ma fille. Comment vas-tu ?

— Bien. Et toi ? Et Sahlik ? Et Meli ?

— Nous allons bien. Nous avons été très occupés après ton départ.

— Que s'est-il passé ? Raconte-moi.

Elle se pencha en avant, consciente qu'elle pouvait

le rejoindre physiquement et franchir les flammes qui les séparaient, mais craignant de ne pas avoir la force de revenir si elle le faisait. Malgré les mauvais traitements qu'elle avait subis autrefois, Arukan restait son pays.

— La plupart des Clans ont accepté de former un conseil. Nous essayons d'organiser des réunions et de déterminer l'étendue des pouvoirs de ce conseil.

Tahmu sourit malicieusement et ajouta :

— Je voudrais que tu sois là pour nous aider. Nous ne sommes pas toujours d'accord et il est plus facile d'obéir au Grand Dragon lorsqu'il est là.

Kevla avait la gorge serrée.

— Je suis contente d'entendre cela. Comment vont les *kulis* ?

— C'est merveilleux, ma fille. Tu serais émue de voir à quel point ils ont été bien accueillis. C'est comme si nous avions attendu cela depuis des années.

C'était le cas, songea Kevla. Il y avait tant de choses à changer… Elle essuya ses larmes.

— Nous parlons très souvent de toi. As-tu trouvé ce que tu cherchais ?

— Pas encore. Ce pays est si étrange, Père. Empli de merveilles, d'une beauté et d'une noirceur… J'ai du mal à le décrire.

— J'espère que tes voyages te ramèneront vers nous un jour, dit doucement son père, les yeux tristes mais pleins d'espoir. Tu… tu nous manques.

— Vous me manquez aussi, répondit-elle.

Elle disait vrai. Sur cette terre étrangère, tant de choses familières lui manquaient : les odeurs et l'effervescence des cuisines, la gentillesse brusque de Sahlik…

Ses yeux s'emplirent de nouveau de larmes.

— Je reviendrai peut-être un jour, reprit-elle. Embrasse Meli pour moi.

— Je le ferai. J'aurais dit autrefois : « Que le Dragon t'accompagne », mais dans ton cas, il l'a fait.

Cette remarque fit sourire Kevla. Elle essuya de nouveau ses larmes. Elle avait du mal à considérer Tahmu-kha-Rakyn comme son père et se demanda si elle le pourrait un jour, même si elle portait aujourd'hui son nom. Elle enviait tant Meli, sa petite sœur. Les dix premières années de sa vie avaient été horribles, mais elle se trouvait à présent dans un foyer où elle était la bienvenue et où elle serait traitée avec tous les honneurs. Son père était libre de lui montrer son amour. Tout cela était impossible pour Kevla.

Elle se demanda si les choses auraient été différentes si Meli avait pu rester dès sa naissance dans le Palais des Quatre Eaux, pour son bien et celui de sa mère. Yeshi avait tant souffert, lorsque Meli lui avait été arrachée… Serait-elle devenue une femme si amère et criminelle si elle avait pu garder sa fille auprès d'elle ? Kevla en doutait. Avant même la naissance de Meli, Yeshi était une femme superficielle et vaniteuse, mais elle n'était pas mauvaise, à l'époque.

— Je dois te laisser, dit-elle.

— Aurons-nous de tes nouvelles ? demanda Tahmu.

— Je ne sais pas, j'essaierai de vous contacter. Adieu, Père.

— Adieu, Kevla. Je suis très fier de toi.

Kevla éteignit le feu d'un geste de la main. Elle contempla le bois brûlé pendant un long moment.

Lorsqu'elle retourna enfin au camp, Mylikki était seule avec Altan. Le Dragon n'était plus là.

— Je ne savais pas où tu pouvais bien être, dit Mylikki, visiblement soulagée.

Altan Lukkari s'assit. Il ne ressemblait en rien à l'homme froid et immobile qu'elles avaient découvert quelques heures auparavant. Il avait repris des couleurs, il était alerte et souriant. Il tira avec une pudeur soudaine les couvertures sur son corps toujours dévêtu.

— Tu dois être Kevla, dit-il d'une voix agréable. Mylikki m'a tout raconté à ton sujet. Je te dois la vie. « Merci » me semble un mot bien dérisoire.

— Je t'en prie, répondit Kevla. Je suis contente de voir que tu vas mieux.

Ce jeune homme poli et sérieux était totalement étranger à l'homme cruel qui avait prononcé des paroles si atroces à l'intention de Mylikki. Kevla s'attela à la préparation du dîner.

— Comment te sens-tu ?

— Epuisé, reconnut Altan. Très faible.

— On dirait que la Vierge de Glace a failli t'avoir, dit Kevla avec malice.

Comme prévu, Altan parut contrarié.

— Je vois que Mylikki t'a parlé de la légende. Je n'ai pas cessé de lui expliquer que ce nom lui a été donné parce qu'elle était insensible et non parce que…

Kevla échangea un regard de biais avec Mylikki

et vit un sourire malicieux se dessiner sur les lèvres de la jeune fille. Elles éclatèrent de rire. Perplexe d'abord, Altan se joignit bientôt à leur bonne humeur.

— Très bien, très bien, dit-il en riant. Vous m'avez sauvé la vie toutes les deux. Je suppose que je dois vous permettre de me taquiner tout votre soûl.

— Je préférerais te poser quelques questions, si tu t'en sens capable.

Altan parut gêné.

— Je sais que vous avez été forcées de découper mes vêtements et je ne veux pas que vous me croyiez ingrat, dit-il, mais l'une de vous pourrait-elle me donner ma besace afin que je puisse m'habiller ?

Mylikki bondit sur ses pieds et lui tendit son sac. Les deux femmes se tournèrent afin que le jeune homme s'habillât.

— Je me sens mieux, dit-il enfin.

Mais, soudain, une expression d'angoisse apparut sur son visage et il saisit son sac.

— Ma *kyndela* ! s'écria-t-il, tel un enfant perdu.

— Je l'ai mise à l'abri pour toi, répondit Mylikki. Elle est ici.

Elle la sortit de son sac où elle l'avait rangée soigneusement.

— Merci, dit-il fiévreusement.

Il examina l'instrument avec soin, puis ajouta :

— Je pouvais te faire confiance, car tu sais à quel point cet objet est important.

Il adressa un sourire radieux à Mylikki, qui parut ravie. Se rappelant sa promesse à la jeune fille, Kevla observait Altan attentivement mais ces dernières paroles lui semblèrent sincères. Altan joua quelques notes.

— Vous l'entendez, elle proteste d'avoir ainsi été délaissée, plaisanta-t-il.

Kevla remua la soupe légère. Gelsan s'était montrée généreuse mais ce n'était que leur deuxième nuit de voyage et nul ne savait combien de temps ces provisions devraient durer. Kevla regarda en direction du ciel nuageux.

— Je suppose que le Dragon est allé chasser ?

— Oui, répondit Mylikki. Je suis étonnée qu'il ne soit pas encore de retour.

Kevla l'était également mais se tut. Ni le Dragon ni elle n'avaient parlé à Mylikki des hommes étranges tapis dans les bois la nuit précédente, et Kevla était inquiète pour ses amis. Elle se dit qu'ils avaient déjà parcouru une longue distance et que le Dragon ne serait pas parti s'il les avait crus en danger un seul instant.

— Un Dragon, dit Altan en secouant la tête, incrédule. Je n'aurais jamais cru voir une telle merveille. Il n'était plus là à mon réveil. J'ai hâte de le rencontrer. Je composerai une chanson grandiose à son intention, ajouta-t-il en souriant.

Il se remit à accorder son instrument. Les notes musicales donnèrent à Kevla la chair de poule. Elle avait entendu des légendes sur des instruments magiques ; s'il existait un instrument enchanté, c'était bien la *kyndela*, se dit-elle.

— Mais tu as vu d'autres merveilles, dit Kevla à Altan. Mylikki m'a raconté que tu connaissais un homme de ton village qui était capable d'exploits fantastiques.

— Elle t'a parlé de Jareth Vasalen ? répondit Altan, levant la tête.

Jareth. Kevla fut ravie. Enfin, elle pouvait mettre un nom sur le visage du Danseur de Terre. Elle hocha la tête.

— Je le connais mieux que quiconque, je crois, poursuivit Altan. Il était là à ma naissance. Il était comme un frère pour moi.

Sa voix était pleine d'émotion et le cœur de Kevla s'emplit de joie. Cet homme était bien le Danseur de Terre.

— Il était connu de tous, bien entendu, du fait de ses dons. Il commandait aux saisons, aux animaux qu'il appelait à nous pendant les moments difficiles. Il refusait de le faire à la belle saison. Il disait que ce n'était pas juste, que nous devions chasser notre nourriture par nous-mêmes. Mais jamais il n'aurait laissé quiconque mourir de faim.

Kevla esquissa un sourire. Plus elle en apprenait sur Jareth, plus elle l'appréciait. Il semblait bon et plein de compassion pour les autres.

— Un jour, une petite fille d'un autre village s'était perdue. Il a alors demandé aux arbres et aux pierres de lui dire où elle se trouvait. Il l'a retrouvée avant la tombée de la nuit.

Il sauve des vies grâce à ses pouvoirs, grâce à la magie de la Terre, songea Kevla. Sa satisfaction se dissipa quelque peu lorsqu'elle se rappela ce qu'elle avait fait de ses pouvoirs à Arukan. *Il sauve des vies… Moi, je les ai ôtées.*

— Puis l'hiver est venu et n'est pas reparti…, dit Kevla.

— Oui, répondit tristement Altan. J'ai honte du

traitement que lui ont réservé ensuite les habitants de la vallée de Skalka. La plupart murmuraient qu'il était maudit.

Les yeux bleu-vert d'Altan brillaient de colère. Il se tut et fixa les flammes en caressant la *kyndela*.

— A la mort de sa famille, je suis certain que lui-même a pensé qu'il était maudit.

Kevla ressentit un élan de compassion pour cet homme qu'elle n'avait jamais vu.

— Que s'est-il passé ?

— La neige, répondit simplement Altan. Il était parti à la chasse avec les autres villageois. La tempête est arrivée si vite, de façon si inattendue... Le vent avait brisé la porte de sa maison et la neige s'était engouffrée trop vite pour leur permettre de sortir. Cela a l'air impossible, mais autrefois, j'aurais dit qu'un hiver d'un an l'était également.

Il déglutit péniblement.

— Je les ai trouvés... Je m'inquiétais pour eux... Ils vivaient trop près des montagnes. C'était dangereux, je l'avais toujours dit à Jareth...

Mylikki lui serra la main. Altan lui sourit mais son regard était triste.

— J'aurais voulu qu'il vienne vivre chez moi, mais il est parti en pleine nuit. Sans un mot à personne, même pas à moi. J'ai donc décidé de le retrouver. Je m'inquiète à son sujet.

Moi aussi, songea Kevla.

— Il n'est pas mort, dit-elle à voix haute afin de rassurer Altan. Je le saurais, s'il l'était. Nous... nous le saurions tous.

Elle lui parla des Danseurs, de leur mission, et lui demanda, pleine d'espoir, s'il connaissait quelqu'un qui pourrait être un Gardien des Traditions. Il secoua la tête en signe de dénégation.

— Tout cela est nouveau pour moi, dit-il. Extraordinaire et fascinant, mais nouveau. Je n'ai jamais rencontré personne qui aurait fait les rêves dont tu parles, Kevla, ou qui aurait eu des visions. Lamal ne doit pas abriter beaucoup de Gardiens des Traditions. Mais, comme tu l'as vu, nous sommes un peuple très dispersé. Il y avait autrefois des échanges entre villages, mais depuis cet hiver et la venue de ces hommes étranges... Eh bien, certains villages que j'ai traversés n'honorent même plus la Loi de l'Hospitalité envers les *huskaas*... Cela a été un choc pour moi.

Mylikki parut choquée, elle aussi.

— Vraiment ? Ils ont refusé de t'ouvrir leur porte ?

— Non. Certains ne sont pas sortis jusqu'à mon départ. Dans un village, j'ai dû m'asseoir dans la neige et jouer, juste pour leur prouver que j'étais bien un *huskaa*.

Le visage de Mylikki était empreint de stupéfaction. Elle s'enveloppa dans son manteau, tandis qu'une expression de confusion se peignait sur ses jolis traits. Elle paraissait plus secouée par cette nouvelle que par ce terrible hiver et la menace d'assassins tapis dans les bois.

— Le Dragon arrive, dit Kevla.

Elle le voyait au loin, un point grandissant dans le ciel sombre.

Altan redressa la tête et ouvrit des yeux immenses. Il se leva, son instrument à la main. Il ne parut pas effrayé mais émerveillé par ce qu'il voyait. Le

Dragon finit par se poser et plia ses immenses ailes. Altan esquissa un faible sourire.

— Je commence à croire que je suis mort, après tout, dit-il à voix basse.

— Mort ? Non, au contraire, tu me sembles bien mieux que la dernière fois où je t'ai vu ! lança le Dragon. Tu es un homme chanceux, Altan. J'espère que tu as témoigné ta gratitude à Kevla.

— En effet, répondit Altan, toujours fasciné par la vue de cette puissante créature qu'était le Dragon. Je le suis, Grand Dragon.

Le Dragon soupira et ouvrit les pattes.

— La chasse n'a pas été bonne, aujourd'hui, je le crains. Quelques oiseaux que j'ai saisis au vol. Je n'ai rien vu au sol.

— C'est un repas grandiose, assura Kevla.

Elle eut l'eau à la bouche en voyant les trois grands oiseaux aux plumes grises et blanches et au cou élancé.

Le Dragon leur prépara un abri dans la neige tandis que les deux femmes s'affairaient autour du repas. Mylikki et Kevla plumèrent les oiseaux, puis découpèrent la viande en petits morceaux qu'elles ajoutèrent à la soupe. Altan, qui n'était pas totalement remis de son épreuve, s'assoupit. Il se réveilla quelque temps après et respira le fumet du repas d'un air appréciateur.

— Depuis le début de mon voyage, quand je n'étais pas dans un village, tout ce que j'ai mangé, c'était de la viande séchée froide et de l'eau. Ce repas est pour moi un véritable festin !

A l'abri du corps énorme et chaud du Dragon, ils mangèrent à satiété ces oiseaux que Mylikki appela *gahal*. Altan avait dit vrai : c'était un festin. Kevla espéra qu'ils auraient toujours autant de chance. Altan et Mylikki étaient si maigres… A la fin du repas, Mylikki nettoya la marmite et Altan prit sa *kyndela*.

— Je suppose que tu as entendu Mylikki jouer et chanter ? demanda-t-il à Kevla. Elle est très douée.

Mylikki rougit et ses yeux brillèrent de plaisir.

— J'ai eu un très bon professeur, dit-elle.

Il lui sourit chaleureusement.

— Si tu étais un homme, j'aurais fait de toi mon apprenti, tu sais.

La joie de Mylikki se dissipa.

— Je sais, dit-elle doucement en reprenant sa corvée.

— Mylikki a joué une chanson qui m'a fait penser que des Gardiens des Traditions vivaient peut-être à Lamal, dit Kevla. « Lutter contre l' Obscurité ».

— Ah ! Personne ne l'interprète mieux que Mylikki. Nous avons parlé tout à l'heure de la Vierge de Glace. As-tu jamais entendu les chansons à son sujet ?

— Kevla me les a réclamées, répondit Mylikki, mais j'ai préféré attendre que tu sois là.

Elle ne parla pas des strophes les plus cruelles, qu'elle avait chantées à Kevla la veille.

Le visage d'Altan se radoucit.

— Si tu n'avais pas été là, Mylikki, personne ne m'aurait jamais recherché, dit-il. Merci. Même mes doigts sont entiers et je peux jouer. C'est un vrai miracle.

Kevla mit un peu de neige dans le chaudron et y jeta quelques feuilles de thé.

Altan commença à jouer.

Un étranger est venu à cheval,
Et par ces mots m'a saluée :
« Je cherche la froide Vierge de Glace,
Afin de la défier.
Je cherche la femme que nul homme ne peut émouvoir
Depuis dix mois et un an ;
Ma quête touche à sa fin
Car on me dit qu'elle vit ici. »
J'ai regardé ce noble cavalier
Bien noble en vérité
Mais plein d'audace et d'imprudence,
Comme je le fus dans ma jeunesse.
Il était fort mais point assez,
Je savais qu'il ne devait pas rester.
Alors, par pitié,
Je lui ai ainsi répondu :
« On l'appelle la Vierge de Glace,
Et elle est d'une dangereuse beauté ;
Des étoiles brillent dans ses yeux,
Et le soleil resplendit sur sa chevelure d'or.
Ses lèvres sont de la couleur du vin rouge,
Mais croyez-moi…
Au fond de sa poitrine
Bat un cœur de glace.

Kevla était captivée par les notes cristallines de l'instrument et la voix pure d'Altan. Il était un merveilleux interprète ; il n'était guère étonnant qu'il fût parvenu à devenir *huskaa* malgré son jeune âge. Mais cette mélodie la troubla profondément, sans qu'elle comprît pourquoi.

Tu vois aujourd'hui l'homme que je suis devenu,
Un vieillard.
Mais il n'y a pas si longtemps de cela, jeune homme,
J'étais aussi jeune que toi.
C'est alors que la Vierge m'a pris mon âme,
Et la terre gelée sous la neige
Est plus chaleureuse qu'elle.
Crois-moi, fils, je le sais.
Certains disent qu'elle est esprit,
Qu'elle habite les bois sombres.
Certains disent qu'elle n'est qu'une jeune fille
Qu'un homme a abandonnée.
Mais j'affirme qu'elle est un cauchemar vivant,
Et je ne suis point le seul.
Tous ceux qui ont senti son regard se poser sur eux
Savent ce dont elle est capable.

Altan répéta le terrible refrain et Kevla eut la chair de poule. Cette chanson semblait si réelle... Peut-être était-ce le fait que le cœur humain pouvait devenir si sombre et froid après une amère déception. Elle-même n'avait jamais connu cet esprit de revanche et de haine. Car elle ne pouvait s'en prendre qu'à elle. Sa douleur était toujours aussi aiguë.

La conclusion de la chanson fut celle que Kevla redoutait.

Pendant plus de vingt années
Aucune fille du village ne s'est mariée.
Epouse une jeune fille douce,
Emmène-la à ta couche.
Fonde une famille, aime-la,

Et oublie cette vaine quête.
Ne cherche pas à séduire la Vierge
Car elle ne sera jamais tienne. »
A ces mots le cavalier éclata de rire :
« Vieillard, tu es drôle. »
Il me jeta une pièce et s'en alla
A la recherche de la Vierge de Glace.
Et je n'ai point revu ce pauvre garçon depuis,
Et c'était il y a bien longtemps ;
Mais de son sort je suis certain,
Je ne sais que trop ce qui se produisit, las !
Il a rencontré la Vierge de Glace
D'une beauté dangereuse ;
Il a vu ses yeux briller,
Il a vu sa chevelure d'or,
Il a soif de ses lèvres de la couleur du vin rouge.
Il est comme moi aujourd'hui,
Et sa poitrine n'abrite que poussière
Là où battait son cœur.

La dernière note argentée de la *kyndela* flotta dans l'air glacé de la nuit. Nul ne dit mot.

Kevla rompit enfin le silence.

— Cette chanson est magnifique, Altan. Mais elle m'a rendue très triste.

— Je crois que j'ai suffisamment entendu parler de vierges de glace et de neige pour ce soir, dit le Dragon.

Mylikki et Altan sursautèrent en entendant sa voix. Kevla rit de bon cœur. Les deux jeunes gens semblaient avoir oublié que leur « refuge » était le Dragon et qu'il avait tout entendu, y compris la chanson.

— Peut-être pourrait-on écouter une chanson

plus gaie, afin de faire de beaux rêves, proposa Kevla en servant le thé.

Altan et Mylikki saisirent les tasses chaudes avec reconnaissance. Kevla essaya de déchiffrer ses sentiments. Elle avait froid, non pas physiquement, mais moralement. La chanson lui avait glacé le cœur et aucun thé ne parviendrait à dissiper cette sensation.

Où es-tu, Jareth ? supplia-t-elle en silence, comme s'il pouvait ressentir ses pensées malgré la distance qui les séparait. *Je ne connais pas cette terre. Ni ces gens et ces chansons. Tu es chez toi. J'ai besoin de toi. Ce monde a besoin de toi.*

Altan et Mylikki chantèrent un duo enlevé et gai, leurs voix à l'unisson, leurs visages souriants et heureux d'être ensemble. Kevla se détendit mais elle ne pouvait ôter de son esprit l'image de la Vierge de Glace et de ce qu'elle faisait dans le cœur des hommes. Le sens de la chanson était-il littéral, comme le pensait Mylikki ? La Vierge substituait-elle au cœur humain un morceau de glace ? Ou était-ce une simple métaphore, comme l'affirmait Altan, signifiant que la Vierge rendait les hommes incapables d'aimer à jamais ?

« Quelle que soit la réponse, songea-t-elle, c'est un terrible destin. »

17.

Ils attendirent une journée de plus afin qu'Altan pût se remettre de ses épreuves. Kevla profita de ce répit afin d'en dire davantage à ses compagnons sur les Danseurs et les Gardiens des Traditions. Ils étaient fascinés par son récit. Altan s'empara même de son instrument pendant qu'elle parlait et commença à l'accompagner en musique. Kevla se sentit mal à l'aise et lui demanda d'arrêter. Mais les deux jeunes gens l'encouragèrent à poursuivre son récit.

— C'est ainsi que nous honorons les grandes histoires, dit Altan. C'est pour cette raison que la Loi des *huskaas* a été créée, afin de transmettre les chansons et les histoires.

Kevla se détendit et leur décrivit les paysages désertiques et inhospitaliers d'Arukan. Elle leur parla des Clans et de leurs divisions, de son enfance hantée par ses rêves sur le Dragon, des rêves que faisaient son Gardien des Traditions — elle ne put se résoudre à prononcer son nom — et d'autres. Elle était déçue de ne pas avoir rencontré un de ces Gardiens à Lamal.

— Des souvenirs, murmura Mylikki, des souvenirs sous forme de rêves. Des souvenirs qui pourraient vous coûter la vie.

Kevla hocha la tête.

— Notre peuple avait peur de deux choses : du Grand Dragon, le gardien de nos lois, et des *kulis*, des démons.

Elle avait la tête appuyée contre le flanc du Dragon et se tourna afin de lui sourire.

— Aucune de ces deux choses ne s'est avérée être celle que nous croyions, dit-elle.

— Certes, mais je ne voudrais pas être ton ennemi, Dragon, dit Altan en s'inclinant avec respect.

Le Dragon souffla par ses énormes narines, envoyant deux spirales de fumée vers le ciel.

— Tu as autant de sagesse que de talent, Altan. Je suis une partie de Kevla et elle fait partie de moi. Tu serais bien malavisé de devenir notre ennemi, en effet.

— Je ferai de mon mieux pour être un bon compagnon de voyage, dit Altan sur un ton léger.

Ces paroles rappelèrent à Kevla la raison de leur présence à Lamal. Il était bien agréable de bavarder, mais elle espérait qu'Altan serait suffisamment reposé pour reprendre la route le lendemain. Elle ne se trouvait plus physiquement sur le territoire de l'Empereur, mais ils n'en étaient pas moins en danger.

— Les Danseurs ont un ennemi, dit-elle. J'ai prévenu Mylikki à son sujet et je dois t'en parler aussi, Altan. Son nom est « l'Empereur », et il règne sur les contrées situées entre Arukan et Lamal. Il est déterminé à détruire les Danseurs et à nous empêcher d'accomplir notre mission : sauver ce monde. Il a envoyé une armée au-delà des montagnes afin d'attaquer les Clans et, pendant mon voyage, il a tenté de pénétrer dans mes pensées, de commander mon esprit.

Altan ne jouait plus.

— Mais tu disais qu'il n'avait pas réussi à te trouver depuis ton arrivée à Lamal, fit remarquer Mylikki.

— C'est vrai, et il n'a pas réussi à nuire à mes pouvoirs. Je crois que nous sommes à l'abri. Sinon, je ne vous aurais jamais entraînés dans cette aventure. Mais je ne peux en être sûre. Si vous voulez que le Dragon vous ramène chez vous, il le fera.

Altan se remit à improviser quelques notes sur son instrument. Il secoua la tête.

— Toi et moi avons une chose en commun : une quête. Je suis parti à la recherche de Jareth, moi aussi. S'il a perdu tous ses pouvoirs, il est tout aussi vulnérable que n'importe qui dans la nature. Je le cherche depuis de nombreux mois. Nous le trouverons ensemble.

— Je resterai également, dit Mylikki. Tu dis que l'Empereur a envoyé ses troupes afin de combattre les Clans ?

— Oui, il les a attaqués un à un et a obligé les hommes à servir dans son armée.

— Eh bien, il me semble que s'il décidait de nous attaquer, nous ne serions à l'abri nulle part, ajouta Mylikki, surprenant Kevla par sa logique brutale. Je préfère être avec toi et le Dragon qu'aux Bois d'Arrun. Bien que je m'inquiète pour les miens.

— Nous nous inquiétons pour nos familles depuis un an maintenant, répondit Altan en la regardant avec compassion. Nos villages souffrent déjà de cet hiver interminable et des attaques des pillards. Peut-être pourrons-nous aider Kevla à mettre fin à tout cela.

La nuit était claire et froide. Ils se serrèrent autour du feu et contemplèrent les étoiles pendant un long moment au lieu de rejoindre l'abri fourni si obligeamment par le Dragon. Les deux *huskaas* mangeaient de bon appétit tandis que Kevla se détendait et paraissait remarquer pour la première fois depuis le début de sa quête à quel point le ciel était magnifique. Elle mit cependant du temps à trouver les étoiles qu'elle recherchait.

Elle les indiqua enfin du doigt.

— Chez moi, ces étoiles sont la constellation du Chef du Premier Clan et ce dernier s'incline devant la puissance du Grand Dragon, là-bas.

Le Dragon leva les yeux.

— Je ne vois vraiment pas la ressemblance, dit-il.

— Pour nous, dit Altan, c'est l'*huskaa* et sa *kyndela*. Tu vois les cordes de l'instrument là-bas ? Cette ligne d'étoiles ?

Kevla éclata de rire, surprise de voir à son tour ce que lui indiquait Altan. Ce qui avait toujours représenté à ses yeux un *khashim* à genoux et le Dragon devint un artiste et son instrument.

— Oui, je vois. Et là, nous avons la Fille de Sable, qui…

Soudain, elle se frotta les yeux, surprise. Avait-elle vu une étrange vague de couleurs traverser la nuit ? Puis elle n'eut plus aucun doute. Le ciel était en feu ! Des lumières rouges, vertes et bleues jaillirent de toutes parts.

— Ce sont les lumières des dieux, expliqua Mylikki. Ils jouent ensemble et ces lumières jaillissent de leurs fourrures. Il s'agit d'un présage.

Kevla contempla longuement les lumières magiques. Elle avait vu des étoiles filantes, autrefois, en errant dans le désert à la recherche du Dragon. Mais rien de comparable à ce spectacle fabuleux.

Altan ne dit rien, captivé par ces merveilles. Il était conteur et, en tant que tel, appréciait peut-être davantage la beauté de ces lumières célestes, songea Kevla. Les couleurs dansaient sur son visage pâle, rendant ses traits irréels.

— C'est magnifique, dit Mylikki. Mais elles m'effraient un peu, à présent.

Elle frissonna et se rapprocha d'Altan, à la recherche de chaleur.

— Elles ont changé, les couleurs sont différentes. Il y a tellement plus de rouge, et on les aperçoit si souvent… Je me demande si cela a un lien avec cet hiver.

Altan la regarda avec mépris.

— Ne sois pas si lâche, dit-il en s'écartant d'elle.

Il se tut et continua de contempler les lumières.

Mylikki serra son manteau autour d'elle et baissa la tête, faisant mine d'être indifférente aux paroles blessantes du jeune homme. Kevla ne dit rien mais se demanda pourquoi Altan était parfois si bon et aimable, et d'autres fois si dur et insensible.

Il glissait rapidement sur une paire de *skelthas*. Elle connaissait à présent son nom : Jareth. Il s'éloigna et Kevla tenta de le suivre mais ses pieds nus trébuchèrent dans la neige et elle chuta. Elle se releva mais il avait disparu.

« Jareth ! » cria-t-elle. Elle n'eut que l'écho de la forêt pour réponse. Soudain, la lumière baissa et des couleurs vives dansèrent dans le ciel. Kevla les admira quelques instants, puis comprit qu'Altan avait dit vrai : ce spectacle était celui des dieux.

Mais il n'y avait qu'un seul tigre bleu dans le ciel. Il se déplaçait si vite qu'il donnait l'impression de se dédoubler. Elle hurla soudain. Il venait d'atterrir à ses pieds dans la neige.

Elle était seule. Sans Altan, sans Mylikki. Même le Dragon n'était pas là. Seulement elle et le dieu-tigre de Lamal, les yeux dans les yeux dans l'immense étendue blanche.

Puis le dieu-tigre battit de sa longue queue et lui jeta un regard expressif avant de bondir dans la même direction que Jareth. Il ne laissa aucune empreinte dans la neige.

Kevla se réveilla en sursaut. Elle était trempée de sueur. Elle vit de la lumière au-dehors, mais Altan et Mylikki dormaient encore. Ils avaient dormi séparés, d'abord, mais avaient fini par se serrer l'un contre l'autre. Kevla se demanda s'ils l'avaient fait à dessein. Elle n'avait guère le temps, cependant, de réfléchir à la nature de leur relation. Elle se précipita vers Altan et le secoua.

Il se tourna vers elle, et ouvrit des yeux fatigués et embrumés par le sommeil.

— Qu'y a-t-il, Kevla ?

Mylikki s'éveillait à son tour.

— Pourquoi Jareth a-t-il quitté le village ?

— Je l'ignore. Il est parti sans dire un mot à personne.

— J'ai fait un rêve. Je crois savoir la raison de son départ.

Altan lui prit le poignet.

— Dis-la-moi.

— Tu m'as raconté que tous, y compris Jareth, pensaient que ses pouvoirs étaient un don des dieux, des tigres bleus, répondit Kevla. Mais que, subitement, le don avait disparu... Jareth est allé trouver les dieux, afin de leur demander de rendre le printemps à cette terre.

Olar comprenait le dilemme de sa mère. D'un côté, elle était ravie de constater l'intelligence et la compassion de sa fille qui, prétendant être une *huskaa*, avait dit aux habitants de Galak-près-du-Lac de venir aux Bois d'Arrun. D'un autre côté, Olar avait conscience que les quelques personnes qui avaient réussi à atteindre leur village constituaient autant de bouches à nourrir et que leurs réserves s'amenuisaient. L'aide du Dragon avait été utile mais ne pouvait que repousser l'inévitable. Gelsan n'avait pas eu le cœur de rejeter qui que ce soit. Les provisions ne dureraient plus des semaines, comme ils l'avaient prévu, mais quelques jours seulement.

Le temps était venu de partir à la chasse, et Olar était surexcité à cette idée.

— Je suis assez vieux, maintenant. En temps normal, j'aurais déjà commencé à chasser.

— En temps normal, rétorqua durement sa mère, ton père serait là pour t'apprendre à chasser.

Olar se mordit la lèvre, ne sachant que répondre. Son père, Veslar, avait été parmi les premiers à disparaître dans une violente tempête de neige au début de cet hiver, quand tous croyaient encore que cette saison serait normale. Son père lui manquait, et il savait qu'il manquait à sa mère. Depuis le départ de Mylikki, Olar était tout ce qui restait à Gelsan.

— Je voudrais aider, Mère.

Gelsan haussa les épaules puis soupira. Elle finit d'enfiler ses bottes et ouvrit la porte. Elle regarda le ciel.

— On dirait que le temps est clair, dit-elle.

Elle se tourna et regarda son fils intensément. Olar se redressa un peu et subit de bonne grâce son examen, priant les dieux pour qu'elle ne trouve rien à redire.

— Bien. Mais reste près de moi. Ne t'éloigne pas. Si une tempête nous surprend, nous ferons demi-tour et rentrerons immédiatement. Même si un *kirvi* passe sous ton nez, compris ?

Olar s'efforça de dissimuler sa joie mais il ne put s'empêcher de sourire.

— Oui, Mère.

Il se hâta de se vêtir pour la chasse et enfila ses raquettes. Le groupe se rassembla au centre du petit village. Ils étaient huit, pour la plupart des femmes, les seules en âge de passer la journée dehors et encore capables de le faire, mais deux vieillards de Galak-près-du-Lac faisaient partie du nombre. Le jeune garçon les regarda avec pitié, presque avec mépris. Ils voulaient aider, eux aussi, mais ils étaient trop vieux. Il leur faudrait faire rapidement demi-tour. Il espéra qu'ils n'empêcheraient pas le groupe de chasser.

Les Bois d'Arrun, et d'autres villages, supposait Olar, avaient dû peu à peu recourir à d'autres moyens de subsister : pêcher à partir de trous percés dans la glace, poser des pièges de toutes sortes. C'était utile, bien sûr, mais les villageois devaient s'éloigner afin de chasser de plus grosses proies. Olar était ravi de pouvoir enfin prendre part à sa première partie de chasse.

Des heures plus tard, gelé jusqu'aux os et si épuisé que ses jambes pouvaient à peine le porter, Olar aurait tout donné pour être à la maison au coin du feu. Ils étaient bredouilles : aucune empreinte dans la neige. Une fois ou deux, Olar avait cru voir un petit lièvre, mais ses yeux lui jouaient simplement des tours. Pis encore, le ciel commençait à se couvrir. Il fut soulagé lorsque Gelsan ordonna une pause et s'écroula sur un tronc d'arbre à terre. Il prit un peu de neige, qu'il porta à sa bouche afin de se rafraîchir. Il écouta distraitement sa mère et les autres débattre de ce qu'il convenait de faire.

L'un des vieillards s'assit près de lui et lui tendit un morceau de viande séchée. Olar le mâchouilla, reconnaissant. Le vieil homme édenté suçotait sa ration de viande.

— Nous avons le temps avant la tempête, disait une femme de Galak-près-du-Lac. Nous pourrions au moins relever les pièges avant de rentrer.

Olar avait froid mais se sentit rougir sous le regard de sa mère. Elle voulait rentrer à cause de lui ! Comme s'il était encore un enfant... Il voulut lui dire qu'il allait bien, qu'ils pouvaient continuer si les autres le voulaient, qu'elle ne devait en aucun cas rentrer bredouille à cause de lui...

Il leva les yeux vers le ciel gris. Ces tempêtes venaient si vite... Certains racontaient qu'elles étaient l'œuvre de la Vierge de Glace et qu'elles visaient à affaiblir les chasseurs. Ces derniers partaient le matin sous un ciel clair, se trouvaient pris dans une tempête inattendue… et finissaient par se perdre.

Il entendit un bruit sourd derrière lui. Olar se retourna machinalement et se trouva nez à nez avec un *kirvi*. Ils se regardèrent pendant un instant, proie et prédateur, puis l'animal bondit en direction de la forêt.

Olar se demanda si ses yeux le trahissaient de nouveau et regarda son compagnon. Mais le vieil homme l'avait vu aussi. Les mots étaient inutiles. La neige se mit à tomber lentement.

On avait dit maintes fois au vieillard maigre et édenté qu'il était trop vieux. Olar savait que c'était vrai, vu la façon dont il se tenait. Mais à présent, tous deux avaient l'occasion de démontrer qu'ils valaient quelque chose.

La neige tombait de plus en plus et le vent se leva. Peu importait. Ils arriveraient à la forêt rapidement, tueraient le *kirvi* et le ramèneraient tandis que les autres continueraient de se disputer sur la marche à suivre.

Personne ne les vit s'éloigner discrètement en direction des bois. La senteur des arbres caressa leurs narines alors qu'ils marchaient prudemment sur un tapis de feuilles mortes, d'aiguilles de pins et de mousse. Les vieux arbres les protégeaient de la neige. Olar s'agenouilla et montra du doigt une trace de sabot fraîche sur le sol. Le vieil homme opina du chef, enthousiaste, et ils poursuivirent leur chemin.

A un moment, Olar s'inquiéta du temps qui s'était écoulé depuis qu'ils avaient quitté les autres. Il regarda derrière lui, se disant qu'il pourrait facilement les retrouver et qu'il rapporterait de la nourriture pour deux villages affamés.

Il enjamba un curieux filet de glace sur le sol et poussa soudain un cri.

Le vieil homme était à genoux, ses bras tremblants levés en l'air en signe de supplication. Olar fut envahi d'un tel sentiment d'émerveillement et d'admiration qu'il tomba à genoux à son tour devant la vision qui venait d'apparaître sous ses yeux.

Elle était grande, élancée et vêtue de blanc. Elle paraissait briller, et la lumière qui émanait d'elle était pour Olar aussi éclatante que la neige. Des tresses blondes tombaient dans son dos et ses lèvres étaient aussi rouges que le vin, ses dents d'une blancheur immaculée, parfaites comme le reste de sa personne.

Elle était d'une beauté dangereuse, en effet. Mais il était trop tard. Olar oublia sa mère et sa sœur, son père, perdu dans ces bois des mois auparavant ; il oublia ses amis, son village et tout ce qu'il avait jamais connu dans cette vie, à l'exception de la beauté exquise et souriante qui se tenait devant lui. Il savait que son sourire était cruel mais il mourait d'envie d'embrasser ses lèvres. Il savait que son rire était triomphant et empli de haine, mais il se dit que c'était le son le plus magnifique qui pût exister au monde.

— A partir de maintenant, vous me servirez, dit la Vierge de Glace d'une voix claire et musicale semblable aux notes d'une *kyndela.* A partir de maintenant, vous m'appartenez.

Ils lui appartenaient, en effet.

18.

— C'est exactement ce que ferait Jareth, reconnut Altan, fronçant les sourcils et secouant la tête. Je savais que j'avais raison de m'inquiéter pour lui. Cet idiot va probablement se tuer à vouloir trouver les dieux, et s'il y parvient… je crains qu'ils ne le tuent pour son impudence.

Kevla ferma les yeux et se représenta le Danseur de Terre dans son esprit. Chaque fois, elle l'avait vu avec cet animal… *le tigre*, corrigea-t-elle… et ils avaient paru s'entendre. Une chose était certaine : si Jareth retrouvait les tigres, ils ne lui feraient aucun mal.

— Où vivent-ils, vos dieux ? demanda Kevla.

— A l'extrême nord, répondit Altan. Là où le monde prend fin vivent les dieux. Près des cieux, afin qu'ils puissent bondir des montagnes vers les étoiles. C'est là que nous les voyons parfois jouer.

Le Dragon se leva, inondant de lumière leur « abri ». Kevla regarda son ami.

— Je ne suis jamais allé au bout du monde, dit le Dragon, mais je vous accompagnerai aussi loin que mes ailes pourront vous porter.

— Jareth est le Danseur de Terre, mais il n'est qu'un homme, dit Kevla. Nous pourrons le suivre.

Au moins savons-nous à présent dans quelle direction il nous faut aller. Je ne crois pas que tu doives t'inquiéter, Altan. Dans mon rêve, Jareth recherchait le tigre… mais le tigre le cherchait aussi.

— Cela ne me rassure guère, dit Altan, songeur. Nos dieux ne sont pas toujours indulgents.

Altan eut besoin d'aide afin de grimper sur le dos du Dragon, car il n'avait pas encore retrouvé toutes ses forces. Il parut heureux d'avoir une excuse pour s'agripper à Mylikki, ce jour-là. Mais Kevla restait perplexe quant aux véritables sentiments d'Altan à l'égard de la jeune fille. Et à en juger par l'expression de joie mêlée de surprise sur les traits de Mylikki, celle-ci était aussi circonspecte.

Ce soir-là, Kevla tenta une nouvelle fois de scruter les flammes à la recherche de Jareth. En vain. Il avait été prévenu de sa présence et ne semblait pas avoir hâte d'être retrouvé.

Elle essaya de s'ouvrir à sa présence. Le jour suivant, elle entendit de petites voix lui donnant des instructions : *Va à gauche. A droite. Cap sur le nord. Au bout du monde, là où les dieux dansent et bondissent des montagnes vers les cieux.*

Les yeux fermés, elle implora en silence : *Où es-tu, Jareth ? Nous avons besoin de toi. Ce monde a besoin de toi.*

Deux nuits plus tard, le Dragon se posa dans une clairière. Ils se glissèrent à terre et se dégourdirent les jambes.

— Si seulement je pouvais dire que nous sommes sur le point de le retrouver ! soupira Kevla. Mais je sens que nous nous rapprochons.

— Vraiment ? dit Mylikki en grimaçant. Que ferons-nous si nous ne le trouvons pas ?

— Ne parle pas ainsi, Mylikki, gronda Altan.

Kevla lui jeta un regard dur, se demandant s'il s'agissait là d'une de ses remarques méchantes et inattendues, adressées à Mylikki. Mais il ne voulait apparemment que redonner courage à la jeune fille.

— Nous le trouverons. Il le faut. J'ai confiance en Kevla et dans le Dragon.

Il offrit à Kevla l'un de ses sourires éclatants. Mais cette dernière était découragée. Comme Mylikki, elle pensait que ce pays était immense et qu'il était presque impossible de retrouver un seul homme au milieu de ces vastes étendues de plaines et de forêts. Mais elle était sûre qu'ils étaient sur la bonne voie. Si seulement elle pouvait s'adresser à Jareth à travers le feu ! Ou même trouver son feu… Elle pourrait alors le rejoindre.

Tandis qu'Altan et Mylikki préparaient le camp pour la nuit et que le Dragon les laissait afin de leur trouver à manger, Kevla s'éloigna pour ramasser du bois pour le feu. Elle n'avait pas voulu l'avouer aux autres, mais elle se sentait aussi épuisée qu'eux. Ces voyages constants la fatiguaient ; en outre, elle était désormais obligée de rationner leurs provisions.

Elle se mit à la recherche de branches tombées sur le sol ; elles étaient rares, mais elle n'avait aucune envie d'en couper sur des arbres vivants. Altan et Mylikki lui avaient en effet assuré que ces arbres étaient vivants, malgré leur apparence misérable.

Elle fut envahie de nouveau d'un sentiment de

malaise dans cette forêt sombre. Elle se morigéna intérieurement.

— Ce ne sont que des arbres, dit-elle à voix haute. Aucune raison de t'inquiéter.

Elle s'enfonça lentement dans la forêt et trouva de plus en plus de bois à terre. Enfin, les bras chargés de branches mortes, elle regagna le camp.

Soudain, un bras entoura sa taille si durement qu'elle eut du mal à respirer. Elle lâcha les branches. La lame froide d'un couteau effleura sa gorge.

Kevla s'était trouvée dans la même situation auparavant : à la merci d'un homme plus grand et plus fort qu'elle, un couteau contre la gorge. Elle savait ce qu'elle avait à faire.

Chaleur, songea-t-elle, consciente que le couteau deviendrait aussitôt si brûlant que l'homme devrait le lâcher...

— Arrête cela tout de suite, siffla l'homme, ou je te coupe la gorge !

Elle sentait une odeur d'étoffe brûlée, et de la fumée s'éleva devant elle. Comment pouvait-il continuer de tenir le couteau ? Par sa volonté ? Etait-il fou ? Il était arrivé quelque chose d'étrange à ces villageois, quelque chose qui avait changé des fermiers travailleurs, des pères, des fils et des maris en bêtes féroces, aussi terribles que cet hiver. Kevla eut un haut-le-cœur en pensant qu'elle venait sans doute de rencontrer l'un d'entre eux. Elle espéra qu'il était seul...

Il pressa la lame contre sa gorge. Elle ferma les yeux. Une douleur vive lui indiqua que la lame avait transpercé sa peau. Elle cessa aussitôt de se défendre.

Il déplaça légèrement le couteau mais ne lâcha pas prise. Son bras la serrait toujours aussi fort et l'empêchait de faire le moindre mouvement. Elle ne voyait pas son visage mais il était indéniablement grand, fort et bien bâti. Il respirait vite, sous l'effort ou l'excitation, elle n'aurait su le dire.

— Qui es-tu ? demanda-t-il.

Il ne murmura pas, cette fois. Sa voix était forte et dure.

— Mes amis et moi ne faisons que passer par ici. Nous ne cherchons pas querelle aux… aux hommes de la forêt.

— Aux hommes de la forêt ?

Il avait l'air surpris. Sa voix était à présent presque agréable.

— Tu crois que…

Soudain, une voix masculine claire et jeune retentit, lançant un seul mot. Au même instant, une demi-douzaine d'arbres furent arrachés du sol. L'homme relâcha son étreinte et Kevla tomba à terre. Elle comprit enfin ce qui venait de se produire.

Le Dragon était venu à son secours et Altan avait crié le nom de…

— Jareth !

— Tous les acteurs sont désormais sur scène, jubila l'Empereur en s'adressant à son conseiller, au Mage et à la créature couchée à ses pieds. Les Danseurs, leurs alliés, leurs ennemis et celui qui finira par les trahir. J'avais pensé les éliminer de la pièce un à un, mais si je parviens à supprimer deux Danseurs par le même acte de traîtrise, c'est d'autant mieux.

Le conseiller esquissa un rictus que seul l'Empereur pouvait interpréter comme un sourire. Il savait que ce n'était qu'un jeu parmi d'autres pour l'Empereur, et savait également que ce dernier ne lui donnait que les informations qu'il jugeait nécessaire de lui livrer.

Le *Tenacru* couleur sang oscilla devant eux.

Il pensa aux contrées du nord, à cet hiver éternel, et ne put réprimer un frisson.

19.

A genoux dans la neige, immobile, Kevla leva les yeux vers l'homme qui avait tenu le couteau contre sa gorge. Ce dernier courait aussi vite qu'il le pouvait en direction de la forêt, fuyant la vision de cauchemar que devait représenter à ses yeux le Dragon.

Mais il n'était pas si facile d'échapper au Dragon. Ce dernier posa une de ses énormes pattes devant lui. Le sol trembla et l'homme tomba en arrière. Mais au lieu de se cacher ou d'implorer la pitié de son attaquant, Jareth hurla indistinctement, brandissant son couteau contre une créature dix fois plus grosse que lui. De l'autre main, il ramassa une pierre, qu'il jeta contre les écailles du Dragon, sans lui faire aucun mal.

Stupéfaite, Kevla fixait les yeux bleus de cet homme, injectés de sang et hagards, recherchant désespérément une voie de salut. Sa barbe était hirsute, de la saleté incrustée dans les rides autour de ses yeux. Une deuxième pierre traversa l'air et le Dragon leva les yeux au ciel, exaspéré.

Cet homme était le Danseur de Terre ?

— Jareth ? dit Kevla d'une voix tremblante.

Elle espérait de tout son cœur qu'Altan avait

confondu son ami avec l'un des hommes fous tapis dans les bois.

Mais l'homme se tourna vers elle et la regarda l'espace d'un instant avant de reporter son attention sur le Dragon. Ce dernier était assis sur ses pattes de derrière. Jareth se leva prudemment, vacillant comme un ivrogne. Le Dragon ne bougea pas. Jareth se tourna vers Kevla.

— J'ai vu ton visage dans les flammes, lança-t-il.

Le cœur de Kevla se serra de désespoir. Cet homme était bien celui qu'elle avait vu dans ses visions. Cet homme lui avait semblé si fier, si fort et si capable qu'elle avait cru pouvoir s'appuyer enfin sur quelqu'un. Au lieu de cela, il errait dans les bois, débraillé, égaré, fou furieux. Comment pouvait-il l'aider à sauver leur monde ?

Jareth plissa les yeux pour mieux l'examiner. Il ouvrit la bouche et était sur le point de parler lorsque Altan bondit vers lui.

— Tu es sain et sauf ! Grâce soit rendue aux dieux !

Altan s'agrippa à son ami, paraissant plus mince et délicat encore.

A la fois furieux et effrayé, Jareth poussa un cri et repoussa Altan. Ils échangèrent un long regard.

— Altan ? dit Jareth d'une voix douce et confuse.

Il tendit la main et la posa sur l'épaule d'Altan. Le jeune homme la couvrit de la sienne.

— Oui, Jareth, c'est bien moi, répondit Altan d'une voix emplie d'émotion.

Il serra la main de Jareth.

Le comportement de Jareth changea alors brutalement.

— Imbécile ! hurla-t-il en retirant sa main. Que fais-tu ici ? Pourquoi es-tu venu ? Avec elle et ce… ce…

Il regarda le Dragon d'un air de défi. Celui-ci l'observait calmement.

— C'est un Dragon, déclara Mylikki.

Elle s'avançait vers eux, sans doute alertée par le bruit. Kevla bondit sur ses pieds et regarda en direction du Dragon.

Pas tout à fait ce que nous espérions, n'est-ce pas ? lui dit le Dragon en pensée.

C'était le moins que l'on pouvait dire, songea Kevla, qui faillit éclater de rire. Elle n'osa pas. Elle risquait alors de laisser libre cours à sa déception et finirait par éclater en sanglots hystériques. Elle brossa sa *rhia* d'un revers de main et essaya de retrouver son calme.

— Qui es-tu ? cria Jareth à Mylikki.

Kevla ne pouvait en supporter davantage. Jareth avait tous les droits de se poser des questions sur elle — elle ne ressemblait en rien aux personnes qu'il avait pu rencontrer dans sa vie, elle était capable de traverser les flammes et était accompagnée d'un dragon — et il pouvait en vouloir à Altan s'il le souhaitait ; Altan était en mesure de se défendre seul. Mais s'en prendre ainsi à Mylikki…

— Ne lui parle pas sur ce ton ! cria Kevla.

Jareth tourna les yeux vers elle. Elle se tint droite et lui fit face, indignée.

— Tu m'as attaquée par-derrière, tu m'as menacée d'un couteau…

Elle posa la main sur son cou et s'aperçut qu'elle saignait.

— Tu ne t'es pas laissé faire.

Jareth montra sa main : les bandages qu'il portait avaient totalement brûlé.

— Jareth, qu'est-ce que tu lui as fait ? demanda Altan. Mon ami, que t'est-il arrivé ?

Il s'approcha une nouvelle fois de Jareth mais ce dernier le repoussa. Il détourna le visage. Kevla eut cependant le temps de voir un terrible chagrin se peindre sur ses traits. Elle eut soudain l'impression d'avoir surpris des sentiments très intimes.

Nous devrions les laisser, pensa Kevla à l'intention du Dragon.

Je suis d'accord.

Le Dragon prit son envol, semant branches et feuilles derrière lui.

Kevla se sentit soudain très faible et découragée. Etre venue aussi loin, avoir tant sacrifié, et pour quel résultat ? Pour découvrir que le Danseur de Terre qu'ils recherchaient était au bord du désespoir.

— Kevla ? demanda Mylikki en s'asseyant à son côté. T'a-t-il fait mal ?

— Ce n'est rien, une égratignure... Viens avec moi. J'ai besoin de manger quelque chose de chaud.

Elle se dirigea vers la clairière, entraînant Mylikki et lui murmurant à l'oreille :

— Le seul qu'il écoutera est Altan. S'il est encore en état d'écouter qui que ce soit. Laissons-les seuls.

Le Dragon les attendait, enroulé sur lui-même tel un gros chat. Les deux femmes s'affairèrent autour du repas. Le Dragon était aux aguets, les oreilles dressées et les yeux fixés sur la forêt. Si Jareth tentait de s'échapper, il n'irait pas bien loin.

Altan avait envie de pleurer.

Jareth s'était écroulé sur le sol. La rage qui l'avait poussé à attaquer Kevla, à menacer le Dragon de son poignard et à repousser violemment Altan semblait avoir disparu. Il était assis, les bras autour des genoux et la tête baissée. Sa respiration était haletante.

Altan s'installa à son côté.

— Jareth, dit-il pour la dixième fois au moins. Je suis tellement, tellement désolé…

Il tendit la main pour toucher son ami et se rendit compte, effrayé, que les épaules autrefois puissantes de Jareth étaient aujourd'hui décharnées.

— Parle-moi, je t'en prie, supplia Altan. Dis-moi ce qui t'est arrivé !

Pendant des minutes interminables, il craignit que Jareth ne voulût pas ou ne pût parler. Mais son ami leva enfin la tête. Son expression était vide, hagarde… C'était quasiment celle d'un vieillard.

— Je suis parti à la recherche des dieux, marmonna Jareth sans regarder Altan. La tempête de cette nuit-là n'était pas… naturelle…

Sa voix se brisa. Il se tut, avant de poursuivre sur un ton monocorde :

— J'ai escaladé les montagnes, mais ils n'y étaient pas.

Il regarda enfin Altan et reprit d'une voix pleine de rage :

— Ils n'étaient pas là !

Altan caressa les épaules de son ami comme il

aurait caressé un chat, doucement, régulièrement. Il réfléchit très vite. Jareth avait-il cru que les dieux pourraient ramener sa famille à la vie ? Le croyait-il toujours ? Comment pourrait-il convaincre son ami de se joindre à eux, de renoncer à sa quête insensée et d'écouter le récit de Kevla ? Il ne sut que dire et se contenta d'observer la silhouette décharnée de Jareth, que seule sa mission semblait maintenir en vie.

— Je vais à la recherche des *taaskali*, dit Jareth. Les t*aaskali* savent sûrement… Est-elle une *taaskal* ?

— Non, répondit Altan, satisfait d'avoir un prétexte de parler de Kevla. Mais elle possède une grande magie. Elle vient d'un pays appelé Arukan. Elle est la Danseuse de Feu.

Jareth fronça les sourcils.

— Arukan…, dit-il lentement, comme s'il faisait appel à de lointains souvenirs. Il fait chaud, là-bas.

— Tu connais Arukan ?

Altan sentit une vague d'espoir l'envahir. Si Jareth connaissait Arukan, peut-être était-il aussi au fait des Danseurs et de leur mission. Tout serait bien plus facile.

— La terre me murmure parfois le nom d'autres endroits, répondit Jareth. Du moins le faisait-elle autrefois. A présent, elle se tait.

Il leva les yeux et parcourut du regard les arbres squelettiques qui les entouraient.

— Tout est silencieux.

Altan soupira.

— Tu as besoin de te nourrir et de te réchauffer,

mon ami. Viens près du feu et mange quelque chose.

— Tu ne m'as pas fait peur, Père, murmura Jareth, le regard vide. Viens manger. S'il te plaît, mange quelque chose.

Altan fut parcouru d'un frisson glacé.

— Quoi ? dit-il, espérant qu'il avait mal entendu.

Jareth se secoua soudain et parut se réveiller d'un songe.

— Rien.

Il paraissait voir Altan pour la première fois. Le jeune garçon s'efforça de retenir ses larmes. Il prit le visage émacié de Jareth entre ses mains. Ce dernier soupira, serra les mains de son ami puis les repoussa.

— Viens près du feu, Jareth. S'il te plaît...

Jareth hocha lentement la tête. Altan glissa son bras droit autour de la taille de Jareth et posa le bras gauche de son ami autour de son cou. Il l'aida ainsi à se relever.

Jareth était autrefois un homme fort. Mais aujourd'hui, il était à peine plus épais que le jeune *huskaa* qui l'entraînait vers le feu, vers la vie et loin du froid mortel de cet hiver.

20.

Lorsque les deux hommes s'approchèrent du feu de camp, Kevla ressentit un choc. Jareth avait les yeux baissés. Altan l'installa doucement sur une couverture près du feu et fit montre de la même tendresse que Kevla l'avait vu témoigner à l'égard de Mylikki. Elle se demanda si l'attitude ambiguë d'Altan envers Mylikki n'était pas due au fait qu'il préférait les hommes aux femmes.

Le Danseur de Terre contempla les flammes pendant un long moment. Il tendit les mains vers leur chaleur, d'abord prudemment, puis franchement. Kevla remarqua que les doigts de sa main droite étaient découverts ; les chiffons qui les recouvraient avaient brûlé mais sa main semblait intacte, bien que sale. En réalité, ses mains étaient crasseuses. Kevla songea à quel point tous les occupants du Palais des Quatre Eaux étaient méticuleusement propres et soignés, jusqu'au serviteur le plus humble — qu'elle-même avait été. Jareth sentait plus mauvais et avait l'air plus sale que les mendiants les plus misérables d'Arukan.

Elle tenta de surmonter son sentiment de répulsion en pensant aux épreuves que cet homme avait traversées. Il avait quitté son village et avait erré dans les bois pendant des mois. Il n'avait pu se laver dans une maison aux pierres chaudes comme il devait le faire autrefois, et un bain dans les eaux glacées des lacs aurait pu le tuer.

Mais elle savait que cela n'expliquait pas tout. Si l'hygiène avait importé un tant soit peu à Jareth, il aurait trouvé le moyen de rester propre. Elle le regarda de biais. Il sentit son regard se poser sur lui et la fixa à son tour.

Kevla ne put soutenir son regard perçant et se remit aux préparatifs du repas. Elle servit la soupe. Elle en avait assez depuis des jours, mais ce plat était facile à préparer, nourrissant et chaud ; en outre, il leur permettait d'économiser leurs provisions. Elle tendit un bol à Jareth. Celui-ci le prit sans mot dire.

Il sentit le fumet de la soupe et parut soudain revivre. Il mangea avec un appétit féroce et renversa de la soupe sur sa barbe et sur sa chemise. Kevla ne put s'empêcher d'esquisser une grimace de dégoût. Il termina le bol et le tendit en disant :

— Encore.

Elle emplit le bol. Jareth le termina aussi vite que le premier. Kevla se demanda quand il avait mangé la dernière fois. Lorsqu'il réclama un troisième bol de soupe, elle refusa.

Jareth lui lança un regard furieux.

— Kevla, il n'a probablement pas mangé depuis des jours, dit Altan.

— Il nous reste peu de nourriture, Altan. En outre, s'il mange trop vite, il sera malade et cela ne servira à rien. Lorsque tout le monde aura mangé à sa faim, je te redonnerai un peu de soupe, Jareth.

— Tu me parles comme à un enfant, grogna-t-il.

Tu te comportes comme un enfant, songea Kevla sans le dire à voix haute. Elle se demanda comment aborder la conversation qu'elle devait avoir avec lui. Comment faire comprendre à cet homme à moitié fou qu'il avait un destin à accomplir, un destin qui exigerait de lui davantage qu'il n'était prêt à donner ?

Une chose était certaine : elle ne pourrait pas lui parler ce soir. Quelques minutes plus tard, les yeux de Jareth se fermèrent. Il lutta contre le sommeil mais Altan le poussa à s'allonger. Le Danseur de Terre, le Faiseur de Printemps obtempéra, soupira profondément et s'allongea sur une couverture. Avec une grande douceur, comme s'il bordait un enfant, Altan enveloppa Jareth dans des fourrures épaisses. La respiration de ce dernier se fit bientôt profonde et régulière.

— Il dort, grâce aux dieux, dit Altan.

Il posa la main sur l'épaule de son ami durant un instant.

— Je n'arrive pas à le croire, dit Mylikki. Je pensais…

Elle parut incapable de poursuivre. Sa *kyndela* était posée sur ses genoux mais elle n'y toucha pas.

— Il n'a pas toujours été ainsi, dit doucement Altan.

Il prit sa *kyndela* et se mit à jouer.

— Il était fort… incroyablement fort… Je n'arrive même pas à m'imaginer ce qu'il a pu traverser.

Il regarda Kevla.

— Tu avais raison. Il est parti à la recherche des

dieux. Il voulait les obliger à ramener sa famille à la vie.

Kevla regarda le Dragon, consciente qu'il connaissait ses sentiments.

« Je suis déçu, moi aussi, Danseuse de Feu. Mais au moins est-il vivant. Il n'est pas devenu l'un de ces hommes étranges tapis au fond des bois. »

« C'est toi qui le dis. S'il a vraiment essayé de faire ce que disait Altan… Tu m'avais dit qu'il était prêt », ajouta-t-elle d'un ton accusateur.

Le Dragon haussa les épaules. « Tu as senti sa présence comme moi. Comme Jashemi. Il était celui que nous devions trouver le premier. Peut-être n'était-ce pas parce qu'il est prêt mais parce qu'il a besoin de notre aide pour l'être. »

« Je ne suis pas une nourrice ! »

« Ni lui un enfant. C'est un adulte, Kevla, qui a traversé de terribles épreuves. »

— J'ai également traversé de terribles épreuves et je suis là ! cria Kevla à voix haute.

Altan et Mylikki la regardèrent, surpris de cet éclat. Elle rougit. Mais Jareth dormait toujours, à son grand soulagement.

Après un silence gêné de part et d'autre, Altan dit d'une voix hésitante :

— Kevla… il erre seul depuis des mois. Il a escaladé les montagnes tout seul, en plein hiver. Il a perdu tellement de poids… Qui sait ce qu'il a pu manger ou même s'il a mangé ? Laisse-lui un peu de temps pour se remettre, avant de le juger.

L'embarras de Kevla laissa la place à un sentiment de rage mêlée de désespoir.

— Tu n'as aucune idée de ce que j'ai enduré,

dit-elle, la voix tendue. Tu n'as aucune idée de ma vie d'avant. Je suis désolée pour Jareth, mais d'après ce que tu m'as raconté, il a mené une vie merveilleuse jusqu'à l'année dernière. Je suis née misérable d'entre les misérables. J'ai été battue, enfermée, et mon propre père a ordonné mon exécution parce qu'il croyait que j'étais un démon. J'ai été attachée à un pieu et on a allumé un feu à mes pieds. Si je n'avais été la Danseuse de Feu, je serais morte brûlée vive. Je n'ai été aimée que d'un seul être, au cours de ma vie, Altan ! Et je l'ai tué le jour où j'ai exprimé cet amour. Et me voici aujourd'hui, prête à accomplir mon devoir. Je n'ai pas le temps de dorloter ce prétendu Faiseur de Printemps. Tu sais ce qui est en jeu. Il n'a pas le loisir de laisser libre cours à son chagrin. Et nous non plus.

Ses yeux s'emplirent de larmes, menaçant de démentir ces dernières paroles. Kevla ne voulait pas qu'ils la voient pleurer. Elle se leva et s'éloigna pour s'asseoir à l'autre bout de la clairière. Le Dragon la suivit et baissa la tête pour lui parler seul à seule.

— Mon cœur, je suis désolé, dit-il d'une voix douce. Je fais partie de cette trinité et Jashemi me manque, à moi aussi. Mais pas autant qu'à toi.

Kevla mit la tête entre ses mains et ses épaules furent secouées de violents sanglots. Elle était incapable de parler.

« Il me manque tant, Dragon ! J'en ai le cœur déchiré chaque jour. J'essaie de l'oublier, mais ce sentiment de perte remonte toujours à la surface. Comme ce soir. J'ai l'impression d'avoir perdu une partie de moi. Il était mon Gardien des Traditions, il était mon grand amour. Personne ne me connaissait mieux que lui. Et je l'ai tué ! Il serait en vie aujourd'hui si je n'avais été là avec mon désir égoïste ! »

« Tu ne peux en être sûre, Danseuse de Feu. Nous avons tous un destin à accomplir. Peut-être était-ce celui de Jashemi. »

« C'est faux et tu le sais aussi bien que moi, Dragon. Jashemi me l'a dit dans la vision. Les choses auraient dû être tout autres. Il n'est pas né pour être mon amant. Et nous avons tout gâché. »

« Votre culture rendait cette relation impossible. Essaie de montrer un peu plus de compassion pour Jareth et pour toi-même. »

« Je ne sais pas si je le peux encore, Dragon. Je me sens vide. »

Kevla retourna bien plus tard près du feu. Elle s'assit en silence. Le ciel au-dessus de leurs têtes était clair et étoilé.

— Je vous présente mes excuses, dit Kevla solennellement. Cet éclat était déplacé et inutile.

Altan la regarda. Il avait le bras autour du cou de Jareth.

— Tu as raison. Tu as failli le réveiller, et il a besoin de dormir.

— Oui, en effet, dit Mylikki.

Mais pour adoucir les paroles dures d'Altan, elle ajouta :

— Cela nous a permis de mieux te connaître, Kevla. Tu as l'air plus humaine, maintenant. Je suis certaine que Jareth ira mieux dès demain. Il a simplement besoin de repos et de nourriture. Tu verras.

Kevla ne répondit pas. Elle contempla les étoiles.

Elle vit une lueur colorée. Les dieux allaient danser de nouveau, cette nuit-là.

La Gardienne des Traditions regarda vers le ciel, les yeux fixés sur les lumières.

— Tu as très bien agi, Gardienne des Traditions, dit l'Empereur. Je suis très satisfait. Jareth sera bientôt à toi. Ne crains rien, cette Danseuse de Feu n'est pas une menace pour toi.

La Gardienne des Traditions baissa les yeux pour observer Kevla. Elle était allongée sur une couverture et contemplait les lumières, elle aussi. La Gardienne se permit un regard vers l'homme qu'elle aimait et son cœur bondit de joie. Il ne le savait pas encore, il ne connaissait pas l'étendue de son amour pour lui. Mais, bientôt, il le saurait. L'Empereur l'avait promis. Bientôt.

— Ils te font confiance. Ils ne savent pas qui tu es en réalité. Ecoute-moi, je vais te dire ce que tu dois faire ensuite.

La Gardienne des Traditions écouta, son visage levé vers le ciel, ses doigts caressant sa *kyndela* d'un air absent et les yeux emplis de bonheur.

21.

Kevla se réveilla avec le sentiment de ne pas s'être reposée du tout. Elle se demanda d'abord pourquoi elle était si fatiguée, puis se souvint de sa crise de larmes de la veille. Un vide immense l'envahit de nouveau. Elle se frotta les yeux et soupira. Jareth…

Il n'était plus là.

— Jareth ! s'écria-t-elle.

Son cri réveilla ses compagnons. Ils dormaient au coin du feu et le Dragon avait une nouvelle fois fourni une protection bienvenue contre le froid. La place de Jareth était vide.

— Ne t'inquiète pas, rugit le Dragon. Le Danseur de Terre et moi-même avons eu une conversation très intéressante.

Il s'assit et Kevla vit qu'il tenait Jareth dans l'une de ses énormes pattes de devant. Loin d'éprouver de la peur, celui-ci avait l'air furieux. Le Dragon le posa à terre.

Kevla comprit ce qui s'était passé : Jareth avait dû essayer de s'échapper pendant la nuit et le Dragon, toujours vigilant, l'en avait empêché. Dissimulant un sourire, Kevla alluma le feu tandis que Mylikki fouillait dans un sac afin de préparer le déjeuner. Altan se leva et rejoignit Jareth.

— Jareth, Kevla vient d'allumer un feu et Mylikki nous prépare du thé, dit-il en prenant son ami par le coude.

Jareth leva les yeux vers le Dragon, qui soutint son regard. Kevla se demanda ce qu'ils avaient bien pu se dire. Lorsque Altan le toucha, Jareth le repoussa.

— Tu n'aurais jamais dû me suivre, dit Jareth à voix basse en retournant près du feu.

— Tu l'as déjà dit, répondit Altan d'une voix enjouée. Mais si je ne l'avais pas fait, nous ne serions pas ici près du feu.

Mylikki jeta quelques feuilles de thé dans l'eau bouillante. Kevla eut de la peine pour elle. Elle était courageuse, gaie et intelligente, mais l'arrivée de Jareth avait distrait Altan et détourné son attention de ce qui aurait pu se passer entre Mylikki et lui.

— La nuit dernière, dit Kevla à Jareth, tu m'as menacée de ton couteau et tu as exigé de savoir qui nous étions.

Le visage de Jareth s'assombrit. Il ne la regardait pas. Elle pensa qu'il avait l'air plus calme que la nuit précédente mais voulut s'en assurer.

— Nous te devons une explication. Mais c'est réciproque, Faiseur de Printemps.

Elle n'avait utilisé ce mot que dans le but de faire comprendre à Jareth qu'elle connaissait ses pouvoirs, mais il réagit comme si elle venait de le gifler. Son visage pâlit puis rougit violemment. Kevla recula en voyant l'expression de son regard.

— Ne m'appelle pas ainsi, dit-il d'une voix basse et menaçante.

Mylikki tressaillit. Elle servit le thé dans des tasses de céramique et les fit passer.

Kevla poursuivit.

— Nous avons eu beaucoup de mal à nous trois, et avec l'aide du Dragon, à survivre au milieu de cet hiver. Comment as-tu réussi à t'en sortir seul ?

Jareth sirota le thé chaud et prit son temps avant de répondre.

— Je suppose que les dieux ne veulent pas encore ma mort, dit-il.

Il se tourna vers Altan et demanda doucement :

— Et la Vallée de Skalka ?

— Je n'ai aucune nouvelle à te donner. Je suis parti juste après toi, répondit Altan. J'ai tenté de te suivre, mais je ne savais pas où tu étais allé.

Jareth grimaça et tisonna le feu avec un bout de bois.

Kevla en avait assez de l'attitude boudeuse de cet homme.

— Tu voulais savoir qui nous étions, Jareth, dit-elle en le regardant dans les yeux. Tu as vu mon visage dans les flammes, et tu as ensuite éteint le feu. Je te cherche depuis longtemps, maintenant.

— Que veux-tu ? Au cas où tu ne le saurais pas encore, mes pouvoirs légendaires m'ont abandonné, répliqua Jareth d'une voix amère et emplie de colère.

— J'ai aussi des pouvoirs, le pouvoir de commander au feu, dit Kevla. Tu as pu le constater. Je peux créer le feu et l'éteindre par la simple force de ma volonté. Je peux scruter les flammes et me déplacer de feu de camp en feu de camp. Je suis la Danseuse de Feu et je ne suis pas seule. Quatre autres Danseurs vivent aux quatre coins de ce monde. Jareth… tu es l'un d'entre eux. Tu es l'Elément Terre personnifié. Toi, moi et les trois autres Danseurs que je dois retrouver sommes nés avec une mission essentielle. Nous devons sauver ce monde de l'Obscurité qui menace de l'engloutir.

Jareth l'écouta en silence, puis il esquissa une grimace moqueuse avant d'avaler une autre gorgée de thé.

— Une histoire joliment contée, dit-il, ironique. Altan, quelle est la version chantée de ce conte ? Tu as certainement déjà composé une chanson à son sujet, non ? Cinq Danseurs, les Eléments incarnés, nés dans le but de sauver le monde. Bien plus passionnant qu'une Vierge de Glace ou…

— Arrête tout de suite !

La voix douce de Mylikki était emplie de colère.

— Nous avons risqué nos vies pour te retrouver, tous autant que nous sommes ! Nous avons traversé des tempêtes de neige et Altan a failli mourir… Les dieux seuls savent ce que Kevla a enduré, mais je sais que cela a dû être horrible et… et…

Altan avait les yeux baissés. Il attira Mylikki contre lui et la laissa pleurer contre sa poitrine.

— Altan, est-ce la vérité ? demanda doucement Jareth. As-tu failli mourir ?

Altan évita son regard.

— Je suis tombé au fond d'une grotte dissimulée derrière des bouleaux, en cherchant un abri contre une tempête, dit-il à voix basse. Kevla et le Dragon ont réussi à retrouver ma trace, je ne sais trop comment… Ils m'ont sauvé la vie, Jareth. Et je crois que nous avons certainement sauvé la tienne.

Jareth soupira et se pencha en avant. Il se passa une main dans les cheveux. La capuche de son manteau vert sombre tomba en arrière.

— Altan, tu sais que je n'ai jamais voulu…

— Tout va bien. Je crois simplement que tu dois à Kevla et au Dragon d'écouter leurs explications. J'ai vu tant de choses au cours des dernières semaines, Jareth… Je les crois, et je pense que tu le devrais aussi.

Jareth leva la tête et regarda Kevla avec un calme surprenant.

— J'ai moi-même vu tellement de choses… Au nom de l'amour que je porte à ce garçon, Kevla-sha-Tahmu, je vais écouter ton récit.

Altan avait parlé chaleureusement de son ami Jareth, qui avait aidé le jeune *huskaa* à venir au monde et avait été comme un frère pour lui, depuis. Et Kevla avait perçu le sentiment profond de responsabilité qui animait autrefois Jareth. Elle espéra de tout son cœur qu'elle parviendrait à le toucher.

Elle entama son récit. Le Dragon intervint de temps à autre. Elle parla du destin des Danseurs, de la manière dont ils avaient vaincu à deux reprises, comment ils avaient échoué par deux fois, comment le sort de ce monde et d'autres dépendait de leurs actions. Elle lui parla des Gardiens des Traditions et de leurs Compagnons animaux, de la façon dont les trois formaient un tout harmonieux, même si, parfois, le Danseur devait avancer sans l'une ou l'autre composante de ce trio essentiel.

— J'ai perdu mon Gardien des Traditions, dit-elle.

Elle rougit en songeant à son éclat de la veille. Heureusement, Jareth dormait, à ce moment.

— C'était...

Horrible, insupportable, impensable, déchirant...

— ... difficile de continuer sans lui...

Elle déglutit péniblement et s'efforça de dissimuler son émotion, voyant à l'expression sur les visages d'Altan et de Mylikki qu'elle avait échoué.

— Mais j'ai retrouvé mon cher Compagnon, le Dragon, et grâce à lui, j'ai pu te retrouver. Tu dois venir avec nous, Jareth. Tu es le Danseur de Terre. Nous avons besoin de toi, sans quoi ce monde est perdu.

Jareth ne répondit rien. Il finit par déclarer :

— J'ai dit que je t'écouterais. Je viens de le faire. Mais je ne peux rien pour toi.

Son refus ferme surprit Kevla. Elle avait cru qu'en lui expliquant qu'il était un Danseur, il allait comprendre qu'il devait venir avec elle...

— Tu condamnerais ainsi tout un monde sans aucun remords ? demanda le Dragon d'une voix faussement calme.

Jareth regarda la puissante créature.

— Ce que Kevla vient de dire n'a aucun sens pour moi. Je n'ai jamais entendu parler de Gardien des Traditions et n'ai jamais rencontré d'animal magique qui soit mon compagnon. Je n'ai fait aucun rêve étrange et troublant sur des vies antérieures. Et je n'ai aucune raison de croire ce qu'elle vient de dire.

— La Danseuse de Feu serait une menteuse,

selon toi ? répliqua le Dragon d'une voix douce mais tendue.

Il était sur le point d'exploser, se dit Kevla.

— Je ne connais aucun d'entre vous, à l'exception d'Altan, soupira Jareth. Et pardonne-moi, mon ami, mais je sais au moins une chose sur toi : tu adores les bonnes histoires. Je sais pourquoi je suis ici, et ce n'est pas pour combattre une prétendue Obscurité. Je dois venir en aide à mon peuple en changeant les saisons. Tous comptent sur moi. Je dois faire en sorte que les arbres donnent des fruits, que la récolte soit bonne, que le bétail soit gras et en bonne santé, et que l'hiver soit aussi doux que possible.

Il partit d'un rire amer qui glaça le sang de Kevla.

— Et vous voyez à quel point j'ai réussi dans ma tâche ! Je ne peux pas t'aider dans la tienne, Kevla.

— Tu ne peux pas ou tu ne veux pas ? rétorqua Kevla.

Jareth leva les bras au ciel, exaspéré.

— Quelle importance ? Je suis parti à la recherche des dieux afin de les forcer à ramener le printemps. Rien de ce que tu pourras dire ne me dissuadera d'aller au bout de ma quête.

Altan se joignit à la conversation et Jareth continua d'argumenter avec lui. Mais Kevla ne les écoutait plus.

Elle revoyait Jareth au côté du Tigre bleu. C'était si simple, si évident… Comment ne l'avait-elle pas compris avant ?

« Dragon… tu n'es pas un Gardien des Traditions, mais tu connais le passé. Ces dieux que Jareth recherche… Tu sais que Jashemi et moi avions des visions sur l'un d'entre eux et sur Jareth. Ils ne sont pas des dieux, n'est-ce pas ? Pas plus que toi. Il n'existe qu'un seul tigre, et c'est le Compagnon de Jareth, n'est-ce pas ? »

« Je savais que tu le devinerais tôt ou tard », lui répondit le Dragon, satisfait.

Soudain en colère, Kevla répliqua : « Pourquoi ne pas me l'avoir dit ? »

Le Dragon haussa les épaules. « C'était inutile. Et sache que je ne te cacherais jamais rien qui te mettrait en danger, mais il est toujours préférable que tu apprennes les choses en temps et en heure. Comme les saisons. Aie confiance, et aie confiance en moi. »

Sa colère retomba. « J'ai confiance en toi, Dragon. Je sais que tu ne me ferais jamais courir de risques. »

— Kevla ?

Jareth semblait irrité.

— Pardonne-moi, qu'as-tu dit ?

— J'ai dit que je refusais de t'aider à retrouver les autres Danseurs. Je pars à la recherche des dieux.

Kevla échangea un regard rapide avec le Dragon. Ce dernier hocha discrètement la tête.

— Je comprends. Nous t'accompagnerons.

22.

Jareth fixa, stupéfait, la magnifique femme de Feu.

— Quoi ?

— J'ai dit que nous t'accompagnerions dans ta quête.

— Oui ! s'écria Altan, joyeux. Excellente idée. Et lorsque tu auras ramené le printemps, tu seras libre d'aider Kevla !

La culpabilité accabla Jareth. Ce sentiment était un vieux compagnon, et il était habitué à sa présence pesante. Il savait quel était son devoir et il voulait l'accomplir seul. Entraîner Altan et ces deux femmes dans une quête qui s'annonçait mortelle était impensable. En outre, il était persuadé qu'ils retarderaient sa marche. Jareth posa les yeux sur l'énorme créature rouge, le Compagnon de cette femme de Feu.

Je suis sûr que les dieux ou les taaskali le verront arriver de très loin, songea-t-il.

— Non, dit-il avec fermeté. Altan, cette jeune fille et toi devez rentrer à l'abri. Mon périple est assez dangereux sans que j'aie besoin de m'inquiéter pour vous. Kevla, ton ami et toi devrez sauver le monde sans mon aide.

Le Dragon, cette créature sans pareille aux yeux de Jareth, se redressa de toute sa taille. Il leva la tête et le regarda d'un air menaçant.

— Je crois que tu ne comprends pas, rugit-il. Kevla ne te demandait pas la permission de t'accompagner. Elle se contentait de t'en informer.

Jareth se sentit rougir et son cœur battit plus vite. Il avait envie de hurler, de frapper, de faire mal à quelqu'un. Le Dragon continuait de le fixer.

— J'espère que tu te souviens de notre petite conversation de ce matin.

— Notre petite conversation, vraiment ? rétorqua Jareth avec mépris.

Il s'était réveillé avant l'aube et avait tenté de fuir discrètement lorsque les griffes gigantesques du monstre l'avaient saisi et soulevé du sol. Le Dragon avait déclaré en termes très clairs qu'il le suivrait s'il tentait de nouveau de leur fausser compagnie. *Je connais ton odeur, Danseur !* avait rugi la créature. *Où que tu ailles, je te retrouverai.*

Jareth se tut et observa chacun de ses compagnons. Le Dragon, d'abord, une créature capable d'arracher des arbres avec une facilité déconcertante. Kevla, dont la peau et les yeux sombres la faisaient davantage ressembler à une *taaskal* qu'à une femme de Lamal… Après tout, elle ne venait pas de Lamal, mais d'une contrée lointaine du Sud. L'espace d'un instant, Jareth pensa au mot « Arukan » et celui-ci lui évoqua la chaleur, le sable et la terre desséchés, le bruit des sabots d'animaux qui lui étaient complètement étrangers. Il crut sentir un vent chaud dans ses cheveux et des parfums épicés et exotiques lui caresser les narines. Puis ces impressions s'évanouirent.

Elle était magnifique, c'était indéniable. Elle lui rappelait la femme qu'il voyait dans ses rêves, celle qui paraissait ne pas sentir le froid et qui s'était transformée en tigre bleu. Il aurait admiré son attitude calme à tout autre moment et en tout autre lieu. Mais ici et maintenant, elle était un obstacle. Il était éveillé, la nuit dernière, lorsqu'elle avait fondu en larmes au coin du feu ; il avait pensé qu'il en apprendrait davantage sur ce groupe étrange s'il feignait de dormir, et avait eu raison. Elle avait visiblement beaucoup souffert, même s'il n'avait pas compris toute son histoire. Toutefois, Jareth Vasalen n'avait plus de pitié à accorder à quiconque, pas même à lui.

Il détacha son regard de la belle et exotique Kevla et observa le visage familier et enthousiaste d'Altan. Le jeune homme était ravi d'avoir retrouvé son ami vivant ; Jareth était non moins heureux de savoir Altan sain et sauf, alors qu'il avait vu la mort de près. Mais pourquoi ce garçon s'était-il lancé dans une telle folie ? Il ne connaissait rien à la forêt ; c'était un musicien, un conteur, un troubadour. Ses doigts fins pouvaient créer une mélodie capable de serrer les cœurs les plus durs, de faire sourire les visages les plus maussades. Tel était le don d'Altan : un don essentiel et honoré de tous, mais peu apte aux dures nécessités de la survie. Qu'il ait pu survivre assez longtemps pour être secouru par la Danseuse de Feu était un vrai miracle.

Quant à cette jeune fille — car elle était toujours une jeune fille —, quelle était son histoire ? Une partie était lisible sur son visage. Elle était éprise d'Altan, comme la plupart des femmes et quelques hommes l'étaient, à un moment ou à un autre, après avoir entendu le jeune homme chanter. Même Annu, qui avait grandi avec Altan, avait un jour avoué…

Non !

Il secoua la tête, comme pour écarter cette pensée de son esprit. Il se raidit.

— Jareth ? demanda prudemment Kevla.

Pâles et froids, comme l'était la Vierge de Glace de la légende, ils gisaient, comme endormis. Ils attendaient qu'il amadoue le cœur des dieux, qu'il persuade les grands félins bleus de ramener cette terre à la vie, et la vie à ceux qu'il aimait tant…

Des mains se posèrent sur son visage, des mains familières mais qui le firent frissonner de peur…

Kevla, c'était Kevla. Elle marchait sur la neige dans cette robe rouge diaphane qui révélait chaque courbe de son corps, souriante. Elle se changea soudain en dieu-tigre et des fleurs naquirent sous ses pattes…

Il soutint son regard. Elle trembla mais il ne baissa pas les yeux. Peut-être avait-elle sa place dans tout ceci. Peut-être l'avait-il vue dans ses rêves parce qu'elle devait le conduire vers les dieux. Et l'aider à ramener le printemps.

A ramener les siens à la vie.

— Bien, dit-il, à la surprise générale.

Il respira profondément. Il tremblait et avait renversé un peu de thé.

— Je crois que j'ai besoin de manger, ajouta-t-il.

— Bien sûr, répondit Altan.

Il fouilla dans une des besaces et donna un peu de viande séchée à Jareth. Ce dernier eut l'eau à la bouche et mâchouilla la viande avec enthousiasme.

— Nous mangerons de la bouillie de céréales dans un petit moment, dit Kevla. Jareth, tu dois nous raconter ce qui t'est arrivé au cours des derniers mois.

— Pourquoi ?

— Il faut que nous sachions quelles sont les forces qui te restent. Et les embûches qui nous attendent si nous retournons vers les montagnes.

Des images envahirent l'esprit de Jareth. La neige. La glace si dure qu'elle coupait les mains jusqu'au sang. Les tempêtes. Les embuscades tendues par ces hommes étranges. Le visage de Kevla dans les flammes et sa décision de ne plus allumer de feux. L'odeur particulière de la chair crue et sanglante des animaux, son unique nourriture à partir de ce moment-là. Les rêves qu'il écartait de ses pensées dès son réveil, mais qui hantaient son sommeil agité.

— Je préfère ne pas en parler, répondit-il.

Kevla et Altan échangèrent un regard entendu. Jareth vit un autre regard, celui de Mylikki. Les sentiments de la jeune fille à l'égard d'Altan étaient évidents. Il eut un élan de compassion envers elle et se souvint des paroles de l'une des chansons de la Vierge de Glace : *Souvenez-vous de ce qui a fait de moi ce que je suis… Tout ce que je désirais était l'amour d'un seul homme.*

Le repas fut bientôt prêt et Jareth mangea avec appétit. Son corps n'avait rien ingéré de chaud, liquide ou solide, depuis des semaines, et il accueillit avec bonheur la sensation de chaleur qui envahit son estomac. Voyager avec ce petit groupe n'était pas si désagréable, après tout ; au moins serait-il au chaud et bien nourri, après toutes ces privations. Néanmoins, s'il avait l'occasion de leur échapper, il la saisirait sans hésiter.

— Notre but était de te retrouver, lui dit Kevla en le resservant. A présent, nous te suivrons. Altan et Mylikki pensent que les dieux vivent dans les montagnes du bout du monde, à l'extrême nord. Mais tu ne les as pas trouvés. Comment nous y prendre ?

Son respect pour elle grandit encore. Elle avait accepté la situation et posait des questions logiques sur la marche à suivre. Il se rendit compte, embarrassé, que ses pensées n'étaient pas aussi claires dans sa tête.

— J'ai escaladé les montagnes et ils n'étaient pas là.

Cela faisait déjà longtemps, mais sa rage et son amertume étaient intactes. Pourquoi les dieux l'avaient-ils évité ainsi ?

— Je crois que nous devons trouver les *taaskali*. Nos mythes et nos légendes leur ont toujours prêté des pouvoirs magiques et la capacité d'aller et venir d'un monde à l'autre, entre le royaume des dieux et celui des mortels.

— Mais les *taaskali* suivent les troupeaux de *selvas*, dit Mylikki. Ils sont inséparables. Les *selvas* ne restent pas longtemps au même endroit. Comment allons-nous les retrouver ?

Pour toute réponse, Jareth plongea la main dans un des sacs de provisions et en tira une poignée de céréales. Il ferma les yeux et ouvrit son esprit. Le ciel était dégagé ; il avait toujours plus de chance en l'absence de neige. Il avait eu cette idée auparavant, mais n'avait pas eu de nourriture à sa portée.

Petits frères et sœurs, songea-t-il, *je partagerai cette nourriture avec vous en échange de votre aide.*

Rien ne se produisit pendant un long moment. Puis il entendit un bruit et ouvrit les yeux.

Un petit rossignol était perché sur son genou. Il était si minuscule qu'il ne l'avait pas senti se poser. Ses plumes, d'ordinaire d'une couleur dorée éclatante, étaient pitoyables. L'oiseau les avait gonflées afin de se protéger du froid et fixait Jareth de ses yeux noirs et brillants. Jareth tendit la main. L'oiseau s'y posa et se mit à picorer les grains.

— C'est notre…, commença Mylikki.

Mais Altan et Kevla la firent taire. Jareth observa le volatile et sourit. Enfin, donner la vie plutôt que la prendre… D'ordinaire, les animaux qu'il appelait venaient au-devant d'une mort certaine.

D'autres animaux arrivèrent : de petits moineaux, des rossignols aux plumes bleues, pourpres et vertes, et un écureuil brun. Jareth les laissa se nourrir. Puis il demanda :

Je recherche le peuple à la peau, aux yeux et aux cheveux sombres. Il parcourt ces terres et suit des animaux à quatre pattes, à la robe blanche et aux cornes dorées. Soyez mes yeux et mes oreilles, et dites-moi où il se trouve.

L'oiseau jaune leva la tête.

« A de nombreux coups d'ailes, là où les montagnes rejoignent le ciel. »

« Ils viennent dans cette direction », dit un autre oiseau.

« Y a-t-il autre chose à manger ? » demanda l'écureuil, plein d'espoir.

Jareth sourit.

J'irai dans la direction indiquée. Revenez avec davantage de nouvelles demain, et je vous donnerai plus de nourriture.

Aussi vite qu'ils étaient venus, les animaux se dispersèrent dans le ciel ou à l'abri des bois. Jareth ressentit un élan d'espoir absurde. Toutes ses facultés ne l'avaient donc pas déserté.

— Selon les oiseaux, les *taaskali* sont au nord mais ils viennent vers nous, dit-il à ses compagnons de voyage.

— Comment es-tu sûr qu'ils disent vrai ? Ne disent-ils pas ce que tu souhaites entendre en échange de nourriture ? demanda Mylikki.

Jareth sentit la colère monter en lui mais il se calma. La colère laissa place à la tristesse.

— Rien dans la nature n'est capable de mentir. A part nous.

Ils levèrent le camp, et le semblant d'harmonie qui régnait dans le groupe vola en éclats lorsque Jareth annonça soudain :

— Je refuse de chevaucher le Dragon.

— Comment ?

— Tu m'as entendu, Kevla. Et je refuse qu'il vole au-dessus de nous ou qu'il parte devant.

Kevla s'attendit à une réaction violente de la part du Dragon, mais son Compagnon ne dit rien.

— Les *taaskali* sont timides, poursuivit Jareth.

Il ferma son sac et le mit sur son dos.

— Je refuse de leur faire peur ou d'effrayer les *selvas* de cette manière.

— Le Dragon peut parcourir bien des lieues en peu de temps, dit Mylikki. Il est stupide de rejeter son aide.

— Je n'ai rien demandé, rétorqua Jareth. Vous voulez m'accompagner ? Eh bien, ce sont mes conditions. Je suis sûr que le Dragon comprend. N'est-ce pas ?

Le Dragon baissa la tête et fixa Jareth avec intensité.

— En effet.

— Quoi ?

— Je ne prends pas son parti, Kevla, dit le Dragon. Il a raison. J'ai tendance à faire peur à ceux qui ne me connaissent pas. Et même aux autres, ajouta-t-il. Si les oiseaux disent vrai, et je n'ai aucune raison de penser le contraire, nos chemins se croiseront bientôt. En attendant, tu vas devoir apprendre à te servir de raquettes et de *skelthas*, conclut-il malicieusement.

Altan éclata de rire.

23.

Olar se demanda comment la Vierge de Glace pouvait être aussi belle sur son trône froid et blanc qu'elle l'était parmi ses hommes. Ses cheveux étaient alors dorés comme le soleil, ses lèvres aussi rouges que le sang, alors que toute couleur avait disparu de ses traits, à présent.

Elle l'avait choisi, lui, pour dormir à ses pieds. Deux autres hommes avaient protesté. Elle leur avait ordonné de s'affronter pour les punir de leur impudence : comment osaient-ils, en effet, contester ses ordres, même par amour pour elle ? Olar, ravi d'être l'élu, avait regardé les deux hommes s'entretuer à coups de lance. Ensuite, il les avait complètement oubliés.

Il contempla la Vierge de Glace et sentit une vague d'amour l'envahir. Si seulement il pouvait partager ses rêves…

Les flammes crépitaient, projetant des ombres dansantes autour du foyer. La fumée s'élevait en volutes et emplissait l'air de son odeur caractéristique. Le seul son perceptible était la voix pure et douce de l'*huskaa* et de son instrument, entonnant des chansons poignantes sur des amours heureuses puis brisées.

La jeune fille était amoureuse. De cette chanson, de ce bel artiste, de cette nuit magnifique et propice à ouvrir les cœurs et aux murmures intimes. Les doigts effilés de l'*huskaa* caressaient les cordes de la *kyndela* et elle frissonna en les imaginant sur son propre corps. Il paraissait embrasser les mots ; elle effleura ses propres lèvres et s'imagina qu'il lui donnait un baiser. Le jeune homme était élancé et bien bâti, ses cheveux étaient clairs et bouclés, et son visage ressemblait à celui d'un héros de légende.

Tous se réunissaient au coin du feu, le soir venu. Les flammes avaient attiré l'étranger au village, et il avait proposé ses talents en échange d'un peu de nourriture et d'un endroit pour passer la nuit. Il leur raconterait les nouvelles des autres villages, les ferait rire et pleurer, puis s'en irait.

Mais il ne partirait pas seul.

Il rouvrit les yeux et les posa sur elle avec insistance. Elle eut soudain la bouche sèche, tout en ayant conscience que ses sens réagissaient avec force. Enfin, il acheva sa chanson qui avait paru durer une éternité. Elle avait été emportée par le son mélodieux de sa voix, mais à présent, elle le voulait pour elle seule. Il s'inclina, acceptant les applaudissements des villageois avec grâce, jeta sa *kyndela* sur son dos et céda sa place à un jeune homme du village, lequel entonna une chanson à boire tonitruante et grivoise.

Il s'approcha d'elle sans hésiter et lui prit les mains. Il les embrassa l'une après l'autre, les tourna et déposa un baiser sur chaque paume. Elle était tremblante et ses lèvres lui parurent aussi chaudes qu'une braise sur sa peau. Elle ferma les mains, comme pour retenir les baisers.

— Tes chansons sont si tristes..., dit-elle. Ne connais-tu aucune chanson heureuse ? Des chansons d'amour véritables ?

— Peut-être sauras-tu m'apprendre de nouvelles chansons, murmura-t-il.

Il n'était guère correct de se trouver ainsi seule avec un homme qu'elle connaissait à peine. Mais il avait ravi son cœur dès son arrivée au village. Il était attiré par elle, elle le savait. Et comment ne le serait-il pas ? Elle était l'une des jeunes femmes les plus belles du village, avec sa longue chevelure blonde, ses grands yeux bleus, sa poitrine généreuse et sa taille de guêpe. De jeunes garçons étaient venus de loin afin de lui faire la cour, mais elle avait repoussé leurs avances.

Elle voulait l'amour d'un homme et non celui d'un jeune garçon ; un homme qui la ferait sienne et l'emmènerait loin de là, vers une destinée glorieuse. Et il était là, à présent. Il n'avait ni lance ni flèches, mais ses chansons avaient transpercé son cœur.

Il l'enlaça et l'attira contre lui. Elle sentit la force de cet homme et son corps réagit à son contact. Lorsqu'il se pencha pour l'embrasser, elle perdit toute maîtrise.

Elle se serra contre lui et répondit à son baiser. Aucun des jeunes gens du village ne l'avait jamais embrassée ainsi — un baiser qui la laissa faible et étourdie. Il posa la main sur sa nuque. Elle céda.

— Viens avec moi, dit-il d'une voix rauque.

Elle le suivit, la main dans la sienne, courant

presque pour le rattraper car il marchait d'un pas rapide. Il la conduisit dans la forêt, loin du feu, des rires et de la musique.

Il la prit de nouveau dans ses bras, la posa sur le sol qu'il avait couvert de son manteau. Elle l'aida à se déshabiller. Elle avait le sentiment d'être consumée par la passion, elle avait envie de sentir les mains et le corps de cet homme sur le sien…

La douleur fut vive, davantage qu'elle ne l'avait prévu. Il s'arrêta.

— Je sais que c'est douloureux, mais cela va passer, ma douce.

Il embrassa ses lèvres, sa gorge, ses seins, et une fois encore, elle eut envie de lui. La douleur était passée, comme il l'avait promis, et elle ne ressentait désormais que du plaisir, un plaisir intense, puissant et libérateur. Elle s'accrocha à lui et, dans un élan de volupté, lui griffa le dos jusqu'au sang. Avant qu'elle ait pu parvenir au paroxysme, il cria de plaisir.

Elle le serra dans ses bras pendant ce moment d'extase, et sourit lorsqu'il soupira et s'écroula sur elle.

Elle embrassa son oreille et tenta d'oublier sa déception. Nul doute qu'elle vivrait cet instant, la prochaine fois. Et les moments précédents seraient délicieux.

Soudain, elle sentit un courant d'air froid sur sa peau nue. Il se leva et prit ses vêtements. Bien sûr… Il voulait rentrer avant qu'on ne s'aperçoive de son absence. Elle sourit de cette attention délicate, mais lui dit :

— Tu n'as aucune inquiétude à avoir, mon amour.

— Que veux-tu dire ?

— Nous leur dirons demain. Il faut bien qu'ils apprennent que je pars avec toi.

Il éclata de rire et lui tapota la joue.

— Oh, ma chérie, c'est drôle ! Je pars, c'est certain, mais seulement avec mon instrument.

— Que… que dis-tu ? répondit-elle, la gorge serrée.

— Tu as bien entendu. Tu as cru que je t'épouserais ? Que tu étais la première dont j'aie eu envie ? Tu étais bonne pour une seule chose, ma chérie, et je l'ai obtenue. Tiens, voici un souvenir de cette nuit.

Il s'était rhabillé et lui jetait maintenant son écharpe. A la lueur du clair de lune à travers les arbres, elle vit de petites taches sombres sur l'étoffe.

Le sang de sa virginité.

Le monde tournait autour d'elle et elle continua de fixer le sang. Elle entendit les pas de l'homme s'éloigner en direction du village.

Elle essaya de se lever et en fut incapable. Elle tenta de se couvrir, mais elle était comme paralysée. Elle ne pouvait rien faire d'autre que regarder l'écharpe ensanglantée et comprendre lentement ce qu'il venait de lui faire.

Sa torpeur laissa place à une souffrance insupportable. Elle plongea le visage dans l'écharpe et sanglota. Comment avait-il pu la traiter ainsi ? Elle prit une position presque fœtale et la douleur l'envahit de nouveau. Elle l'aimait tant ! Elle l'aimait…

Lentement, si lentement qu'elle ne s'en aperçut pas, la douleur céda la place à la colère. Une rage sourde la submergea. Ses yeux brillèrent de fureur, son dos se raidit et son cœur s'emplit de détermination, d'un désir de vengeance et de haine.

Elle se vengerait. Des forces obscures et cachées l'y aideraient. Sa haine lui donnerait de la force et sa vengeance serait impitoyable.

Son cœur, jusque-là plein d'une fureur brûlante, se changea en glace.

Malgré leurs provisions en quantité de plus en plus réduite, les voyageurs avaient mangé leur petit déjeuner de bon cœur, car ils savaient qu'ils auraient besoin de forces. Il était plus facile de voyager sur le dos du Dragon que de cheminer sur l'épais manteau neigeux. Pour la énième fois, Kevla admira la détermination et la résistance physique de Jareth. Il se déplaçait dans cette immensité hostile depuis des mois !

Altan proposa à Kevla d'essayer d'abord les raquettes.

— C'est un geste plus naturel que d'utiliser les *skelthas*, expliqua-t-il en l'aidant avec Mylikki à fixer les raquettes à ses pieds. Un peu bizarre au début, certes, mais tu auras l'impression de marcher normalement. Tu t'y habitueras vite.

Elle fit quelques pas avec prudence. Elle reconnut cependant qu'avec ces raquettes, elle ne s'enfonçait pas dans la neige.

Le Dragon lui manquait terriblement. Depuis qu'elle l'avait retrouvé et avait découvert sa véritable identité, ils ne s'étaient jamais séparés aussi longtemps. Il avait décidé de les rejoindre chaque soir, à la nuit tombée. Jareth avait failli protester, mais l'expression du Dragon l'en avait dissuadé.

Jareth avait hoché la tête, résigné, et avait pris la direction du nord.

Très vite, le premier jour, une routine s'installa, et Kevla se dit que les jours suivants seraient identiques à celui-là. Jareth avançait d'un pas rapide devant eux et ils le suivaient. Kevla marchait d'un pas peu assuré sur ses raquettes et se retenait de crier son ressentiment à Jareth. *Nous aurions pu voyager dix fois plus vite sur le dos du Dragon !* Elle réprima aussi son envie de le supplier de ralentir.

Elle savait qu'en réalité, elle les ralentissait déjà. Sans elle…

« Sans toi, Mylikki serait toujours chez elle, Altan serait mort, et Jareth serait un fou furieux errant dans les bois enneigés. »

Elle réprima un sourire en entendant la voix du Dragon dans sa tête et se sentit un peu mieux.

A la fin de la journée, Kevla se demanda si elle pourrait un jour sourire de nouveau. Elle avait mal aux jambes et les frotta vigoureusement près du feu, trop épuisée pour préparer le dîner comme à l'accoutumée. Mylikki et Altan la remplacèrent : les oies que le Dragon avait apportées étaient faciles à cuisiner. Jareth mangea deux fois plus que ses compagnons, mais elle ne lui refusa pas un seul morceau car elle comprenait enfin ce qu'il avait enduré au cours des derniers mois. Il était un homme solide et avait visiblement perdu un poids considérable.

Kevla se força à manger, bien que la fatigue lui eût coupé l'appétit. Elle s'adossa au Dragon tandis qu'Altan chantait et jouait un morceau qui la fit rapidement sommeiller. Elle se réveilla en sursaut à ces mots de Mylikki :

— Je ne crois pas que Kevla ait entendu la dernière chanson du cycle de la Vierge de Glace.

Elle jeta un regard gêné en direction de Jareth. Elle n'avait guère envie d'entendre une chanson évoquant la neige ou la glace, et lui non plus, pensa-t-elle. Il était en train d'aiguiser son couteau ; le même couteau dont il l'avait menacée. Il paraissait se moquer complètement des chansons du jeune *huskaa*, Vierge de Glace ou pas.

— Te souviens-tu des deux premières parties, Kevla ? demanda Mylikki tout en caressant doucement son instrument.

— Oui, répondit Kevla. L'une était l'avertissement d'un vieil homme à l'intention d'un homme plus jeune, et la deuxième avait pour narrateur un jeune homme qui avait vu la Vierge de Glace.

Mylikki hocha la tête. Le ciel était dégagé et l'avait été toute la journée, au grand soulagement de Kevla. Ils devraient sans doute bientôt supporter de nouvelles tempêtes de neige, mais elle se réjouit de ce temps calme, même s'il risquait d'être de courte durée.

— Bien. La troisième donne la parole à la Vierge de Glace elle-même.

Les yeux bleus de Mylikki rencontrèrent ceux de Kevla.

— C'est une chanson très triste.

Mylikki entonna le chant d'une voix douce et pressante à la fois.

La nuit, près du feu, lorsque les ombres grandissent,
Un huskaa vous chantera peut-être une chanson douce
et entêtante ;
Il évoquera une Vierge au cœur de glace

Dont la beauté assassine cause la perte de certains hommes et soumet les autres.
La Vierge est le mal, la Vierge est froideur.
La Vierge n'a pas de cœur — c'est ce que l'on vous dit.
La Vierge est esprit — mensonges que tout cela ;
La Vierge était mortelle ; la Vierge je suis.
Reculez, hommes qui n'avez jamais souffert !
Désir et frustration seront votre lot.
Prenez garde si vous m'aimez… Saurez-vous en payer le prix ?
Déposez votre âme aux pieds de la Vierge de Glace.

Altan fixait son instrument, les yeux dans le vague. Jareth paraissait concentré sur sa tâche mais Kevla sentait qu'il écoutait avec attention. Elle-même retenait sa respiration, craignant d'entendre la suite.

Mon histoire est une vieille histoire : une pauvre fille de la campagne,
Amoureuse d'un jeune homme et dont l'amour fut trahi.
« Ah, chérie, dit-il, je t'ai menée à ma couche,
Mais tu es bien trop simple et commune pour devenir ma femme.
Car j'ai aimé une Vierge dont les yeux brillaient comme des étoiles,
Dont la peau parfaite était pâle et crémeuse,
Dont les lèvres étaient rouge sang et les cheveux d'or.
C'est celle que j'aime et tu n'es point celle-là.

Mylikki répéta les mots amers du refrain. Son joli visage était transfiguré, et elle ferma les yeux. Elle paraissait déverser sa propre peine et non celle d'une femme légendaire, songea Kevla en regardant tour à tour la jeune fille et Altan.

L'amour n'est rien ; la beauté fait tout.
Pleine de fureur et de rage, j'ai convoqué les forces
obscures…
Les esprits, les morts,
Car j'étais trop emplie de haine pour craindre qui que
ce fût.
J'ai échangé douceur contre vengeance,
Mon rire contre une beauté aussi froide que la glace,
Mon âme contre le pouvoir d'attirer les hommes comme
des mouches,
Et les ai vus à mon contact renoncer à toute fierté
masculine.

Kevla savait que la tradition de ce pays voulait que tous les *huskaas* officiels fussent des hommes. Mais la Loi n'interdisait pas aux femmes d'apprendre à jouer de la *kyndela* et à chanter ; elle les empêchait uniquement de se prévaloir du titre de *huskaa*. En écoutant cette chanson pleine de colère et d'émotion, Kevla se demanda si une femme n'avait pas écrit ces paroles, jadis. Aucun homme, fût-il aussi sensible que Jashemi, n'aurait pu comprendre la souffrance d'une femme trahie de la sorte.

Elle se força à écarter cette dernière pensée. Le visage de son bien-aimé fit irruption dans son esprit et, comme toujours, la culpabilité et la douleur la rongèrent sans pitié. Soudain, la chanson lui sembla moins tragique. Cette Vierge de Glace et la jolie fille qui chantait connaissaient toutes deux la honte et la douleur d'être rejetées. Elle avait vu Altan se montrer tendre avec Mylikki avant de l'ignorer, et avait conscience de la souffrance de la jeune fille. Mais cette dernière ne savait rien de la douleur atroce que l'on ressent après avoir perdu son bien-aimé pour toujours, et par sa propre faute. Perdre l'homme qui l'avait aimée de tout son cœur était pire que n'importe quelle souffrance.

Kevla essuya ses larmes, espérant que les autres croiraient que la chanson l'émouvait et non qu'elle exprimait son propre chagrin.

Au lieu d'un seul amant, j'ai eu des légions d'esclaves.
Mon nom est sur leurs lèvres jusqu'à leur tombe.
Certains meurent pour moi, d'autres survivent,
Dépourvus de toute émotion, dénués de toute volonté.
Quand vous entendrez des ballades sur la Vierge de Glace,
Aux lèvres rouge sang et aux cheveux d'or,
Souvenez-vous de ce qui a fait de moi ce que je suis…
Tout ce que je désirais était l'amour d'un seul homme.

Mylikki répéta le refrain d'une voix douce. Le son cristallin de la *kyndela* s'effaça dans l'air glacé de la nuit.

Altan fut le premier à parler.

— C'était magnifique, Mylikki, dit-il doucement. L'élève a dépassé le maître.

Ils échangèrent un long regard. Soudain, Kevla ne put en supporter davantage. Elle était lasse, physiquement, mentalement et moralement. Cette chanson avait éveillé en elle tant d'émotions douloureuses…

— Je crois que je n'appréciais pas assez ma chance, lorsque je voyageais sur le dos du Dragon, dit-elle.

Mes jambes seront sans doute plus habiles demain, avec ces raquettes. Bonne nuit à tous.

Kevla s'éveilla en sursaut. Elle avait entendu un bruit.

« Tout va bien », lui dit le Dragon en pensée.

« C'est Jareth ? »

« Ne t'inquiète pas. Je le vois, d'où je suis. Il n'essaie pas de nous fausser compagnie. »

Curieuse de savoir ce qu'il en était, Kevla s'éloigna de l'abri aussi doucement que possible. Ses jambes étaient lourdes, mais elles lui obéirent. Comme la lune était claire, elle n'eut aucun mal à voir la silhouette du Danseur de Terre au bord de la clairière. Il était penché et paraissait observer quelque chose, mais elle ne pouvait voir ce que c'était.

« Que fait-il ? »

« Il écoute », dit le Dragon d'une voix très tendre.

Kevla l'entendait, à présent. Une voix au ton étrange, très douce. Elle ne distinguait pas les mots.

« Pourquoi cela ne réveille-t-il pas les autres ? »

« Ce ne sont pas des Danseurs, Kevla. Jareth croit que personne, mis à part lui, n'entend les voix qui lui parlent. Mais tous les Danseurs en sont capables, même si lui seul peut s'adresser aux choses de la Terre. »

Kevla hocha la tête en signe de compréhension et se glissa dans l'abri. Tant que le Dragon surveillait Jareth et que celui-ci ne tentait pas de fuir, il pouvait écouter ce qu'il voulait.

Elle fit mine de dormir lorsqu'il revint quelques instants plus tard. Elle entendit ses pas dans la neige et sentit qu'il l'observait. Puis il s'éloigna. Un long soupir, puis le silence.

Au cours de la journée qui suivit, malgré la fatigue, Kevla ne put s'empêcher de songer à l'étrange incident de la nuit. Qu'écoutait donc Jareth ? Et pourquoi ? Elle savait que le Dragon comprenait, mais qu'il respectait suffisamment l'intimité de Jareth pour ne pas dévoiler son secret, même à la Danseuse de Feu.

Kevla ne voulait pas être indiscrète, mais elle n'avait pas pleinement confiance en Jareth. Il n'avait pas encore conscience de son devoir de Danseur. Elle ne pouvait s'empêcher de se demander s'il le ferait un jour. Il était lié à la terre d'une manière qu'elle avait du mal à comprendre. Son talent, ses affinités, sa nature à elle, c'était le feu. Lui était Terre. A l'inverse de Kevla, les pouvoirs de Jareth avaient été honorés et célébrés par les siens depuis ses treize ans. Le feu était transitoire. N'importe quel feu, où qu'il soit, lui convenait. C'est pour cette raison, soupçonnait-elle, qu'elle était capable de voir dans les flammes et de se déplacer d'un feu à un autre.

Mais le lien avec la terre était extrêmement personnel. Elle l'avait constaté même à Arukan, un lieu où nombre de clans étaient nomades et n'avaient pas de véritables attaches. Mais ils partageaient le même soleil, le même sable, la même chaleur. Ils étaient liés les uns aux autres par cette expérience commune, et cela malgré leurs différences. Ce lien devait être bien plus fort parmi le peuple de Lamal, profondément et puissamment en communion avec la terre, à travers ses saisons et leur abondance. Jareth connaissait probablement chaque arbre, chaque rivière de son petit village. Même si les siens ne souffraient pas, n'aurait-il pas hésité à accompagner Kevla et à les quitter ? A quitter la terre où il avait vu le jour, sur laquelle il avait veillé toute sa vie, peut-être pour toujours ?

Cette idée l'inquiétait. Et du fait de cette inquiétude, elle passa outre sa réticence. La nuit venue, elle guetta la sortie de Jareth. Ce dernier s'éclipsa dès qu'il crut que tous dormaient.

Elle constata, surprise, qu'elle comprenait les paroles. Elle s'approcha et écouta avec attention. Comme à son arrivée à Lamal, elle commençait à s'imprégner d'une langue inconnue jusqu'alors. Elle tenta de contrôler sa respiration et les battements de son cœur afin de mieux entendre. La « voix », si l'on pouvait l'appeler ainsi, ne ressemblait à rien de ce qu'elle connaissait. Elle était riche, profonde, et Kevla crut sentir le parfum de la terre humide.

Terre je suis, sol et sable, sans cesse changeante et toujours la même. Je suis la chair des êtres vivants disparus et la protectrice des racines des arbres, des herbes et de tous les végétaux. Terre je suis et je parlerai.

Le jeune garçon m'a foulé aux pieds avec douceur et a senti la vie que je protège. A genoux, il a posé les mains sur moi, ses mains jeunes mais sages, et les a plongées sous le manteau de neige, jusqu'à moi. Je savais que nous étions frères, sans comprendre pourquoi, et lorsqu'il me demanda de ramener le printemps, nous avons tous obéi.

La neige a fondu, cédant à ses paroles. Les racines dormantes se sont éveillées et les herbes vert tendre sont sorties de terre. Les vents ont soufflé avec douceur et le soleil a jailli. Tous les témoins de ces merveilles ont admiré le jeune garçon aux treize printemps à peine passés, mais lui semblait plus étonné encore.

A la fin du printemps, le garçon est revenu à moi. Il a plongé ses doigts en moi et a appelé l'été. Et l'été obéit, vif, chaleureux et bienvenu. L'automne et l'hiver suivirent, puis le printemps et de nouveau l'été.

Les années s'écoulèrent et les saisons obéissaient à son appel.

Le récit se poursuivit. Les mots et les images enthousiasmèrent Kevla.

La Terre elle-même parlait.

Kevla inspira profondément. Elle ne voyait pas ce qui se passait réellement mais elle le devinait. Jareth avait gardé une poignée de terre, le jour où il avait utilisé ses pouvoirs pour la première fois. Ses pouvoirs ayant disparu, il revivait ce moment.

Combien de fois avait-il répété ce rite, au cours des mois qu'il avait passés seul ? Se souvenant, écoutant le récit de ce qu'il avait été et qu'il n'était plus désormais…

Elle entendit ses pas dans la neige et se hâta de rentrer dans leur abri, espérant qu'il ne viendrait pas écouter sa respiration, agitée après une telle découverte.

24.

Nuit après nuit, Kevla resta éveillée jusqu'au moment où Jareth se levait sans bruit et sortait de leur abri improvisé. Nuit après nuit, elle écouta ses souvenirs, capturés à jamais dans une pierre, une feuille, un peu de poussière. Durant la journée, Jareth était taciturne, peu enclin aux bavardages et encore moins à parler de lui, malgré les efforts d'Altan pour le faire sortir de sa coquille.

Jareth était le premier être semblable à elle que Kevla rencontrait. Jashemi, son Gardien des Traditions, et le Dragon, son Compagnon, faisaient certes partie d'elle, mais Jareth, lui, était un être à part entière. Il était un Danseur, un élément fait homme. Elle mourait d'envie de lui poser des questions et de partager ses propres expériences avec lui, mais il s'était arrangé, jusqu'alors, pour les tenir tous à l'écart.

Ces moments volés, à l'abri de la nuit glaciale, étaient les seuls instants où Jareth se dévoilait en partie à elle. Elle avait honte de l'espionner ainsi, mais elle passait outre sa réticence pour en apprendre davantage sur cet homme réservé et amer.

Elle l'entendit se lever, puis elle perçut le craquement de ses pas sur la neige. Elle s'approcha de l'entrée de leur abri et écouta.

Cette fois, la voix était douce et lyrique. C'était la voix d'un conteur, se dit-elle en se concentrant sur les paroles du récit.

Fleur sauvage je suis, tige, pétales et feuilles encore présents mais arrachés de mes racines, ma vie fut courte mais belle. Mes pétales sont aussi rouges que le sang, mon cœur aussi bleu que l'azur et je suis la course du soleil, de l'aube au crépuscule. Fleur sauvage je suis et je parlerai.

Avec une grande douceur, il m'a arrachée à la terre ; il a éprouvé ma souffrance et en a eu de la peine, mais il s'est néanmoins saisi de ma longue tige verte et l'a mise entre les doigts d'une femme. Elle m'a portée à son visage et a respiré mon parfum. Au nom de la tendresse de cet homme à mon égard, je lui ai offert ma senteur. Elle m'a tenue contre elle et, plus tard, j'ai orné ses cheveux, et mes pétales ont caressé ses lèvres, ses seins et le reste de son corps.

Aimée je fus car ma mort fut au nom de l'amour.

Kevla poussa un petit cri et posa la main sur sa bouche afin de l'étouffer. L'incantation de cette fleur sauvage, mourant afin que Jareth puisse en faire don à sa femme, puis utilisée pendant l'amour, lui brisa le cœur. Craignant d'avoir été entendue, elle se précipita vers ses couvertures, ferma les yeux et tenta de se calmer.

Elle entendit les pas rapides de Jareth puis le silence, tandis qu'il vérifiait que nul ne l'avait surpris. Puis il s'éloigna de nouveau et Kevla se détendit.

« Est-il en train de pleurer, Dragon ? »

« Je ne le vois pas de si près, Danseuse de Feu, mais je ne crois pas. »

« Mais il s'oblige à écouter ces… choses… toutes les nuits. »

« Parfois, notre chagrin peut être une source de réconfort. La seule chose qui nous donne l'impression de vivre encore. »

Trop fatiguée pour rester plus longtemps éveillée, Kevla s'assoupit, tout en se demandant si les paroles du Dragon concernaient uniquement le Danseur de Terre.

Kevla était décidée à apprendre à se servir des *skelthas*. Altan et Mylikki attachèrent les longs bâtons à ses pieds et s'efforcèrent de ne pas rire de ses premières tentatives, peu convaincantes. Dire qu'elle avait cru souffrir le martyre sur les raquettes… Mais à la fin de son premier jour sur des *skelthas*, elle put à peine s'asseoir auprès du feu. Mylikki se mit à préparer le dîner, mais elle s'arrêta soudain.

— Il nous reste très peu de provisions, dit la jeune fille d'une voix sombre.

— Que reste-t-il ? demanda Kevla.

Elle s'écroula et arrangea sa *rhia* de manière à laisser Altan lui masser les jambes.

— Des céréales pour quelques jours encore, une poignée de légumes secs, huit morceaux de viande séchée et de quoi faire une théière ou deux, répondit Mylikki.

— Nous allons devoir nous rationner. Fais la soupe avec la moitié des ingrédients habituels.

Mylikki acquiesça et commença les préparatifs du repas. Kevla grimaça de douleur pendant le massage d'Altan, mais elle se résigna car elle savait par expérience que ce ne pouvait être que bénéfique pour le lendemain.

— Que ne donnerais-je pas pour une de vos maisons de pierres chaudes ! dit-elle.

— Et moi donc ! répondit le jeune homme. Crois-tu que nous pourrions fabriquer une version de fortune ?

Jareth était assis au coin du feu, silencieux, mais il déclara soudain :

— Kevla pourrait certes réchauffer suffisamment les pierres, mais nous perdrions du temps et de l'énergie à construire la maison. Nous ne pouvons nous le permettre. Il nous faut économiser nos forces pour le voyage.

— Je suppose que tu as raison, répondit Altan en soupirant. Mais ce serait tout de même très agréable... Et toi, Mylikki ? Kevla et toi en avez profité il y a seulement quelques semaines. Cela te manque-t-il déjà ?

Mylikka marmonna quelque chose mais n'avait visiblement pas envie de discuter. Kevla regarda Altan et vit, l'espace d'un instant, une grande confusion dans ses yeux bleu-vert. Ne comprenait-il pas à quel point ses remarques sèches pouvaient blesser la jeune fille ? Il détourna le regard et se concentra sur sa tâche.

— Pardonne-moi, je ne suis pas très doué, dit-il en la voyant grimacer de nouveau.

— Dommage que tu n'aies pas besoin de massages, répliqua-t-elle en se forçant à sourire. Je suis plutôt douée, dans ce domaine.

— Et tu ne le disais pas ? fit remarquer malicieusement Altan. Maintenant que je le sais, je m'en souviendrai. Jareth, Mylikki, vous êtes témoins.

Il lui donna une tape sur la cuisse pour signifier qu'il avait terminé et elle allongea son autre jambe.

— Nous en savons si peu sur toi, Danseuse de Feu, poursuivit Altan. Or, tu sembles en connaître tellement sur nous…

Kevla jeta un regard en direction de Jareth. Elle le connaissait davantage qu'il en avait conscience. Jareth avait érigé toutes sortes de barrières entre lui et ses compagnons de voyage. L'espionner — car c'est ce qu'elle faisait, même si elle ne voulait pas le dire ainsi — l'avait rapprochée de lui. Elle pensa à la fleur, et son cœur se serra comme si cette histoire avait été sienne.

Elle se dit alors qu'il était temps de rétablir un peu l'équilibre.

— Je vais vous raconter…, dit-elle doucement.

Quelque chose dans sa voix obligea Jareth à lever les yeux et à la regarder avec attention.

Pendant que Mylikki vaquait aux préparatifs du dîner, que Jareth réparait une botte de cuir et qu'Altan lui massait la jambe, Kevla leur parla de sa vie. De la manière dont elle amenait des clients à sa mère lorsqu'elle était enfant. Du jour où Tahmu-kha-Rakyn, *khashim* du Clan des Quatre Eaux, l'avait emmenée au Palais, vers une vie plus agréable en apparence.

— Il était mon père, dit Kevla, mais je ne l'ai appris que des années plus tard.

Elle était allongée sur le dos, à présent, isolée du manteau de neige par une simple couverture fine, mais elle n'avait pas froid le moins du monde. La nuit était claire et elle se demanda s'ils apercevraient les lumières dansantes qui indiquaient la présence des tigres-dieux. Altan lui frottait les pieds avec des mains douces et fortes à la fois, malgré leur inexpérience.

Kevla poursuivit son récit et parla, avec une légère émotion dans la voix, de son demi-frère Jashemi, qui avait fait d'elle son amie et l'avait soutenue sans faille à travers les épreuves. Elle leur parla de ses pouvoirs, et de sa terreur le jour où elle les avait découverts.

— Mais j'avais plus peur encore du Grand Dragon, gardien de nos lois et protecteur de notre peuple. Il venait à moi en rêve toutes les nuits, crachait du feu et me demandait si je savais qui j'étais. Tu me terrifiais littéralement, Dragon !

Le Dragon haussa ses énormes épaules.

— Je n'avais pas le choix, dit-il avec désinvolture.

Le sourire de Kevla s'effaça. C'était une chose de raconter ses parties de *Shamizan* avec son demi-frère, ses cauchemars ou les soins qu'elle prodiguait à la *khashima*. Les événements avaient ensuite pris une tournure bien plus sombre et tragique.

Elle posa une main délicate sur l'épaule d'Altan afin de l'arrêter.

— Merci, Altan. C'était très agréable.

Elle s'assit.

— Je crois que cela suffit pour ce soir.

Altan hocha la tête, sentant qu'elle parlait à la fois de son histoire et du massage.

— Où est Mylikki ? demanda-t-il.

La jeune fille n'était plus là, en effet.

Jareth haussa les épaules.

— Elle voulait être un peu seule, dit le Dragon.

Altan dissimula un sourire à grand-peine.

— Nous allons bientôt pouvoir manger. Je vais la chercher.

Il était facile de la suivre, car ses pas dans la neige étaient aisément repérables. Altan se dirigea vers elle, visiblement pressé de passer quelques instants seul avec la jeune fille.

Kevla remua la soupe, surprise de constater à quel point elle était peu épaisse, malgré l'avertissement de Mylikki.

— Dragon, j'espère que tu pourras chasser quelque chose pour nous, demain, dit-elle.

— Je ferai de mon mieux, mais je ne peux pas appeler les animaux comme le fait Jareth. Je dois chasser comme l'aigle ou l'ours, et je ne suis pas toujours chanceux.

Kevla jeta un coup d'œil vers Jareth.

— Pourquoi ne pas nous aider, Jareth ?

— Je me suis contenté de neige et de viande pendant presque un an, dit-il en fronçant les sourcils. Ces dernières semaines, j'ai mangé la viande crue. Nous avons encore quelques provisions. Pourquoi… les faire venir à nous pour les tuer… Je ne laisserai aucun d'entre vous mourir de faim, Kevla, si c'est ce que tu insinues, ajouta-t-il après un instant de réflexion.

— Bien sûr que non ! s'écria-t-elle, exaspérée.

A sa manière, l'humeur de cet homme était aussi changeante que celle d'Altan, et elle se demanda si tous les hommes de Lamal étaient aussi pétris de contradictions. Il semblait avoir une double personnalité : l'homme maussade, irritable et en colère, qui en voulait constamment à tout et à tous ; et celui qui se levait chaque nuit afin d'écouter des objets inanimés lui chanter, de leur voix entêtante, les joies et les chagrins de son passé. L'irritation de Kevla se dissipa lorsqu'elle se souvint de la voix de la Terre chantant le Faiseur de Printemps, de la fleur évoquant la bien-aimée de Jareth, et de toutes les autres voix qui avaient parlé de la naissance de leurs enfants, de sa peur lorsqu'il avait perdu ses pouvoirs, de sa douleur en découvrant les siens froids et sans vie, et de tous les autres morceaux brisés de son existence.

Elle s'assit à son côté. Il recula de façon presque imperceptible mais elle s'en aperçut.

— Tu disais qu'au cours des dernières semaines, tu avais mangé la viande crue. Jareth, pourquoi n'as-tu jamais allumé de feu ?

Il baissa les yeux et regarda ses mains.

— Après avoir vu ton visage dans les flammes, je ne pouvais plus prendre ce risque.

Elle se tut un instant, s'interrogeant sur la force qui avait été nécessaire pour endurer ce qu'il avait vécu.

— Je sais que ce n'était pas ce que tu espérais, dit-elle enfin avec une grande douceur. Ma vie n'a pas non plus pris la tournure que j'aurais désirée. Je sais que tu voulais…

Il se tourna vers elle si soudainement qu'elle poussa un cri. Sa bouche était tordue en une grimace menaçante et ses yeux bleus la fixaient avec froideur. Elle crut un instant qu'il allait la frapper.

— Je ne veux pas de toi ici ! grogna-t-il. Ni toi, ni Mylikki, ni le Dragon, et encore moins Altan…

Je n'ai jamais voulu que tu viennes de ton palais d'olives, de dattes, d'huiles parfumées et de coussins moelleux, dans mon pays, pour me dire que tu « sais » ce que je ressens, pense, souhaite ou imagine. La seule raison pour laquelle je suis encore là, c'est que ton Dragon ne me laisserait pas partir. Est-ce que tu comprends cela ? Tu n'es pas mon amie, ni mon alliée… Tu n'es rien, à mes yeux ! Ce que tu veux de moi ne signifie rien pour moi. Tu ne sais rien de moi, Kevla. Rien du tout !

Si, je sais, avait-elle envie de répondre. *Je sais ce qui est important*. Kevla essaya d'imaginer cet homme trapu et brisé faisant l'amour à une petite femme dans un champ de blé fraîchement moissonné ; elle tenta de l'imaginer avec un bébé dans les bras, des larmes de joie aux yeux. C'était presque impossible, mais elle avait pourtant entendu ces récits.

Jareth était furieux. Il la défiait de répliquer, de lui lancer à la figure des mots de colère. Mais elle se contenta de lui serrer le bras et revint près du feu.

— Laisse-moi tranquille, dit Mylikki.

Altan s'arrêta, surpris.

— Je croyais que tu voulais que je te suive. Nous aurions pu passer un peu de temps seuls, tous les deux.

Mylikki émit un son de mépris. Elle se détourna de lui et serra son manteau contre elle.

— Mylikki, ma douce, qu'y a-t-il ? demanda-t-il. Es-tu en colère contre moi ? Ai-je fait quelque chose de mal ?

— Tu le sais très bien, rétorqua Mylikki.

— Non, je ne sais pas. Que puis-je faire pour que tu te sentes mieux ?

— Rien.

La colère avait disparu de sa voix, laissant place à un profond chagrin.

— Rien du tout, alors laisse-moi, va-t'en.

— Regarde-moi, soupira Altan.

Il lui prit les mains. Elle essaya de le repousser mais sans conviction. A contrecœur, elle se tourna vers lui. Ses mains entre les siennes, il les caressa et remarqua la délicatesse des doigts glacés de la jeune fille.

— Tu as les doigts calleux, dit-il.

Sans savoir comment elle réagirait, il porta ses mains à ses lèvres et embrassa la peau rugueuse. Elle trembla.

— Cela montre que tu as passé des heures et des heures à pratiquer ton instrument. Tu t'es très bien débrouillée, d'autant plus que tu as dû apprendre seule. J'ai été l'apprenti d'un *huskaa* dès l'âge de treize ans, et je crois que tu me dépasseras bientôt, si tu continues ainsi. Tu m'as certainement dépassé, l'autre soir. Je n'avais jamais entendu une interprétation aussi passionnée de cette chanson. Etait-ce juste un effet de ton talent ou autre chose ?

Elle le regarda dans les yeux, cette fois. Ses lèvres et ses joues étaient roses et ses yeux gonflés à force de pleurer.

— A ton avis ?

— Mylikki, douce et adorable Mylikki, que t'ai-je fait ?

— Ne t'entends-tu jamais parler ?

Altan se détourna d'elle, cette fois.

Pas Mylikki. Faites que je n'aie rien dit qui soit de nature à la blesser.

Il s'interrogea et s'inquiéta de ce qu'il avait pu dire pour la peiner de la sorte. Il reprit prudemment :

— Si je… si j'ai dit quelque chose qui t'a fait de la peine, je ne le voulais pas. Tant de choses se sont passées… Cet hiver étrange, Jareth qui a perdu ses pouvoirs, Kevla…

— Oui, Kevla et Jareth, dit-elle d'une voix emplie d'une colère retenue. Ils sont tellement importants !

— Ils sont importants et tu le sais, répondit-il plus sèchement qu'il ne l'avait voulu.

Peut-être était-ce ce qu'elle voulait entendre. Peut-être que s'il expliquait…

— Tu sais ce qui se passe ici. J'ai connu Jareth toute ma vie, littéralement. Il était présent à ma naissance, Mylikki, il a assisté à ma venue au monde et à celle de ma sœur, il a aidé ma mère à accepter la mort de celle-ci. Il a tant souffert, et il a besoin de moi aujourd'hui. Je veux l'aider. Tu comprends ?

— J'ai compris le sens de cette chanson, dit-elle à voix basse.

— Tu n'es pas juste. Je ne t'ai jamais traitée de la sorte ! répondit Altan, indigné. Je ne t'ai même pas embrassée. Non que je n'en aie pas eu envie…

Avant qu'il ait pu comprendre ce qui se passait, les lèvres de Mylikki étaient sur les siennes, froides mais douces. Les yeux d'Altan se fermèrent de leur propre chef et il fut envahi d'un sentiment de soulagement. Il répondit alors à son baiser, l'attira contre lui, et ses sens réagirent immédiatement.

La peau de la jeune fille était froide, si froide…

Mais sa bouche était si douce et pleine de chaleur. Elle plongea les doigts dans ses cheveux blonds. Les lèvres d'Altan caressèrent son oreille, sa gorge. Elle avait si froid qu'il eut envie de lui transmettre sa chaleur. Il glissa les mains sous mon manteau, autour de sa taille, le long de sa cuisse et les posa sur sa poitrine ferme et chaude.

Qu'es-tu en train de faire ?

La voix semblait venir d'ailleurs et non de ses propres pensées, confuses et obscurcies par le désir. Elle le transperça et le fit reculer brusquement, comme s'il avait été frappé.

Mylikki le regarda, les yeux mi-clos. Elle goûtait encore la saveur de son baiser sur ses lèvres et sourit. Puis elle ouvrit grands les yeux et son sourire disparut.

— Altan ?

— Tu devrais faire attention aux chansons que tu chantes, dit-il d'une voix méprisante. Ton cœur ne serait pas brisé si tu ne passais pas ton temps à te jeter au cou des hommes de cette manière.

Il se leva, brossa ses braies et s'éloigna en direction du camp. Mylikki avait le sentiment qu'il l'avait frappée à l'estomac. Pourquoi ? Pourquoi agissait-il ainsi avec elle ? Etait-ce une épreuve ? Faisait-il mine de la mépriser pour qu'elle lui prouve son amour ?

— Je ne comprends pas..., murmura-t-elle, même s'il n'était plus là.

Les larmes coulaient à présent sur ses joues.

— Je t'aime, Altan. Je ferais n'importe quoi pour que tu m'aimes en retour. N'importe quoi.

25.

Le petit groupe était d'humeur sinistre et silencieuse lorsqu'il prit le départ, le lendemain matin. Le temps était à l'image de cette humeur. Ils avancèrent vers le nord, suivant les conseils des oiseaux appelés par Jareth. Malgré les massages d'Altan, Kevla eut le corps endolori toute la journée, à tenter d'avancer sur ses *skelthas*. Elle s'obligea à refouler sa douleur et n'émit pas la moindre plainte.

Mylikki et Altan s'évitaient soigneusement. Altan marchait tête baissée et l'air misérable ; Mylikki paraissait brisée. Jareth, bien sûr, était aussi lointain qu'à son habitude. Kevla se refusait à entamer une conversation intime avec lui. Elle savait ce qu'il avait traversé, mais elle ne pouvait le lui dire. Elle se demanda s'il serait un jour capable d'abattre les défenses dont il s'était entouré comme d'une forteresse.

En milieu de matinée, la neige commença à tomber. Ils continuèrent leur progression. La neige ne s'arrêta pas avant la nuit, ce qui ne fit rien pour améliorer leur humeur.

Le dîner — trois petits lièvres découpés et bouillis — fut rapide et silencieux. Les deux jeunes artistes n'avaient pas envie de jouer, et les instruments restèrent dans les besaces. Puis les nuages se dissipèrent et les dieux apparurent dans le ciel. Tous les contemplèrent sans dire mot. Kevla soupçonna qu'ils trouvaient ce spectacle intéressant tout simplement parce qu'il leur permettait d'oublier les tensions et la tristesse qui pesaient sur le groupe.

Plusieurs jours s'écoulèrent de la même façon. Ils finirent par épuiser leurs provisions. A partir de ce moment-là, ils devraient ne compter que sur le produit de la chasse du Dragon et les animaux que Jareth pourrait appeler à eux. Ils se passèrent parfois de nourriture et durent se contenter de thé afin de se réchauffer, le froid devenant de plus en plus intolérable. Mylikki fit peur à Kevla, un matin, lorsque cette dernière mit plusieurs minutes pour la réveiller. Kevla ne supportait plus d'écouter le chagrin de Jareth, exprimé par les choses de la Terre. Elle se demanda comment il pouvait continuer. Elle n'avait plus la patience non plus de se concentrer sur les deux jeunes gens et leur histoire d'amour chaotique.

Un jour, ils venaient de retirer leurs *skelthas* et marchaient en file indienne entre des arbres très serrés. Un vent vif soufflait, et Kevla était reconnaissante du refuge que fournissaient ces arbres. Jareth marchait en tête et Kevla était derrière lui. Elle regardait ses pieds, s'efforçant d'éviter les racines, et elle finit par se cogner à lui.

Elle était sur le point de parler lorsqu'elle vit son expression. Pour la première fois depuis qu'elle le connaissait, il semblait heureux. Sous sa barbe hirsute, il souriait. Dans ses mains enveloppées d'étoffe, il tenait un tissu, qu'il leva à hauteur de visage et respira profondément.

— Je croyais que c'était un simple mythe, murmura Mylikki en avançant vers lui.

— Qu'est-ce que c'est ? demanda Kevla.

De la voix la plus douce qu'elle lui avait jamais entendue, Jareth répondit :

— Une étoffe bénie de *taaskali*. Tissée à partir de la fourrure des *selvas*.

Il l'étendit. Elle avait la taille d'un foulard. Le tissu semblait briller de l'intérieur, et elle ne put résister à l'envie de le caresser.

Quel plaisir ! C'était l'objet le plus doux qu'elle eût jamais touché. Les draps de la *khashima* n'étaient pas si doux, ni si fins. Tissé à partir d'une fourrure animale ? Cela avait l'air impossible.

— Respire le parfum, lui dit Jareth. Vas-y.

Elle obéit, pensant sentir une odeur proche de la laine ou de la fourrure. En fait, c'était une senteur douce, fraîche, comme celle de l'herbe, des fruits, des fleurs d'arbres, ou…

— Cela sent… le printemps, finit-elle par dire faiblement.

Il hocha la tête et tendit l'étoffe bénie à Mylikki et Altan. Kevla ne savait plus quoi dire. Comment une telle chose pouvait-elle exister ?

Lorsque Mylikki rendit l'étoffe à Jareth, il la tint en l'air de façon à la faire danser dans le vent.

— Ecoutez.

Ils se concentrèrent et lorsque la brise fit voleter l'étoffe brillante, ils entendirent le son. Un son proche de celui d'une *kyndela*, mais pas tout à fait le même ; semblable à une voix humaine, mais plus profond. Ce son était unique et donna à Kevla la chair de poule. Puis, à sa grande surprise, Jareth lâcha l'étoffe. Le vent l'emporta au loin.

— Non ! s'écria-t-elle.

L'idée de ne plus pouvoir toucher cette merveille lui était insupportable.

— Il ne faut pas la garder, dit Jareth. Les *taaskalis* tissent ces étoffes à chaque saison de l'année, lorsque les *selvas* décident d'arrêter leurs pérégrinations. Ils y ajoutent leurs chants, leurs prières et leurs espoirs : pour eux, pour les *selvas* qu'ils protègent et tous les peuples de Lamal. Ensuite, ils les libèrent afin qu'elles emportent ces bénédictions dans toutes les contrées.

— Je n'en avais jamais vu, murmura Mylikki.

Kevla la regarda et, pour la première fois depuis de nombreux jours, Mylikki ressemblait de nouveau à la jeune fille vive et douce qui avait décidé de l'accompagner.

— Moi non plus, dit Altan d'une voix pleine d'admiration.

— Moi si, dit Jareth. Le jour où j'ai découvert mes pouvoirs pour la première fois. Je voulais la garder pour moi, mais je savais que je ne le devais pas. Je devais la laisser partir afin qu'elle puisse continuer de répandre ses bienfaits.

— Que leur arrive-t-il ensuite ? demanda Kevla.

Jareth haussa les épaules.

— Elles peuvent se trouver piégées par une branche d'arbre. Un oiseau peut en faire son nid. Ou encore elles finissent par se déchirer, et la dernière chanson retentit alors. Peu importe, les êtres humains ne doivent pas les conserver.

— Tu es très sage, dit une voix. Si tu l'avais gardée, tu ne nous aurais jamais trouvés.

Kevla se retourna.

Ils étaient apparus comme par magie. Chaque arbre semblait dissimuler un archer.

Les *taaskali*. Ce ne pouvait être qu'eux. Ils étaient plus petits que les habitants de Lamal, et Kevla comprit enfin pourquoi tous l'avaient prise pour l'une d'entre eux. Leur peau était aussi sombre que la sienne et leurs cheveux, aux coiffures diverses, étaient d'un noir de jais. Certains des hommes portaient de longues barbes ; d'autres étaient rasés de près. Les femmes archers étaient nombreuses. Tous paraissaient particulièrement sérieux.

Leurs vêtements semblaient tissés de la même manière que l'étoffe bénie. Kevla se demanda comment ils supportaient le froid, dans un accoutrement aussi léger.

— Je suis Hanru. Vous nous cherchiez.

La voix, qui ressemblait davantage au bruit du vent dans les branches qu'à celle d'un être humain, appartenait à un homme mince. Il avança vers eux et baissa son arc.

— Ce qui est une bonne chose, reprit-il, car nous vous cherchions.

Ils n'ajoutèrent aucune explication. Hanru indiqua la direction du nord. Kevla et ses compagnons se regardèrent. Jareth fut le premier à bouger ; après tout, c'était ce qu'il attendait depuis des mois. Dans un silence empreint de nervosité, ils suivirent les *taaskali* et quittèrent la forêt.

Les pieds des *taaskali* ne trébuchaient jamais : ils paraissaient survoler le sol. Kevla admira les bottes qu'ils portaient, souples et lisses, visiblement sans couture. Les vêtements, les manteaux, tout ce blanc brillait de l'intérieur et contrastait avec leur peau sombre. Lorsqu'elle trébucha, l'un d'eux la rattrapa et lui évita de tomber.

La main qui se posa alors sur son bras était pleine de chaleur et de force, et de la même couleur, ou presque, que la sienne. Elle vit aussi les premiers yeux bruns depuis son arrivée à Lamal. Mais cette situation n'en était pas moins étrange. Le visage de la *taaskal* était plus rond que les traits aquilins des Arukanis, et ses yeux plus grands et plus enfoncés. La jeune *taaskal* sourit de la ressemblance, puis reprit la marche en silence.

Ils parvinrent au milieu d'une grande plaine qui s'étendait à perte de vue. La neige paraissait grise, comparée au blanc éclatant des vêtements des *taaskali*. Kevla regarda autour d'elle.

Elle avait pensé découvrir le camp des *taaskali* ou même les *selvas*. Mais à part l'étendue blanche, rien n'apparaissait à l'horizon.

Les autres semblaient aussi perplexes qu'elle. Elle regarda la jeune fille qui l'avait aidée et lui demanda :

— Sommes-nous arrivés ?

La jeune fille sourit. Dans une langue inconnue mais douce à leurs oreilles, elle appela ses compagnons. Ils éclatèrent de rire.

— Regardez encore, dit Hanru. Regardez... différemment.

Kevla comprenait ce qu'il voulait dire. Elle

observa de nouveau l'étendue neigeuse, de la façon dont elle regardait les flammes.

Elle émit alors un cri de surprise. Ce qui avait paru de la neige à ses yeux se découpa en formes diverses. Elle vit des tentes, des silhouettes et…

— Les *selvas*…

Comment avait-elle pu les manquer ? Ils étaient énormes et marchaient d'un pas lent dans la neige, ne s'arrêtant que pour fouiller le manteau neigeux de leurs longues pattes élancées. Ils avaient une ressemblance lointaine avec les *kirvi* d'Arukan.

Mais ils étaient bien plus gros, et leur robe, d'une blancheur immaculée, était manifestement douce au toucher. Leur cou à la fois fort et délicat soutenait une tête couronnée de bois dorés qui brillaient au soleil. Leurs queues longues et fines balayaient l'air avec paresse. Kevla ne pouvait voir la couleur de leurs yeux, mais elle savait qu'ils la regardaient avec attention. Les sabots de ces créatures graciles étaient aussi dorés que leurs bois. Kevla soupira en les contemplant : elle avait le sentiment qu'elle pourrait les observer pour le restant de ses jours. Il n'était guère étonnant que ces gens se satisfassent d'une vie passée à s'occuper de ces êtres fantastiques.

Jareth se tenait immobile à son côté, comme pétrifié. Il regardait les *selvas*, stupéfait. Mylikki laissa échapper un cri de surprise.

— Pendant près de mille ans, notre peuple s'est occupé d'eux, raconta Hanru. Ils nous offrent leur lait et leur laine douce, dont nous tissons nos vêtements et les étoffes bénies. Nous les suivons au hasard des pâturages et les protégeons des prédateurs… de toutes sortes.

— Pouvons... pouvons-nous les approcher ? murmura Jareth d'une voix emplie d'admiration.

— S'ils le veulent, répondit Hanru. Sinon, mieux vaut les laisser en paix.

— Evidemment, dit Kevla.

Elle s'approcha doucement de l'un des animaux. Elle était incapable de dire si c'était un mâle ou une femelle. Les *selvas* avaient un point commun avec les *liahs* de sa terre natale : les deux étaient pourvus de bois.

Pas à pas, se sentant disgracieuse et maladroite devant ces créatures merveilleuses, Kevla continua d'approcher. L'animal leva les yeux et l'observa calmement.

Elle s'arrêta presque de respirer. Quand elle fut à quelques pas du *selva*, elle constata que ses yeux étaient gris, presque argentés. Son cœur battait à tout rompre lorsque leurs regards se croisèrent.

Kevla ressentit — aucun autre mot ne pouvait décrire cette sensation — la volonté de l'animal de se laisser approcher et caresser. Elle le comprit au plus profond d'elle-même. Elle humecta ses lèvres et s'approcha encore. D'une main tremblante, elle effleura la fourrure douce et épaisse.

Lorsque le *selva* baissa la tête et caressa la joue de Kevla du bout de son museau, elle sentit que quelque chose se brisait en elle. Elle était comprise, acceptée, accueillie... aimée. Elle jeta ses bras autour de son cou et pleura toutes les larmes de son corps au creux de la fourrure.

26.

Kevla ne sut jamais combien de temps elle resta là, serrée contre le cou du *selva*, ni même pourquoi elle pleurait ainsi. Mais lorsqu'elle se dégagea enfin de cette étreinte et qu'elle essuya ses larmes, elle se sentait mieux.

— Merci, murmura-t-elle à la créature magique.

Cette dernière dressa ses grandes oreilles d'un blanc crémeux, comme si elle l'avait comprise.

Une main se posa sur son épaule, celle de la jeune fille qui l'avait aidée auparavant. Elle fit un geste en direction d'un grand feu. Kevla la suivit et s'assit sur la couverture qu'on lui proposa.

Hanru l'attendait.

— Certains d'entre nous savent parler votre langue. Nous n'avons que de rares contacts avec les êtres humains, mais si nécessaire, il nous faut pouvoir communiquer avec vous. Je sais que vous étiez à notre recherche, et comme je vous l'ai déjà dit, nous vous recherchions également.

— Vous en avez mis, du temps, marmonna Jareth.

Kevla lui jeta un regard furieux, mais par chance,

Hanru ne parut pas ennuyé le moins du monde par cette remarque.

— Nous ne pouvons pas aller plus vite que les *selvas*, répondit le *taaskal* avec douceur.

— Je dois trouver les dieux, répliqua Jareth sans autre forme de procès. Je dois…

— Nous savons ce que tu recherches, dit Hanru un peu sèchement. Crois-tu que nous ne t'avons pas vu essayer, puis échouer ?

— Vous… vous m'avez vu escalader les montagnes ? Sans rien faire ?

— Nous avons fait beaucoup, au contraire, rétorqua Hanru. Nous avons protégé le troupeau. C'est notre devoir. Nous sommes ici depuis plusieurs semaines car les *selvas* semblent vouloir rester, et nous leur obéissons toujours.

— Comment se fait-il que je ne vous aie pas vus ? demanda Jareth, ébahi.

— Comment se fait-il que vous n'ayez rien vu en sortant de la forêt ? répondit Hanru. Nous avons le pouvoir de nous cacher en cas de nécessité.

— Tu sais certainement que le printemps est absent de cette terre depuis trop longtemps, dit Jareth.

Kevla, qui commençait à le connaître plus qu'il ne s'en doutait, remarqua qu'il contenait sa colère à grand mal.

— Même vous et les *selvas* devez souffrir lorsque la terre s'assoupit. Si vous m'aidez à trouver les dieux, je peux ramener le printemps, ajouta-t-il.

— Comment le sais-tu ? demanda Hanru.

— Je l'ai fait à maintes reprises par le passé.

— Alors pourquoi pas maintenant ?

Le visage de Jareth changea brutalement de couleur.

Altan baissa la tête. Mylikki paraissait sur la défensive et observait tour à tour ses compagnons.

— J'ai… perdu mes pouvoirs. Mais je sais que les dieux peuvent me les rendre, si telle est leur volonté.

— Tu veux obtenir davantage que le retour du printemps, fit remarquer Hanru, impassible.

— Cela ne te regarde pas, répliqua durement Jareth.

— Tu n'es pas venu par amour, dit Hanru. Tu es venu exiger, réclamer par la force ce que tu crois être un dû.

Jareth ne recula pas.

— En effet, et je n'ai pas changé d'avis.

En son for intérieur, Kevla tressaillit. Ce n'était pas la réponse que le *taaskal* voulait entendre, mais elle savait qu'il n'était pas dans la nature de Jareth de mentir.

— Tant de gens sont morts, êtres humains et animaux… Je ne vois pas au nom de quoi les dieux refuseraient, alors que la terre et ses créatures souffrent tellement !

— *Il* a ses raisons, répliqua Hanru. *Il* ne voulait pas te voir avant. C'est pourquoi tu ne l'as pas trouvé la première fois. Mais *il* est prêt à apparaître devant toi cette fois. Et nous sommes chargés de te conduire à lui.

— *Il ?* Seul un dieu souhaite me rencontrer ? Pourquoi pas les autres, et pourquoi… ?

Hanru l'arrêta d'un geste de la main.

— Tu comprendras bientôt pourquoi. En attendant, vous êtes sous notre protection.

Kevla entendit un bruit familier et leva les yeux.

Le Dragon, d'abord un petit point dans le ciel, grossit au fur et à mesure qu'il approchait. Il se posa enfin. Kevla était sur le point d'expliquer à Hanru que le Dragon était un ami, qu'ils ne devaient pas le craindre mais au contraire l'accueillir, comme ils les avaient accueillis, elle et ses compagnons de voyage.

Elle n'aurait pas dû s'inquiéter. Hanru regarda le Dragon sans émotion autre que la curiosité. Ni les *taaskali* ni les *selvas* ne semblèrent le moins du monde perturbés par l'arrivée du grand reptile géant parmi eux. Kevla fut surprise une nouvelle fois de cette réaction. Rien n'émouvait donc jamais ce peuple et leur troupeau ?

Elle se leva et alla à la rencontre de son ami, ravie de voir qu'il apportait deux *kirvi*, bien que maigrichons et pitoyables.

— Nous acceptons votre hospitalité ! s'écria-t-elle par-dessus son épaule à Hanru. Et nous serions honorés de pouvoir contribuer au repas de ce soir.

La viande des deux bêtes que le Dragon avait apportées était dure et filandreuse, mais elle fut accompagnée de lait et de fromage de *selva*, aussi blancs et crémeux que les créatures elles-mêmes. Sans doute était-ce dû au fait d'avoir mangé si peu, au cours des derniers jours, mais Kevla se dit qu'elle n'avait jamais rien goûté d'aussi délicieux que ce fromage doux et fruité et ce lait épais. A la nuit tombée, au coin du feu, alors que tous mangeaient à volonté, elle écouta les magnifiques animaux se mouvoir autour d'eux.

Le Dragon avait été accueilli si naturellement que Kevla se demanda si les *taaskali* n'avaient pas été prévenus de son arrivée. Elle savait que l'énorme Tigre bleu qui attendait Jareth le lendemain n'était pas un dieu mais le Compagnon de Jareth. Peut-être le tigre avait-il dit aux *taaskali* que le Dragon était un de ses semblables. Kevla assaillit le Dragon de questions en pensée, mais il refusa de répondre à aucune d'entre elles.

— Au lever du soleil, je t'emmènerai auprès du tigre, Jareth, dit Hanru.

Kevla s'inquiéta du ton sur lequel ces paroles furent prononcées. Altan sembla réagir de la même manière, car il dit immédiatement :

— J'irai avec lui.

— Il doit voir le tigre seul, déclara Hanru.

— Peut-être, répondit Kevla. Mais il ne fera pas ce voyage sans ses compagnons.

Jareth la regarda. Elle était incapable de déchiffrer l'expression de son visage. Il était visiblement surpris, mais elle-même avait proféré ces mots avant de réfléchir. Etait-il heureux ? ennuyé ?

— Je viens aussi, décréta Mylikki.

— Je reste, annonça le Dragon.

« Pourquoi ? » lui demanda Kevla en pensée.

« J'ai... une tâche à accomplir. Tu sais ce qui attend Jareth, Kevla. Cette épreuve est néanmoins nécessaire. Personne au monde n'aime le Danseur de Terre plus que le tigre, même si Jareth l'ignore pour l'instant. »

« Tu pourrais nous épargner bien du temps et des ennuis. »

« Je ne suis pas là pour cela. J'ai une autre mission à accomplir. »

Impossible de le faire changer d'avis. Kevla se

demanda quelle tâche si importante empêchait le Dragon de les accompagner dans la montagne.

— Je n'ai besoin de personne, dit Jareth.

— Je suis le Feu, Jareth. Tu ne peux nier que je pourrais t'être utile, en cas de problème.

Cet argument était imparable.

— Et à moins que tu ne veuilles que Mylikki et moi courions à notre perte en te suivant, tu ferais bien de nous laisser t'accompagner.

Jareth laissa échapper un juron.

— Vous êtes stupides d'abandonner le confort de ce camp alors que vous n'avez pas à le faire, dit-il. Mais apparemment, je n'arriverai pas à me débarrasser de vous. Hanru, tu vas devoir emmener Kevla, Altan, Mylikki et moi auprès du dieu.

— Mais toi seul apparaîtras devant lui, répéta Hanru.

— Entendu.

Kevla songea que les choses se déroulaient comme Jareth avait dû le prévoir. Elle ignorait évidemment l'épreuve qui l'attendait, lors de sa rencontre avec le tigre. Mais elle savait qu'ensuite, il n'en serait que meilleur.

Après le repas, Kevla s'installa confortablement contre le flanc du Dragon et contempla le ciel. Que représentaient donc ces lumières, si elles n'étaient pas le fait des dieux ? Elle songea qu'elle ne l'apprendrait sans doute jamais.

— Vas-tu nous abriter ce soir, Dragon ? demanda-t-elle.

— Non. Les *taaskali* vous ont préparé un endroit pour dormir. Prête une grande attention aux rêves que tu feras cette nuit.

*
* *

La Gardienne des Traditions leva les yeux vers le ciel. Il lui parlait de nouveau.

« Le temps nous est compté, insista l'Empereur. L'intervention des *taaskali* complique les choses. Tu dois agir vite. Demain. Sinon, il sera trop tard, et il ne sera jamais tien. Et tu sais ce qui se passera s'il décide de quitter Lamal et de rester avec ce groupe. »

Les lèvres sèches, les yeux dans le vague, la Gardienne des Traditions hocha légèrement la tête. Elle ne voulait pas que quiconque s'aperçoive de ce geste.

« Ce sera difficile mais je sais que tu en es capable. J'ai confiance en toi. Le feras-tu ? Demain ? »

Elle hocha de nouveau la tête. Pour l'amour d'un seul homme, elle trahirait tous ceux qui lui avaient fait confiance.

Il était étrange de ne pas dormir au côté du Dragon, songea Kevla. Les derniers événements étaient étranges, eux aussi. Elle avait conscience que certaines choses se passaient sans qu'elle en soit informée. De plus, les *taaskali*, malgré leur hospitalité et leur volonté apparente de leur venir en aide, la mettaient quelque peu mal à l'aise. Hanru leur avait demandé de se tenir au centre du camp. Kevla eut envie de tendre la main à ses trois compagnons, mais Jareth aurait refusé. Elle se tint droite, la tête haute, s'efforçant de dissimuler sa nervosité devant les visages impassibles des *taaskali*.

Un instant plus tard, elle perçut un mouvement.

Une tête pleine de grâce apparut et les bois dorés de la créature brillèrent à la lueur du feu. Trois *selvas* approchèrent.

L'un se tint près d'Altan. Il baissa la tête et le jeune homme lui caressa le cou. Altan le suivit. Un autre emmena Jareth, qui l'accompagna, non sans avoir jeté un regard interloqué à Kevla et Mylikki. Le troisième s'approcha de Kevla et elle reconnut sans hésiter celui qui avait accueilli ses larmes quelques heures plus tôt.

Elle s'éloigna mais regarda en arrière une dernière fois. Elle eut le cœur serré en constatant que Mylikki était restée seule, debout près du feu. Elle n'avait jamais vu expression de pareille tristesse sur un visage. Le rejet des *selvas* était aussi dur qu'une gifle. Pourquoi n'étaient-ils pas venus chercher la jeune fille ? Ils étaient les seuls à le savoir, avec les *taaskali* peut-être. Ils devaient avoir leurs raisons, mais elle avait du mal à les imaginer. Elle se demanda si c'était un mauvais présage et, soudain, elle fut prise d'une peur irrationnelle pour Mylikki.

Elle s'obligea à détourner le regard et fut réconfortée d'entendre le Dragon lancer à Mylikki :

— Kevla ne dort pas à mon côté, ce soir, et j'ai besoin de compagnie. J'ai des histoires fantastiques à raconter, si tu as envie de les entendre, Mylikki.

Kevla n'entendit pas la réponse de la jeune fille, mais elle espéra que celle-ci avait accepté l'offre du Dragon. Mieux valait dormir près du Dragon que seule, rejetée par les *selvas*.

Kevla suivit le *selva* vers une surface où la neige avait été dégagée. Quelqu'un avait réuni des branchages de pins et les avait enveloppés de couvertures, créant ainsi un refuge relativement confortable. Elle s'y installa, et le *selva* s'allongea près d'elle. Serrée contre sa fourrure douce, elle respira son frais parfum et s'endormit aussitôt.

Pour la deuxième fois, Kevla se trouvait sur une montagne qui lui était familière. Ses visions avaient pris naissance à cet endroit ; elle avait appris en ce lieu la signification de sa destinée.

Une fois encore, elle se trouvait devant une vaste étendue d'eau immobile. Une brise légère soufflait dans ses longs cheveux épais et noirs, plaquant sa *rhia* rouge contre son corps. Elle avança, pieds nus sur l'herbe douce, et contempla son reflet dans l'eau, en se demandant ce qu'elle verrait cette fois.

Une image apparut, comme flottant à la surface. Kevla poussa un cri lorsqu'elle fut plus nette. Ses genoux se dérobèrent et elle s'écroula sur l'herbe.

— Jashemi..., murmura-t-elle, le cœur serré.

Une autre vision apparut et elle constata que c'était aussi Jashemi.

— Nous sommes là, répondirent deux voix à l'unisson. Et tu dois choisir entre nous deux.

De quoi parlait-il ? Comment... ?

Soudain, les images disparurent de la surface du lac. Kevla sentit deux présences à ses côtés et regarda à sa droite, puis à sa gauche. Jashemi et son double. Comme un seul homme, ils l'aidèrent à se relever. Elle les repoussa rapidement.

— Que se passe-t-il ? s'écria-t-elle, désireuse d'étreindre chacun d'eux, mais terrifiée à l'idée de ce qui se produirait alors.

— Il est temps de prendre une décision, Kevla, répondit le Jashemi à sa gauche.

— Tu meurs à petit feu, à force de vouloir nous conserver tous deux au fond de ton cœur, ajouta le Jashemi de droite.

— Je ne comprends pas, dit Kevla.

Elle posa une main sur sa tempe, étourdie tout à coup.

— Je suis Jashemi, le *khashimu*, l'ami secret de ton enfance et l'homme qui t'a aimée de tout son être, dit le Jashemi debout à sa gauche.

Sa voix trembla et ses yeux bruns brillèrent de désir. Il ne portait qu'une paire de braies humides, et ses cheveux étaient mouillés et bouclés ; il était identique au Jashemi de ses souvenirs, lorsqu'ils avaient fait l'amour pour la première et unique fois.

Elle le dévisagea et sentit le désir monter en elle, son corps réagir, comme en ce jour si lointain. Chaque centimètre de sa peau désirait qu'il la touche. Tremblante, elle prit ses mains et les plaça sur son visage. Les longs doigts de Jashemi caressèrent ses joues, sa gorge, enveloppèrent ses seins et en effleurèrent les pointes durcies. Elle ferma les yeux à ce contact aimant qu'elle avait cru perdu à jamais. Il l'attira contre lui et l'embrassa. Puis il la serra plus fort. Elle plongea les doigts dans ses cheveux. Elle l'aimait tant, depuis leur première rencontre qui datait de l'enfance…

— Au fond de nous, nous savions que cet amour était vrai et juste, murmura-t-il à son oreille.

Elle frissonna lorsqu'il en caressa le lobe du bout de la langue. Elle respira profondément le parfum familier de sa peau.

— Nous avions besoin de nous rapprocher, parce que nous n'avions personne d'autre. Je ne regrette rien.

Puis ses souvenirs resurgirent, horribles, brutaux, destructeurs. Kevla recula et fixa Jashemi, le cœur déchiré.

— Je regrette ! sanglota-t-elle. Je t'ai tué !

— Je suis mort dans tes bras, en effet, répondit-il en lui caressant la joue, puis les lèvres. Nous avions violé un immense tabou. Mais tu auras toujours tes souvenirs.

Elle tressaillit lorsque Jashemi effleura légèrement son dos et ses reins, soudain nus.

— Suis ta destinée, c'est la seule voie et le souvenir de notre amour ne disparaîtra jamais. Il emplira à jamais ton cœur d'amour et de désir.

Comment pouvait-elle renoncer à ce souvenir ? Les yeux fermés, Kevla savoura les caresses du seul homme qu'elle avait jamais aimé. Même aujourd'hui, alors qu'elle n'avait plus l'excuse d'ignorer leur parenté, elle avait envie de lui. Renoncer à ses sentiments reviendrait à dire que Jashemi n'avait rien été pour elle — qu'il était mort pour rien.

— C'est faux, dit-il, en réponse à ses pensées.

Elle ouvrit les yeux. Elle était assise sur le sol, complètement vêtue, sa passion assouvie.

— Je suis Jashemi, ton frère et Gardien des Traditions, déclara le Jashemi qui se tenait à sa droite.

Il portait la *rhia* masculine traditionnelle, ainsi qu'une coiffe. Kevla se souvint des parties de *Shamizan*, des moments volés passés à rire et bavarder dans les grottes, du jour où elle l'avait consolé alors qu'il pleurait, et de celui où il était venu à sa chambre, après le premier rêve, et où elle avait compris qu'elle l'aimait. Qu'elle l'aimait plus que tout.

Il sourit et Kevla se souvint à quel point ils étaient bien, ensemble, avant qu'ils ne deviennent adultes, avant que les réminiscences confuses de leurs vies passées et le désir physique ne les submergent complètement.

Elle plongea son regard dans les yeux bruns de Jashemi — ces yeux qui l'avaient toujours comprise, qui savaient qui elle était, alors que le reste du monde méprisait la fillette Bai-sha. Dans ces yeux, elle vit aussi les autres Gardiens des Traditions que Jashemi avait été autrefois : un jeune mendiant vêtu de haillons, une femme aux cheveux blonds, un vieil homme à la barbe grisonnante et une femme aux cheveux bruns et courts et aux yeux émeraude.

— Prends ma main, dit-il. Marchons un peu, Danseuse de Feu.

Lentement, Kevla prit la main douce et rassurante de Jashemi dans la sienne. Il l'aida à se lever puis, à une vitesse étourdissante, le monde autour d'eux se métamorphosa.

Des souvenirs, qui n'en étaient pas en réalité, l'envahirent soudain. Sa première rencontre avec Yeshi, l'épouse de Tahmu et la mère de Jashemi, l'accueillant froidement comme la fille naturelle de Tahmu, mais dont l'affection finissait par l'emporter sur cette froideur. Son amitié grandissante avec Jashemi, leurs disputes à table, leurs études en commun, leurs chevauchées communes à dos de *sa'abahs*. Des relations fraternelles normales, entre taquineries, chamailleries et profond dévouement.

Leurs rêves à propos du Grand Dragon et de leurs vies précédentes, qu'ils osaient avouer et partager avec leur père.

Elle comprit soudain.

— Nos vies auraient dû se dérouler ainsi, murmura-t-elle au Jashemi qui lui tenait toujours la main.

Il hocha la tête en signe d'approbation.

— Nous aurions dû être élevés comme frère et sœur. Nos visions auraient été respectées. Ecoutées.

Il lui serra la main.

— Notre amour aurait grandi, petite sœur, d'autant plus que nous aurions su que nous partagions un lien qui allait au-delà de cette vie même.

Elle le regarda, perplexe. Elle ne ressentait aucun désir pour lui, à présent, alors que quelques instants auparavant… Il lui caressa le visage avec tendresse, mais rien de plus.

— C'est ce sentiment que nous éprouvions, dit-il avec douceur en la serrant contre lui.

Elle ferma les yeux, respira son odeur et se sentit à l'abri dans ses bras forts.

Ses yeux s'emplirent de larmes. Il la serra plus fort.

— Ne pleure pas, Kevla. C'est inutile.

— Tu devrais être avec moi, maintenant, si les choses s'étaient passées ainsi, dit-elle, la voix pleine d'émotion. Je t'ai tué. J'ai tout détruit.

Soudain, elle se retrouva sur le dos du Dragon. Elle combattait de nouveau les forces de l'Empereur, mais cette fois, Jashemi était vivant et luttait à ses côtés. Et lorsqu'une flèche lui transperça la gorge, elle sentit son cœur se déchirer.

— Non ! hurla-t-elle. Non…

— Si nous avions suivi cette voie, répondit doucement Jashemi, comme s'il ne l'avait jamais quittée pendant cette étrange vision, je ne serais pas mort dans cette grotte, certes. Nous ne serions jamais allés dans cette grotte, nous n'aurions jamais fait l'amour. Mais qui peut dire ce qui me serait arrivé ensuite ? Beaucoup sont morts au cours de cette bataille, Kevla. J'aurais pu être parmi eux.

Il sourit malicieusement puis ajouta :

— J'aurais pu tomber de *sa'abah* ou mourir étouffé par un noyau d'olive. Ou vivre très vieux, entouré de mes petits-enfants. C'est impossible à dire.

Ses jambes se dérobèrent et il l'aida à s'asseoir.

— Mais les choses ne se sont pas passées ainsi ! s'écria Kevla. Et tu es mort. Que je me souvienne de toi comme mon amant ou comme mon frère, tu es perdu pour moi à jamais !

— Mais le Gardien des Traditions n'est pas perdu pour toi, répondit Jashemi. Te souviens-tu de ce que je t'ai dit, le jour où je suis parti pour ma première bataille ?

Ce souvenir d'un petit garçon lui prenant les mains, la paume moite, le regard farouche, murmurant : « Ce n'est pas fini entre nous » revint à la mémoire de Kevla. Ils étaient seuls dans la nuit, sans témoin pour entendre cette promesse, à part les étoiles. Ce moment était un souvenir précieux qu'elle chérissait, un souvenir de leur relation d'enfants.

— Oui, bien sûr que je me souviens…

— Alors, sache que ces mots sont aussi vrais aujourd'hui qu'à l'époque, dit-il en prenant son visage entre ses mains. Ce n'est pas fini entre nous. Mais tu dois choisir, Kevla. Choisir le Jashemi dont tu veux te souvenir. Choisis le Jashemi que tu aimes, que tu désires, et je resterai là. Le souvenir de notre bonheur ne s'effacera pas. Je te le jure. Mais tu perdras alors ton frère, le Gardien des Traditions, et ta culpabilité ne disparaîtra pas.

Il recula et deux images de lui apparurent.

— Choisis, dirent-elles d'une seule voix.

Kevla s'effondra. Comment pouvait-elle choisir entre l'homme qu'elle adorait de tout son être et son frère et Gardien des Traditions ? Comment pouvaient-ils lui demander pareille chose ? Elle perdrait un élément précieux, quel que soit son choix. Si elle décidait de se souvenir de son amant, elle perdrait la vie qu'elle aurait dû mener mais qui n'avait jamais été. Elle perdrait une source de sagesse, de réconfort et de force.

Mais si elle faisait le choix de son Gardien des Traditions, elle tournerait le dos à la seule expérience de sa courte vie qui lui avait apporté la plus grande joie et la plus grande peine.

— Je ne peux pas ! cria-t-elle d'une voix rauque. Ne m'oblige pas à le faire, si tu m'as jamais aimée… Ne m'oblige pas à choisir !

— C'est parce que nous t'aimons que nous te le demandons, dit le Gardien des Traditions.

— Nous ne pouvons plus supporter de te voir torturée ainsi, répondit son amant. Choisis et tu seras en paix.

Pendant un long moment, Kevla demeura prostrée sur le sol. Si seulement elle pouvait se réveiller, si cette vision pouvait disparaître, elle échapperait à ce dilemme… Mais le réveil tant espéré ne vint pas, et sa peine se fit plus intolérable.

Enfin, elle se leva péniblement et regarda tour à tour les deux images de Jashemi-kha-Tahmu. Des larmes coulèrent sur ses joues sans qu'elle y prenne garde.

Elle avait fait son choix.

Elle avança et posa la tête sur la poitrine nue de l'homme qu'elle aimait plus que la vie elle-même. Elle écouta son cœur, fort et rapide, puis l'embrassa, savourant la douceur et la souplesse de sa peau, goûtant au sel de sa sueur. Il prit son visage entre ses mains, l'inclina en arrière et l'embrassa. Kevla laissa sa joie la submerger. Lorsque Jashemi mit fin au baiser, elle plongea ses yeux dans les siens et dit :

— Je t'aime de tout mon cœur, Jashemi-kha-Tahmu. Pardonne-moi.

Elle se dégagea de son étreinte. C'était la chose la plus difficile qu'elle eût jamais faite.

Il se força à sourire.

— Je t'ai déjà pardonné, mon amour.

Il disparut alors.

La douleur était atroce. Elle se serait effondrée si des bras forts ne l'avaient retenue. Elle regarda le visage de son frère, la réplique parfaite de l'homme qu'elle avait aimé, mais qui paraissait si différent à présent.

— Il a dit que j'étais son âme, dit Kevla, la voix brisée, à cet homme à la fois étranger et familier.

Son frère lui sourit à travers ses propres larmes de compassion. Il posa un baiser de réconfort sur son front.

— Il n'avait pas tout à fait raison. Je suis ton âme,

Danseuse de Feu. En adoptant cette dimension de moi, tu me garderas toujours à tes côtés.

Elle le regarda fixement, sans comprendre, tremblante, malade de chagrin. Il l'aida à s'asseoir et la serra contre lui. Puis une chose merveilleuse se produisit.

Kevla sentit sa culpabilité et sa honte se dissiper et se détacher d'elle, comme si ces sentiments étaient matériels. Les bras qui l'enlaçaient étaient forts et rassurants, même si elle savait qu'ils n'étaient pas réels. Son cœur s'emplit d'amour à l'égard de Jashemi, mais, cette fois, cet amour était pur et sacré — c'était un amour qu'elle pouvait accepter. Tout déchirement avait disparu. Seules subsistaient chaleur et acceptation. Elle laissa échapper un long soupir et s'abandonna.

— Te souviens-tu de mes paroles, lors de notre première rencontre dans ce monde irréel ? murmura-t-il à son oreille.

— Tu disais que je devais renoncer à la forme physique que tu avais prise, répondit Kevla. Je comprends, à présent. Je ne pouvais pas… à ce moment-là…

— Notre amour dépasse toute forme physique, Danseuse de Feu, chuchota Jashemi. La mort ne peut le détruire. Ni autrefois, ni aujourd'hui, ni jamais. Je n'existe que pour t'aimer et te servir. Même si je ne suis plus ni chair ni sang.

La Danseuse de Feu serra son Gardien des Traditions contre elle et pleura de joie.

27.

— Kevla ?

La voix lui était familière, mais Kevla ne voulait pas l'entendre. Elle fronça les sourcils et se lova au creux de ses couvertures.

— Kevla, réveille-toi. Nous devons partir.

Kevla cligna des yeux. Un homme se tenait devant elle, mais le soleil du matin l'empêchait de voir ses traits. Il était grand et fort. Le soleil faisait briller ses cheveux et formait une couronne d'or au-dessus de son visage.

— Viens, tu ne vas pas dormir toute la journée.

Kevla était complètement réveillée, à présent. Cet homme mystérieux ne l'était pas ; ce n'était que Jareth, venu la tirer de son sommeil afin qu'ils escaladent les montagnes et qu'il rencontre son dieu. Elle soupira, regrettant son Gardien des Traditions, qui ne pouvait lui apparaître désormais que dans ses rêves ou ses visions.

Jareth lui tendit la main afin de l'aider à se relever. Elle vacilla sur ses jambes ; elle avait dormi profondément, et ses pieds étaient engourdis. Jareth la rattrapa par la taille.

— Merci, dit-elle en se dégageant doucement.

Il réprima un sourire en regardant son visage.

— On dirait que tu as eu une nuit reposante, dit-il en lui tapotant la joue droite.

Kevla ne comprit pas, puis elle toucha sa joue et sentit les plis sur sa peau. Elle avait si bien dormi qu'une couverture avait laissé une marque sur sa joue. Elle rit, surprise, amusée et embarrassée à la fois. Jareth s'autorisa à sourire.

Kevla s'en aperçut. Il semblait reposé, comme si le fardeau qui l'accablait lui pesait moins, tout à coup.

— Et toi ? demanda Kevla. Le Dragon m'a demandé de prêter attention à mes rêves. As-tu fait un rêve intéressant ?

Son expression était indéchiffrable.

— Nous devons y aller.

Il s'éloigna d'un pas ferme et assuré, comme s'il défiait le monde de s'attaquer à lui. Kevla soupira et le suivit.

Les *taaskali*, le Dragon, Mylikki et Altan étaient assis autour d'un feu. Un arôme agréable s'échappait d'un chaudron. Elle observa, amusée, la façon dont Altan dégustait son petit déjeuner jusqu'à la dernière goutte.

Le chaudron contenait du lait sucré et autre chose. Kevla goûta la mixture et ne put réprimer un petit cri de plaisir. Le lait était parfumé aux épices et lui caressa agréablement la gorge. De surcroît, la quantité était copieuse.

— C'est un mélange d'œufs, de lait et de fruits secs, dit Mylikki.

— Mieux que les céréales, ajouta Altan.

Kevla mangea de bon appétit et se resservit en même temps que Jareth.

« Je ne t'avais pas vue manger de si bon cœur depuis le jour de notre rencontre au fond du volcan », lui dit le Dragon en pensée, avec une grande tendresse.

Kevla sourit et avala une autre cuillerée de la décoction.

« Je me souviens. Tu m'avais demandé si je voulais une vache entière pour le dîner. »

« Mange sans hésiter ce que t'offrent les *taaskali*. Leur nourriture est saine et nourrissante. »

« Magique ? » demanda-t-elle en le regardant.

Il hésita.

« Disons… bénie. Kevla… »

« Oui ? »

« Je sais ce dont tu as rêvé cette nuit. Je suis fier de toi. »

Malgré le goût délicieux de cette nourriture, Kevla eut soudain du mal à déglutir.

« C'était la décision la plus difficile que j'aie jamais eu à prendre. Je sais que j'ai fait le bon choix. Je sens qu'il est avec moi. Et c'est une sensation merveilleuse. Mais le perdre un peu pour conserver une part de lui… Oh, Dragon, je ne me souviens même plus de la façon dont il me touchait… Et jamais je ne connaîtrai un tel contact avec quelqu'un d'autre. »

« Parole bien définitive, pour quelqu'un d'aussi jeune », dit le Dragon.

Elle le regarda, à la fois blessée et en colère.

« Tu sais ce qui s'est produit lorsque nous… je ne pourrai plus être aussi proche de quelqu'un, jamais.

Mon plaisir pourrait tuer une autre personne. Je suis condamnée à une vie solitaire, et maintenant, mes souvenirs de ce moment sont si vagues que j'ai l'impression que c'était l'expérience d'une autre. »

« Le monde est vaste et tu es jeune, chère Kevla. »

« Est-ce que… est-ce que le Danseur de Feu a jamais aimé sans… »

Il répondit, chagriné : « Tu es la première incarnation du Danseur à être aussi intime avec un être humain. »

Kevla résista à l'envie de s'apitoyer sur son sort. Elle avait une mission à accomplir. Quelle importance si elle ne connaissait plus jamais les tendres caresses d'un amant sur sa peau ? Au moins était-elle désormais en paix avec Jashemi, qui resterait à jamais son frère, son Gardien des Traditions et son ami. En fin de compte, elle savait qu'elle avait gagné plus qu'elle n'avait perdu.

— Tu vas bien ? demanda Jareth, l'air inquiet.

Elle hocha brièvement la tête et finit son repas.

Les *selvas* les ignoraient, aujourd'hui, allant et venant dans la plaine comme des animaux ordinaires et fouillant la neige de leurs larges sabots.

— Que peuvent-ils trouver à manger ? demanda Kevla à Hanru en les regardant.

Celui-ci était occupé à rassembler quelques provisions pour leur voyage.

— Une variété de plante pousse sur les pierres, dit-il. Les *selvas* s'en contentent pendant l'hiver, même par cet hiver étrange. Ils insistent pour la trouver seuls. Si tu la cueillais pour la leur offrir sur la paume de ta main, ils refuseraient de la manger.

Hanru leva la tête.

— Tout le monde est-il prêt ?

Jareth regarda son quatrième bol de lait.

— Presque, répondit-il en avalant ce qui restait au fond.

Ils rejoignirent ensuite Hanru.

Ce dernier les regarda avec un grand sérieux.

— Tu es celle qui a le moins d'expérience de la neige et de la glace, dit-il à Kevla.

Elle ne pouvait qu'approuver.

— Cette entreprise sera loin d'être aisée, reprit-il. Je vous le répète, Jareth devra affronter le tigre seul. Si vous souhaitez rester, vous êtes les bienvenus au camp.

Aucun d'entre eux ne bougea. Altan croisa les bras sur sa poitrine et Mylikki regarda ses pieds. Hanru soupira.

— Très bien. Laissez-moi d'abord vous expliquer comment utiliser ces outils. Ils pourraient vous sauver la vie.

Kevla écouta avec attention les conseils de Hanru. Il leur expliqua comment attacher de petits crochets de métal à leurs bottes, pour avoir une meilleure prise sur la glace. Kevla souleva la petite pioche et s'entraîna à s'en servir. Le temps était dégagé pour le moment, mais en cas de changement, ils devraient s'attacher les uns aux autres avec une corde et ne pas se perdre de vue. Plus elle en apprenait, plus elle était inquiète. Elle jeta un regard en direction de Jareth. Il avait déjà emprunté ce chemin, seul, sans aide ni outils. Elle ne savait pas très bien si elle devait admirer son courage ou le prendre pour un fou. *Les deux, sans doute.*

Enfin, ils furent prêts à prendre le départ. Hanru leur assura que ce n'était pas loin. Deux *selvas* tirant un chariot approchèrent.

— Le chariot est posé sur des *skelthas*, s'écria Kevla, se demandant en même temps pourquoi elle était si surprise.

C'était parfaitement logique. Ce moyen était plus rapide.

Ils s'installèrent dans le chariot. Kevla regarda en direction du Dragon, qui s'inclina, en signe d'adieu.

Le soleil se leva lentement dans le ciel. Le chariot avançait à une vitesse incroyable, survolant presque la neige. Le monde défilait sous leurs yeux. Une partie de Jareth ne voulait rien d'autre qu'admirer les *selvas* et les *taaskali*, et réfléchir au rêve qu'il avait fait cette nuit. Mais il avait presque oublié ce rêve. Il était près du but et ne voulait se concentrer que sur sa tâche.

Il avait fait le même voyage auparavant, seul, et avait traversé des tempêtes qui semblaient calculées pour ralentir sa marche. Mais, cette fois, le soleil brillait, et d'ici à la fin de la journée, il aurait affronté le dieu.

Il se demanda encore une fois pourquoi un seul dieu avait consenti à le voir, mais finit par conclure qu'un seul était suffisant. Discrètement, il glissa sa main sous son manteau et toucha son poignard fraîchement aiguisé, bien à l'abri dans son étui.

Si le dieu refusait d'obéir, il l'attaquerait. Jareth savait que cette tentative serait désespérée. En toute certitude, il mourrait.

Mais au moins aurait-il essayé. Il s'était accroché à cet espoir, ravivé chaque nuit par les souvenirs de sa famille que lui murmuraient les fleurs, la terre et les pierres. Ce monde ne tournait pas rond, l'harmonie naturelle des choses avait été brisée et sa terre mourrait bientôt s'il ne faisait rien. Et s'il n'y parvenait pas, s'il ne ramenait pas les siens à la vie, à quoi bon continuer de vivre ? Sans eux...

Il frissonna involontairement. Altan était assis à son côté et regarda son ami avec inquiétude.

— Tu as froid ? demanda-t-il.

Jareth secoua la tête mais ne dit rien. Altan soupira et se renfonça dans son siège, une expression troublée sur le visage. Kevla et Mylikki étaient assises face à lui. Jareth ne connaissait pas bien la jeune joueuse de *kyndela* ; il ne souhaitait apprendre à connaître personne. Mais même lui remarqua à quel point Mylikki paraissait triste et malheureuse. Il avait vu aussi que les *selvas* avaient délaissé la jeune fille, la nuit dernière, et ne lui avaient accordé ni leur chaleur ni leurs rêves. Il connaissait Altan depuis toujours, et il était habitué aux sautes d'humeur brutales du jeune homme. Mais, visiblement, Mylikki ne l'était pas et en souffrait.

Kevla portait souvent ses cheveux lâchés, mais aujourd'hui, elle les avait tressés. Sa longue natte lui tombait dans le dos. Elle était douce et soyeuse, et des reflets roux y brillaient. Jareth était fasciné par cette chevelure et eut une envie irrésistible de la toucher. Il avança la main, saisit la natte et la posa sur l'épaule de Kevla. Elle le regarda et sourit. Soudain, un élan de désir le submergea. *Dieux, elle est magnifique*... Il hocha la tête et reporta son attention sur les montagnes, s'efforçant d'oublier cette pulsion inattendue.

Plus vite que Jareth n'avait osé l'espérer, ils parvinrent au pied de la montagne. Il regarda le paysage autour de lui et vit un chemin qu'il n'avait pas remarqué auparavant. Naturellement... Les *taaskali* étaient plus proches des dieux que les êtres humains. Ils connaissaient donc les sentiers cachés qui conduisaient aux créatures divines jouant parmi les étoiles.

Jareth aida Hanru à décharger leur matériel. Le *taaskal* détacha les deux *selvas*, caressa leur encolure affectueusement et leur dit quelque chose à l'oreille. Ils s'éloignèrent et commencèrent à chercher la mousse qui faisait leur nourriture.

— Ils ne partiront pas loin et reviendront à mon appel, assura Hanru. Allons-y. Voici l'endroit où nous allons, dit-il en indiquant le sommet de la montagne.

Le pic paraissait si lointain que Jareth fut envahi d'un sentiment de panique.

— Si nous avançons d'un bon pas, poursuivit Hanru, nous devrions parvenir au sommet et redescendre avant la nuit. Je suis certain qu'aucun d'entre vous ne souhaite passer la nuit là-haut.

— Ne pourrions-nous pas camper, si nous ne pouvons rentrer à temps ? demanda Kevla. Je peux faire un feu suffisant pour nous réchauffer toute la nuit.

— Sans doute. Mais même le plus grand feu

ne peut nous protéger du vent, de la neige et du manque de nourriture.

— Nous reviendrons à temps, dit Altan avec fermeté.

Mylikki paraissait nerveuse. Jareth fixa de nouveau le sommet, tâchant d'imaginer le Tigre bleu qu'il allait affronter.

Hanru leur tendit leur matériel et leur donna de nouveaux conseils sur l'utilisation des bottes. Jareth l'écouta avec attention. Il ne voulait pas être ralenti ou arrêté dans sa marche, car il ne saurait pas manœuvrer sur la glace. Il s'efforça de ne pas s'impatienter face à la maladresse des autres, en particulier de Kevla, pour qui tout ceci était complètement étranger. Hanru décréta enfin qu'ils étaient prêts pour l'ascension. Si seulement Jareth avait pu être seul avec le *taaskal*, pour cette équipée !

Mais Kevla faisait partie de ce voyage. Il était de plus en plus convaincu qu'elle était la femme qui apparaissait dans ses rêves, celle qui se changeait en tigre. Altan était assez têtu pour le suivre, s'il avait refusé qu'il l'accompagne ; quant à Mylikki, elle suivait Altan partout où il allait. Il n'avait donc pas le choix.

— Je vais mener la marche, annonça Hanru. Mylikki, tu me suis, puis Altan et Kevla. Jareth, tu fermeras la marche. Tout le monde est prêt ?

Jareth savait pourquoi Hanru le voulait en queue du groupe : pour l'empêcher de semer ses compagnons. Il regarda le sommet. Le vent se leva soudain et la neige commença à tomber.

« Tu ne perds rien pour attendre », songea-t-il.

*
* *

Gelsan était assise au coin du feu. Elle mangeait peu, ces derniers jours, et lorsqu'un autre avait pris sa place à la tête du village, elle avait été soulagée.

Son époux avait disparu des mois auparavant. Puis Mylikki était partie sur le dos d'un dragon, en compagnie d'une Femme de Feu. Gelsan ignorait si sa fille reviendrait un jour. Olar était tout ce qui lui restait, et il avait disparu à son tour. Gelsan n'attachait plus grande importance à cette vie, et après tout, si elle se rapprochait davantage de la mort chaque jour, c'était tant mieux.

Elle entendit un cri et, malgré sa torpeur et son chagrin, elle leva la tête. Elle écouta.

D'autres cris retentirent. Elle sentit l'odeur de la fumée. Lentement, son corps réagit. Elle enfila un manteau et saisit une faucille.

Elle ouvrit la porte sur un chaos indescriptible.

Les flammes dévoraient la maison située de l'autre côté de la clairière. A quelque vingt pas de là, une poignée de femmes luttaient contre des adversaires qui n'étaient pas de leur taille. Elle entendit les hurlements des fous furieux qui attaquaient son village et quelque chose en elle se réveilla.

Vous ne les emporterez pas !

Gelsan poussa son propre cri et chargea dans la mêlée. Elle balança la faucille et attaqua des hommes qui n'étaient que l'ombre d'eux-mêmes. Ils hurlaient, tels des damnés : « Pour la Vierge de Glace ! Pour la Vierge de Glace ! », rendus fous par cet hiver, comme elle avait failli l'être, comme tous finiraient par le devenir…

Elle fit tournoyer son arme et évita de justesse un coup.

Olar se tenait devant elle. Il était couvert de sang et ses cheveux épais étaient crasseux. Il montra les dents comme un renard enragé et elle leva sa faucille afin de parer l'attaque de son fils. Il poussa un grognement et ils luttèrent ainsi, faucille contre gourdin de bois. Elle sentit son haleine pestilentielle et l'odeur du sang.

— La Vierge de Glace le veut ! dit-il.

Les larmes obscurcirent la vue de Gelsan et, soudain, elle cessa de combattre. Elle préférait mourir des mains de son fils que de continuer à vivre en sachant ce qu'il était devenu.

Il trébucha, surpris par son manque de résistance. Il leva son bâton au-dessus de sa tête, prêt à l'abattre sur le crâne de sa propre mère.

— Fais-le ! supplia-t-elle.

Mais il s'arrêta net, tel un chien à l'affût d'un bruit lointain.

— Je t'entends et t'obéirai, ma dame, dit Olar, d'une voix tremblante d'amour.

Les autres répétèrent la même phrase de dévotion, absurde au milieu de cette scène de massacre. Soudain, tous les hommes disparurent dans les bois. C'était fini… pour l'instant.

Pendant un long moment, Gelsan demeura prostrée dans la neige, essayant de comprendre ce qui venait de se passer. Elle se leva avec difficulté, enfin, et alla secourir les blessés. Elle nettoya et se mit à coudre les blessures avec adresse, mais son esprit était ailleurs. Les paroles de son fils résonnaient obstinément dans sa tête : *La Vierge de Glace le veut ! Je t'entends et t'obéirai, ma dame…*

« Dieux tout-puissants, songea Gelsan, est-ce donc vrai ? La Vierge de Glace existe-t-elle vraiment ? »

28.

L'ascension fut lente, au début. Les crochets métalliques fixés à leurs bottes rendaient leur marche plus sûre, mais aussi plus lente, car à chaque pas, ils devaient d'abord s'assurer que les crochets étaient solidement enfoncés dans la glace. Ils durent utiliser une pioche de temps à autre. Hanru tint parole et avançait d'un bon pas. Mylikki le suivait et bénéficiait de l'aide directe de leur guide *taaskali*.

Le soleil poursuivait sa course dans le ciel. Ils s'arrêtaient, brièvement mais fréquemment, afin de manger et de se rafraîchir. Le seul parmi eux qui paraissait reposé était Hanru, qui se tenait alors debout et observait l'horizon, estimant sans doute le temps qu'il leur restait.

Les deux musiciens étaient les plus mal en point. Mylikki était en difficulté depuis le départ, et Altan se fatiguait visiblement de plus en plus. Malgré sa minceur, Kevla était forte et résistante ; quant à Jareth, en dépit des privations qu'il avait endurées au cours des derniers mois, sa force nerveuse et sa détermination obstinée le soutenaient. Le manteau de fourrure qu'il portait devenait trop chaud à chaque pas, et ses vêtements étaient humides de sueur. Il savait qu'il serait épuisé et à bout de forces à la fin de la journée. A condition, songea-t-il, lugubre, d'être encore en vie.

Quelques heures plus tard, les difficultés s'accrurent encore. Ils dépassèrent un à-pic pour découvrir une surface verticale et lisse se dressant devant eux.

— Nous n'allons pas escalader cette surface ?

Mylikki se mordit la lèvre mais trop tard ; les mots lui avaient échappé. Jareth lui-même paraissait dubitatif.

— C'est plus facile que cela n'en a l'air, répondit Hanru, mais vous devez être prudents et vous concentrer totalement. Nous allons nous attacher les uns aux autres. Je vais ouvrir la marche et poser des appuis.

Ils formèrent rapidement une cordée, laissant un peu de mou, et Hanru entama l'ascension. Il se déplaçait comme un écureuil, songea Jareth. Rapide et agile, s'appuyant sur sa longue expérience, Hanru enfonça des piquets métalliques dans le flanc de la montagne et les utilisa pour avancer prudemment jusqu'au sommet. En l'observant, Jareth se dit que ce serait sûrement plus facile que prévu ; cette surface n'était pas aussi verticale qu'il l'avait cru de prime abord, et la neige y paraissait stable.

Vint le tour de Mylikki. Elle était visiblement terrifiée mais prit une profonde inspiration et avança. Elle posa une main ici, un pied là. Jareth se détendit lorsqu'elle approcha enfin du sommet et qu'il vit Hanru l'aider à s'y hisser. Altan suivit, puis Kevla. Jareth avança instinctivement les mains, prêt à la rattraper si elle glissait. Dans un recoin de son esprit, il regardait, appréciateur, les mouvements de ses jambes et de ses hanches sous sa robe rouge. Kevla-sha-Tahmu était sans doute particulièrement exaspérante aux yeux de Jareth, mais elle n'en restait pas moins une femme d'une beauté exceptionnelle.

Elle parvint au sommet et Jareth escalada à son tour la surface lisse, s'efforçant d'ignorer les légers tremblements dans ses bras, ses épaules et ses jambes, signes évidents d'une fatigue croissante. Enfin, il toucha au but et s'écroula sur le manteau neigeux, à bout de souffle. Tous, à l'exception de Hanru, avaient fait de même.

Hanru patienta quelques instants, puis les détacha et roula la corde. L'expression sur son visage indiqua à Jareth qu'ils n'avaient plus de temps à perdre. Par chance, la suite paraissait relativement plus facile : une pente neigeuse assez forte, mais moins que la précédente.

Elle était également assez large pour leur permettre de cheminer côte à côte. Jareth et les autres manièrent la pioche et les crochets de manière efficace. Hanru arriva au sommet le premier. Il tira Jareth sur les derniers mètres, sans aucune fatigue apparente. Jareth s'assit, reprenant son souffle, et regarda en direction de ses compagnons. Légère — elle ne portait pas de manteau encombrant —, Kevla fut rapide. Altan se trouvait à mi-chemin et Mylikki...

Ses pieds trébuchèrent soudain et la jeune fille poussa un cri de surprise. Elle glissait rapidement vers le précipice qu'ils venaient de franchir.

— La pioche ! cria Altan.

Mylikki essayait visiblement d'utiliser sa pioche, mais l'outil était lourd et la jeune fille était certainement à bout de forces. Elle s'efforça de l'enfoncer, de trouver une prise et de ralentir sa chute. Soulagé, Jareth constata enfin qu'elle avait réussi et s'était immobilisée.

Hanru était déjà en train de la rejoindre, mais Altan était plus près. Le jeune *huskaa* revint rapidement sur ses pas et enfonça solidement sa propre pioche dans la neige dure.

— Je n'en peux plus ! cria Mylikki.

Jareth voulait la rejoindre, mais il avait conscience que Hanru et Altan étaient mieux placés pour lui venir en aide, et qu'il ne ferait qu'ajouter au danger. Ses yeux étaient fixés sur la petite main de Mylikki, et il vit ses doigts lâcher lentement prise.

Engourdis après des heures dans le froid, ses doigts cédèrent. Elle poussa un hurlement. La bandoulière autour de son poignet ralentit sa chute pendant un instant, mais délogea la pioche. La jeune fille glissait inéluctablement vers le bord du précipice.

Altan tendit la main et la referma autour de son poignet. Mylikki s'arrêta. Tous deux n'étaient plus retenus que par le poids de la pioche du jeune *huskaa*. Les jambes de Mylikki se balançaient dans le vide.

« Pourvu que la pioche ne lâche pas ! » pensa Jareth, le cœur battant.

Hanru était là, enfin. Il saisit le bras de Mylikki et commença à la tirer vers le haut. Jareth lui apporta son aide. Cette fois, le danger était passé. Altan se raccrochait à la pioche des deux mains. Une fois Mylikki hors de danger, Jareth secourut son ami. Altan lui sourit, reconnaissant, et s'effondra au côté de Mylikki. Elle se jeta à son cou.

— Tu m'as sauvé la vie..., dit-elle en sanglotant.

Visiblement au bord des larmes, lui aussi, Altan la serra d'un geste farouche contre lui, le visage contre son épaule.

— Tu es saine et sauve, murmura-t-il d'une voix étouffée. Dieux merci, tu es saine et sauve.

— C'en est trop, dit Kevla.

Sa voix était empreinte d'une dureté que Jareth n'avait jamais entendue chez elle. Surpris, il regarda son joli visage où la colère était évidente.

— Altan, je sais que tu tiens à Jareth et que tu veux le soutenir. Et tu l'as fait jusque-là. Mylikki, tu es à bout de forces ; si tu continues ainsi, tu vas te tuer.

Kevla regarda enfin Jareth.

— Continue, dit-elle d'une voix douce. Nous ne ferions que te ralentir. Je peux les garder au chaud jusqu'à ton retour. Hanru s'occupera de nous aussi.

— Tu en es sûre ?

Ces paroles étaient celles qu'il avait espérées depuis le début, certes, afin de ne plus avoir à se préoccuper de la sécurité des autres. Mais les entendre dans la bouche de Kevla...

— Oui. C'est ton épreuve, à toi seul. Il est inutile que nous soyons là lorsque... Mais nous serons à tes côtés ensuite, je te le promets.

— Hanru ?

Le guide *taaskal* hocha la tête, approbateur.

— Ils n'ont pas été appelés comme toi, Jareth. En outre, les heures passent. La nuit tombera plus vite que nous ne le voudrions. A présent, le chemin est plus facile et tu sais ce que tu as à faire. Il veut te voir et rien ne t'arrivera, à moins qu'Il ne le décide. Va.

Jareth regarda Altan, qui fit un geste résigné. Mylikki était toujours dans ses bras, en larmes. Pour la première fois depuis qu'Altan avait retrouvé son ami, il semblait plus intéressé par Mylikki que par Jareth. Enfin, ce dernier se tourna vers Kevla.

— Merci, dit-il sans savoir pourquoi.

Il poursuivit alors son chemin, seul, vers son dieu.

Jareth prit peu à peu un rythme régulier. Il savait parfaitement ce qu'il faisait, où poser ses mains, ses pieds et sa pioche, mais il n'était pas concentré sur son ascension. Il s'imaginait face à l'énorme créature.

Il doit m'entendre. Il peut me les ramener. Il peut ramener le printemps à cette terre. Tout finira par mourir, s'Il refuse de me rendre mes pouvoirs… Je dois l'en convaincre !

Jareth ignorait depuis combien de temps il avançait ainsi. Il sentait ses muscles faiblir, et son corps tout entier était de plus en plus las, mais il refusa de se reposer. Il était si près du but… Il ne pouvait s'arrêter au nom d'une simple fatigue physique.

Le temps était toujours dégagé, mais le vent n'était pas son allié, à une telle altitude. Il était de plus en plus fort, rabattant la capuche de son manteau, faisant gonfler ce dernier et voler la neige, si bien qu'il ne sentit bientôt plus son visage et ses oreilles. La glace recouvrit sa barbe, ses cils et ses sourcils.

Il cligna des yeux afin de mieux voir, et c'est alors qu'il l'aperçut.

Une ouverture dans le flanc de la falaise, à peine visible à cette distance... Une tache bleu foncé sur les multiples reflets bleus, verts et blancs de la glace... L'espoir jaillit dans le cœur de Jareth, lui redonnant des forces. Il avança plus vite et, avant de comprendre ce qui lui arrivait, il s'était hissé sur un petit plateau et se tenait à l'entrée du repaire des dieux.

Le vent le faisait vaciller. Il tenta de rassembler ses esprits, car ce moment était celui qu'il attendait depuis presque une année. Au seuil de cette épreuve décisive, Jareth se rendit compte qu'il était terrorisé.

Mais aucun retour en arrière n'était possible. Ni la colère ni le chagrin n'avaient leur place à cet instant. Il accomplirait sa mission ou il mourrait ; seules ces deux issues étaient certaines, et il en était terrifié. Il trébucha.

« L'heure est arrivée, Jareth, se dit-il à lui-même. Ton destin t'attend. Tu dois avancer et l'accepter. »

Le vent jouait dans ses longs cheveux et pénétrait jusque dans ses bottes. Le cœur battant, submergé par une émotion indicible, Jareth Vasalen, le Faiseur de Printemps, le *Kevat-aanta*, le Danseur de Terre, avança lentement vers son destin.

Troisième partie

Le Danseur de Terre

29.

Le repaire des dieux était entièrement fait de glace. Seul le plateau de pierre sur lequel se tenait Jareth était solide, mais il était recouvert d'une fine couche de glace brillante et lisse. De cette même glace qui l'entourait de tous côtés. Le plafond était très haut et la grotte paraissait vaste. Elle était étonnamment bien éclairée, bien qu'aucune source de lumière ne fût visible. Jareth ignorait jusque-là ce qui l'attendait, mais en tout cas, jamais il n'aurait imaginé se trouver seul.

— Je suis Jareth Vasalen, cria-t-il d'une voix claire et forte.

L'écho lui renvoya le son de sa voix.

— Je suis venu te parler.

L'écho se tut enfin et un profond silence s'ensuivit. Il entendait presque sa propre respiration, haletante, et les battements de son cœur lui semblèrent assourdissants. Lentement, avec prudence, il avança, s'enfonçant davantage dans la grotte de glace.

L'ombre alla et vint si rapidement qu'il n'était pas certain de l'avoir vue. Il regarda autour de lui, mais ne vit rien de plus qu'une autre ombre, peut-être un reflet. Mais lorsqu'il se retourna, elle avait disparu.

Bleu, noir, blanc, gris, vert — des couleurs surgirent puis s'évanouirent, telles de petites flammes.

Soudain, Jareth fut en proie à une immense colère. Il avait donc fait tout ce chemin, enduré tant de souffrances et de privations pour que ce dieu se moque ainsi de lui ?

— Montre-toi ! exigea-t-il.

Il entendit le rugissement de la bête avant de la voir. Ce son lui donna la chair de poule. Les ombres s'immobilisèrent, puis se matérialisèrent enfin. Jareth l'aperçut à l'autre bout de la grotte : l'animal était allongé sur un bloc de glace qui ressemblait à un piédestal de cristal. Il était plus grand qu'il ne l'avait imaginé, de la taille d'un cheval, et sa tête était aussi large que ses propres épaules. Ses courbes étaient félines, proches de celles d'un gros chat, mais Jareth n'avait jamais vu un chat avec un regard aussi perçant. Sa fourrure était aussi bleue que la glace et parcourue de rayures noires ; son ventre était de couleur crème. Ses immenses yeux dorés le fixaient obstinément, et le gros tigre était aussi immobile qu'une statue, mis à part le mouvement régulier de sa queue bleu et noir.

Jareth eut soudain la bouche sèche. Afin de se retrouver là, il avait concentré toute son énergie sur sa colère, sa perte immense, son sentiment d'injustice, les souffrances de sa terre, de son peuple et des animaux. Mais à présent, il se trouvait face à son dieu et toute sa belle détermination vola en éclats.

Le tigre n'émit pas un son et se contenta de dresser une oreille.

Jareth avait prévu de s'adresser aux dieux avec force

et logique, et au nom d'un désir farouche d'aider les siens. Mais les premiers mots qu'il prononça furent tout autres :

— Rends-moi ma famille.

L'énorme félin se leva lentement et plissa ses yeux dorés.

— Sais-tu pourquoi tu es ici ? demanda-t-il.

Sa voix était douce, féminine et menaçante à la fois.

Jareth cligna des yeux. Sa vieille alliée, la colère, revint en force.

— Je suis ici afin d'exiger que tu mettes fin à la mort lente de cette terre ! s'écria-t-il.

Le tigre bondit de son perchoir, si vite qu'il ne fut plus qu'une tache floue. Une douleur atroce déchira la poitrine de Jareth et il tomba sur la roche dure et glacée.

Il baissa les yeux sur sa poitrine, sous le choc. Quatre lignes, rouges de sang…

— Pourquoi… pourquoi… ?

— Sais-tu pourquoi tu es ici ?

Jareth ne répondit pas sur-le-champ. Il effleura ses blessures et poussa un cri de douleur.

— Parce que tu peux me les rendre, dit-il entre ses dents. Rends-les-moi…

L'animal, impressionnant par sa stature, bondit. Jareth leva les bras, prêt à parer l'attaque, cette fois. Les griffes du tigre s'enfoncèrent dans ses bras. Le sang coula sur son visage, puis sur le sol.

— Sais-tu pourquoi tu es ici ?

Furieux, le regard plein de défi, Jareth se releva péniblement. Le sang rendait la paroi rocheuse glissante.

— Je suis le Faiseur de Printemps ! lança-t-il avec dédain.

Cette fois, le tigre montra sa fureur en blessant Jareth à la joue. Sa patte manqua de justesse son œil. Il s'effondra, et la peur l'envahit. Il refusa de capituler, de supplier la bête de l'épargner. Si elle voulait sa mort, elle l'obtiendrait.

— Je suis ici afin de venir en aide à mon peuple, marmonna-t-il, essayant de se relever mais n'arrivant qu'à se mettre à genoux.

Du sang lui coula dans l'œil. Il attendit l'attaque suivante, mais elle ne vint pas. Il leva les yeux et se trouva nez à nez avec le tigre. Ses yeux bleus plongèrent dans les yeux dorés de la créature.

— Sais-tu pourquoi tu es ici ?

La question était invariable, mais la situation avait visiblement changé. Jareth réalisa qu'il avait dû dire quelque chose que la bête souhaitait entendre, car dans le cas contraire, elle l'aurait déjà attaqué. Sa respiration se fit plus difficile. Il voulait détourner le regard, se lever et faire face à son ennemi comme un homme, mais il était trop affaibli pour bouger.

— Je suis ici… pour aider mon peuple en te demandant de te montrer miséricordieux. Je veux que tu me rendes mes pouvoirs.

Avec la rapidité de l'éclair, la créature le frappa une quatrième fois, le blessant au ventre. Jareth s'écroula. Le froid de la pierre contre ses plaies était insupportable et, l'espace d'un instant, il crut être sur le point de perdre conscience. Il était incapable de se lever, et même de s'asseoir. Il demeura immobile, le flanc lacéré par les griffes de la bête. Cette dernière faisait les cent pas devant lui.

— Sais-tu pourquoi tu es ici ?

Enfin, il sut.

Jareth ferma les yeux, submergé par cette révélation, désireux de l'écarter de ses pensées, mais il savait qu'elle était vraie.

A l'âge de treize ans, il s'était senti irrésistiblement attiré vers la terre. Il avait ramené le printemps, simplement en lui demandant de revenir. Il était le Faiseur de Printemps, le *Kevat-aanta*, et le simple contact de ses mains avec la terre garantissait les cycles éternels des saisons. Et il avait assumé ce rôle. Il avait apprécié les honneurs que lui octroyait cette position, à lui et à sa famille ; mais jamais il n'avait profité de ses pouvoirs pour s'enrichir, et il avait vécu avec la crainte secrète qu'un jour, ses dons ne lui soient repris. Ses facultés étaient essentielles à ses yeux, et c'est pourquoi, le jour où elles avaient disparu brutalement, il avait été brisé. D'abord, et avant toute chose, parce qu'il ne voulait pas voir son peuple souffrir.

Mais l'arrogance avait joué une part importante, sans oublier la peur. Que deviendrait-il, s'il n'était plus le Faiseur de Printemps ?

Qui était-il réellement ?

Il était venu ici afin de retrouver la place qu'il avait tenue toute sa vie d'adulte. Il était venu ici afin d'exiger, de réclamer aux dieux le retour à la vie des siens. Et il était venu ici en pensant que ce pèlerinage lui permettrait de se racheter pour avoir été incapable d'y parvenir seul, pour avoir abandonné son peuple, sa famille…

Mais il n'était pas ici pour toutes ces raisons. Il était là, devant le Tigre bleu, il était venu au monde non pas pour être le Faiseur de Printemps, mais le Danseur de Terre. Comme Kevla avait tenté de le lui dire, il était l'Elément Terre incarné. Elle faisait partie de ses rêves depuis toujours, cette femme à la peau sombre qui se métamorphosait en dieu, et à présent, il comprenait tout. Elle ne le conduisait nullement vers les dieux, mais auprès de son Compagnon.

Et soudain, comme si l'on venait d'ouvrir une porte close, les souvenirs le submergèrent.

Le Tigre, l'ami secret qu'un garçon avait découvert tout petit, qu'il avait appris à connaître et à aimer, qui était devenu le symbole sur son étendard… La Légion du Tigre bleu avait combattu avec bravoure pour son roi et sa patrie, avait affronté l'Obscurité… était tombée enfin…

Il se souvint d'une petite fille sage, terrifiée par le puissant animal, jusqu'au moment où son père, son Gardien des Traditions, lui avait expliqué le lien indéfectible entre ces trois êtres…

La seule période où il avait préféré se trouver à dos de cheval, plutôt que chevaucher les flancs chauds et souples du Tigre, avait été celle où il faisait partie d'une tribu qui vénérait ces animaux…

Puis une jeune fille élancée de dix-huit ans, à la peau et aux cheveux sombres, le regard fixé sur un océan soudain étrangement immobile était apparue… Elle sentait les mains amies de son Gardien des Traditions sur son visage, puis celles-ci se resserraient…

Il ne se tenait pas devant un dieu mais devant son Compagnon, Terre lui aussi. Jareth était bien plus que le *Kevat-aanta* ; plus que l'allié des arbres, des plantes, des animaux et des pierres. Jareth devait allégeance à des éléments bien plus puissants que Lamal, car lui-même était bien plus qu'un simple habitant de Lamal.

Si le Tigre est mon Compagnon et non un dieu… il est incapable de me rendre Taya, Annu et Parvan.

Jareth ferma les yeux. Son sang continuait de s'écouler sur la glace, mais cette idée était plus douloureuse que n'importe quelle blessure qu'aurait pu lui infliger le Tigre. Il comprenait désormais qu'il devait mettre de côté ses désirs et besoins personnels, si profonds et importants fussent-ils. Il aiderait son peuple en le laissant derrière lui, peut-être pour toujours. Il le sauverait s'il sauvait le monde où il vivait. En acceptant le fait que son destin ne résidait pas au cœur des montagnes, des champs et des forêts de sa terre natale, mais en des lieux si étrangers pour lui qu'il risquait d'être déchiré par cette séparation.

En suivant Kevla et le Grand Dragon, à la recherche des autres Danseurs.

Il ne le voulait pas. Mais c'était son devoir.

Taya, mon amour, tu es partie et je ne puis même pas rester près de toi…

Il parla enfin, la voix brisée.

— Je suis ici car je suis le Danseur de Terre. Je dois sauver mon peuple en sauvant tous les peuples, murmura-t-il.

Il ferma de nouveau les yeux, s'attendant à un autre coup. Mais ce qui se passa alors le surprit plus que tout ce qu'il avait pu imaginer.

Avec la douceur d'une mère face à son petit, le Tigre tendit une patte et attira Jareth contre lui. Il rugit doucement et Jareth sentit sa langue rugueuse sur son visage, sa poitrine, son ventre. Une fourrure encore plus agréable au toucher que celle des *selvas* caressa sa peau. Le Tigre nettoyait tendrement ses plaies. Jareth sentit les blessures se refermer, et ses forces revenir lentement dans un corps qui souffrait depuis trop longtemps.

Jareth ne sut jamais combien de temps cet instant avait duré. Il s'abandonna aux soins délicats du Tigre, il les accepta pleinement. Il poussa enfin un profond soupir et ouvrit les yeux sur son Compagnon.

— Toi…, murmura-t-il. C'est toi !

Guéri de ses blessures par les pouvoirs de l'être qui faisait partie de lui, Jareth jeta ses bras autour du cou puissant de la créature et enfouit son visage dans l'épaisse fourrure. Une patte — la patte qui avait entaillé sa chair sans pitié quelques instants auparavant — l'attira plus près.

Jareth ferma les yeux et serra la fourrure bleue de son ami, tel un homme tentant d'échapper désespérément à la noyade.

— Où étais-tu ? La dernière fois, où étais-tu ?

— Tu ne m'avais pas encore retrouvé, lorsque l'Obscurité est venue, répondit le Tigre d'une voix aimante. Tu avais ton Gardien des Traditions à tes côtés, mais j'étais sur un autre continent.

En effet, il avait retrouvé son Gardien des Traditions… et celui-ci l'avait assassiné.

Jareth frissonna à ce souvenir, puis l'écarta de ses pensées. Il soupira profondément : peur et ressentiment se dissipèrent. Il s'assit contre le flanc de son Compagnon.

— Où est le troisième ? demanda-t-il. Kevla a

parlé des Gardiens, mais je n'ai rencontré nul être semblable à sa description.

— Et je n'ai pas encore senti sa présence, répondit le Tigre.

L'animal s'allongea sur le dos et attira paresseusement Jareth contre lui, malgré son poids non négligeable.

— Je ne crois pas que ton Gardien se trouve dans une autre contrée, mais ce n'est pas impossible. Nous allons avoir du mal à trouver cette part de nous-mêmes, étant donné ce qui s'est produit la dernière fois. Assassiner un Danseur, même par amour, ne peut que nuire à notre cause.

Le Tigre savait donc ce qui s'était passé, même s'il n'était pas présent. Leur lien était assez puissant pour cela. Jareth saisit l'une des pattes du félin et l'examina distraitement. Elle était large et douce, et les griffes étaient rentrées afin d'éviter de le blesser. Jareth la serra et le Tigre sortit ses griffes : elles étaient aussi longues que ses propres doigts, et la patte plus grosse que sa tête ! Le Tigre parut amusé par la curiosité de son ami et rentra ses griffes, puis tapota le visage de Jareth, qui n'éprouvait plus que confiance et bien-être. Jamais ces griffes ne se retourneraient contre lui, désormais.

— Alors, il nous faut trouver mon Gardien des Traditions. Puis Kevla et moi devrons voyager vers des terres lointaines afin de rassembler les trois autres Danseurs. Et ma famille restera ici, leurs corps froids et inanimés à jamais…

Jareth repoussa cette pensée. Elle lui était insupportable.

— Tigre, tu ne m'as pas dit… pourquoi m'as-tu

ôté mes pouvoirs ? Comment ai-je même pu les perdre, si je suis réellement l'Elément Terre ?

— Tes pouvoirs n'ont jamais disparu, répondit le Tigre avec douceur. Ne t'es-tu pas adressé aux oiseaux et aux animaux ?

— Certes, dit Jareth, mais j'ai été incapable d'appeler le printemps. Incapable de sentir les pierres, les arbres ou la terre. Incapable de les influencer ou de faire pousser les plantes.

Il fut submergé par l'émotion et déglutit péniblement.

— Tes pouvoirs n'ont pas été enlevés, mais bloqués.

— Comment ? Par qui ?

— La neige qui tombe depuis ta dernière tentative pour ramener le Printemps n'a rien de naturel. Elle a une conscience. Et un maître, ou plutôt une maîtresse.

— Mais qui ?

Le Tigre regarda intensément Jareth et répliqua :

— La Vierge de Glace.

— Tu te moques de moi ! dit Jareth en riant.

Le Tigre secoua la tête.

— Non, je ne plaisanterais jamais sur une chose pareille.

— Mais ce n'est qu'une légende… C'est le personnage d'une série de chansons, répondit Jareth plus sérieusement.

— Au départ, sans doute, mais ce n'est plus vrai aujourd'hui. Elle est bien réelle, elle contrôle la neige et a visiblement la faculté de bloquer tes pouvoirs.

— Elle est donc omniprésente, déclara Jareth, songeur. C'est tout à fait logique : je ne pouvais appeler les animaux que lorsque le ciel était dégagé, lorsqu'il ne neigeait pas.

Elle contrôlait la neige. Cette neige qui était venue si vite qu'elle avait tué sa famille. Il savait depuis le début qu'ils n'étaient pas morts de mort naturelle, et il venait d'en avoir la confirmation. Il ne pourrait sans doute jamais ramener les siens à la vie, mais au moins les vengerait-il.

— Les hommes disparus à la chasse… Ces hommes qui parfois ont perdu la raison… ils l'ont vue, n'est-ce pas ?

Le Tigre hocha son énorme tête.

— Oui.

Jareth avait du mal à assimiler ce flot d'informations. Il se massa les tempes.

— Nous devons l'arrêter. La trouver et l'arrêter.

Soudain, il eut froid et frissonna.

— « Il a vu la Vierge de Glace et sa beauté est dangereuse… » Ces paroles, pouvons-nous y croire ?

— Je l'ignore, mais elles ont du sens, répondit le Tigre. Au moins est-ce un début.

Pour la première fois, Jareth fut reconnaissant à Altan de l'avoir accompagné. Ils auraient besoin de l'aide de l'*huskaa* pour savoir comment vaincre cette créature de légende.

Il éclata de rire.

— Altan a toujours dit qu'elle n'était une fille délaissée, au cœur brisé, et que le terme de « Vierge de Glace » ne devait pas être pris au pied de la lettre… Il ne va guère apprécier !

Il se leva et une chaleur intérieure l'envahit. Il se sentait fort, et plus du tout désespéré ni abattu. Car il venait de découvrir son véritable but, il savait qui il était, et il avait retrouvé son ami le plus cher.

— Allons les rejoindre et racontons-leur tout.

30.

Altan avait cru mourir de peur lorsque Mylikki avait failli chuter du rebord de la falaise. Il avait avancé plus vite qu'il ne s'en était cru capable, défiant le danger pour se précipiter à son secours. Une fois à l'abri, serrés l'un contre l'autre, en sanglots, le soulagement qu'il avait éprouvé à l'idée qu'elle était saine et sauve avait été presque douloureux.

Il s'était attardé aux Bois d'Arrun plus d'une semaine, prétextant le mauvais temps. Mais en réalité, malgré son désir de retrouver Jareth au plus vite, il était resté pour passer du temps avec Mylikki, lui enseigner les subtilités de la *kyndela*, et s'était réjoui de la manière dont l'esprit vif de la jeune fille les avait rapidement acquises. Si elle avait été un homme, il aurait fait d'elle son élève, son *huskaa-lal* dès la première chanson. Mais elle était une femme, et la Loi le lui interdisait.

Alors qu'ils jouaient ensemble, il la regardait et sentait son cœur battre et le désir monter en lui. Sa tête blonde s'inclinant au-dessus de l'instrument, reflétant les lueurs du feu… Son sourire, éclatant lorsqu'elle le regardait… Sa poitrine généreuse, dissimulée sous plusieurs épaisseurs de vêtements, dont il savait aujourd'hui qu'elle était plus belle et plus douce qu'il ne l'avait imaginé...

Lors de l'incident d'aujourd'hui, il avait cru l'avoir perdue à jamais. Il fut frappé de mesurer à quel point il tenait à elle. C'est pourquoi, lorsqu'elle se serra contre lui, il lui rendit son étreinte et ne fit pas un geste pour se dégager.

Je l'aime, se dit-il. Puis il prononça une prière rapide mais sincère, afin que les dieux tiennent à distance la noirceur qui parfois le consumait, pour que jamais plus il ne profère une parole qui pourrait la blesser.

Pas une brindille en vue afin d'allumer le feu. Kevla se contenta de réchauffer quelques pierres. L'effet était le même : une chaleur bienvenue entoura les voyageurs gelés. Elle se tint à l'écart, car elle-même n'avait nul besoin de chaleur, mais elle vit avec satisfaction les visages tirés et épuisés d'Altan et de Mylikki reprendre des couleurs et se détendre.

Depuis son accident, Mylikki ne s'était pas séparée d'Altan, et le jeune *huskaa* paraissait ravi. Kevla espéra que ses sautes d'humeur étaient terminées pour de bon.

Hanru leur avait distribué du fromage de lait de *selva*. Se rappelant les conseils du Dragon, Kevla mangea sa part jusqu'au dernier morceau. A la fois fort et doux au palais, le fromage apaisa leur faim et leur redonna de l'énergie. Heureusement qu'ils avaient trouvé les *taaskali* et leurs troupeaux..., se dit-elle, reconnaissante. Une fois de plus, elle se demanda si cette rencontre avait été véritablement fortuite, et qui étaient en réalité les *taaskali*.

Hanru regarda le ciel et secoua la tête.

— La nuit va bientôt tomber, dit-il.

— Nous ne partirons sans Jareth, répondit Altan.

— Ne t'inquiète pas pour lui, dit Kevla. Il est plus en sécurité que nous, je t'assure.

Mylikki, une main toujours dans celle d'Altan, mangeait un morceau de fromage de bon appétit.

— Tu sais quelque chose que nous ignorons, n'est-ce pas, Kevla ?

Cette dernière fut surprise de voir que Mylikki, en dépit de sa fatigue et de sa concentration quasi exclusive sur Altan, était si perspicace.

— Je vous le dirai à son retour. Oui, il y a quelque chose. Et je suis certaine que Jareth ne pourrait se trouver en de meilleures mains.

« Ou entre de meilleures pattes », songea-t-elle en souriant.

Elle attendait avec impatience de revoir Jareth avec son Compagnon, et se demanda à quel point il serait changé. Elle avait été elle-même profondément affectée par sa rencontre avec cet aspect de son identité. Eprouverait-il la même chose ? Elle espéra du moins qu'il serait prêt à se joindre à sa quête… Pour aller où ? Quel Danseur devraient-ils rechercher ensuite ?

« Nul doute que vous en déciderez au retour de Jareth », dit une voix familière et aimée dans sa tête.

— Le Dragon arrive, dit-elle à ses compagnons.

Le soulagement se dessina sur leurs visages. Grâce au Dragon, ils n'auraient pas à effectuer cette longue et pénible descente de la montagne à la tombée de la nuit.

Quelques minutes plus tard, les puissants battements d'ailes du Dragon soulevèrent les pans de sa *rhia*. Il se dressa bientôt devant eux, mais était trop gros pour se poser, et Kevla se rendit soudain compte qu'ils devraient voyager sur ses pattes de devant.

— As-tu terminé ta tâche, Dragon ?

— La partie qui me revenait, oui, répondit-il.

Puis il tourna la tête vers le sommet de la montagne et tous suivirent son regard. Dans la pénombre du crépuscule, difficile à discerner de prime abord, un mouvement se dessina. Kevla eut le souffle coupé, puis comprit enfin ce qu'elle voyait.

Ce mouvement flou, c'était Jareth, chevauchant fièrement le Tigre bleu.

Le félin bondit de précipice en précipice, de rocher en rocher, avec une puissance et une désinvolture qui maintinrent Kevla en haleine. A chaque seconde, elle s'attendait à voir l'animal glisser, tomber de la falaise et entraîner Jareth dans sa chute.

« Impossible, lui dit le Dragon en pensée. Ce lieu est son repaire. Le Tigre ne peut pas plus glisser que je ne puis tomber en vol. »

Jareth devait le savoir, car sa monture et lui ne faisaient qu'un. La vitesse du félin était telle que la capuche blanche de Jareth fut rabattue en arrière par le vent, flottant derrière lui.

Enfin, le Tigre bondit sur un arbre proche et atterrit devant eux. Jareth sauta à terre. Altan et

Mylikki se tenaient immobiles, sous le choc. Ils se regardèrent, puis s'agenouillèrent en présence de ce qu'ils croyaient être un dieu.

Jareth s'avança vers eux.

— Ce n'est pas un dieu, dit-il doucement en aidant l'*huskaa* à se relever. C'est mon Compagnon, comme le Dragon est celui de Kevla.

Pour la première fois depuis son arrivée, Jareth regarda Kevla dans les yeux.

— Je suis, comme tu avais essayé de me le dire, le Danseur de Terre.

Elle sourit. Jareth alla à sa rencontre et lui prit les mains. C'était la première fois qu'il la touchait volontairement, à l'exception de la nuit où il l'avait menacée de son couteau. Ses mains étaient chaleureuses et fortes.

— Je suis ravie que tu me croies enfin. Et que tu aies retrouvé ton Compagnon.

— Il...

Jareth se tourna vers le Tigre bleu. Ce dernier ferma à demi les yeux en un geste d'affection.

— Je sais, dit-elle, je sais.

Il lui serra les mains, puis lâcha prise.

— J'ai tant de choses à vous dire... A tous. Mais je préférerais vous les raconter autour d'un feu et d'un repas chaud.

— Rien de plus facile, dit le Dragon. Mais... Jareth, nous devons nous hâter. Le temps nous est compté, et une mission t'attend à ton retour au camp.

— Encore une occasion manquée ! s'écria le conseiller.

Il se tenait au côté de l'Empereur, les yeux sur le *Tenacru*.

— Elle n'a pas suivi tes instructions. A présent, il a trouvé le Tigre et sait tout au sujet de la Vierge de Glace. Tout tombe à l'eau !

L'Empereur éclata de rire et le conseiller sentit ses cheveux se dresser sur sa tête. Il détestait voir l'Empereur en colère, mais il haïssait plus encore son rire. Le *ki-lyn* était debout, les yeux fixés sur les images du *Tenacru*, le visage plein d'espoir. Le Mage, silencieux et docile en apparence, se tenait derrière son maître. Le conseiller le regarda avec dédain. Ceci avait été son idée.

— La fille Gardien des Traditions n'avait pas la moindre chance d'exécuter le plan, déclara l'Empereur avec indulgence. Tous avaient les yeux rivés sur elle. Mais je lui parlerai ce soir et nous préparerons un nouveau plan. Quel dommage que le Danseur et son Compagnon soient réunis, en effet... Ils sont plus forts, désormais, et ils ont une cible en la personne de la Vierge de Glace.

— Que prévois-tu de faire ?

— Ma petite traîtresse de Gardienne des Traditions exécutera mon plan. Et une nouvelle occasion se présentera bien. N'oublie pas... le pouvoir de la Vierge de Glace sur les hommes. Nul ne peut lui résister. Pas même le Danseur de Terre.

Le conseiller se détendit.

— C'est vrai, dit-il, mais Kevla n'est pas un homme.

L'Empereur esquissa un sourire cruel. Le *ki-lyn* baissa la tête, faisant sonner sa petite chaîne d'or.

— Le Gardien des Traditions non plus, ajouta l'Empereur d'une voix froide.

Ils revinrent au camp, Jareth sur le Tigre et les autres sur le dos du Dragon. Kevla n'avait pas réalisé à quel point ceci lui avait manqué : chevaucher les écailles douces du Dragon, les mains posées nonchalamment sur ses crêtes, sans craindre de tomber.

« Je crois qu'il n'y a rien de mieux au monde que de voyager à dos de Dragon », lui dit-elle en le serrant contre elle.

« Je crois, moi, que tu es un être très intelligent », répondit le Dragon.

Kevla regarda en bas. Le temps était de nouveau dégagé et glacial, par cette nuit de pleine lune. Elle voyait presque aussi clairement qu'en plein jour, et discerna la silhouette de Jareth sur le Tigre bleu. Elle sourit à cette vue. Un animal ordinaire, cheval ou *sa'abah*, n'aurait jamais pu courir à ce rythme.

Son sourire disparut lorsqu'elle vit l'immense ombre noire du Dragon se dessiner sur le manteau de neige.

Une ombre. *L'Obscurité.*

Elle s'était tant consacrée à la recherche de Jareth qu'elle en avait presque oublié leur ennemi. Elle frissonna et regarda devant elle.

Ils approchaient du camp des *taaskali*. Kevla vit six foyers allumés et se demanda pourquoi ils avaient besoin de tant de feux. Ils n'étaient qu'une vingtaine environ. Les *selvas* se tenaient tous au même endroit, serrés les uns contre les autres. Un comportement inhabituel. Les *taaskali* les laissaient généralement aller et venir à leur guise. Pourquoi les avoir rassemblés ainsi ?

Le Dragon et le Tigre parvinrent au camp en même temps. Le Dragon se posa avec douceur et tous descendirent de son dos. Hanru se hâta de rejoindre ses compagnons et ils se lancèrent dans une discussion à voix basse.

— Dragon, qu'y a-t-il ? s'enquit Kevla.

Tous les *selvas* regardaient intensément Jareth. Ils paraissaient ignorer totalement le Tigre. Jareth semblait perplexe.

— Je suis resté au camp afin d'exécuter une tâche, répondit le Dragon. Mais Jareth doit à présent la terminer.

— Quelle tâche ? rétorqua Jareth, exaspéré. De quoi parles-tu ?

— Regarde les *selvas*, dit le Tigre, qui prenait la parole pour la première fois en leur présence. Regarde-les, car ce sont les Gardiens des Traditions de Lamal.

31.

Comment est-ce possible ? s'exclama Kevla.

— Il y a un millier d'années, déclara Hanru, parmi les Gardiens des Traditions se trouvait un homme à la vision et à la sagesse sans précédent, Caldan. Il avait le pouvoir de lire l'avenir. Il put voir de nombreuses choses, et, parmi elles, le fait que les Gardiens de Lamal courraient un danger au moment même où leurs souvenirs seraient le plus nécessaires : à la naissance des Danseurs et lors de la lutte finale contre l'Obscurité. Caldan disposait d'un objet d'une grande force magique, et c'est ainsi qu'il transforma tous les Gardiens des Traditions en *selvas*. Déguisés en animaux, ils seraient à l'abri de quiconque voudrait exploiter leur savoir.

Hanru esquissa un léger sourire.

— Caldan savait que les *selvas* auraient besoin d'aide. Et les esprits de la forêt répondirent à son appel. Nous décidâmes de prendre forme humaine et de protéger ces précieux êtres de tout danger. C'est ainsi que naquirent les *taaskali*.

Kevla laissa échapper un petit cri de surprise. Mais était-elle réellement surprise, au fond ? Elle avait deviné que les *taaskali* n'étaient pas de simples mortels, comme elle se doutait que les *selvas* étaient davantage que de simples animaux.

Elle se rappela sa confusion à son arrivée à Lamal, lorsqu'elle n'avait pu découvrir un seul Gardien des Traditions. Personne n'avait jamais entendu parler de tels êtres. Mais la preuve de leur existence était bel et bien contenue dans la chanson « Combattre l'Obscurité ».

— Paiva m'a raconté que les esprits de la forêt avaient disparu, dit Jareth. Mais non… vous aviez simplement pris une forme différente.

— En effet, répondit Hanru. Pendant un millier d'années, nous vous avons attendus, Danseur de Terre.

— Dragon, tu le savais ! s'écria Kevla.

— Pas avant de les rencontrer, dit le Dragon. Dans le pays de Kevla, il existait des êtres que tous nommaient *kulis*. Les Arukanis les prenaient pour des démons et les fuyaient. J'étais le seul à connaître la vérité sur eux.

— Mais… les *kulis* n'étaient pas de vrais démons, remarqua Mylikki en réfléchissant à voix haute. Ils n'étaient que de pauvres enfants, abandonnés par leurs familles.

— Il est difficile de distinguer entre la réalité et ce que l'on perçoit, ajouta le Tigre. La différence est parfois infime. Le Dragon les a vus comme ils étaient en réalité et les a aidés à se souvenir…

— … de ce qu'ils étaient, murmura Kevla, les larmes aux yeux en regardant son vieil ami avec une affection renouvelée.

Elle se souvint de leur première rencontre : elle se tenait sur un rocher au-dessus d'un puits de lave et de roches en fusion, et il lui avait posé la même question plusieurs fois. *Sais-tu qui tu es ?* Il avait compris immédiatement qui étaient les *selvas*, et il était resté au camp afin de les aider à se souvenir de leur identité de Gardiens des Traditions.

— Je leur ai posé la bonne question, voilà tout, répondit le Dragon.

Kevla regarda le Tigre, qui soutint son regard. Elle se demanda quelle avait été la question du Tigre, et comment Jareth avait su répondre.

— Ils se souviennent de tout, à présent, poursuivit le Dragon. Mais seul le Danseur de cette contrée est en mesure de leur rendre leur forme véritable.

Jareth regarda les *selvas*. Ils levèrent leurs yeux couleur d'argent sur lui, et il y vit briller une intelligence humaine.

— Comment puis-je... Que faire ? dit-il, interrogateur, au Tigre.

Ce dernier plissa les yeux et rugit :

— Tu le sais... Les Gardiens des Traditions n'existent que pour servir les Danseurs. Appelle-les, et ils viendront à toi.

Jareth avait la bouche sèche. Le Tigre, le Dragon et Hanru... Tous lui attribuaient plus de pouvoir qu'il n'était certain d'en posséder. Il se tint devant les *selvas* un long moment, incapable du moindre geste. Et s'il échouait ? Ces hommes seraient piégés dans cette forme animale pour le reste de leurs jours. Et s'il...

Tu as vécu trop longtemps dans la peur, Danseur de Terre. Les mots résonnèrent dans sa tête et il reconnut la voix du Tigre. *N'es-tu pas las d'être dominé par cette peur ?*

Si, songea-t-il, admettant cette vérité pour la première fois. Il se souvint d'une nuit, longtemps auparavant, où il avait jeté ses doutes dans le feu de la fête des moissons et avait laissé les flammes s'en emparer. *Je ne veux plus jamais avoir peur d'échouer.*

Il marcha d'un pas ferme vers le premier *selva* et posa les mains de chaque côté de sa grosse tête blanche. Il plongea son regard dans les yeux de l'animal, à la recherche de l'être humain piégé dans ce corps de bête, et il le trouva.

Je te vois, pensa-t-il, fermant les yeux. *Je te vois tel que tu es. Deviens ce que tu étais jadis, Gardien des Traditions de Lamal. Retrouve ta vraie nature.*

Il sentit la fourrure sous ses doigts devenir plus courte, puis se métamorphoser en peau humaine. La tête devint plus petite entre ses mains, et lorsqu'il rouvrit les yeux, une vieille dame à l'air sage se tenait devant lui. Kevla l'enveloppa avec douceur d'une couverture.

— Danseur de Terre, dit la femme d'une voix qui semblait rouillée par le temps, Caldan avait promis que tu viendrais.

Une par une, les créatures vinrent le voir afin de retrouver leur apparence humaine. Une par une, Jareth apposa les mains sur elles, découvrit l'homme, la femme ou l'enfant et les aida à recouvrer forme humaine. Le dernier fut un charmant petit garçon. Jareth était submergé d'émotion.

Il se tourna vers le Tigre.

« Cela me rend… humble, Tigre. Mais c'est aussi un tel sentiment de puissance. »

« C'est cela, être un Danseur », lui dit le Tigre en pensée, et Jareth perçut sa fierté.

« C'est pour cette raison que tu ne m'as pas permis de te trouver, la première fois... Tu savais que cette tâche m'attendait, et que j'aurais besoin de l'aide du Compagnon de Kevla pour la mener à bien. »

Soudain, Jareth sentit ses forces l'abandonner. Ses jambes se dérobèrent et il tomba à genoux dans la neige. Kevla et Altan se précipitèrent à ses côtés, l'enveloppant dans des couvertures épaisses et lui offrant thé chaud et nourriture.

— Merci, Danseur de Terre, dit Hanru. Tu nous as libérés de notre charge.

— Mais vous n'avez pas changé d'apparence, vous, dit-il. Vous êtes toujours des *taaskali*. Avez-vous aussi besoin de moi afin de retrouver votre véritable forme ?

Hanru rit doucement.

— Tu as pu venir en aide aux Gardiens des Traditions parce que, d'une certaine façon, tous sont liés à toi. Nous sommes liés à la terre, et tant que vous n'aurez pas vaincu la femme qui retient cette terre prisonnière, nous ne pourrons redevenir ce que nous étions autrefois.

— La Vierge de Glace..., répondit Jareth, regardant ses compagnons. C'était ce que je voulais vous dire. La Vierge de Glace n'est pas une légende. Elle est bien réelle.

— Quoi ? dit Altan en ouvrant des yeux ronds.

— Elle existe vraiment, répéta Jareth. C'est elle qui impose à cette terre cet hiver si étrange. Mes pouvoirs n'ont pas disparu : elle les bloque, elle m'empêche tout simplement de les utiliser.

Il ouvrit la bouche pour poursuivre son récit, mais devant leur expression étonnée, il ajouta :

— Mieux vaut sans doute reprendre depuis le début.

— C'est ainsi que l'on raconte ordinairement les histoires, en effet, répliqua Altan.

Au grand amusement de Jareth, le jeune homme alla chercher sa *kyndela* et se mit à l'accorder.

D'une voix claire et forte, Jareth leur raconta la manière dont il avait découvert autrefois ses pouvoirs. Il fut surpris de voir à quel point il était facile de parler d'une chose qui contenait pour lui tant de peurs et de souffrances. Il leur raconta comment il avait cru être le Faiseur de Printemps, et combien il avait souffert de la « disparition » de ses pouvoirs.

— Mais je sais aujourd'hui que je suis… quelqu'un… de différent de ce que j'avais cru être, dit-il avec un sentiment de chagrin mêlé à de la joie. J'ai une responsabilité bien plus grande que cela, et je ne reculerai pas. Chaque jour, des gens meurent à cause de cet hiver provoqué par la Vierge de Glace. Nous devons l'arrêter. Maintenant.

— Comment allons-nous faire ? demanda Mylikki.

— Altan et toi en savez davantage que Kevla ou moi à ce sujet, déclara Jareth. Pendant des années, les *huskaas* ont interprété une série de trois chansons appelée « Le Cercle de Glace ». Ce sont les seules informations dont nous disposons à propos de la Vierge de Glace. Que nous disent ces chansons ?

— Eh bien, répondit Mylikki, ces chansons parlent d'abord d'une jeune femme dont le cœur fut brisé par un homme qui s'est moqué de son amour. Elle a alors recours à des forces maléfiques afin d'être en mesure de capturer l'âme de tous les hommes et de les plier à sa seule volonté, dans le but de se venger sur tous du mal que lui fit un seul d'entre eux.

— Elle transforme le cœur des hommes en glace afin qu'ils deviennent incapables d'aimer un autre être qu'elle, continua Altan. La première chanson parle d'un jeune homme qui part à sa recherche, pensant qu'il pourra s'en faire aimer. Un vieil homme l'avertit de la folie d'une telle entreprise et lui raconte sa propre histoire. La deuxième de la série du « Cercle » est contée par le même jeune homme, désormais ensorcelé. Il inflige lui-même à une jeune fille ce que la Vierge de Glace avait subi : il la séduit, puis lui brise le cœur.

— Et le narrateur de la troisième chanson du cycle est la Vierge de Glace elle-même, qui explique comment elle est devenue ce qu'elle est, acheva Mylikki.

— Ces détails sont bien maigres, dit Kevla. Parle-t-on d'une faiblesse éventuelle de la Vierge de Glace ? Du lieu où elle vit ?

Mylikki et Altan se regardèrent.

— Certains couplets sont parfois négligés dans l'interprétation des chansons. Nous pourrions les étudier et voir si nous pouvons y trouver un quelconque indice.

— Bien, répondit Kevla. Examinez-les et dites-nous ce que vous y trouverez. Jareth et moi allons parler avec les Gardiens. Ils pourraient nous aider à y voir plus clair.

***

Ils restèrent éveillés longtemps. Jareth et Kevla s'assirent côte à côte sur une couverture de laine de *selva* près du feu. Un par un, les Gardiens des Traditions de Lamal vinrent les voir. Les histoires qu'ils racontèrent étaient belles, drôles, déchirantes, dramatiques et passionnantes. Certains ne se souvenaient que d'anecdotes personnelles, comme cette femme qui regarda timidement Kevla et dit :

— Tu m'as donné quelques pièces le jour où tu es venue au marché…

— C'était… c'était le jour où je fus assassinée, dit Kevla avec douceur.

Ses souvenirs étaient étrangement lointains, comme si ces histoires étaient arrivées à une autre personne. Kevla regarda la jeune femme et vit en elle la vieille à qui elle avait fait une aumône.

— Je me souviens, ajouta-t-elle.

D'autres histoires, d'autres vies… Kevla regretta que Mylikki et Altan ne fussent pas là pour les entendre. Chacune contenait matière à une chanson, elle en était sûre. Mais les deux musiciens avaient une tâche plus urgente à accomplir que de composer des chansons pour les générations suivantes. S'ils n'arrêtaient pas la Vierge de Glace et si Jareth ne retrouvait pas ses pouvoirs, si les Danseurs ne sauvaient pas ce monde de l'Obscurité, il n'y aurait pas de générations futures à qui interpréter ces chansons ou raconter ces histoires.

Le Dragon revint de la chasse avec deux *kirvi*. Kevla en eut l'eau à la bouche et regarda Jareth. L'espace d'un instant, elle se demanda comment il pouvait manger des animaux, lui qui était capable de parler à ces créatures. Puis elle comprit que le Danseur de Terre avait le même lien puissant avec toutes les créatures vivantes — terre, plantes et roches. Toutes étaient douées d'intelligence, à ses yeux. D'où la nécessité de vivre, même en sacrifiant la vie d'un animal ou d'une plante.

Cette idée était si triste… Sans réfléchir, elle posa la main sur son bras. Jareth la regarda, étonné, sans comprendre. Elle secoua la tête et sourit, puis ôta sa main.

Tous les Gardiens eurent l'occasion de parler aux Danseurs. Jareth soupira.

— Il n'est pas là, dit-il au Tigre.

— Non, répondit celui-ci.

Kevla comprit. Le Danseur de Terre avait trouvé son Compagnon mais non son Gardien. L'être humain qui serait plus proche de lui que nul autre au monde… Jareth avait visiblement espéré le trouver.

— Hanru, es-tu sûr que tous les Gardiens sont là ?

— Oui, répondit le *taaskal*. Nous nous en occupons depuis des générations. Ils sont tous ici.

— Souviens-toi, ajouta le Tigre, le Gardien du Danseur est différent des autres. « Il » ou « elle » représente l'âme du Danseur.

Kevla ouvrit de grands yeux étonnés. Elle se souvint des paroles de Jashemi alors qu'ils faisaient l'amour : « C'est le destin, je le sens… je le sais. Nous sommes faits pour être ensemble. Je t'appartiens totalement, Kevla. Je t'ai toujours appartenu et je t'appartiendrai toujours. Quoi qu'il arrive — qui que nous soyons —, sache que je suis à toi. Tu es mon âme. » Et de nouveau, dans le rêve offert par le *selva*, Jashemi le Gardien des Traditions avait répété ces mêmes paroles : « Il a presque raison, je suis ton âme, Danseuse de Feu… »

Elle sentit sa présence au fond de son cœur. Il était son âme. Elle savait qu'elle n'aurait pu en avoir de plus brillante ou de meilleure et, sans s'en rendre compte, elle posa une main sur son cœur, comme pour y retenir Jashemi.

— Il est peut-être mort, dit Kevla.

Jareth leva la tête et elle regretta aussitôt ses paroles.

— C'est possible, convint le Tigre. Mais s'il était dans ce groupe, nous le saurions.

Jareth se tut, assimilant ces informations. Kevla se dit qu'il paraissait se faire remarquablement bien à la nouvelle situation. Elle se souvint du choc qu'elle-même avait éprouvé en apprenant qui elle était réellement.

— Qu'est-il arrivé à Caldan ? demanda Jareth.

— Il avait prévu de quitter Lamal, après nous avoir métamorphosés. C'est tout ce que je sais. J'ignore où il s'est rendu, répondit Hanru.

Jareth secoua la tête, comme pour écarter des pensées gênantes.

— Cela n'a pas d'importance pour le moment. Ce qui importe est de trouver la Vierge de Glace. Altan ! Mylikki et toi avez-vous découvert quelque chose ?

Ces derniers se levèrent et avancèrent vers eux. Kevla se dit qu'elle ne les avait jamais vus aussi abattus.

— Nous avons étudié les paroles, dit Mylikki en frottant ses yeux fatigués.

— Encore et encore…, ajouta Altan.

— Nous avons même parcouru les quelques variantes régionales de ces chants, qu'Altan a apprises au cours de ses voyages, dit Mylikki. Rien. Le seul indice se trouve dans la première chanson, où le jeune cavalier déclare : « On me dit qu'elle vit ici. » Mais, bien sûr, le reste de la chanson ne précise pas où se trouve cet « ici ».

— Bien que la Vierge de Glace existe, reprit Altan, je crois qu'elle ne vit pas vraiment sur cette terre, du moins pas selon ces chansons. Elle… elle existe là où règnent le mal et la cruauté.

— Ni dans la forêt ni dans les collines, donc, répondit Jareth en soupirant. Je comprends ce que tu veux dire.

— Quel est le nom de la première chanson ? demanda Kevla.

Peut-être Jareth et elle découvriraient-ils quelque chose qui aurait échappé aux deux jeunes gens.

— Simplement : « La Vierge de Glace ».

— Et la deuxième ?

— « Cercle de Glace », et la dernière : « La fin du Cercle ». L'idée est la suivante : si une personne souffre, elle blesse à son tour quelqu'un, et ainsi de suite, et retour au point de départ.

— Un cercle de chagrin, dit Kevla. Un cercle de glace. Comme c'est triste…

Hanru l'écoutait avec attention.

— Que disais-tu, Kevla ?

— Nous parlions du cycle de chansons sur la

Vierge de Glace, appelé « Cercle de Glace ». Nous espérions y trouver des indices…

Un souvenir revint à l'esprit de Kevla. Elle se rappela le matin qui avait suivi la tempête qu'elle avait essuyée avec Mylikki, lorsque le Dragon avait montré, au loin, les hommes des bois. Elle avait vu un cercle, un anneau de glace qui brillait sur la neige.

Elle reprit soudain espoir.

— Je crois que j'en ai vu un, dit-elle. Un cercle de glace. Un vrai.

— Nous en avons vu un grand nombre, remarqua Hanru. Ils ont commencé à faire leur apparition il y a environ neuf ou dix lunes. Les *selvas* refusaient de s'en approcher et nous avons fait de même. Ils sont… *le mal.*

— Quelqu'un a-t-il jamais pénétré dans l'un de ces cercles ? demanda Jareth.

— Pas que je sache. Même les animaux ne s'en approchent pas.

Les quatre compagnons se regardèrent.

— Cela doit forcément vouloir dire quelque chose, dit Jareth. Un lien doit exister. Ils ont commencé à apparaître au moment où cet hiver a commencé.

— Nous ne pourrons pas savoir, à moins de les voir nous-mêmes, répondit Kevla.

— Quand ? demanda Altan.

— Mylikki et toi n'irez nulle part, répliqua Jareth. Kevla, nos Compagnons et moi allons nous en charger.

— Nous ne sommes pas venus jusqu'ici pour…, commença Altan.

— Je pense, fit remarquer la voix puissante du

Tigre, qu'il est préférable d'en décider demain matin. Vous avez tous besoin de vous reposer, après cette journée éprouvante, y compris les Danseurs.

— Mais il faut l'arrêter ! s'écria Jareth en se tournant vers son nouvel ami. Ne comprends-tu pas cela ? Des gens meurent, Tigre... Cette terre ne peut en supporter davantage. Si nous n'agissons pas maintenant, même si le printemps revient un jour, il sera trop tard !

Le Tigre se leva. Il était jusque-là allongé sur la neige, sans se soucier du froid, et ressemblait à un gros chat. Kevla vit soudain à quel point il était énorme et puissant.

— Vous en serez incapables si vous êtes épuisés et faibles, rétorqua le Tigre sur un ton qui n'admettait aucune réplique. Je doute qu'elle soit un ennemi facile à vaincre. Vous aurez besoin de toutes vos forces et de votre clarté d'esprit pour y parvenir. Pour le moment, Danseur de Terre, tu sembles manquer de ces deux ressources.

Jareth ne semblait pas se résigner.

— Nous sommes sans doute plus résistants que des êtres humains ordinaires, Jareth, souligna Kevla avec douceur, mais nous avons nous aussi nos limites. Les paroles du Tigre sont sages. A quoi bon trouver la Vierge de Glace, si nous sommes trop fatigués pour la combattre ?

Elle crut un instant qu'il allait se mettre en colère. Mais il prit une profonde inspiration.

— Très bien. Demain matin, alors. Hanru, tu disais que vous en avez vu un grand nombre. Pourrais-tu nous conduire vers un de ces cercles ?

— En effet, même si je suis très réticent à cette idée, répondit le *taaskal.*

Jareth hocha la tête, mais Kevla savait au fond d'elle-même qu'il mourait d'envie de partir dès à présent.

Elle se leva, s'étira et s'allongea près du Dragon. Elle remarqua qu'Altan et Mylikki s'endormaient dans les bras l'un de l'autre, près du feu, et que Jareth s'étendait au côté du Tigre bleu. Ce dernier posa sa tête contre celle de Jareth et le serra contre lui.

« Les choses sont enfin ce qu'elles doivent être… », se dit-elle en s'assoupissant peu à peu.

32.

Kevla s'éveilla le cœur léger. Elle ne s'était pas sentie aussi bien depuis bien longtemps. Les Gardiens des Traditions avaient retrouvé leur forme originelle. Altan ne faisait plus aucune remarque blessante à Mylikki, et il montrait enfin ses sentiments à la jeune fille. Cette dernière était radieuse et s'épanouissait sous ses attentions. Jareth avait accepté son destin et retrouvé son Compagnon, si ce n'était son Gardien des Traditions. Ils comprenaient désormais pourquoi ses pouvoirs avaient disparu et qui était responsable de ce terrible hiver. Et aujourd'hui, enfin, ils iraient vérifier l'indice découvert la nuit précédente.

— Je pensais à une chose, dit Kevla en sirotant son thé. Dans la dernière chanson, la Vierge de Glace s'adresse directement au public. Elle semble vouloir nous dire qu'autrefois, elle fut une femme comme les autres. Et le dernier vers… on dirait presque qu'elle cherche à se faire pardonner.

— « Souviens-toi de ce qui a fait de moi ce que je suis… Tout ce que je voulais, c'était l'amour d'un homme », cita Mylikki en regardant Altan avec adoration.

— Ce qui n'excuse en rien ses actes, déclara Jareth.

— Certes, dit Kevla. Mais il est intéressant de constater qu'elle paraît vouloir les expliquer.

— A condition que ces chansons soient réellement des indices fiables, répondit Jareth.

— C'est la seule information dont nous disposons, rétorqua Altan.

— Non, nous avons davantage, dit Jareth en montrant la vaste étendue de neige autour d'eux. Le Tigre dit que cette Vierge de Glace contrôle la neige. Nous savons aussi que les hommes fous sont bien réels. Et que d'étranges anneaux de glace ont commencé à apparaître en même temps que cet hiver. Je préfère m'en tenir à ces certitudes plutôt que de rechercher des indices dans des chansons composées par des *huskaas* il y a des siècles.

— Rien ne nous empêche de faire les deux, répliqua Kevla.

— Kevla a raison, dit Mylikki tout en mangeant un morceau de fromage. Utilisons tout ce que nous avons.

— Mais nous ignorons comment la combattre, dit Jareth. Nous ignorons même si nous en sommes capables. Comment vaincre une Vierge de Glace ?

— Si ce titre est à prendre au pied de la lettre, si elle est de glace, je peux la détruire, dit Kevla. Si elle est humaine, elle est mortelle. Une chose est sûre : elle est capable de bloquer tes pouvoirs. Espérons qu'elle ne peut faire de même avec les miens.

Jareth sortit son couteau et en examina la lame à la lueur faible du petit matin.

— Elle peut sans doute m'empêcher de communiquer avec la terre, dit-il en contemplant son arme.

Mais j'aurai toujours la possibilité de plonger cette lame dans son cœur, si je n'ai pas le choix.

Altan et Mylikki se regardèrent, mal à l'aise. Kevla avait en effet remarqué que la culture de Lamal était très pacifique, si l'on excluait les hommes forcenés tapis dans les bois, bien sûr. Toutes les armes qu'elle avait vues étaient destinées à la chasse et non à la guerre. Celle-ci était rare, si Kevla en croyait les regards horrifiés des habitants de Lamal, lorsque la violence était évoquée. C'est pour cette raison que Mylikki était perturbée d'entendre Jareth parler de tuer quelqu'un, même un ennemi, avec une telle froideur.

— Nous ferions mieux d'aller examiner ces cercles de glace, dit Kevla. Peut-être y verrons-nous plus clair.

Jareth replaça le poignard dans son fourreau et hocha la tête.

— Allons-y.

Mylikki et Altan se levèrent également. Lorsque Jareth les regarda, l'air furieux, ils sourirent. Puis Altan dit enfin :

— Nous avons parlé au Tigre et au Dragon ce matin, avant que tu ne te réveilles. Ils sont d'accord pour que nous vous accompagnions.

Jareth reporta cette fois sa colère sur le Tigre. Ce dernier dressa une oreille.

— Ils ont promis de vous obéir point par point, dit le Dragon. Nous avons donc estimé que leur requête était raisonnable. De plus, ils connaissent ces chansons par cœur, y compris les vers les plus rarement interprétés. Ils pourraient vous aider.

Jareth leva les yeux au ciel.

— On dirait que je n'arriverai jamais à te convaincre, Altan.

Altan sourit. L'adoration qu'il vouait à son vieil ami était évidente, même s'il tenait fermement la main de Mylikki, en cet instant.

— Et j'espère que tu n'y parviendras jamais.

Selon Hanru, le cercle de glace n'était pas très loin. Grâce au Dragon et au Tigre, ils y arrivèrent en quelques instants. Kevla l'aperçut bientôt à leurs pieds : un anneau de glace sur la neige. Il était la copie exacte de celui qu'elle avait vu dans la forêt.

— La neige ne recouvre jamais le cercle, fit remarquer Hanru.

— Rien de très naturel, répondit Altan.

Le Dragon se posa avec douceur sur la neige. Le Tigre et Jareth arrivèrent en même temps.

Ils marchèrent lentement vers le cercle. Celui-ci paraissait inoffensif mais étrange. C'était un cercle parfait, d'environ trois pieds de circonférence. Des empreintes de pas étaient visibles, là où des animaux s'étaient approchés, mais comme l'avait dit Hanru, la neige à l'intérieur du cercle était intacte. Pas même de traces de pattes d'oiseaux ou de feuilles mortes. Ils tournèrent autour du cercle pendant un long moment, l'examinant en silence.

Mylikki parla enfin.

— Alors, voici ce fameux cercle de glace… Un cercle magique. Que faisons-nous, à présent ?

— Un cercle délimite un espace, dit Kevla, réfléchissant à voix haute. Dans quel but ?

— Pour le protéger ou parce que cet espace est sacré, suggéra Jareth. Ou encore pour empêcher quiconque d'y pénétrer.

— Oui, c'est une explication. Hanru, tu as parlé de plusieurs cercles semblables à celui-ci ?

— Nous avons voyagé sur des centaines de lieues avec les *selvas*. Et nous avons vu des dizaines de cercles comme celui-ci. Tous donnent cette même impression… l'impression d'un maléfice.

Jareth fronça les sourcils.

— Pourquoi tant de cercles ? Pourquoi la Vierge de Glace aurait-elle besoin d'autant de cercles ?

Kevla continuait d'observer le cercle. Il était plutôt petit, de la taille d'un feu de camp.

Puis elle eut une idée.

— Je peux me déplacer d'un feu à un autre en posant le pied dessus, dit-elle.

Elle regarda Jareth et ajouta :

— En posant le pied à l'intérieur d'un cercle de feu.

— Une entrée ! répondit Jareth, soudain enthousiaste.

Avant qu'ils aient pu l'arrêter, il avait trouvé une pierre dans la neige et l'avait jetée dans le cercle.

Elle atterrit avec un bruit sourd et disparut dans la congère. Ils s'approchèrent et virent que la pierre était toujours là.

— Bon…, soupira Jareth.

— Ces cercles sont destinés aux hommes, dit soudain Altan. Les forcenés dans les bois… peut-être parvient-elle à les capturer ainsi. Ils marchent dans un de ces cercles par hasard, au beau milieu d'une tempête de neige, et sont ensuite à la merci de la Vierge de Glace.

Kevla eut soudainement froid, une sensation fort inhabituelle pour elle. Elle avait vu un cercle de glace sur le sol, le matin où le Dragon lui avait montré les hommes tapis dans les bois. Elle savait qu'Altan disait vrai. Elle se frotta les bras, bien qu'elle sût que le froid venait de ses pensées lugubres et non de la température glaciale…

— Kevla ?

Elle détourna les yeux du cercle brillant et regarda Jareth.

— Je crois qu'Altan a raison. Je crois que c'est ainsi que ces hommes entrent en contact avec la Vierge. C'est une entrée, tout comme le feu l'est pour toi.

Jareth lui tendit la main.

— Il n'y a qu'une façon de le savoir.

Elle le fixa, interloquée. Tout son être était opposé à cette idée. Ils en savaient si peu sur cet ennemi étrange… Ils n'avaient aucun plan de combat, ils ignoraient même s'ils étaient capables de se battre contre lui. Mais qui s'en chargerait ? Qui, à Lamal, possédait de plus grands pouvoirs que le Danseur de Terre et la Danseuse de Feu ? Malgré leur manque de préparation, ils devaient agir immédiatement. Cette terre et ses habitants n'étaient-ils pas en train de mourir ?

Kevla se leva et prit la main de Jareth. Elle entrelaça ses doigts aux siens.

— Nous allons marcher dans le cercle, dit Jareth aux autres. Il est trop petit pour le Dragon ou le Tigre. Mylikki, Altan, promettez-moi de rester ici avec eux. Quoi qu'il arrive, nous avons besoin de savoir que vous serez en sécurité. Est-ce que vous comprenez ?

— Oui, Jareth, répondit rapidement Mylikki.

Nous ne pouvons faire plus pour vous aider, et nous risquons même de vous gêner.

— Elle a raison, dit Altan en soupirant. Mais soyez prudents et rappelez-vous les paroles de la chanson !

Kevla fut satisfaite. Elle les aimait beaucoup, tous les deux, et ils étaient plus sages qu'elle ne l'aurait cru. Ils avaient été d'une grande aide, mais ils pourraient à présent représenter un obstacle à leur mission.

Elle leva les yeux vers le Dragon et se força à sourire. Puis elle se tourna vers Jareth. Les yeux bleus de ce dernier plongèrent dans les siens, et elle sut qu'il ignorait tout autant qu'elle ce qui les attendait. Mais sa main était forte et rassurante dans la sienne.

Elle hocha la tête. Ils prirent une profonde inspiration et posèrent le pied dans le cercle.

Le froid glaça Kevla jusqu'aux os et la neige l'aveugla presque complètement.

Elle lâcha la main de Jareth afin de réchauffer son corps gelé, vêtu de sa mince *rhia* rouge. Comment était-ce possible ? Elle sentit la main de Jareth autour de sa taille. Il la tourna vers lui. Elle cligna des yeux et poussa un cri de surprise.

Une forêt se dressait devant eux, différente de toutes celles que Kevla avait vues. Les arbres étaient sombres, morts, et recouverts d'une couche de glace brillante. Les branches paraissaient pointues, comme aiguisées. Elles étaient entrelacées et serrées, telle une barrière infranchissable. Tout, autour d'eux, était d'une couleur rouge pâle. Kevla leva les yeux vers le ciel : il était cramoisi.

Au-delà de la forêt glacée se dressait un spectacle à la fois beau et terrifiant. A peine visible à travers les flocons de neige, une sorte de château, qui n'était ni de pierre ni de bois, mais entièrement de glace. Il brillait de mille feux, malgré la tempête de neige tout autour.

— « On dit qu'elle vit ici », cita Jareth, regardant Kevla. Tu trembles... Je croyais que tu n'avais jamais froid ?

— Ce-ce... n'est pas un froid ordinaire..., répondit Kevla en claquant des dents. Je ne crois pas que nous soyons encore dans notre monde.

Kevla respira profondément et se concentra sur le feu qui était toujours présent en elle. Elle le trouva au prix d'un effort considérable et, peu à peu, son corps cessa de trembler.

— Tu penses que nous sommes ailleurs ?

— Cette Vierge de Glace est une sorte de créature magique, dit Kevla. C'est la première fois depuis des années que j'ai froid, Jareth, et j'ai eu du mal à me concentrer sur mes pouvoirs et à me réchauffer. Et puis, regarde la couleur du ciel. Je crois en effet que nous sommes dans un autre monde. Un espace magique.

Ils entendirent le sifflement des flèches en même temps et se retournèrent pour faire face à leurs assaillants.

Des dizaines d'hommes couraient vers eux, criant des paroles que Kevla ne put distinguer, tout d'abord. D'autres avaient pris position et envoyèrent une volée de flèches dans leur direction. Sans réfléchir, Kevla tendit la main. Les flèches prirent feu immédiatement, se transformèrent en cendres et tombèrent sur le sol.

— Ton manteau ! s'écria Kevla. Il te protège des flèches !

— C'est un conte de bonne femme ! rétorqua Jareth.

Mais il suivit tout de même son conseil. Les flèches frappèrent le manteau de laine de *selva*, puis retombèrent sans le blesser. Kevla se concentra. De petites boules de feu jaillirent de ses mains et attaquèrent leurs agresseurs. Ceux-ci tombèrent en criant de douleur, et, comme toujours lorsqu'elle était obligée de faire usage de la force, Kevla éprouva un pincement de regret.

D'autres hommes arrivèrent. La peur de Kevla se transforma en profond chagrin lorsqu'elle reconnut l'un d'eux : c'était Olar, le petit frère de Mylikki. Ces hommes étaient donc les serviteurs de la Vierge de Glace… Les paroles de la troisième chanson flottaient dans son esprit : *En lieu d'un seul amant, je possède des légions d'esclaves ; mon nom est sur leurs lèvres jusque dans leurs tombeaux…*

Kevla comprenait désormais les cris des hommes : « Pour la Vierge de Glace ! Pour la Vierge de Glace ! »

La Vierge de Glace continuait de bloquer les pouvoirs de Jareth, et Kevla remarqua qu'elle peinait davantage qu'à l'accoutumée à utiliser les siens. Jareth n'avait d'autre arme que son poignard, et même si les histoires avaient dit vrai, au sujet des manteaux de laine de *selva*, elle soupçonnait que le manteau blanc ne pourrait protéger Jareth contre un coup de lance. La seule voie de salut était la forêt devant eux.

— Suis-moi ! cria Kevla.

Elle se tourna et posa les mains sur le premier arbre couvert de glace qui se trouvait près d'elle. Se concentrant sur le Feu qui couvait en elle, elle demanda à la glace de fondre.

La chaleur envahit son corps et en irradia. Au début, la glace résista. Puis, bon gré mal gré, elle céda et Kevla put avancer. Les branches étaient coupantes et elle devait marcher prudemment.

Jareth était derrière elle, s'efforçant de se faufiler entre les arbres en étouffant des jurons dans sa barbe.

— Reste près de moi, dit-elle.

— Ne t'inquiète pas, je suis tellement près que mes vêtements fument !

— Je ne sais pas combien de temps nous avons avant que les arbres ne se couvrent de nouveau de glace.

Kevla entendit un mouvement derrière eux, puis un craquement étrange.

— Apparemment, pas très longtemps.

Kevla n'osa regarder en arrière. Elle avait besoin de toutes ses forces et de toute sa concentration pour avancer.

Avec difficulté, ils se frayèrent un chemin à travers la forêt. Kevla était à bout de souffle et elle sentait l'odeur âcre des vêtements brûlés de Jareth.

Aurait-elle encore la force suffisante pour affronter la Vierge de Glace, après cette épreuve ?

⁂

Mylikki était heureuse de se reposer enfin.

Leur périple de la veille l'avait épuisée. Mais elle ne regrettait rien, malgré la fatigue et l'accident qui avait failli lui coûter la vie. Grâce à cette terrible épreuve, Altan était près d'elle, le bras autour de ses épaules.

Il était venu aux Bois d'Arrun avec ses chansons, sa voix claire et cristalline, son beau visage encadré de boucles blondes. Elle était tombée amoureuse de lui dès le premier instant. Parfois, elle avait cru qu'il éprouvait les mêmes sentiments à son égard ; à d'autres moments, elle avait eu l'impression qu'il la méprisait. Les réactions d'Altan ne semblaient obéir à aucune logique claire. Lorsqu'elle avait enfin pris son courage à deux mains et l'avait embrassé, elle avait cru qu'il la repousserait immédiatement.

Mais il avait répondu à son baiser, il avait paru désirer davantage qu'un simple baiser... Et puis, brutalement, il l'avait rejetée, il l'avait regardée avec mépris et avait prononcé des paroles terriblement cruelles. Mylikki avait de nouveau souffert, incapable de comprendre cette réaction.

Mais la veille, elle avait lu ses sentiments dans ses yeux, lorsqu'il était venu à son secours. Elle avait pensé que ce serait la dernière chose qu'elle verrait avant sa mort, mais elle avait survécu. Il l'avait serrée dans ses bras toute la nuit, et aujourd'hui, il paraissait vouloir la même chose qu'elle...

Jareth et Kevla avaient disparu dans le cercle depuis un long moment déjà. Au début, tous étaient si tendus qu'ils restèrent silencieux. Mais bientôt, le Dragon et le Tigre avaient commencé à bavarder à voix basse, évitant avec tact de fixer le jeune couple des yeux.

Altan se pencha vers elle et, pendant un instant, un merveilleux instant, elle pensa qu'il allait l'embrasser. Mais il se contenta de murmurer :

— Il faut les rejoindre.

— Quoi ? Nous avons promis de rester !

— Je crois qu'ils ont des ennuis, dit-il.

Son souffle caressait la joue de Mylikki. Elle trembla de le sentir si près, mais elle constata une nouvelle fois qu'il était distant. Elle reconnaissait cette expression, elle qui avait espéré ne jamais la revoir sur ce visage tant aimé.

— J'y vais, dit-il brutalement. Tu peux rester si tu veux, mais moi, j'y vais.

Mylikki sentit son cœur se serrer et connaissait sa réponse avant de la prononcer.

— Très bien. Allons-y.

Il regarda les Compagnons. Ils étaient plongés dans leur conversation et ne prêtaient aucune attention à eux. Altan serra la main de Mylikki, et le cœur de la jeune fille battit la chamade.

— Maintenant, grommela-t-il.

Et ils avancèrent vers le cercle de glace.

Mylikki atterrit dans la neige la tête la première. Elle toussa et leva les yeux. Devant elle, une immense forêt gelée et obscure, et un château de glace.

Kevla et Jareth n'étaient nulle part en vue.

Soudain, Mylikki comprit l'énorme erreur qu'ils avaient commise. Elle se leva tant bien que mal et brossa la neige sur ses vêtements, en frissonnant de colère et de peur.

— Altan, c'était stupide !

Elle leva les yeux et un petit cri lui échappa.

A la place d'Altan se tenait une jeune femme élancée du même âge. De longues boucles blondes lui tombaient dans le dos. Elle portait la tunique et le manteau du jeune homme, mais ses courbes pleines emplissaient davantage les vêtements et les braies étaient trop courtes.

— En effet, dit la jeune femme qui avait les yeux d'Altan en souriant froidement devant l'expression horrifiée de Mylikki. C'était une grossière erreur.

33.

Mylikki reprit connaissance.

Elle souffrait le martyre. Sa tête lui faisait terriblement mal et sa vue était trouble. Elle cligna des yeux plusieurs fois et s'efforça, malgré la douleur, de lever la tête.

Elle essaya de bouger et réalisa qu'elle était attachée à un arbre. Ses poignets et ses chevilles étaient également entravés et elle tenait une petite outre dans ses mains engourdies par le froid. Elle entendit un mouvement derrière elle et se souvint… Son choc en arrivant dans ces lieux étranges, puis la vue de cette jeune fille qui ressemblait tellement à Altan. Celle-ci l'avait probablement frappée avec un objet lourd.

— Voilà, tu devrais rester tranquille comme cela, dit une voix.

Mylikki eut la nausée. La jeune fille vint devant elle et observa sa prisonnière.

Mylikki soutint son regard, tout en tentant de comprendre ce qui avait pu se produire.

— Qui… ? Qui es-tu ? Où est Altan ?

— Je suis Ilta, dit la femme. Et Altan est là, ajouta-t-elle en se frappant la poitrine.

Les yeux de Mylikki s'emplirent de larmes. Elle

essaya de les retenir. En vain. Elles coulèrent sur ses joues glacées. Elle était si fatiguée et avait si mal…

— Je ne comprends pas, murmura-t-elle.

La fille s'agenouilla près d'elle.

— Regarde-moi, dit-elle. Tu ne devines donc pas ?

Mylikki obéit et repoussa ses larmes. Elle déglutit péniblement.

— Tu ressembles à Altan. Où est-il ?

— Je suis sa sœur. Pendant presque vingt ans, j'ai été piégée dans son corps, mais ici, dans ce lieu, c'est mon tour, Mylikki ! Mylikki, maudite sois-tu, écoute-moi !

Les yeux de Mylikki s'étaient fermés de nouveau. Elle s'obligea à les ouvrir et à écouter le délire de cette femme. La terreur l'envahissait peu à peu.

— Il t'aimait, tu sais, dit Ilta avec désinvolture. Il essayait sans cesse d'être avec toi. Mais je ne pouvais le laisser faire. S'il avait quelque chose, quelqu'un, une raison de vivre, il m'aurait combattue avec plus de force afin de m'empêcher de prendre possession de son corps. Et je devais récupérer ce corps. Je regrette ce que j'ai dû te faire. Ceci n'a rien à voir avec toi. Mais tu as eu la malchance de te trouver sur mon chemin.

Mylikki eut la chair de poule. C'était de la folie… mais était-ce vraiment impossible, au fond ? Cette femme ressemblait tant à Altan… et elle portait ses vêtements. Le cœur serré, Mylikki se souvint des sautes d'humeur brusques d'Altan, tour à tour doux, puis franchement hostile. Elle pensa aux paroles qu'il avait prononcées lorsque Kevla l'avait ramené à la vie — des mots qui désormais étaient terriblement clairs... *De grandes mains... Trop de monde...* Elle se souvint de leur baiser, de la façon dont il lui avait paru se changer... en quelqu'un d'autre... sous ses yeux...

Ilta fit un geste en direction de l'outre.

— Si tu veux rendre les choses plus rapides, bois. Ce n'est pas du poison, mais cela t'endormira presque immédiatement. Tu ne sentiras plus le froid.

Mylikki baissa les yeux sur la petite outre.

— Je refuse de boire une telle chose.

— Ecoute, je te l'ai dit, ceci n'a rien à voir avec toi. Mais Altan est à l'intérieur de mon corps, et plus l'inverse. Et il ne viendra pas à ton secours, cette fois. Le Dragon et le Tigre ne peuvent pas entrer dans le cercle ; quant à Jareth et Kevla, ils sont... occupés ailleurs. Tu vas mourir ici, Mylikki. Mais tu peux choisir la manière dont tu vas mourir. Rester là et mourir de froid bien éveillée, ou t'endormir paisiblement. A ta guise. Moi, je m'en moque.

Elle se leva, soupira et posa les mains sur ses hanches.

— Quel dommage qu'il t'ait tant aimée ! dit-elle en s'éloignant dans la neige.

Sa démarche était celle d'Altan. Mylikki la regarda, hébétée, puis baissa les yeux sur l'outre. Elle n'avait pas de manteau, rien qui la protégeât du froid glacial et de la neige.

— Je refuse de boire cette chose, répéta-t-elle.

Ilta Lukkari marchait d'un pas joyeux. Elle aimait son corps de femme, le corps qui aurait dû être le sien depuis toujours, qui aurait été à elle si le cordon ombilical ne s'était enroulé sournoisement autour de son cou de bébé. Elle se souvenait encore de cet instant horrible, dans le ventre de sa mère, où elle avait pris pleinement conscience de son identité, et où elle avait senti la mort approcher. Elle était dos à dos contre son jumeau, dont la vie n'était pas menacée.

Non, ce n'était pas possible… Elle était le Gardien des Traditions du Danseur de Terre, et elle refusait de laisser la mort l'empêcher d'être physiquement proche de la cinquième et dernière incarnation du Danseur.

Le Gardien qu'elle était avait donc pris l'essence de son être et l'avait versée dans le corps de son jumeau. Celui qui vivrait et deviendrait un jour un *huskaa* talentueux.

Altan Lukkari n'était donc jamais seul, bien que, par chance, il l'ignorât. Ilta s'était tenue aux aguets et avait attendu son heure dans un recoin du corps d'Altan, observant ses moindres gestes.

Parfois, elle s'était manifestée.

Altan en était alors totalement inconscient. Il n'avait jamais parlé à personne de ses absences inexpliquées, de ces moments étranges où il ne savait pas où son corps avait pu aller, ce qu'il avait bien pu faire. Ilta ne faisait rien pour blesser ce corps, en ces moments-là. Car Altan n'était pas stupide, et il aurait compris. Si elle était allée trop loin, il se serait confié à quelqu'un et cela aurait tout gâché.

Elle le sentait en elle, elle sentait qu'il commençait à comprendre la situation. Il fut choqué, puis réclama qu'elle lui rende son corps.

« Désolée, Altan, dit-elle. C'est mon tour, à présent. »

Ilta s'arrêta. Elle avait de la peine pour Mylikki. Cette fille n'avait rien fait de mal, mis à part tomber amoureuse d'Altan. Et Altan voulait être auprès d'elle.

« Je vais te dire une chose, pensa-t-elle à l'intention de la deuxième âme qui partageait son corps. Faisons un marché : nous sommes sur son territoire. Je suis certaine qu'il a le pouvoir de nous séparer. De te donner un corps à toi. Tu pourras ainsi être avec Mylikki et je pourrai rejoindre Jareth. Nous serons tous les deux heureux. Comme cela aurait dû être, avant… »

Ilta porta la main à sa gorge et n'y trouva pas de cordon ombilical, mais sa respiration se fit soudain plus difficile.

Mylikki ? Ilta le laissa voir ce qu'elle avait fait à la jeune fille et l'indignation d'Altan l'ébranla.

« Elle est innocente ! Comment as-tu pu faire une chose pareille ? »

« Parce que tu l'aimais, parce que si tu t'unissais à elle, je n'aurais jamais eu ton corps. Mais tu peux la récupérer si tu le désires, Altan. Elle ne mourra pas. Tu pourras être avec elle et… »

« Et rester ici ? répliqua Altan. Dans ce monde irréel, dans ce lieu où règnent la magie et les illusions ? Et l'Obscurité, Ilta ? Elle arrive, et Jareth doit l'affronter. Tu es son Gardien des Traditions ! Tu es censée l'aider, partager ton savoir avec lui et le soutenir… Et au lieu de cela, tu lui tends des pièges et tu lui mens ! »

La colère d'Ilta fut telle qu'elle trébucha.

« Je ne lui mens pas ! Je l'aime ! Je l'ai aimé autrefois et je l'aime toujours ! Crois-tu que ton affection pour lui était la tienne, imbécile ? »

Altan se taisait, sous le choc de cette nouvelle révélation.

Ilta était furieuse. Elle était en position de force. Elle avait essayé de faire un marché avec Altan par amour pour ce garçon qui aurait dû être avec son jumeau, mais à présent, elle en avait assez.

« C'est terminé. Ce corps m'appartient, désormais, et il prendra l'apparence que je veux. Et je veux un corps de femme. »

« Ilta, je suis désolé que tu sois morte, je regrette que tu n'aies pas pu être avec Jareth, mais me voler mon corps n'est pas la solution ! Tu dois laisser Jareth accomplir son destin ! »

Elle avait été stupide de croire qu'elle pouvait le raisonner. Altan avait été corrompu par Kevla, il voulait laisser Jareth courir à sa perte avec cette Femme de Feu.

Non, Jareth n'irait nulle part. Ilta le garderait près d'elle, ici, à jamais.

Elle le sentit entrer dans son esprit, pénétrer au plus profond de ses pensées et, l'espace d'un instant, il échappa à son contrôle.

« Ilta… dieux, qu'as-tu fait ?… Tu es devenue folle. Tu es folle ! Ilta, tu dois… »

Elle poussa un cri de fureur et s'effondra à quatre pattes dans la neige. Elle obligea Altan à retourner dans les coins les plus obscurs de son être et l'y enferma. Elle avait tenté de le faire auparavant, elle avait essayé de prendre son corps, de se l'accaparer. Dans cet autre monde, elle avait échoué. Mais ici, dans *son* domaine, elle était plus forte. Altan luttait contre elle. Elle l'entendit crier à l'intérieur de son corps, puis elle réussit à l'enfermer pour de bon.

Elle eut alors de violentes nausées.

Tremblante, Ilta se nettoya la bouche avec de la neige et se leva péniblement. Elle rechercha Altan dans son esprit. Elle n'y trouva rien et esquissa un sourire. Soit elle l'avait détruit, soit elle le dominait totalement. Peu lui importait. Altan n'était plus un obstacle.

Ilta avait toujours été jalouse de la relation de son jumeau avec le Danseur de Terre. Il pouvait être auprès de l'homme grand et séduisant appelé Jareth Vasalen. Il pouvait lui parler, le toucher, et pas elle…

Ilta était impatiente de voir tout ceci se terminer. La Vierge de Glace s'occuperait de cette maudite Kevla, elle en était certaine. Jareth pensait qu'il devait partir avec Kevla et lutter contre l'Obscurité. Mais il avait tort.

Il existait une solution. Elle la connaissait, et son allié l'Empereur aussi. Et ensuite, après ces longues années, Jareth pourrait enfin revoir son Gardien des Traditions sous sa véritable apparence.

Et il tomberait amoureux d'elle.

Il le devait.

Il l'avait toujours fait, par le passé.

Kevla ne s'était jamais sentie si faible et si épuisée. Mais elle n'osa pas s'arrêter. Elle savait qu'alors, les branches se couvriraient de nouveau de glace. Elle devait aussi faire attention à l'endroit où elle posait les pieds. Les racines des arbres étaient en effet couvertes de glace glissante. Un faux pas et elle tomberait, risquant de s'empaler sur des branches aussi pointues que des épines.

Avance. Pose les pieds entre ces racines. Touche les branches. Attention, elles reviendront en arrière lorsque la glace aura fondu. Maintiens la chaleur sur les arbres, avance de nouveau, un autre pas…

Jareth marchait sur ses talons. A plusieurs reprises, elle l'entendit crier de douleur : il n'avait pu éviter une branche. La fatigue commençait à se faire sentir pour lui aussi.

— Tout va bien ? demanda-t-elle en regardant rapidement en arrière.

— Continue, et ne t'en fais pas pour moi, dit-il.

Il avait les yeux fixés sur ses pieds afin d'éviter les faux pas. Ses mains et ses bras saignaient des multiples coupures qu'il avait subies, et ses vêtements fumaient par endroits. Même le manteau magique n'était pas à l'abri de la chaleur émise par les pouvoirs de Kevla.

Pas à pas, péniblement, ils avancèrent. Le pied de Kevla se posa soudain sur une racine gelée. Elle trébucha et tomba en avant. Elle cria en voyant une branche aussi aiguisée qu'une dague devant ses yeux. Puis des bras puissants la retinrent. Elle eut le souffle coupé.

Elle se souvint de la dernière fois où Jareth l'avait prise par la taille. Elle avait alors été terrifiée par cette attaque inattendue. Maintenant, elle lui était reconnaissante. Elle n'osait pas bouger ni même cligner des yeux, à un cheveu à peine de la branche qui avait failli l'éborgner.

Jareth comprit pourquoi elle restait ainsi immobile. Lentement, doucement, il la tira en arrière et la tint contre lui pendant un moment. Elle lui serra le bras et fit un pas en avant. La glace commençait déjà à recouvrir les branches alentour.

Les Danseurs n'était pas tout-puissants, malgré leurs pouvoirs. Ils étaient mortels et pouvaient être blessés. Mourir, même. Kevla le savait, car au cours de son incarnation précédente, elle avait été poignardée dans une allée. Quelques mois auparavant, elle-même avait frôlé la mort à cause d'une simple flèche. Et à présent, des flèches de glace les entouraient.

Elle pensa au Dragon, se demandant si leur lien se poursuivrait ici. Mais pour la première fois depuis qu'elle avait retrouvé son ami, elle fut incapable de sentir sa présence ou son esprit. Jareth et elle étaient seuls.

Enfin, après ce qui leur parut une éternité, elle crut apercevoir une clairière devant eux.

— Je crois que nous arrivons au bout, dit-elle à Jareth.

— Ce n'est pas trop tôt…

— On nous guette sans doute. Soyons prêts à repousser une attaque ou une embuscade.

Jareth marmonna quelque chose qu'elle ne sut interpréter. Elle continua d'avancer, se forçant à ralentir devant les obstacles, malgré son envie de courir vers la lumière.

Elle aurait voulu s'arrêter, évaluer ce qui les attendait de l'autre côté de la forêt, mais elle n'osait pas.

— Je ne peux pas m'arrêter et écouter, dit-elle à voix basse.

— Je comprends, répondit-il en lui parlant à l'oreille. Une fois au bout, cours. Ce n'est pas la meilleure stratégie, mais c'est la seule que nous ayons... Je serai derrière toi.

Elle hocha la tête. Il faisait clair, à présent. Jareth, plus grand qu'elle, l'avait certainement constaté.

— Encore quelques pas, murmura-t-il.

Elle prit une profonde inspiration, fit deux pas, puis se mit à courir dans la neige, tendue et les sens en alerte.

Les deux rangées d'hommes qui se tenaient à la sortie de la forêt étaient aussi immobiles que la pierre. Tremblant de fatigue, craignant de ne pouvoir utiliser ses pouvoirs, Kevla leva une main pour les attaquer.

La main de Jareth se referma soudain sur son poignet. Elle le regarda, interloquée. Pourquoi l'arrêtait-il ainsi ?

— Ils ne nous attaquent pas, murmura-t-il. Souviens-toi, ce ne sont que des hommes comme les autres, qui sont tombés à sa merci... Je refuse de les tuer si nous pouvons l'éviter.

Kevla hocha la tête. Il lâcha son bras. Elle comprit alors qu'il avait raison. Aucun de ces hommes ne faisait mine de vouloir les arrêter. Elle eut pitié d'eux en les regardant de plus près. Ils portaient des haillons qui ne les protégeaient pas du froid. Les doigts et les visages de certains étaient noircis par le gel. Ils n'avaient ni ces épées, ni ces boucliers que les guerriers d'Arukan considéraient comme indispensables au combat. Seulement des outils de fermiers et des arcs. Leurs yeux étaient vides. Ils formaient deux rangées, l'une en face de l'autre, en un couloir qui menait directement au château.

— Elle sait que nous sommes ici, dit Jareth.

— En effet, et moi aussi, dit une voix forte et arrogante que Kevla connaissait.

Elle tressaillit.

— L'Empereur, chuchota Kevla.

34.

Jareth observa Kevla. Son visage avait pâli tout à coup et ses yeux étaient emplis d'un sentiment de panique. Il ne l'avait jamais vue manifester une telle peur auparavant, et la panique l'envahit à son tour. Elle avait déjà évoqué l'Empereur, certes, le décrivant comme leur ennemi, mais il avait gardé l'impression d'une menace lointaine.

— Avancez, dit la même voix suffisante.

Jareth regarda autour de lui mais ne vit personne.

— Elle accepte de vous accorder une audience aujourd'hui même, ajouta l'Empereur.

Jareth regarda de nouveau Kevla. Elle avait retrouvé un peu de son calme habituel et se tenait droite, faisant visiblement de son mieux pour dissimuler sa peur. Un sentiment d'admiration déferla en lui. Il se promit de le lui dire, une fois leur mission terminée.

S'ils y survivaient.

— Je vous recommande de vous dépêcher, Danseurs. La Vierge de Glace déteste qu'on la fasse attendre. Cela la rend… irritable.

Un ricanement retentit dans le ciel, tel un grondement de tonnerre lointain. L'agitation céda la place à la colère dans le cœur de Jareth, ce qui lui redonna du courage.

Kevla et lui avancèrent tant bien que mal dans les congères. Le château se dressait devant eux et, dans un élan d'ironie amère, Jareth songea qu'au moins, ils seraient à l'abri de ces chutes de neige incessantes.

Le château était une véritable œuvre d'art. Il n'en avait jamais vu de pareil. Flèches, tourelles, chemins de ronde et voûtes, tous ces éléments étincelaient et brillaient de mille feux. Les fenêtres étaient aussi transparentes que si elles avaient été de verre, même s'il se doutait qu'elles étaient de glace comme le reste. Ils gravirent prudemment un escalier de glace glissant et s'arrêtèrent devant l'entrée. Des portes blanches gigantesques s'ouvrirent devant eux comme par magie, révélant un immense hall.

Soudain, tout se métamorphosa sous les yeux de Jareth.

Il était de nouveau chez lui, dans la Vallée de Skalka. Il entendit le crépitement chaleureux d'un feu dans la cheminée. Et il n'était pas seul.

— Bienvenue à la maison, Père, dit Annu en prenant son manteau.

— Je t'ai gardé ton dîner au chaud, mon amour, dit Taya en lui souriant.

Elle était assise au coin du feu, leur fils dans ses bras.

Un sentiment d'horreur et de bonheur mêlés envahit Jareth. Il vacilla, étourdi. Annu fut là pour le retenir, grande, musclée et élancée comme elle l'avait toujours été, une expression inquiète sur son joli visage.

— Père ? Tu vas bien ? Viens t'asseoir près du feu.

Elle était en vie. Ils étaient tous vivants.

Le Tigre s'était trompé. Ils pouvaient être ramenés à la vie… Ils étaient là…

Il regarda sa fille puis, brusquement, la serra dans ses bras.

Les bruits d'une fête résonnèrent brutalement dans les oreilles de Kevla, après le silence de l'hiver au-dehors. Couleurs et sons se mêlèrent. Elle ferma les yeux un instant et se couvrit les oreilles, comme étourdie, s'efforçant de comprendre où elle était et ce qui se déroulait sous ses yeux.

Elle ouvrit les yeux sur une immense table basse de banquet, croulant sous le poids d'un grand festin. Tous ses mets favoris s'étalaient sous ses yeux : olives, dattes, gibiers et viandes rôtis, pichets d'eau parfumée aux fruits. Elle fut soudain prise d'une faim de loup. Elle avait mangé si peu, ces derniers temps, se contentant de céréales et de soupes, qu'elle ne sut par où commencer.

— Bienvenue chez toi, ma fille, dit son père.

Il était assis à sa droite, l'air détendu et souriant.

— Ma bien-aimée, tu m'as tant manqué, dit une voix à sa gauche.

Il portait une tenue de fête et sa *rhia* richement brodée soulignait avantageusement son corps mince et musclé. La coiffe qui enveloppait sa tête ne parvenait pas à dissimuler complètement ses boucles brunes et soyeuses. Ses lèvres pleines esquissaient un sourire éclatant de bonheur et ses yeux bruns brillaient d'amour pour elle. Il tendit la main et lui caressa le visage.

— Tout ira bien à présent, dit tendrement Jashemi. Tu n'auras pas à choisir, cette fois. Dis-moi que tu m'aimes. Dis-moi que tu n'as pas oublié ce que nous représentions l'un pour l'autre. Nous pouvons obtenir tout ce que nous désirons, en ce lieu.

Jareth tenait le corps mince de sa fille contre lui. Il enfouit sa tête au creux de son épaule et y déposa un baiser, comme il l'avait fait autrefois lorsqu'elle était un bébé.

Mais il avait besoin de voir, de tenir, d'embrasser également quelqu'un d'autre. Il se dégagea doucement de l'étreinte d'Annu et s'agenouilla près de sa femme. Il posa la tête sur ses genoux.

— Tu es en vie, dit-il d'une voix étouffée.

Taya plongea les doigts dans ses longs cheveux emmêlés et rit doucement.

— Bien sûr…

Il leva les yeux vers elle et les plongea dans son regard magnifique, de la couleur d'un ciel d'été.

— Je croyais… Mais non… Ce devait être un mauvais rêve.

Elle lui caressa la joue et, soudain, il fut rasé de près.

— Il n'y aura plus jamais de mauvais rêves, murmura Taya en donnant leur fils à Annu et en serrant son mari contre elle. Pas ici. Plus jamais.

Kevla était perplexe. Elle avait déjà affronté cette épreuve. Elle avait fait un choix. Il tendit la main et prit une olive. Sans réfléchir, elle ouvrit la bouche afin de recevoir cette offrande. Elle en avait déjà l'eau à la bouche.

Il la posa sur sa langue. Kevla en eut un choc. Cette olive n'avait aucun goût, elle n'avait pas même de noyau.

Elle recracha le fruit immédiatement. Quelque chose n'allait pas.

— Tu n'es pas Jashemi, dit-elle.

Il fronça les sourcils.

— Mais si… Laisse-moi t'embrasser, mon amour, et tu te souviendras de tout.

Il se pencha comme pour l'embrasser, mais elle recula.

Il n'avait aucune odeur.

Tous ses souvenirs de Jashemi étaient liés au toucher, aux sens. Sa peau douce contre la sienne… Le goût de ses lèvres… Sa voix mélodieuse et, plus que tout, son odeur unique… Il appliquait tous les jours des huiles parfumées sur son corps, comme le faisaient tous les dignitaires des palais d'Arukan. Elle avait toujours associé cette odeur chaude et épicée à l'homme qu'elle aimait. D'abord, cette olive insipide, et à présent, Jashemi…

Elle recula, furieuse. Elle reconnaissait ce scénario. L'Empereur avait déjà tenté de la tromper ainsi, en rêve ; sans le Dragon, elle aurait cédé. Mais cette fois, il ne réussirait pas. Kevla comprit que cette illusion n'aurait jamais duré. Elle avait relégué le passé derrière elle et fait la paix avec Jashemi-kha-Tahmu, son frère et Gardien, son âme, son meilleur ami. Elle avait choisi de l'aimer ainsi et non d'amour, et elle savait que la passion que l'Empereur voulait réveiller en elle était sans avenir. Il serait parvenu à ses fins quelques semaines plus tôt, lorsqu'elle était seule, brisée et vulnérable.

Mais plus maintenant.

Elle réprima sa colère, car elle n'en voulait pas à Jashemi. Elle le toucha une dernière fois, pour un ultime contact avec cette illusion douce-amère. Il paraissait perdu et blessé. Elle ne pouvait supporter de le voir ainsi, même si elle savait qu'il n'était pas réel. Elle se leva donc, posa les mains sur ses hanches et cria :

— Je ne suis pas dupe, Empereur ! Tu ne m'auras pas !

Je ne suis pas dupe, Empereur ! Tu ne m'auras pas !

Jareth tressaillit. Ces mots avaient été prononcés par une voix familière, lui semblait-il, et flottaient dans sa direction.

Le visage de son épouse n'était qu'à quelques centimètres du sien. Elle entrouvrit les lèvres, l'invitant à l'embrasser de nouveau.

— Taya…, murmura-t-il. Dieux, Taya, ce n'était pas un mauvais rêve. Tu es morte. Je t'ai vue… je t'ai touchée. Tu étais froide et dure sous mes doigts. Tu ne peux être ici.

— Bien sûr que si, insista sa femme.

Il aurait tant voulu la croire ! Mais quelque chose n'allait pas… Il ne sentait pas son odeur, et son baiser n'avait eu aucun goût. Il aurait donné n'importe quoi pour oublier ses doutes, mais les paroles de Kevla le ramenèrent à la réalité, l'éloignant de cette illusion agréable. Il avait perdu ses pouvoirs, sa famille, et l'hiver régnait sur sa terre.

Elle tendit les bras vers lui. Cette fois, il recula. Elle paraissait trop empressée.

— Elle est morte ! cria Jareth, bondissant sur ses pieds et regardant autour de lui, à la recherche de l'être vil qui était responsable de cette horrible tromperie. Elle n'est pas ici ! Elle est morte !

Kevla entendit la voix de Jareth, pleine de chagrin, et son cœur se serra. Elle au moins savait que Jashemi serait à ses côtés pour toujours. Il était son âme. Mais Jareth n'avait pas encore admis la perte des siens, et elle haït l'Empereur d'avoir ainsi joué avec ses sentiments.

Ignorant les prières du Jashemi imaginaire qui tentait de la retenir près de lui, elle s'écria :

— Je t'avais prévenu de ne plus utiliser mon amour pour lui contre moi ! Tu ne peux me le rendre, parce qu'il ne m'a jamais réellement quittée et qu'il ne me quittera jamais. Cesse ce petit jeu et montre-toi !

L'illusion disparut. Kevla se retrouva au côté de Jareth dans un immense hall de glace. Aucun feu ne l'éclairait, bien sûr, mais de la lumière entrait néanmoins. Le hall était aussi vaste que la moitié du Palais des Quatre Eaux, songea Kevla. Ni décoration, ni banquet, ni *huskaas*, ni êtres vivants. Il était entièrement vide, à l'exception d'un trône situé à une extrémité de la pièce.

Le trône était sculpté dans la glace. Une femme était assise, aussi blanche que le siège. Cheveux blancs, peau blanche, lèvres blanches et paupières blanches, fermées. Elle ne semblait pas réelle ; elle ressemblait à l'une des statues de pierre des jardins du père de Kevla. Etait-ce la Vierge des chansons, de la légende ? Une image sculptée dans la glace ?

— Approchez, ordonna l'Empereur.

Kevla regarda Jareth. Il avait les yeux injectés de sang, le visage livide, et il tremblait. Il ressemblait de nouveau à l'homme qui l'avait attaquée dans les bois, non à celui qu'elle avait appris à connaître et à respecter. Prise d'une intuition, Kevla lui saisit la main. Il commença par la repousser, puis il croisa son regard et la serra.

Elle se souvint de la discussion qu'ils avaient eue le matin même. *Si vraiment elle est de glace je peux la détruire.*

— Maintenant, murmura-t-elle, espérant qu'il comprendrait.

Il hocha la tête lentement.

Et Kevla attaqua.

35.

Kevla rassembla toutes les forces qui lui restaient et fit jaillir des boules de feu de ses doigts vers la Vierge de Glace.

La Vierge ne broncha pas. Un mur de glace se matérialisa soudain devant elle. Les deux boules de feu frappèrent la paroi cristalline, qui s'évapora instantanément, mais elles n'atteignirent pas la Vierge de Glace.

Jareth poussa un cri. Kevla regarda vers lui et vit que la glace, à ses pieds, tourbillonnait comme si c'était de l'eau. Avant qu'elle ait pu réagir, la glace avait éclaboussé les pieds de Jareth, l'emprisonnant au sol, et commençait lentement sa progression vers ses jambes. Il se pencha et l'attaqua à l'aide de son couteau ; la lame céda et se brisa en deux, alors que la glace demeurait intacte.

Kevla s'avança vers lui afin de poser les mains sur ses bottes couvertes de glace et de le libérer. Mais soudain, elle se heurta à un mur de glace qui s'éleva brutalement entre Jareth et elle. La glace était aussi transparente que le verre, et aussi dure que la pierre ; Kevla émit un cri de douleur. Elle recula… et se heurta à un deuxième mur, puis à un troisième et un quatrième, tous aussi épais que sa main. Elle était prise au piège ! Elle tendit la main, rassemblant ses forces qui déclinaient d'instant en instant. La glace fondit légèrement. Jareth cria de rage et elle constata que la glace lui arrivait désormais à mi-mollet.

— Jareth ! hurla-t-elle.

Il la regarda d'un air désespéré. Elle posa sa main sur la glace et, une fois encore, celle-ci fondit un peu. Mais elle vit alors que la glace avait atteint les genoux de Jareth. Chaque fois qu'elle faisait une tentative pour se libérer de cette cage, la glace poursuivait son ascension du corps de Jareth. Elle pouvait se libérer, mais elle condamnerait ainsi Jareth à mort.

— Vous auriez pu rendre les choses tellement plus agréables, déclara la voix de l'Empereur. J'ai tout fait pour vous offrir un lieu que vous apprécieriez. Des êtres que vous aimiez… Mais vous avez refusé.

— Ce n'étaient que mensonges ! cria Jareth d'une voix emplie de rage.

— N'aurait-ce pas été une manière plus plaisante de passer le restant de vos jours, plutôt que debout, entourés par la glace ? rétorqua l'Empereur.

— Que veux-tu ? hurla Kevla en frappant les murs de glace, impuissante.

— Je croyais que c'était évident : vous arrêter, par n'importe quel moyen. La manière dont vous passerez le reste de votre vie m'importe peu. Mais mon cadeau de tout à l'heure aurait été plus agréable pour vous.

Kevla retint des larmes de rage. Pleurer, même de colère, ne lui servirait à rien dans cette situation. Elle regarda Jareth qui luttait pour se libérer de l'emprise de la glace, puis la Vierge de Glace, assise sur son trône telle une statue.

Cette créature était-elle réelle, ou était-ce encore un jeu de l'Empereur ? Et si elle existait, était-elle son alliée ou simplement une marionnette qu'il contrôlait ? Pourraient-ils l'atteindre ? Elle se souvint des paroles de la troisième chanson : *Souviens-toi de ce qui a fait de moi ce que je suis… Tout ce que je désirais était l'amour d'un seul homme.*

— Vierge de Glace ! appela Kevla. Je voudrais te parler !

L'Empereur ricana et Kevla en eut la chair de poule.

— Elle ne peut pas t'entendre, dit-il de cette voix glaciale et irréelle qui paraissait flotter dans les airs. Elle est perdue dans ses rêves et revit les souffrances de son existence tragique.

Ces paroles auraient dû être empreintes de compassion, mais l'Empereur les prononça sur un ton sarcastique. Il n'éprouvait visiblement aucune pitié à l'égard de la douleur de la Vierge de Glace. Kevla décida de l'ignorer.

— Vierge de Glace ! cria-t-elle de nouveau. Ma sœur, je sais que tu souffres… Je le sais ! Je connais ton histoire. Ouvre-toi à moi !

Rien. Puis Kevla remarqua que la créature avait cligné des yeux. Elle était vivante… du moins aussi vivante que pouvait l'être un être de glace…

— Vierge de Glace ! appela-t-elle, encouragée par ce mouvement. Parle-moi ! Je voudrais entendre ton histoire de ta propre bouche…

— Tu gaspilles ta salive, Danseuse de Feu, dit l'Empereur.

Kevla crut cependant déceler une note d'inquiétude dans sa voix arrogante. Elle attendit, osant à peine respirer. Elle essayait de gagner du temps.

Les lèvres de la Vierge de Glace étaient à présent rouge sang. Elle commença à parler.

— Mon histoire est ordinaire… C'est celle d'une pauvre fille de la campagne, qui aimait un jeune homme et dont l'amour fut trahi…

Sa voix était pure, aussi claire qu'un carillon ou une *kyndela*, mais terrifiante car dépourvue de toute émotion.

Du coin de l'œil, Kevla vit que Jareth ne luttait plus contre la glace. Il vacillait légèrement, car il ne pouvait remuer les pieds pour retrouver son équilibre, et regardait fixement la Vierge de Glace. Kevla fut soudain découragée. Evidemment. Jareth était un homme. Et tous les hommes étaient à la merci des charmes de la Vierge de Glace, « telles des mouches prises au piège ». Kevla ne pouvait plus compter sur son aide.

— Arrête ! s'écria Kevla.

La Vierge de Glace s'interrompit au milieu d'un couplet. Ses yeux se plissèrent et Kevla les vit devenir bleus. Et ses cheveux… n'étaient-ils pas blonds plutôt que blancs, à présent ?

— C'est une chanson composée par les *huskaas*, poursuivit Kevla d'une voix pressante. Je l'ai déjà entendue. Ce n'est pas ce que je te demande. Je voudrais entendre ton histoire, ta version de ce qui t'est arrivé… Parle-moi, ma sœur. Parle-moi de tes souffrances.

Lentement, les mains blanches et élégantes de la Vierge remuèrent, et la créature se leva, raide comme un piquet. Sa chevelure était en effet blonde, à présent, et des reflets dorés y apparurent peu à peu.

— Ma sœur..., dit la créature avec une lenteur délibérée. Ma sœur... En effet, tu es une femme. Comme moi. Et nous souffrons.

Kevla fut envahie d'un élan d'espoir.

— Raconte-moi, insista-t-elle. Raconte-moi tout.

La Vierge de Glace descendit lentement de son trône tout en parlant. À chaque pas qu'elle faisait en direction de Kevla, elle semblait plus vivante. Ses joues prenaient des couleurs, les mouvements de son visage et de ses membres étaient plus souples.

— Il était *huskaa* et venait d'un autre village, dit-elle. Il jouait merveilleusement bien, et il était lui-même si merveilleux... Je suis tombée amoureuse de lui immédiatement et nous nous sommes échappés loin des autres, en une magnifique nuit d'été. Il a fait l'amour avec moi, a pris ma virginité, et ensuite... il a ri ! Il s'est moqué de moi !

Son expression changea. Ses lèvres rouges se tordirent et des larmes emplirent ses yeux azur. La rage et la douleur apparurent tour à tour sur son visage, soudain empreint d'émotions. Kevla remarqua que l'Empereur, si bavard jusque-là, se taisait. Pourquoi donc ?

Elle reporta son attention sur l'image de la belle femme qui avançait vers eux. Elle était adorable, il fallait le reconnaître. Grande, mince, pâle, à l'exception de ces lèvres d'un rouge sang et de cette chevelure dorée. Des larmes coulaient sur ses joues.

Elles gelèrent, puis tombèrent sur le sol, telles de petites billes de cristal parfaitement rondes.

— Je suis désolée, dit Kevla avec sincérité.

Malgré ses crimes, la Vierge de Glace avait été bafouée. Séduite puis abandonnée.

— Quel était son nom ? reprit-elle.

La créature s'arrêta net. Ses yeux bleus semblaient perplexes.

— Son nom ?

— Oui. Son nom.

— Je... je ne...

— Ne lui réponds pas !

La voix de l'Empereur était à la fois péremptoire et inquiète. Kevla se tut, osant à peine respirer.

— Qui ose me parler ainsi ? cria la Vierge.

Elle leva une main autoritaire et les hommes qui se tenaient, rigides et immobiles, à l'extérieur de sa forteresse, se précipitèrent à l'intérieur.

— Il y a quelqu'un dans le château, dit-elle. Trouvez-le. Tuez-le.

Ils se dispersèrent, disparaissant par des portes qui s'ouvrirent à l'extrémité du grand hall.

Kevla n'arrivait pas y croire. Elle avait pensé que la Vierge de Glace était une alliée de l'Empereur ou son instrument. Sans doute l'était-elle, mais elle l'ignorait. Elle paraissait vraiment outragée à l'idée qu'on fût entré dans son château sans sa permission.

— Je ne suis pas là physiquement, seul mon esprit est présent, dit l'Empereur.

Cette fois, sa voix était douce, mielleuse.

— Cette Femme de Feu est ton ennemie, poursuivit-il. Elle a essayé de t'attaquer ! Je suis ton ami, celui qui…

— Un ami ? ricana durement la créature de glace. Aucun homme n'est mon ami.

— Mais je ne suis pas un homme.

La voix avait changé, elle était devenue presque féminine. Mais la Vierge de Glace, aussi vive et passionnée à présent qu'elle avait été immobile à leur entrée, n'était pas dupe.

— Tu es bien un homme, répliqua-t-elle durement, car tu as aussitôt recours à la tromperie. Je refuse de t'écouter, esprit. Et je vais répondre à la question de la fille de feu !

La Vierge de Glace regarda de nouveau Kevla et parut perplexe.

— Je ne me souviens pas de son nom, dit-elle, surprise elle-même de cet aveu.

— Tu t'en souviens forcément, répondit Kevla. Toutes les femmes se rappellent leur premier amour. De plus, il t'a abandonnée et t'a brisé le cœur : son nom doit donc être gravé au plus profond de ton être.

— Tu n'as pas de cœur, répondit l'Empereur de sa voix masculine. Ta poitrine est de glace.

— Ma poitrine est de glace…, répéta la Vierge, avant de secouer la tête, furieuse. Non ! Je refuse de t'écouter !

— Tu vas m'écouter ! Je t'ai faite et tu dois m'obéir !

Soudain, Kevla comprit ce qui se passait. L'Empereur possédait d'immenses pouvoirs magiques. Il avait la capacité de créer des images de Jashemi et de son père, des images si fidèles à la réalité que s'il n'avait commis l'erreur d'oublier les goûts et les odeurs dans son tableau, Kevla y aurait cru. Et à en juger par les cris et l'expression hagarde sur le visage de Jareth, lui aussi avait été trompé.

Kevla était à présent certaine que la Vierge de Glace était, elle aussi, une création. Mais l'Empereur était allé plus loin. Il avait utilisé les détails de vieilles légendes et de chansons, y compris les lèvres couleur sang et les cheveux blonds. La Vierge connaissait les paroles de ces chansons, mais elle ne se souvenait pas du nom de l'homme qui lui avait brisé le cœur. Et apparemment, elle n'avait aucun souvenir de l'Empereur non plus. Avant que ce dernier n'interrompît de nouveau la conversation, Kevla assaillit la créature de questions.

— Comment t'appelais-tu ? dit-elle en s'approchant du mur de glace qui la séparait de la Vierge. D'où venais-tu ? Qui étaient tes parents ? A quoi ressemblait ton bien-aimé ? Son odeur ? Si tu l'aimais tant que cela, tu devrais connaître ces détails !

La Vierge ouvrit de grand yeux étonnés.

— Souviens-toi de ce qui a fait de moi ce que je suis… Tout ce que je désirais était l'amour d'un seul homme…

— Quel homme ? insista Kevla.

— Silence ! rugit l'Empereur. N'écoute pas cette femme…

Mais nul n'écoutait plus l'Empereur. Jareth fixait toujours, fasciné, la Vierge de Glace.

La créature n'avait d'yeux que pour Kevla, et celle-ci n'osait détourner le regard de son expression, ébahie et blessée à la fois. Elle avait de la peine pour elle, non à cause de son histoire triste, mais parce qu'elle comprenait à présent qu'elle n'était qu'un jouet entre les mains de l'Empereur.

— Toutes ces chansons sur toi viennent d'un pays que l'on appelle Lamal. A Lamal, les femmes demandent les hommes en mariage, dit Kevla sur un ton doux mais ferme. Et à Lamal, une femme qui n'est plus vierge ne perd pas la considération des siens. En réalité, si elle porte un enfant le jour de son mariage, elle prouve ainsi sa fécondité.

— Mais... il...

Kevla utilisa son avantage.

— La chanson dit que tu as fait appel à des forces maléfiques. Quelles forces ? Avec qui as-tu fait un marché ?

Les larmes emplirent les yeux de la créature, mais elles gelèrent avant de parvenir au bas de son visage, qui avait à présent apparence humaine.

— Je ne sais pas, murmura-t-elle d'une voix rauque.

— Non ! cria l'Empereur avant de se taire de nouveau.

— Abats ce mur, Vierge de Glace, insista Kevla. Laisse-moi venir près de toi. Tu n'es pas ce que tu crois. Tu as été cruellement dupée, ma sœur.

La créature était de l'autre côté de la paroi. Elle posa la main sur le mur. Kevla fit de même et, sans cette séparation, leurs mains se seraient touchées à cet instant.

— Pourquoi est-ce que je ne me souviens pas de son nom ? murmura la Vierge.

— Je crois, répondit avec douceur Kevla, que cette histoire n'a jamais eu lieu. L'Empereur — l'homme dont tu viens d'entendre la voix — t'a créée afin de servir ses propres desseins et t'a donné ces souvenirs. Tu l'as entendu, il l'a dit lui-même. A cause de lui, tu a commis d'horribles crimes ! Des choses que tu ne comprends pas, j'en suis sûre. Tu as fait perdre la raison à des dizaines, peut-être des centaines d'hommes, qui sont morts dans les bois…

Elle n'aurait pas dû dire cela. Les yeux bleus de la Vierge se plissèrent et elle recula la main.

— Les hommes ! rétorqua-t-elle. Rien n'est trop cruel lorsqu'il s'agit de les faire souffrir ! Tu le sais. Je vois le chagrin de ton cœur. Tu as souffert de l'amour d'un homme.

— Pas de cette manière, dit Kevla. Ces hommes ne m'ont rien fait. Ils ne m'ont pas trahie.

— Comment, toi, une femme, ne peux-tu pas comprendre cela ? cria la créature. Ils sont tous les mêmes ! S'il n'était pas mort, l'homme que tu aimais t'aurait abandonnée un jour ou l'autre. Il t'aurait brisé le cœur, il t'aurait fait souffrir !

Kevla sentit la présence de Jashemi dans son cœur et répondit avec une certitude absolue :

— Jamais.

— Je suis l'alliée des autres femmes, ne comprends-tu pas ? déclara la Vierge de Glace d'une voix passionnée. Je suis ton alliée, ton amie ! En enlevant leurs hommes, je viens en aide à ces femmes, je leur offre une vie sans peines de cœur, aujourd'hui et demain…

— C'est toi qui ne comprends pas… Lorsque tu es arrivée avec cet hiver, tu as empêché les gens de trouver de la nourriture, les animaux de survivre. Les hommes ont quitté leurs foyers afin de subvenir aux besoins des leurs. Et lorsqu'ils ont posé le pied dans tes cercles de glace, ils tentaient de protéger leurs épouses et leurs enfants, et non de les abandonner !

La Vierge de Glace tressaillit. Le doute se lut sur son visage.

Kevla poursuivit rapidement :

— Lorsque tu faisais d'eux tes esclaves, lorsque tu les renvoyais chez eux… ils se retournaient contre leurs propres familles, contre ceux qu'ils aimaient. Chaque homme que tu retiens ici prisonnier a une épouse qui meurt à petit feu de froid et de faim, à cause de ce que tu as fait. Tu assujettis les hommes, mais tu tues également des femmes et des enfants !

La Vierge de Glace tressaillit comme si Kevla l'avait frappée. Elle se protégea le visage de ses mains.

— Non…, murmura-t-elle. C'est impossible. Je protège les femmes et les enfants. Je ne leur ferai jamais de mal !

— Tu mens !

La voix de Jareth résonna dans le hall. Kevla fut prise de court. Elle le croyait sous la domination de cette créature de glace, comme tous les hommes, mais elle comprenait à présent que son regard n'était pas empli d'un désir désespéré.

— Tu as assassiné ma famille ! cria-t-il.

La Vierge se tourna vers lui. Ses yeux lançaient des éclairs de fureur.

— Non !

Sa voix était pleine d'indignation. Jareth n'aurait rien pu dire qui l'offensât davantage.

— Tu es un homme, et en tant que tel, tes paroles ne sont que mensonges !

— Non, pas cette fois, reprit Jareth. Souviens-toi, si tu en es capable… Rappelle-toi une tempête de neige qui s'est abattue sur la Vallée de Skalka il y a neuf mois. Rappelle-toi cette tempête si violente qu'elle a empli une maison de neige en quelques secondes, étouffant une femme, un bébé et une fillette de treize ans.

Kevla retint sa respiration. Le silence s'ensuivit. La Vierge de Glace marcha lentement vers Jareth. Kevla vit que la glace lui parvenait à présent à la taille. Mais le froid n'avait en rien apaisé sa colère. La Vierge se tenait devant lui, hors de sa portée, et elle plongea les yeux dans les siens.

— Tu dis vrai, reconnut-elle d'une voix pleine d'étonnement et de compassion. Tu m'as contemplée, et pourtant, tu n'es pas tombé sous mon charme. Je suis… désolée pour toi. Pour ta famille. Mais je te le jure, je ne suis pas responsable de leur disparition. Jamais je ne demanderais à la neige et à la glace d'ensevelir et de tuer une femme et ses enfants.

Jareth la regarda dans les yeux.

— Je te crois, dit-il enfin d'une voix rauque.

La Vierge regarda Jareth à son tour et les émotions se succédèrent sur son beau visage. Elle se tourna vers Kevla et demanda :

— Dis-tu toi aussi la vérité, Femme de Feu ? Car ton pouvoir est mon ennemi le plus mortel. Pourquoi devrais-je te croire ?

— Je suis ton ennemie, en effet, reconnut Kevla, parce que tu assassines cette terre et ses habitants — hommes, femmes et enfants. Mais je ne crois pas que tu l'aies voulu.

La Vierge de Glace hocha la tête.

— Non, murmura-t-elle. Les femmes souffrent suffisamment ainsi. Songer que j'ai ajouté à leurs souffrances…

Elle essuya une larme, qui tomba sur le sol. Pendant un long, très long moment, elle eut les yeux vides, mais Kevla n'évita pas son regard. Jareth frissonnait. Elle n'osait imaginer ce qu'il devait ressentir, emprisonné ainsi dans la glace jusqu'à la taille.

Enfin, la créature leva les yeux. Kevla y lut une grande détermination.

— Je ne veux plus faire de mal à personne, dit-elle d'une voix tremblante. Mais j'ignore comment y parvenir.

Elle avança et posa la main sur la cage qui emprisonnait Kevla. La glace éclata en mille morceaux.

La Vierge de Glace tendit alors les mains vers Kevla.

— Aide-moi.

36.

Kevla avança lentement et prit les mains de la Vierge de Glace. La créature poussa un cri de douleur et les retira, les yeux emplis d'horreur. Kevla vit qu'à son simple toucher, les doigts de la Vierge avaient fondu.

Kevla regarda alors Jareth.

— Libère-le, demanda-t-elle.

D'un geste de la main, la créature ordonna à la glace qui emprisonnait Jareth de fondre. Il était libre, mais paraissait mort de froid.

— Que veux-tu que nous fassions pour t'aider ? dit doucement Kevla.

Elle se demanda où pouvait bien être l'Empereur, et pourquoi il n'intervenait pas. Peut-être n'était-il pas en mesure de le faire. Peut-être, lorsque la Vierge de Glace avait compris qu'elle disposait de son libre arbitre, n'avait-il plus eu le pouvoir de la contrôler. Quelle qu'en fût la raison, Kevla en était soulagée.

La Vierge observait ses mains déformées.

— Je l'ignore, répondit-elle.

— Tu commandes à la neige, dit Jareth sur un ton de colère mêlée de dureté.

Elle se tourna vers lui.

— Certes, dit-elle, mais je ne puis faire autre chose que lui ordonner de tomber, puis de s'arrêter. Il m'est impossible de diriger sa chute. Et mon pouvoir sur elle est chaque fois de courte durée.

Kevla et Jareth se regardèrent, et elle crut déceler un accent de regret dans sa voix lorsqu'il déclara enfin :

— Il se pourrait que tu sois la neige personnifiée. Alors… tant que tu vivras… la neige ne disparaîtra jamais.

La Vierge poussa un cri, comprenant le sens de ses paroles.

— Je ne veux pas mourir ! hurla-t-elle.

Kevla avait le cœur lourd. Elle comprenait à présent que la Vierge de Glace était tout autant une victime de l'Empereur que les hommes qu'elle avait soumis à sa volonté ou les femmes qui pâtissaient de cet hiver maléfique. La Vierge savait désormais qui elle était, ce qu'elle avait fait, et voulait y mettre fin. Mais à l'instar de tout être vivant, elle tenait à la vie.

Elle enfouit la tête dans ses mains. Kevla s'approcha, prenant soin de ne pas la toucher.

— Je crois que tu fus créée dans un seul et unique but, dit Kevla avec douceur : empêcher cet homme, ajouta-t-elle en indiquant Jareth, de ramener le printemps sur cette terre. Bloquer ses pouvoirs afin que l'homme qui te créa puisse nous vaincre. Lamal est en danger, mais également le monde entier. Nous sommes les seuls à pouvoir le sauver. Et l'Empereur le sait. Pour nous arrêter, il a empli ton esprit d'une histoire fabriquée à partir de chansons populaires, et à tes yeux, c'était la seule vérité possible. Tout ce que tu connaissais était la douleur. Nul n'aurait pu s'attendre à un comportement différent de ta part.

La Vierge de Glace secoua la tête avec entêtement.

— Pourquoi te croirais-je ?

— Parce que tu n'as d'autres souvenirs que le contenu de ces chansons. Parce que tu es incapable de me donner le nom de ton bien-aimé. Parce que, ajouta Kevla avec une grande douceur, au fond de ton cœur, tu ne trouveras rien d'autre que ce que je viens de dire. Et je crois que tu as conscience de la vérité de mes propos.

— Cela fait mal, répondit la créature d'une voix étouffée par ses mains déformées. Le souvenir de cette trahison... de cette nuit... Cela fait si mal... Même si tu dis que tout était faux.

— Je regrette sincèrement, reprit Kevla. Je comprends qu'à tes yeux, tout était aussi vrai que si les événements s'étaient réellement produits. Mais à cause de ta peine, tu as fait souffrir des gens innocents. Tu as même tué. Vierge, j'ai vu les corps.

Kevla se souvint avec horreur du cadavre gelé qu'elle avait découvert sous la neige — une femme dont le corps avait été presque coupé en deux.

— Je sais... Mais c'est un homme qui...

— Cet homme était sous ton contrôle. Il n'aurait jamais fait une chose pareille si tu n'avais pas dominé son esprit.

— Non !

— Tu dois te racheter, poursuivit Kevla sans pitié. Tu dois faire ton devoir. Même si tu penses que ce que je viens de dire n'est que mensonges, tu ne peux oublier que cet hiver se poursuit, et que, bientôt, tous les êtres sur cette terre périront.

— Peut-être que si la neige s'arrêtait plus souvent…, répondit la créature.

Elle s'efforçait de se raccrocher à tout ce qui pouvait lui sauver la vie, et Kevla ne pouvait l'en blâmer.

— Peut-être que si je renvoyais ces hommes chez eux… Même s'ils ne le méritent pas…

— Parle-leur, dit soudain Jareth.

La Vierge retira ses mains de devant son visage et le regarda.

— Que dis-tu ?

— Parle-leur. Tu ne crois pas encore réellement que nous soyons autre chose que des monstres. Appelle-les et parle-leur. Demande-leur ce qu'ils pensent des femmes de leur vie.

— Ils se condamneront à mort, dit la Vierge de Glace. Avec leurs propres mots, car ils sont incapables de mentir sous mon sortilège.

Kevla eut un bref élan d'inquiétude. Elle n'avait jamais autant souffert que cette créature, en tout cas pas d'un amour bafoué ; mais elle savait que cette histoire était ordinaire. Mylikki et Altan en étaient un exemple. Mais Jareth paraissait confiant.

— Alors, qu'ils se condamnent eux-mêmes, dit-il. Mais pose-leur la question. Tu leur dois au moins cela. Tu t'apercevras que tous chérissent l'amour d'une femme au fond de leur cœur.

La Vierge se leva, tremblante.

— Très bien, dit-elle.

Les portes s'ouvrirent et les esclaves de la créature entrèrent. Elle les dévisagea un à un, avec un profond mépris dans le regard.

— Cet homme, dit-elle en pointant son doigt vers Jareth, voudrait me faire croire que vous aimez les femmes de votre vie. Vous… allez me raconter comment vous avez trahi l'amour de ces femmes.

Un homme, petit et trapu, répondit sur un ton monocorde :

— J'ai une épouse depuis dix-sept années et deux filles.

— As-tu fait l'amour avec une autre ? Rompu tes vœux de fidélité ?

— Jamais.

La Vierge fronça les sourcils. Kevla vit qu'Olar se tenait au côté du premier homme, et la Vierge s'adressa ensuite à lui.

— Tu… tu es bien joli garçon. Combien de cœurs as-tu brisés ?

— Aucun, que je sache, car je n'ai même jamais embrassé une fille, déclara Olar. Mais j'aime ma mère et ma sœur. Je crois qu'elles sont très courageuses.

La Vierge de Glace se tourna vers un troisième homme et lui posa des questions similaires. Elle obtint les mêmes réponses. Elle continua et entendit parler d'affection et d'amour. Puis elle s'adressa à un autre homme.

— As-tu couché avec une femme sans ressentir aucun amour pour elle ?

— Oui, répondit-il.

La Vierge jeta un regard triomphant à Jareth.

— T'aimait-elle ?

— Oui.

— A-t-elle souffert de ta cruauté ?

— J'en doute. Elle est mariée aujourd'hui à mon cousin et allaite son deuxième enfant, répondit-il. Aucun homme ne pourrait aimer davantage une femme.

Le visage de la créature s'allongea. Même ici, alors qu'elle avait enfin trouvé un homme qui reconnaissait une faute qu'elle jugeait impardonnable, la femme en question n'avait pas souffert de cette trahison.

Elle persista néanmoins, s'adressant à un homme séduisant aux yeux froids.

— Parle-moi des femmes que tu as séduites, puis abandonnées.

— Leur nombre est grand, répondit-il.

— N'y a-t-il donc aucune femme que tu aimes ?

— Ma sœur et ses filles me sont très chères. Je donnerais ma vie pour elles.

Elle progressa dans la rangée mais ne trouva pas un seul homme qui ne possédât une sœur, une fille ou une épouse qu'il n'aimât de tout son cœur.

— Assez, dit Jareth d'une voix douce qui contredisait ses paroles. Vois ce que tu as fait. Nul parmi eux ne mérite ta vengeance. Chacun de ces hommes a une femme qui a besoin de lui et qui l'aime. Laisse-les rentrer chez eux. Donne-leur fruits et bonnes récoltes.

— Ma vie est liée à la glace et à la neige, dit-elle. Et tu es en train de me dire que la vie des gens de cette contrée dépend de leur disparition. Ai-je vraiment le choix ?

Kevla et Jareth échangèrent de nouveau un long

regard. Kevla se sentait prête à détruire cette créature, si la Vierge décidait de vivre plutôt que de se sacrifier.

— Tu n'aurais jamais dû exister, déclara Kevla. Ta vie fut créée aux dépens de celle de tant d'autres... Nous sommes venus faire notre devoir, mais j'espère que tu choisiras de ton propre chef ce qui est juste.

— Tu dis vrai, Femme de Feu : je n'ai aucun souvenir qui soit mien. Mon désir de me venger des hommes a provoqué la souffrance de femmes innocentes. La seule chose que j'ai faite, c'était de soumettre des hommes et de causer le chagrin de tant de femmes... Je ne crois pas que je puisse continuer de vivre ainsi, ajouta-t-elle en regardant Kevla.

Kevla sourit tristement.

— Tu es courageuse, dit-elle.

Elle s'approcha et ouvrit les bras.

— Je suis la Danseuse de Feu. Viens dans mes bras, ma sœur, et je te serrerai contre moi. Cela sera rapide, je te le promets.

— J'ai peur, dit la Vierge. J'aimerais... j'aimerais avoir un souvenir agréable que je pourrais me rappeler.

— Tu es sur le point d'accomplir un acte d'un grand courage, assura Kevla. Peu de gens sont prêts à se sacrifier ainsi. Mourir pour sauver d'autres vies. Je ferai en sorte que les gens s'en souviennent lorsqu'ils évoqueront ton nom. De nouvelles chansons seront composées sur toi, sur ton courage et ton sacrifice.

La Vierge essuya ses larmes, regarda Kevla dans les yeux et avança vers elle.

— Non, dit Jareth.

Craignant qu'il ne voulût exercer sa propre vengeance sur la créature de glace, Kevla dit rapidement :

— Jareth, tout va bien.

— Tu ne comprends pas.

Jareth se tourna vers la Vierge de Glace.

— Tu n'as rien fait d'autre que le mal, toute ta vie. On t'a fait croire que ceci était justifié, que les hommes le méritaient. Mais tu ne sais rien de l'amour ou des peines de cœur, ni même des hommes. Tu as entendu la vérité de leur propre bouche. Rien de ce qu'ils t'ont dit ne ressemble aux souvenirs que l'Empereur a plantés dans ton esprit. Nous voulons tous trouver un être avec lequel passer notre vie. Nous voulons tous tomber amoureux. Avoir des enfants. Dormir chaque nuit dans les bras de la femme que nous aimons.

Sa voix se brisa. La Vierge de Glace le fixait intensément.

— Tu n'as jamais connu l'amour, ni même la tendresse. Ni de la part d'un homme, ni de qui que ce soit. Tu disais que tu voulais un souvenir agréable. Je vais essayer de t'en offrir un, si tu me le permets. Je ferai de mon mieux afin de dissiper le mensonge qui est ta seule réalité.

— Que m'offres-tu ? demanda doucement la Vierge.

— Je vais te tenir dans mes bras. Ce ne sera pas aussi rapide qu'avec… avec Kevla. Mais je suis de chair et de sang, et tu n'es que glace. Le résultat sera le même.

Kevla observa Jareth. Il était trempé jusqu'aux

os et frissonnait. La Vierge de Glace était plus froide que tout ce que Kevla avait jamais touché. Kevla savait néanmoins qu'elle avait le pouvoir de la faire fondre en un instant. Alors que la chaleur d'un simple être humain — et elle n'avait aucune raison de penser que Jareth fût autre — mettrait des heures à détruire la créature.

— Jareth…, dit Kevla.

— Je voudrais lui faire ce présent, Kevla. Elle a besoin de savoir que les hommes ne sont pas des monstres.

Kevla se mordit la lèvre. Mais ce n'était pas à elle de décider. Jareth avait fait cette proposition ; la seule à pouvoir l'accepter ou la décliner était la Vierge de Glace.

— Cela te fera-t-il du mal ? demanda la Vierge.

— Je l'ignore, répondit Jareth.

Kevla savait qu'il disait la vérité. Il ignorait comment son corps de Danseur pouvait réagir à pareille épreuve.

— Mais je veux le faire, acheva-t-il.

La créature se leva et s'approcha de lui.

— Alors… je voudrais que tu me tiennes dans tes bras… jusqu'à la fin.

Jareth retira son manteau et le posa sur le sol. C'était sa seule protection contre le froid. Il s'assit sur la laine blanche et lui tendit la main.

Lentement, la main de la Vierge de Glace se referma sur celle de Jareth. Tous deux tressaillirent sous le choc — du froid pour lui, de la chaleur pour elle. Avec une grande douceur, Jareth l'attira sur ses genoux. Kevla le vit respirer profondément alors que la créature s'installait dans ses bras. Cette dernière l'étreignit et posa la tête contre sa poitrine. Jareth ferma les yeux et la serra contre lui.

Silencieuse, Kevla s'assit près d'eux, la main sur le cœur, consciente d'être témoin d'un moment presque sacré. Les couleurs de la créature se dissipèrent immédiatement et un sourire apparut sur ses lèvres blanches.

— Je me sens… en sécurité, murmura-t-elle.

Jareth pressa sa joue contre ses cheveux blancs.

— Tu l'es, dit-il. Tu es libre, désormais, tu n'es plus le jouet de l'Empereur. Et je vais te tenir dans mes bras jusqu'au bout.

Les yeux de Kevla s'emplirent de larmes. Pendant si longtemps, Jareth avait combattu l'hiver. Il avait ragé, tempêté contre lui, l'avait même défié. Il s'était lancé à la recherche des dieux de sa terre et les avait menacés. Et aujourd'hui, il était là, assis, serein, tenant contre lui la responsable de ce terrible hiver, tel son enfant ou une maîtresse. Kevla fut envahie d'un sentiment de profonde humilité, face à une telle compassion.

Elle ne sut jamais combien de temps ce moment dura. Jareth parla à la créature de sa famille, des histoires drôles ou tendres qu'un époux et un père aime à raconter. Il chantait également, même si sa voix n'était pas aussi parfaite et pure que celles d'Altan et de Mylikki. La Vierge de Glace semblait fondre de l'intérieur, elle devenait de plus en plus translucide au fil des heures, de plus en plus creuse, et terriblement fragile.

Jareth ne montra jamais ni douleur ni signe d'inconfort, durant tout ce temps. La créature poussa un seul cri, lorsqu'elle fit un mouvement.

— Cela fait mal..., murmura-t-elle.

Elle était transparente. Le blanc avait disparu, laissant place à la fragilité de la glace.

— Je suis désolé, dit Jareth.

— Est-ce ainsi que cela se passe entre les hommes et les femmes ? demanda la Vierge.

Malgré les tragédies et la douleur que cette créature avait causées, Kevla pleura en la regardant.

— Cette... tendresse ? reprit la Vierge de Glace. Cette attention ?

— Oui, parfois. Cela doit être ainsi, ajouta Jareth farouchement.

La créature respira profondément, et Kevla craignit que ce simple geste ne la brise en mille morceaux, mais elle resta intacte.

— C'est si agréable... J'aurais aimé être une mortelle, j'aurais pu goûter de tels instants.

Jareth ferma les yeux et la serra contre lui.

La Vierge de Glace éclata alors en mille fragments.

Elle avait disparu.

Jareth ouvrit ses yeux bleus et poussa un cri. Ses vêtements étaient trempés. Kevla remarqua qu'ils étaient recouverts de glace par endroits. Jareth s'effondra soudain.

Kevla bondit à ses côtés. Elle fit appel à ses pouvoirs, et le feu jaillit en elle, si vite qu'elle fut surprise de son intensité. La présence de la Vierge semblait l'avoir étouffé. Kevla canalisa cette chaleur et s'empressa d'aider Jareth. Il était presque aussi froid que la Vierge l'avait été et ne frissonnait plus… Mauvais signe, elle le savait.

Kevla lui arracha sa chemise ; elle était raidie par la glace. Puis elle ôta sa *rhia* afin que rien ne vînt s'interposer entre elle et la peau gelée de Jareth. Elle se serra contre lui. Ses seins étaient pressés contre son torse et elle l'étreignit de toutes ses forces. Les cheveux de Jareth étaient couverts de glace. Elle posa donc une main sur sa tête, ferma les yeux et dirigea sa propre chaleur vers son corps.

« C'est un Danseur. Cette épreuve aurait tué un homme ordinaire. Il peut mieux supporter ma chaleur qu'Altan, songea-t-elle en augmentant l'intensité de ses pouvoirs. »

Jareth s'agita enfin. Ses bras l'enlacèrent lentement et il pressa son visage contre son cou. Kevla fut soulagée. Il était vivant.

— La… Vierge ?

Elle est partie, murmura Kevla. Mais elle a failli t'emporter. Ouvre-toi à ma chaleur, Jareth, aide-moi.

Il hocha la tête. Lentement, elle sentit la vie revenir dans ses membres et son torse puissant. Ses tremblements cessèrent peu à peu.

Elle l'avait ramené à la vie. Elle aurait dû desserrer son étreinte, remettre sa *rhia* et l'aider à enfiler le manteau. Mais elle n'en avait pas envie.

En sécurité, avait dit la Vierge dans les bras de Jareth. Kevla comprenait ce sentiment. Elle éprouvait la même sensation indicible, contre le corps de Jareth. Cela faisait si longtemps qu'elle n'avait éprouvé cela…

Les bras de Jareth glissèrent sur son dos nu et la

serrèrent davantage. Il poussa un profond soupir. Elle avait envie de rester ainsi à jamais, mais ce geste de confiance la tira de sa rêverie.

Ils n'avaient pas achevé leur mission. Kevla se dégagea doucement. Il détourna le regard tandis qu'elle enfilait sa *rhia*. La chaleur sur ses joues n'était pas entièrement due à l'effet de ses pouvoirs.

— Merci, dit-il.

Elle ne put s'empêcher de lui caresser la joue et tourna le visage de Jareth vers le sien.

— Tu as fait là un acte magnifique et noble, Jareth Vasalen. C'est un honneur que d'y avoir assisté.

Il semblait mal à l'aise. Soudain, une goutte d'eau s'écrasa sur la tête de Kevla. Elle leva les yeux.

— Il est en train de fondre, dit-elle. Le château fond ! Nous devons sortir d'ici… vite…

37.

Jareth se leva avec difficulté et retomba immédiatement sur le sol glacé. Kevla chuta, elle aussi. Il entendit un craquement et un cri de douleur alors que son coude heurtait la surface dure. Le sol était recouvert d'eau, à présent, et des gouttes continuaient de tomber du plafond, comme de la pluie. Il y eut un deuxième craquement sourd. Cette fois, c'étaient les blocs de glace qui formaient le château.

A ces sons s'ajoutèrent les cris des hommes, apparemment libérés du sortilège de la Vierge de Glace par sa mort. Ils couraient dans tous les sens, paniqués.

— Par ici ! cria Jareth. Il faut sortir de cet endroit avant que tout ne s'écroule sur nous…

Un des hommes se tourna vers eux et s'exclama :

— Kevla !

— Olar, suis-nous ! s'écria Kevla.

Tous lui obéirent. Ils furent obligés d'avancer à quatre pattes, car la glace, recouverte d'eau, était trop glissante pour leur permettre de se tenir debout. Kevla leva les yeux, anxieuse.

— Le plafond est en train de céder, dit-elle.

— Continue d'avancer !

Le vacarme s'intensifia et Jareth commença à se demander s'ils parviendraient à sortir du château avant que le plafond et les murs de glace ne s'effondrent sur eux.

Il ne regrettait en rien ce qu'il avait fait. La Vierge de Glace avait d'abord représenté à ses yeux le mal, cet hiver terrible qui étranglait sa terre et avait tué les siens. Mais il l'avait crue lorsqu'elle avait dit qu'elle n'aurait jamais tué délibérément des femmes et des enfants. Il avait même ressenti de la pitié pour elle alors qu'elle commençait à comprendre la gravité des crimes commis à son insu. Mais jamais il n'aurait cru que cette tâche serait aussi dangereuse. Sans Kevla, il y aurait certainement laissé la vie…

Il écarta cette pensée ; elle ne pouvait que le distraire, en cet instant. Ils rampèrent aussi rapidement que possible vers la sortie. Jareth leva les yeux et s'aperçut que les portes étaient fermées et commençaient à fondre. Il était quasiment impossible de les ouvrir par la force.

Kevla arriva à ces portes avant eux et posa sa main sur l'une d'elles. Elle ferma les yeux pour se concentrer. La chaleur irradia de son corps et Jareth constata qu'elle avait fait fondre un peu de glace, pratiquant une ouverture juste assez large pour leur permettre de sortir, sans que les portes s'écroulent sur eux.

— Dépêchez-vous ! cria-t-elle par-dessus son épaule.

Jareth n'avait guère besoin d'un tel encouragement. Il la suivit, se glissant par l'ouverture dans la glace, et, bientôt, ils étaient à l'extérieur. Les autres leur emboîtèrent le pas. Ils se laissèrent tomber au bas des marches qui fondaient à vue d'œil et se retrouvèrent sur la terre ferme, trempés et tremblants de froid.

Derrière eux, le château s'effondrait rapidement. Une immense étendue d'eau se mit à avancer vers eux. Kevla semblait fascinée par ce spectacle.

— Kevla, retourne-toi, dit Jareth.

— La forêt, dit la jeune femme, perplexe. Elle a disparu.

Jareth hocha la tête. Le paysage ne ressemblait plus en rien au royaume obscur et glacé qu'ils avaient traversé péniblement avant de parvenir au château. Il était calme et paisible. Le ciel était dégagé, et il avait retrouvé sa couleur azur habituelle, au lieu de cette étrange teinte rouge. Les arbres s'étaient eux aussi métamorphosés. Kevla regarda en direction du château et ne vit plus qu'une étendue de neige.

— Où est le cercle ? demanda Jareth.

— Le cercle par lequel nous sommes arrivés ? Je ne le vois nulle part...

— Je crois que nous sommes de nouveau à Lamal, répondit Jareth. Regarde le ciel. Ne te paraît-il pas... différent ?

— Tu as raison, dit-elle, songeuse. Ces cercles de glace transportent les gens vers le monde de la Vierge de Glace. Ou plutôt celui de l'Empereur, puisqu'il l'a créée. Maintenant qu'elle est partie, nous sommes sortis de ce lieu étrange.

Le jeune garçon qui avait appelé Kevla par son nom courut vers elle. Elle le serra dans ses bras.

— Olar ! Je suis si heureuse que tu ailles bien...

— Que s'est-il passé ? Où sommes-nous ? Où est ma sœur ? demanda-t-il.

— Mylikki va bien, assura-t-elle. Elle nous attend.

Jareth leva un sourcil, comprenant enfin qui était ce garçon.

— Où ?

— Très bonne question, dit Kevla en regardant Jareth. Ne devrions-nous pas être de retour aux côtés du Dragon et des autres ?

— Je n'en sais strictement rien, soupira-t-il. Je suis juste heureux que nous soyons vivants et que la Vierge de Glace ne soit plus.

Il sursauta soudain. Comment avait-il pu oublier… ?

— Si elle n'est plus, cela signifie que le contrôle qu'elle exerçait sur la terre a disparu.

Kevla plongea ses yeux dans les siens et son visage magnifique s'illumina d'un sourire.

— Alors, appelle le printemps, Jareth, dit-elle doucement.

Il déglutit péniblement. Essayer encore, après tant de tentatives avortées…

Mais tout avait changé. Tout allait bien. Néanmoins, il hésitait encore.

Kevla lui jeta un regard interrogateur, puis elle murmura quelque chose à l'oreille d'Olar, qui hocha la tête puis rejoignit les autres.

— Viens, dit-elle.

Jareth la suivit. Ils s'éloignèrent du groupe, vers des arbres et une petite colline, à l'abri des regards. Il lui fut reconnaissant : elle avait compris qu'il ne voulait pas se sentir le point de mire.

Seul avec elle, Jareth s'agenouilla sur la neige et

plongea ses mains jusqu'à toucher la terre durcie par le gel.

« J'ai peur…, songea-t-il. J'ai peur d'échouer. »

Mais il n'avait plus le temps de se complaire dans la peur. Trop de gens avaient souffert de cet hiver. Il était urgent d'y mettre fin.

Il prit une profonde inspiration. Sentant le regard de Kevla sur lui, il plongea profondément ses doigts dans la terre.

Les besoins si longtemps réprimés de la terre blessée, meurtrie, jaillirent et pénétrèrent ses veines. Il émit un petit cri de surprise. Ce moment avait toujours été fabuleux, mais aujourd'hui, il l'était plus encore. Les sensations étaient cent fois plus puissantes, et tellement agréables que c'en était presque douloureux. Il sentit la vie s'éveiller sous ses doigts, l'éveil d'un nombre incalculable de racines, de fleurs et de plantes. Alors que, quelques instants auparavant, il s'était agenouillé dans la neige, il était à présent dans une boue qui devenait de plus en plus sèche et chaude. Des herbes jaillirent et ondulèrent au vent, tendres et vertes. Les arbres furent bientôt en fleurs.

Il entendit Kevla pousser un cri de surprise, comme si elle était soudain très loin.

— L'eau !

Il connaissait ce mot, bien sûr, mais il ne comprit pas ce qu'elle voulait dire.

Kevla referma soudain la main sur son poignet. Elle avait l'air stupéfaite.

La concentration de Jareth était telle que Kevla n'avait pas voulu l'interrompre. Elle contempla le spectacle de la métamorphose de la terre avec émerveillement. Puis elle réalisa quelque chose qu'ils auraient dû deviner, à quoi ils auraient certainement songé s'ils n'avaient été épuisés et à bout de forces.

L'hiver durait habituellement trois mois. L'hiver de la Vierge de Glace avait duré un an. La terre avait reçu quatre fois plus de neige qu'à l'accoutumée, et cette neige était en train de fondre... De terribles inondations ne pouvaient manquer de se produire, et les ravages pourraient être pires que l'hiver même.

Kevla se souvint des paroles du Dragon, lorsqu'il lui avait expliqué ce qu'était la rosée, et elle comprit qu'elle devait tenter d'aider Jareth, ajouter ses pouvoirs aux siens. Elle posa la main sur la sienne.

Elle fut surprise de l'avalanche de sensations qui l'assaillirent.

Elle ne s'était jamais sentie aussi... *vivante*. La force de la terre au retour du printemps, tant attendu, était si puissante... Le corps de Kevla vibrait. Chacun de ses sens était en éveil. Sa vue était si perçante, des parfums se mêlaient en un élixir si fort qu'elle en fut étourdie. Elle aurait juré qu'elle entendait les bourgeons s'ouvrir, les plantes s'étirer et pousser. Lorsque sa main se referma sur celle de Jareth, elle sentit les poils fins, sur sa peau, ployer doucement sous ses doigts.

Son cœur battait si fort que tout son corps en était secoué. Comment pouvait-il supporter cette joie exquise ? Comment pouvait-il supporter qu'elle s'arrête ?

Elle plongea les yeux dans les siens. La terre rendit ses forces au Danseur de Terre sous ses yeux.

Son torse nu, si maigre, presque squelettique après un an de privations, se remplissait rapidement. Ses muscles affaiblis devinrent plus forts, sa peau plus douce et plus souple. Son visage avait perdu son expression hagarde.

Les yeux de Jareth paraissaient voir au plus profond d'elle-même ; en cet instant de communion puissante avec la terre, Jareth s'ouvrait enfin et avait oublié ses défenses habituelles. Il pressa sa paume contre la sienne. Leurs doigts s'entrelacèrent. Soudain, il l'attira contre lui et l'entoura de son bras libre.

Elle tourna son visage vers lui, attendant son baiser, le désirant comme les plantes aspirent à la caresse du soleil et à la fraîcheur de l'eau. Ses lèvres étaient chaudes et fortes sur les siennes, et elle réagit avec la même intensité. Kevla pressa son corps contre lui, comme elle l'avait fait auparavant, mais cette fois, elle en avait autant besoin que lui. Il posa son bras autour de sa taille et elle l'enlaça.

Tout lui était tombé dessus par surprise. Affaibli, le cœur las, empli d'émotions, Jareth n'était pas prêt à un tel déferlement de sensations lorsqu'il plongea les mains dans la terre. Quand Kevla le toucha et qu'il vit son expression ébahie, il sut qu'elle éprouvait les mêmes sensations que lui.

Il se sentait à la fois vide et empli à ras bord, tel un calice. Il vit le désir, le besoin de vie dans les yeux bruns de Kevla, et, sans réfléchir, il l'attira contre lui.

Elle sentait le feu de bois et avait le goût du miel. Jareth l'embrassa avec une avidité qu'il n'avait pas éprouvée depuis longtemps. Elle était souple entre ses bras, et il eut envie de sentir son corps élancé contre le sien. Elle plongea ses longs doigts dans ses cheveux et tira. La légère douleur ne fit que l'exciter davantage.

Plus rien n'existait. A part cet homme, son goût, sa peau, son odeur de pin et de mousse, tout ce qu'elle désirait en cet instant était de le sentir tout contre elle. Elle avait tellement envie de lui qu'il en faudrait peu pour...

Elle tressaillit et se dégagea, alors que, lentement, elle prenait conscience de ce qu'elle faisait, des conséquences possibles de ce moment de passion.

Elle ne pouvait le laisser la toucher de cette manière, ni lui permettre de lui donner du plaisir. Elle ne laisserait aucun homme le faire, car cela le condamnerait à une mort certaine.

— Je suis désolé, dit-il.

Elle soupira, encore étourdie par son baiser.

— Je...

— Je regrette, Kevla. Cela n'aurait jamais dû se produire.

Les bras puissants qui l'enlaçaient quelques instants plus tôt la repoussaient, à présent. Jareth déglutit péniblement. Il n'osait la regarder. Il tremblait, et sa poitrine était couverte de sueur.

— Je ne m'attendais pas... Je l'ai fait avant... Mais jamais je n'ai éprouvé de pareilles sensations...

— Tout va bien, dit Kevla en s'éloignant de lui et en s'efforçant de retrouver sa contenance. J'ai éprouvé la même chose, moi aussi, lorsque j'ai mis ma main sur la tienne.

— Ce que j'ai fait était totalement déplacé, et j'espère que tu me pardonneras.

Il n'osait toujours pas la regarder en face, et son visage rougit.

— Bien sûr. Ce n'était rien d'autre que la force de la terre, et puis, lorsque je t'ai touché…

— Exactement, dit-il, paraissant soulagé. Cela ne se reproduira pas.

A sa grande surprise, Kevla ressentit un pincement de regret. Ce qu'elle avait éprouvé était si fort… Mais elle savait aussi que ces moments avaient été révélateurs d'une autre vérité : elle tenait à Jareth plus qu'elle n'aurait dû, étant donné leur nature de Danseurs. Mais ce n'était pas le cas pour lui, évidemment. Elle n'avait jamais rencontré d'homme qui eût moins envie d'une compagne. Il pleurait toujours la mort de sa femme et, en outre, il n'était pas sage pour eux de s'attacher l'un à l'autre de la sorte.

— C'est oublié, dit-elle enfin.

Jareth avait honte de ce qui venait de se passer. Kevla avait seulement voulu l'aider en ajoutant ses pouvoirs aux siens, ce qui était une excellente idée en soi. La neige qui aurait pu inonder la terre s'évaporait autour d'eux, telle la rosée du matin aux premiers rayons du soleil, grâce à l'union de la Terre et du Feu. Et lui avait profité d'elle.

Pourquoi diable avait-il agi ainsi ? Il avait rapidement mis son geste sur le compte des sensations qui l'avaient envahi au contact de la terre en éveil. Il est vrai qu'elles l'avaient submergé. Mais il savait au fond de son cœur qu'il n'aurait pas agi de façon si passionnée, presque brutale, avec une autre femme — Mylikki, par exemple. Non, il était attiré par Kevla, depuis l'instant où il avait posé les yeux sur elle. Il avait appris à admirer son courage, sa bonté et sa détermination ; ainsi que sa force tranquille et résolue, lorsqu'il le fallait. Et, bien évidemment, elle avait un visage magnifique et un corps splendide, qui ne l'aidaient en rien à contenir son attirance pour elle.

Il s'éclaircit la gorge et regarda autour de lui. Son embarras laissa place à un profond contentement lorsqu'il contempla ce qu'il venait… non, ce qu'*ils* venaient d'accomplir tous deux.

Comme si elle lisait ses pensées, Kevla dit doucement :

— Le printemps… C'est enfin le printemps.

Ils se turent, comme pour assimiler la métamorphose. Le manteau neigeux avait laissé place à une explosion de couleurs. Herbes vertes, arbres feuillus ou couverts de fleurs blanches, roses ou jaunes, prés parsemés de petites fleurs multicolores. Jareth ferma les yeux et respira profondément la douce brise parfumée. Au loin, ils entendirent les cris de joie des anciens esclaves de la Vierge de Glace.

Le bonheur de Jareth se dissipa quelque peu.

— Oh, Kevla…, soupira-t-il. C'est le printemps et c'est une vraie bénédiction pour cette pauvre terre. Mais il y a tant à faire encore… Il n'y a pas de semences pour les récoltes à venir. Les gens ont dû manger les réserves de l'année dernière. Toute une génération d'animaux a disparu. Nombre d'arbres n'ont pas résisté. Je sens leur mort, partout.

Elle ne répondit pas et il rassembla son courage

pour la regarder enfin. Son expression était réservée, comme méfiante. Elle avait entendu ses paroles : *Il y a tant à faire encore.*

Il savait que s'il restait, il pourrait faire beaucoup pour aider la terre meurtrie à se remettre de cette épreuve. Il pourrait aider les arbres à survivre. Faire en sorte que les animaux encore en vie deviennent plus forts et aient de nombreux petits. Ainsi y aurait-il, à l'automne, une récolte presque aussi abondante que par le passé.

Mais il ne pourrait rien faire de tout cela, car sa décision était prise.

— Ne t'inquiète pas, Kevla, dit-il avec douceur. Même si j'ai le cœur lourd de devoir prononcer ces mots, je ne resterai pas à Lamal. Je viendrai avec toi. Nous trouverons les autres Danseurs, vaincrons cet Empereur d'une manière ou d'une autre, et nous lutterons ensemble contre cette Obscurité.

« On dirait le soleil qui réapparaît après le passage d'un nuage », songea-t-il en regardant le visage de la jeune femme. L'appréhension disparut pour laisser place à un sourire radieux qu'il aurait souhaité voir plus souvent.

— Nous avons du travail, dit Kevla en se levant. Nous devons expliquer aux hommes ce qui s'est produit, trouver le Dragon et le Tigre, et dire au revoir à Mylikki et Altan.

Jareth réprima un sourire. Sa *rhia* était déchirée et couverte de boue. Il vit une tache brune sur son dos.

« Là où j'ai posé ma main pour la serrer contre moi », pensa-t-il à regret. Il aurait voulu effacer ce moment. Si seulement il n'avait cédé à son désir…

Ce souvenir resterait en suspens entre eux, malgré le fait qu'elle avait déclaré comprendre la raison de son geste.

— Nous devrions essayer une chose, dit-elle. Ferme les yeux et tente de parler au Tigre. J'y arrive avec le Dragon, et je crois que tu devrais pouvoir le faire avec ton Compagnon.

— Nous avons déjà réussi, mais pas à distance, dit Jareth.

Il obéit et ferma les yeux.

« Tigre ? »

« Le Dragon et moi sommes ici. »

« Où est cet ici ? »

« Où est ce là-bas ? » répliqua le Tigre.

Jareth éclata de rire.

« Ne t'inquiète pas, dit le Tigre, nous vous trouverons. Restez où vous êtes. Le Dragon et moi serons bientôt là. »

« Les *taaskali*... Ont-ils... »

« Ils ont retrouvé leur véritable apparence. Ce sont de nouveau les esprits qui bénissent et protègent la terre. »

Jareth fut soulagé et heureux. Sans doute était-ce la raison pour laquelle son expérience avait été si puissante, cette fois. Jamais auparavant il n'avait été aidé par les esprits de la forêt et des fleuves, car ceux-ci avaient été absents de la terre pendant un millier d'années.

« Mylikki et Altan sont-ils avec vous ? » demanda le Tigre.

Jareth fut pris d'une inquiétude soudaine.

« Non. Sont-ils entrés dans le cercle ? »

« En effet. Mais vous avez vaincu la Vierge, car je

vois que le printemps est revenu. Nous les retrouverons, c'est certain. »

Jareth ouvrit les yeux.

— Altan et Mylikki…

— Sont entrés dans le cercle, malgré leur promesse, acheva Kevla. Le Dragon me l'a dit. Il semble croire qu'ils ont réapparu quelque part à Lamal, comme nous. Ils sont en sécurité, je suppose.

Elle hésita avant de continuer :

— Voudrais-tu leur demander de nous accompagner ? Il serait agréable pour toi de voyager avec un ami si cher, non ?

— Je n'en suis pas sûr. Laisse-moi y réfléchir un peu. Nous nous lançons dans une mission périlleuse. Mais tu as raison… Ils me manqueraient, s'ils ne venaient pas avec nous.

Il hésita avant de poursuivre :

— Le Tigre m'a demandé de les attendre, et à dire vrai, cela me convient à merveille. Je ne suis pas pressé d'aller où que ce soit.

— Moi non plus. Un bon repas et un peu de sommeil seraient bienvenus.

Elle brossa la boue sur sa *rhia*.

— Et je crois qu'un bain ne serait pas superflu !

Pour une raison étrange, Jareth n'avait guère envie de voir cet instant de tranquillité se terminer. Ils devraient bientôt expliquer ce qui s'était passé à des étrangers et réfléchir à la suite de leur mission. Mais pour le moment, il se sentait bien avec Kevla, comme s'ils étaient seuls sur terre.

La Vierge de Glace avait dit quelque chose qu'il souhaitait vérifier. Et il ne voulait pas le faire seul. Il s'essuya les mains sur ses braies, les nettoyant comme il put, et plongea la main dans le petit sac qu'il gardait toujours avec lui. Il prit une profonde inspiration. Il était temps de révéler ce secret à Kevla.

— J'ai ici plusieurs objets qui ont un sens particulier à mes yeux. Je peux… je peux parler aux choses de la terre, Kevla. Et elles me répondent. Elles me racontent ce qu'elles ont vu se produire autour d'elles.

Kevla baissa les yeux et Jareth vit qu'elle rougissait.

— Je sais, dit-elle doucement. Je t'ai entendu, la nuit.

Colère et embarras envahirent Jareth.

— Tu m'espionnais ?

— Je ne le voulais pas, au début, répondit-elle. Je ne les comprenais pas. Mais ensuite, j'ai commencé à comprendre leur langage, je suppose… Ce doit être parce que je suis une Danseuse. Elles ne peuvent me parler, mais je les entends et les comprends lorsqu'elles s'adressent à toi. Quand je suis arrivée à Lamal, j'ai compris votre langue tout de suite, mais j'ai mis du temps à la parler.

— Alors, tu sais… ?

— Tout, j'en ai peur, dit-elle en le regardant en face.

— Je vois. Et quand comptais-tu m'en parler ?

Elle sourit.

— Juste au moment où tu as décidé de le faire. Maintenant.

Jareth soupira. D'abord, ce baiser inattendu, et maintenant, ceci. Il se sentait vulnérable et faible devant cette femme.

— Ce n'est pas ainsi que j'aurais voulu que tu apprennes ces choses sur moi.

— Je le sais, et j'en suis désolée. Mais je suis contente d'avoir su.

Et soudain, bizarrement, il en fut heureux aussi.

— L'un des objets est une poignée de terre de... de ma maison.

Il sortit la terre du sac.

— La Vierge de Glace m'a juré qu'elle n'avait rien à voir avec la mort de ma famille. La terre me dira ce qui s'est réellement passé cette nuit-là.

Elle le regarda, inquiète.

— Tu n'as jamais posé la question ?

— Non, je pensais savoir ce qui s'était produit. Je ne voyais pas de raison de le demander. Quand je parlais à cette terre, je préférais me souvenir de moments plus heureux...

— Es-tu certain de ne pas vouloir attendre le Tigre ?

— Non, je veux savoir, maintenant.

Kevla hocha la tête mais elle paraissait inquiète. Jareth baissa les yeux sur la poignée de terre qu'il tenait dans la main et la caressa du bout des doigts.

Conscient que sa voix tremblait, il fit sa requête.

— Dis-moi ce qui est arrivé à ma femme et à mes enfants, la nuit de leur mort.

Et la terre répondit.

« Terre je suis, sol et sable, sans cesse changeante et toujours la même. Je suis la chair de tous les êtres vivants, et les arbres, les plantes et les espèces vivantes prennent racine en moi. Terre je suis et je parlerai.

« La nuit était froide, vent et neige tourbillonnaient au-dehors. Mais à l'intérieur, il faisait chaud et bon, et ceux qui me foulaient étaient en paix. La porte s'ouvrit sur cette nuit glacée et le musicien entra, apportant une boisson chaude afin de réchauffer les corps et apaiser les peurs.

« Il fut bien accueilli, et la boisson au miel fut sirotée dans la bonne humeur. La femme et la fille s'assoupirent vite. Le musicien ouvrit alors la porte et la fenêtre, le musicien aux cheveux blonds et au sourire d'ange, et la neige et le vent s'engouffrèrent. Les dormeurs ne s'éveillèrent jamais : ils rêvèrent de neige et d'obscurité. Leur fin fut paisible. C'est ainsi qu'il les trouva, le Faiseur de Printemps, le Danseur de Terre, la peau aussi dure et blanche que si elle était de glace, et il… »

Son sang bouillonnait dans ses veines. Il tomba à genoux, le souffle court, s'efforçant de ne pas vomir la bile qui menaçait de l'étouffer.

Altan avait fait une chose pareille ? Altan, qu'il avait mis au monde, aurait drogué sa femme et sa fille, puis ouvert les portes afin qu'elles meurent de froid ?

Pourquoi ?

— Jareth, je suis désolée, intervint Kevla d'une voix douce, pleine de compassion.

Mais il ne voulait pas l'entendre. Il écrasa ses mains contre le sol, plongea ses doigts dans la terre, des doigts qui brûlaient d'un profond désir de vengeance.

— J'exige que la terre sous les pieds d'Altan me dise où il se trouve !

Il sentit la réaction de la terre face à une telle violence. Il savait qu'il ne devait pas utiliser ses pouvoirs de la sorte, mais il s'en moquait. Il serra les dents et plongea ses doigts plus profondément dans le sol, agressant la terre, lui arrachant l'information qu'il voulait à tout prix.

« Il court, dit la voix de la terre à quelques lieues de là. Il est terrifié. »

« Montre-moi ! »

La terre tressaillit de nouveau.

— Jareth, que fais-tu ?

Il ignora Kevla.

« Montre-moi ! » exigeait-il. Il meurtrissait la terre, à présent. Puis elle lui montra une image. Il regarda autour de lui.

Altan était là.

— Terre, arrête-le. Ouvre-toi sous ses pieds. Arbres, retenez-le avec vos branches jusqu'à mon arrivée…

Jareth bondit. Kevla lui cria d'arrêter. Elle se mit à courir derrière lui. Mais il marchait plus vite, car il faisait appel à ses pouvoirs à chaque pas sur la terre qu'il dominait.

Si ces paroles étaient venues d'un autre être humain, jamais il ne les aurait crues. Mais comme il l'avait dit à Mylikki, la terre ne mentait jamais.

Altan, et non la Vierge de Glace ou l'Empereur, avait assassiné sa famille.

38.

Ilta courait.

Tout s'était d'abord déroulé à merveille. Elle s'était débarrassée de l'encombrante Mylikki, la seule personne au monde pour laquelle Altan aurait eu la force de lutter. Dans le royaume de l'Empereur, ou celui de la Vierge de Glace, elle avait enfin retrouvé son apparence et le corps de femme qui aurait dû être le sien. La Vierge allait retenir la Femme de Feu prisonnière à jamais.

Malgré la neige, Ilta était au chaud et avait marché en direction du château de la Vierge de Glace. Là, lui avait dit l'Empereur par le truchement des lueurs dansantes dans le ciel du crépuscule, Ilta retrouverait Jareth. Il serait à elle, comme par le passé.

Alors qu'elle touchait au but, Ilta avait brusquement senti la terre qu'elle foulait trembler sous ses pieds. La neige avait commencé à fondre à une rapidité vertigineuse, et elle avait senti son corps se métamorphoser de nouveau.

— Non ! hurla-t-elle, s'efforçant de retenir son nouveau corps de femme, aux formes gracieuses et généreuses. Non !

Horrifiée, elle constata que sa voix avait baissé d'une octave et ressemblait de nouveau à la voix de ténor de son jumeau. Elle regarda ses mains : ses doigts devenaient plus larges. Sa poitrine s'épaissit et ses seins disparurent.

Mais Altan était toujours prisonnier à l'intérieur de ce corps, et Ilta était toujours elle-même.

Tout était terminé. Elle devina ce qui avait dû se produire. Jareth et la Danseuse de Feu avaient réussi à détruire la Vierge de Glace et, avec elle, son royaume. Ilta, prisonnière une nouvelle fois du corps masculin de son frère jumeau, était de retour à Lamal.

Elle respirait difficilement, envahie d'un sentiment de panique. Ilta savait qu'elle ne pouvait plus faire semblant d'être Altan. Elle avait supporté cette situation durant des années, mais aujourd'hui, elle avait goûté au bonheur d'être elle-même et refusait de continuer à vivre dans cette enveloppe volée. Elle devait fuir Lamal, elle devait contacter l'Empereur. Il s'occuperait d'elle et lui rendrait son corps de femme. Et ensuite ils se mettraient à la recherche de Jareth.

Mais en attendant, elle devait s'échapper.

Elle ne savait pas où aller, mais se mit à courir malgré tout.

C'est alors que les arbres s'emparèrent d'elle.

« Dragon ! »

Kevla n'avait pas le temps d'exprimer en mots ce qu'ils venaient de découvrir. Elle se contenta de fermer les yeux, laissant le Dragon absorber ses pensées.

« Le Tigre l'a senti tout de suite, lui dit-il pour la rassurer. Il tente d'intercepter Jareth en cet instant même. Je te rejoins aussi vite que mes ailes pourront me porter, et tu sais qu'elles sont très rapides. »

Kevla hocha la tête, bien que le Dragon ne pût voir ce geste. Elle frissonna, malgré le temps clément. Elle tremblait à cause de ce qu'elle venait d'apprendre, à cause de la terrible réaction de Jareth à cette nouvelle. Elle n'arrivait toujours pas à croire qu'Altan puisse être un assassin. Il paraissait si doux et si bon… On avait du mal à l'imaginer en train d'offrir une boisson empoisonnée à quiconque, surtout à des êtres aussi proches de lui que sa famille.

Mais elle savait que la terre n'avait pas menti. Cette révélation était atroce, et la violence de la réaction de Jareth l'avait inquiétée. Elle ne connaissait pas l'étendue de ses pouvoirs de Danseur de Terre, mais elle savait que sa violence avait meurtri la terre et que son acte était terrible.

« Ce qui me trouble le plus est la haine que nourrit Jareth dans son cœur, dit le Dragon en écho aux pensées de Kevla. Il a capturé Altan et a l'intention d'exercer sa vengeance. Il le tuera si nous ne l'arrêtons pas, et cet acte pourrait avoir de terribles conséquences. Jareth sera alors incapable de mener à bien sa mission de Danseur de Terre, et il sera vaincu par l'Obscurité. »

« Je ne comprends pas, songea Kevla. J'ai tué, moi aussi. »

« Ce qui importe est ce qui se trouve au fond de ton cœur. Tu n'as combattu que pour protéger ton pays et sauver la vie d'innocents. Et tu n'as jamais éprouvé aucune joie à cette idée. »

« Non, reconnut Kevla. Je déteste devoir utiliser mes pouvoirs pour tuer. »

« Mais pas Jareth. Il est empli de colère et de chagrin, et il exulte déjà à l'idée de torturer et de tuer Altan. Cet acte lui sera agréable et ce sentiment de jubilation le changera à jamais. Il est perdu, s'il tue Altan. Les Danseurs doivent affronter l'Obscurité avec un cœur ouvert et une âme pure. Sans quoi Elle vaincra. Un monde est tombé sous Sa domination, par le passé, à cause de la noirceur du cœur d'un Danseur. Nous devons empêcher cela de se reproduire. »

Kevla enfouit la tête dans ses mains. Elle avait tenté de rattraper Jareth, mais il courait avec une force surhumaine et elle l'avait vite perdu de vue. Leur seul espoir était désormais le Tigre. Il devait arriver à temps afin d'empêcher Jareth de devenir un assassin aussi impitoyable que l'homme qu'il rêvait de tuer.

Jareth savait que ses pieds auraient dû glisser sur l'herbe humide ou s'enliser dans la boue. Mais la terre ne dressa aucun obstacle à sa course, et il n'avait jamais couru aussi vite.

Des images apparaissaient devant ses yeux. Altan assis en train de jouer près du feu… Annu levant des yeux emplis d'une admiration timide sur le jeune garçon… Parvan babillant joyeusement aux sons cristallins de la *kyndela*… Taya chantonnant tout en raccommodant ou en cousant des vêtements… Jareth avait offert à Altan une place dans son foyer, dans son cœur, et sa famille avait péri à cause de cette terrible erreur.

Il réalisa avec un sentiment d'horreur impuissante que des signes s'étaient manifestés : les remarques blessantes d'Altan et ses sautes d'humeur brusques. Mais Jareth avait aimé ce garçon et n'avait prêté aucune attention à son comportement parfois étrange. Les êtres qu'il aimait le plus au monde en avaient payé le prix…

Les arbres avaient capturé Altan. Il le sentait. Ils avaient obéi à ses ordres, tels des chiens fidèles, et ils retenaient ce traître, cet assassin sournois avec une force contre laquelle aucun être humain n'était capable de lutter.

Ses pieds parcoururent des lieues et des lieues, et chaque pas le rapprochait de sa vengeance. Il savait exactement où il allait. Enfin, il ralentit et reprit son souffle, puis se dirigea vers une petite clairière.

Les arbres n'avaient pas été tendres. Leurs branches ressemblaient à des mains déformées et retenaient durement Altan par les bras. Ce dernier pleurait. Il avait perdu l'équilibre et était suspendu par les bras ; ses genoux étaient pliés et ses pieds recherchaient désespérément un appui. La haine déferla dans le cœur de Jareth, brûlante, vive et pure.

— Tu as tué ma famille ! cracha-t-il au visage d'Altan.

Altan poussa un cri et son mouvement lui tordit le bras plus encore.

— Jareth !

Jareth leva la main et son poing s'écrasa sur le visage d'Altan. Avec une joie viscérale, il sentit le nez du jeune homme se briser sous son coup.

Altan hurla de douleur. Sang et morve coulèrent sur son visage, et il sanglota.

— Je t'ai mis au monde, poursuivit Jareth en

faisant les cent pas devant lui. J'aurais plutôt dû te noyer dans le lac, espèce de…

Il se tourna vers lui, et il était sur le point de le frapper encore lorsqu'une chose étrange se produisit. Le visage d'Altan changea… Ses traits devinrent flous, puis se reformèrent en un instant. Sa bouche se fit plus petite, plus pleine, ses yeux plus grands et plus écartés.

Lentement, Jareth recula le poing.

— Danseur de Terre, peux-tu me voir ?

Jareth fut surpris. Une voix de femme venait de s'adresser à lui !

— Danseur de Terre, j'ai attendu si longtemps ce moment…

— Altan, que fais…

— Ne m'appelle pas ainsi ! cria avec angoisse la voix de femme. Je ne suis pas Altan, je suis Ilta, Jareth… Ilta ! Je suis ta Gardienne des Traditions !

Jareth chancela, le souffle coupé. Ilta ? La sœur mort-née d'Altan ? Ce garçon devenait fou. Comment osait-il prétendre être « la Gardienne » ?

Mais le visage du jeune homme ne cessait de changer, passant d'une apparence masculine à des traits féminins. Et son corps semblait faire de même : la taille se fit plus fine et la poitrine plus généreuse…

— Ne te souviens-tu de rien, mon amour ?

La voix était suppliante. « Elle » ou « il » se débattait contre l'emprise implacable des branchages.

— Durant quatre vies, nous fûmes ensemble. Nous étions tout l'un pour l'autre. Nous n'étions pas toujours amants mais nous nous aimions, nous étions dévoués l'un envers l'autre. Essaie de te souvenir, je t'en prie !

Cette créature était-elle vraiment sa Gardienne des Traditions ? Le troisième être de la trinité ? C'était impossible !

Jareth repoussa cette idée mais il devait s'en assurer. *Il devait savoir.* Il prit une profonde inspiration et se concentra.

Aucune brise n'agitait la surface de l'eau, aussi lisse que du verre. Jareth savait que ce n'était pas normal : des vagues auraient dû venir s'écraser sur la rive. L'Obscurité approchait. Quelque part, un Danseur était mort, et sa mort allait provoquer la fin de ce monde.

— Qu'allons-nous ressentir ? murmura-t-elle.

Car dans cette vie, Jareth était une femme ; une jeune fille d'une vingtaine d'années, aux longs cheveux bruns et à la peau sombre.

— Je l'ignore, admit son Gardien, un homme, plus âgé que le Danseur de Terre, aux cheveux gris et aux yeux noirs. Je ne me souviens pas. Les Gardiens des Traditions se souviennent de nombre de choses, mais non de cela ; pas même de l'apparence que prend chaque fois l'Obscurité.

— Est-ce que ce sera douloureux ? poursuivit-elle. Etre… effacé… Ou est-ce que nous ne sentirons rien ?

Il déposa un baiser sur son épaule.

— Cela ne fera pas mal. Tu ne sentiras rien.

Il se tut puis ajouta :

— Je t'aime.

La jeune fille sentit les mains du Gardien de chaque

côté de son visage. Elles se serrèrent… Les yeux de la jeune fille s'ouvrirent, elle ouvrit la bouche pour crier : « Non, non, ne me tue pas », puis…

Jareth ne respirait plus. Enfin, il reprit son souffle. Il faisait ce rêve récurrent depuis son enfance, et maintenant, il comprenait que ce n'était pas un rêve mais un souvenir. Un souvenir d'une vie passée — et d'une mort — où il était une jeune femme dont le bien-aimé, le Gardien auquel elle faisait confiance…

— Tu… tu m'as assassiné, murmura-t-il.

Le visage d'Altan était masculin, cette fois. Il brillait de joie.

— Tu te souviens ! s'écria-t-il avec la voix d'Altan.

— Tu m'as tué ! répéta Jareth. Tu m'as tué, tu as tué ma famille… Combien d'autres morts as-tu sur la conscience ?

Les yeux d'Ilta s'emplirent de larmes.

— Tu ne comprends rien ! Nous sommes faits pour être ensemble ! Taya, Annu, Parvan… ils te retenaient loin de moi. Loin de ton destin. Je suis morte — le cordon était enroulé autour de mon cou — mais j'ai refusé d'abandonner. Alors, j'ai utilisé le corps d'Altan pour exister. Deux âmes habitant un seul corps. Mais j'ai fini par l'emporter. Altan n'est plus, et ce corps est désormais le mien. Je refuse d'y renoncer. Il ne nous reste plus qu'à rejoindre l'Empereur et je suis certaine qu'il pourra…

— L'Empereur ? Ta traîtrise n'a donc point de limites ?

Une pensée soudaine vint à l'esprit de Jareth, et il ajouta :

— Où est Mylikki ?

Altan prit un air indifférent.

— Je l'ai attachée à un arbre dans le monde de la Vierge de Glace. J'ignore si elle est encore en vie… Mais tu ne comprends donc pas que cela n'a aucune importance !

Le visage et le corps d'Altan se transformèrent de nouveau.

— Je t'aime, Danseur de Terre ! Je suis ta Gardienne des Traditions. Peu importe ce que j'ai pu faire : je l'ai fait pour toi, pour ta sécurité, pour être à ton côté. Tu dois le comprendre. A présent, rien ne se dresse plus entre nous !

— Tu as brisé la nuque du Danseur, autrefois, dit Jareth.

Les paroles de la Gardienne étaient insensées. Le souvenir de cet acte et l'horreur d'une vie entière, prisonnière d'un corps qui n'était pas le sien, avaient visiblement fait perdre la raison à Ilta.

— Tu as empoisonné et tué trois innocents. Et Mylikki aussi, peut-être. Jamais je ne pourrai t'aimer, Gardienne ou non. La Vierge de Glace, même si elle était créée de toutes pièces, avait plus de cœur que toi. Au moins a-t-elle agi par ignorance.

Il avança et posa ses mains de chaque côté du visage d'Altan ou d'Ilta. Un immense chagrin l'envahit.

— Altan ? Es-tu… M'entends-tu ?

L'ami que Jareth avait aimé comme un frère était la plus grande victime de la folie d'Ilta. Le corps d'Altan avait commis un crime, mais Ilta était le véritable assassin. S'il pouvait l'atteindre, lui parler…

— Arrête de m'appeler Altan ! hurla la Gardienne. Il est parti, il a disparu à jamais. Je m'en suis occupée. Il n'y a plus que nous, Jareth. Toi et moi, Gardienne et Danseur. Nous pouvons enfin être ensemble !

— Tu es folle, murmura-t-il. Me tuer t'a rendue folle, n'est-ce pas ?

— C'est ce que les *selvas* m'ont dit, eux aussi ! cria Ilta. La nuit dernière. Lorsqu'ils nous emmenés afin de nous offrir des rêves, le *selva* a dit que je n'allais pas bien, que la culpabilité m'avait fait perdre la raison. Que je devais changer de voie avant qu'il ne soit trop tard, ou quelque chose comme cela. Mais il avait tort. Je ne suis pas folle, je ne me sens pas coupable. Je n'avais pas le choix, tu dois le comprendre…

Jareth ne voulait plus rien savoir de ce monstre qui se faisait passer pour Altan.

Adieu, Altan. Je suis désolé. Je sais que tu voudrais que je l'arrête avant qu'elle ne fasse plus de mal. Et elle en a l'intention.

— Non, mon amour, non, je t'en prie…

Jareth se pencha sur elle et murmura :

— Tu as cru que je ne sentirais rien lorsque tu me briserais le cou, susurra-t-il comme s'il prononçait des mots d'amour. Tu avais tort.

Il serra les doigts.

Danseur de Terre !

La voix dans son esprit résonna et le fit reculer. Il tomba durement sur le sol. Une silhouette bleue surgit de nulle part et bondit sur lui.

Jareth émit un gémissement et plongea les doigts

dans la fourrure bleue et blanche du Tigre, luttant pour se dégager de son étreinte puissante.

« Elle les a tués ! Elle a tué ma famille ! Elle a perverti le rôle même de Gardien ! Elle nous a trahis tous les deux, Tigre ! »

« Tu ne lui feras aucun mal ! »

Jareth se mit à crier de manière incohérente. Il se débattit contre le Tigre, mais il était mentalement et physiquement épuisé, et l'énorme animal était bien trop fort pour lui. Celui-ci plaqua Jareth sur le sol. Il sentit la terre, sous son dos, battre comme un cœur. Il s'efforça d'ordonner aux arbres de retenir Altan prisonnier, de le tuer, mais les coups du Tigre l'empêchaient de se concentrer.

Soudain, le feu jaillit. Les arbres qui retenaient Altan semblèrent gémir de douleur, et Jareth ressentit également cette douleur. Il poussa un hurlement, d'abord de souffrance, puis d'horreur à l'idée qu'Ilta puisse s'enfuir et qu'elle ne paie pas pour ses crimes.

Alors, l'étreinte du Tigre se relâcha. Jareth se leva tant bien que mal et tenta de plonger les mains dans la terre. Le Tigre lui donna un coup de patte si puissant qu'il trébucha. Chaque tentative provoqua la même réaction de l'animal.

Jareth s'étala de tout son long dans la boue, le souffle coupé, la colère laissant place à un amer sentiment de vide. Il entendit les pas d'Ilta s'éloigner. Elle fuyait.

Une silhouette se dressa devant lui.

— Jareth ? dit Kevla d'une voix pleine d'inquiétude.

Jareth leva les yeux.

— Mylikki… Altan… Ilta… a capturé Mylikki.

— Je vais la chercher, dit rapidement le Dragon. Reste avec lui, Kevla.

Jareth laissa retomber sa tête sur le sol et ferma les yeux.

Kevla et le Tigre observèrent Jareth. Son corps était couvert de boue. Il semblait brisé.

Le Tigre lui parla avec douceur.

C'est ma faute. Je n'ai pas compris… je n'ai pas senti sa présence…

— Senti quoi ? demanda Kevla.

— Le corps d'Altan abritait deux âmes, répondit le Tigre en soupirant. Celle d'Altan et celle de sa sœur mort-née. Ilta aurait dû devenir la Gardienne de Jareth. Son âme. Elle a tué la famille de Jareth en utilisant le corps d'Altan.

Kevla fut horrifiée.

— Son propre Gardien a fait cela ? murmura-t-elle.

— Elle était complice de l'Empereur, qui lui avait promis de lui rendre Jareth. Le pauvre Altan n'avait conscience de rien.

— Tout est plus clair, à présent, dit Kevla. Les humeurs sombres d'Altan, ses paroles blessantes pour Mylikki… Ce n'était pas lui mais Ilta, n'est-ce pas ?

— J'aurais dû comprendre que quelque chose n'allait pas lorsque nous n'arrivions pas à sentir sa présence. L'Empereur a utilisé la Vierge de Glace pour bloquer les pouvoirs de Jareth, et il a dissimulé Ilta de la même manière. Les *selvas* le savaient…

— Pourquoi n'avoir rien dit lorsque Jareth leur a rendu leur apparence normale ?

— Les *selvas* étaient sous l'effet d'un enchantement. Une fois libérés, ils ne se sont pas souvenus de ce qui s'est produit pendant ce sortilège. L'Empereur est un ennemi très intelligent et très dangereux.

Kevla se remettait lentement du choc de voir Jareth si affaibli, et éprouva soudain une grande compassion. Elle-même avait été l'instrument de la mort de son Gardien ; son chagrin s'était un peu dissipé, mais ne disparaîtrait jamais. Cette cicatrice serait gravée en elle pour toujours. Mais Jashemi ne l'aurait pas trahie ainsi, jamais. Et elle s'interrogea... Si l'âme de Jareth était si noire, si tourmentée, quelles conséquences cela aurait-il sur le Danseur de Terre qu'il était ?

Jareth s'assit lentement. Le Tigre se leva. Jareth lui jeta un regard hostile et l'animal dressa une oreille.

— Kevla, reste avec lui, s'il te plaît, dit le Tigre d'une voix chagrinée. Je doute qu'il apprécie ma compagnie en cet instant.

« Je doute qu'il veuille de la mienne », songea-t-elle. Mais elle obéit. Le Tigre s'éloigna avec sa grâce féline.

Jareth enfouit la tête dans ses mains. Kevla s'assit à son côté.

Il parla enfin.

— Tu as entendu, dit-il.

— Oui.

— Tout ce temps, je croyais que c'était ma faute, dit-il après une longue pause. Que si j'avais pu ramener le printemps, ils seraient encore en vie.

Taya, ma Taya, ma jolie Annu… Et mon petit garçon, qui n'avait que quelques semaines.

Ses yeux brillaient et regardaient dans le vide. Kevla se raidit.

— J'adorais cette femme, dit-il d'une voix rauque. Elle avait… un cœur immense. Et une grande sagesse. Taya était la seule à savoir comment me prendre. Et la dernière fois que je lui ai parlé, je… dieux !

Il paraissait brisé par le chagrin.

— Je lui ai dit des choses que jamais je… Je ne les pensais pas. Pas le moins du monde. J'étais juste frustré et blessé, et si impuissant… mais ce sont les derniers mots qu'elle a entendus dans ma bouche. Je n'ai pas eu l'occasion de lui dire combien je regrettais, je n'ai pas eu l'occasion de la prendre dans mes bras, de lui dire combien je…

Ses yeux s'emplirent de larmes. Elles ne coulèrent pas le long de ses joues, mais se perdirent dans les rides autour de ses yeux.

Pour la troisième fois ce jour, Kevla prit Jareth dans ses bras. Sa survie physique n'était plus en jeu, cette fois, et Kevla ne se laissait pas emporter par une passion qu'éveillait la terre. Non, elle agissait par compassion, avec un profond besoin de l'aider à surmonter sa blessure.

Elle se souvint… Jashemi et elle, leurs moments volés dans les grottes du Palais des Quatre Eaux. Il venait de rentrer de sa première bataille, malade des horreurs qu'il avait vues et de la perte de son innocence d'enfant. Elle l'avait serré contre elle, malgré sa gêne à l'idée de mal faire, et avait absorbé sa peine, son choc, sa colère ; elle faisait de même aujourd'hui avec Jareth.

Elle pressa la tête de Jareth contre sa poitrine et l'étreignit. Les épaules secouées par des sanglots, il s'agrippait à elle avec l'énergie du désespoir.

— Taya, Taya, ma douce Annu, Parvan, Altan... Pardonnez-moi. Je regrette. Je regrette tant.

Les larmes de Jareth coulaient sur la peau de Kevla. Elle caressa doucement ses cheveux souillés par la boue et emmêlés, murmura des paroles d'apaisement qui n'avaient aucun sens.

« Pleure, l'encouragea-t-elle en pensée, tout en versant elle-même des larmes d'empathie. Pleure, tu guériras ainsi. »

Jareth laissa libre cours à son chagrin dans les bras de Kevla. Ils s'allongèrent doucement sur le sol accueillant, et Jareth s'endormit au creux de l'épaule de la jeune femme.

39.

Kevla s'éveilla au son d'un chant d'oiseau. Ce chant était doux, musical et gai. Elle esquissa un sourire.

« Ce chant est presque aussi harmonieux que les voix d'Altan et de Mylikki », songea-t-elle dans un demi-sommeil. Le sourire s'effaça de ses lèvres lorsqu'elle se souvint des événements de la veille.

Elle s'assit et découvrit qu'elle était adossée au flanc du Dragon. Une brise légère soufflait dans les feuillages des arbres. Le printemps était de retour, mais sa joie avait été ternie par les révélations à propos d'Altan et d'Ilta.

Kevla se leva et grimaça. Elle avait glissé sur la glace à de nombreuses reprises, la veille, et son corps n'avait pas oublié. Elle contourna le dos du Dragon et se dirigea vers sa tête. Elle sourit, soulagée, en voyant Mylikki profondément endormie contre la joue de son Compagnon.

Kevla avança doucement afin de ne pas la réveiller. Elle aurait tout le temps de lui demander, plus tard, le détail de son aventure.

Mais où était donc Jareth ? Un sentiment de panique l'envahit. Elle l'avait serré dans ses bras alors qu'il pleurait la mort des siens, chose qu'il n'avait jamais faite depuis la tragédie. Elle avait un vague souvenir de s'être endormie, toujours près de lui. Mais il n'était nulle part, et le Tigre semblait avoir disparu.

Elle avait envie de l'appeler mais craignait de réveiller Mylikki. Et si elle parlait au Dragon, il risquait de remuer et de la réveiller.

Kevla décida de partir à sa recherche. La terre était toujours boueuse, et elle n'eut aucun mal à suivre les traces de l'homme et du félin. Celles-ci la menèrent vers l'orée du bois. Elle entendit un bruit étrange, une sorte de rugissement étouffé, et accéléra le pas.

Elle arriva si vite à la petite source qu'elle faillit y tomber la tête la première. C'était donc l'origine du bruit : de l'eau qui tombait en cascade des rochers vers un petit étang. Kevla recula et se cacha derrière les arbres.

Jareth se baignait dans l'eau glacée de la source. Il avait rincé ses vêtements, durcis par la boue, le sang et la sueur, et les avait mis à sécher sur un large rocher plat. Il tournait le dos à Kevla, et elle vit qu'il était en train de se couper les cheveux avec son couteau.

Elle se savait indiscrète. Elle aurait dû s'en aller mais elle resta là, admirant les mouvements des muscles de son dos et de ses bras. Sa peau était très pâle à la lumière du petit matin. Kevla avait toujours admiré les nombreuses statues qui décoraient les jardins magnifiques du Palais des Quatre Eaux. Jareth aurait pu servir de modèle à l'une d'elles et Kevla était incapable de détourner le regard du mélange de beauté et de force qui se dégageait de son corps.

Un grognement sourd résonna à ses oreilles. Elle leva les yeux et aperçut le Tigre. Il la fixait intensément, allongé sur un rocher, tel un chat profitant du soleil. Kevla rougit. Au moment où elle s'éloignait, elle crut voir le Tigre lui lancer un clin d'œil complice.

Jareth acheva sa toilette et s'installa sur un rocher, au soleil. L'eau froide était agréable et rafraîchissante, mais il apprécia la chaleur de la pierre contre sa peau. Il leva les yeux vers le soleil, laissant les rayons lui caresser le visage, et pensa à Ilta. Il savait que les choses n'étaient pas terminées entre eux. Un jour, ils se retrouveraient, et il n'avait aucune idée de la réaction qui serait la sienne.

Il prit le petit sac posé sur ses vêtements et l'ouvrit. Il en sortit tous les objets et les aligna un à un sur le rocher.

Il ramassa la poignée de terre et la laissa lui parler une dernière fois.

« Terre je suis, sol et sable, sans cesse changeante et pourtant toujours la même… »

Il écouta la terre lui raconter comment il était devenu le Faiseur de Printemps, puis il soupira, ouvrit la main et laissa la terre tomber dans l'eau.

Les autres objets suivirent : une pierre, une feuille, la poignée de poussière de sa maison qui venait de lui relater des événements si terribles. Et enfin, le dernier souvenir. Il le tint entre ses doigts : les feuilles et les pétales de la fleur ondulèrent et ressuscitèrent.

« Fleur des champs je suis, tige, pétales et feuilles ; même si je fus arrachée, ma vie fut courte et belle… »

Les larmes coulèrent sur ses joues alors que la fleur lui parlait d'amour. Ces larmes vinrent naturellement, cette fois, sans effort, et son chagrin était teinté de mélancolie. Il soupçonnait que ce n'était pas la dernière fois qu'il pleurerait sa famille, et il comprit que c'était une réaction normale.

Il se caressa le visage avec la fleur, comme sa femme l'avait fait des années auparavant.

— Taya, dit-il à voix haute, comme si cette fleur pouvait transmettre ses paroles à sa bien-aimée. Je n'ai pas besoin de cette fleur pour me souvenir de toi. Je ne veux pas croire que tu sois partie à jamais, mais c'est la vérité, et je dois l'affronter. Toi, Annu et Parvan…

Il se souvint d'un petit garçon tenant à la main une étoffe blanche qui brillait tel le clair de lune et respirait l'été. Il avait voulu garder l'étoffe bénie, mais déjà, à l'âge de treize ans, il avait compris.

Il ne faut pas la garder, avait-il dit à Larr. *Je ne peux pas l'expliquer, mais c'est ainsi.*

Jareth porta la fleur à ses lèvres, ouvrit les doigts et la regarda tomber dans l'eau. Il la suivit des yeux. Le courant l'emporta enfin de plus en plus loin.

— Au revoir, mon amour, murmura-t-il doucement.

Mylikki et le Dragon étaient réveillés lorsque Kevla revint au camp. La jeune fille avait fini de préparer les lapins que le Tigre ou le Dragon avait dû capturer. Elle leva les yeux vers elle.

— Des herbes sauvages poussent partout, dit Mylikki. Nous allons faire un véritable festin.

Elle sourit, mais Kevla entrevit sa peine, et la lassitude infinie qu'elle éprouvait malgré son expression courageuse. Mylikki lui avait paru si jeune, avant leur départ… A présent, elle semblait avoir vieilli de plusieurs années.

Kevla la serra dans ses bras. Mylikki se raidit puis se détendit. Les deux femmes avaient les larmes aux yeux.

— Tu es si courageuse…, Mylikki.

— Non, j'en doute.

Elles étaient mortes de faim et, par chance, les lapins furent vite prêts. Elles en gardèrent un peu pour Jareth et mangèrent de bon appétit.

— Dragon, demanda soudain Kevla, où sont les hommes ? Et les Gardiens ?

— Nous avons été très occupés, pendant que Jareth et toi… vous reposiez, répondit le Dragon avec tact. Les hommes n'avaient aucun souvenir des mois qu'ils ont passés avec la Vierge de Glace, et tous voulaient rentrer chez eux. Les Gardiens, bien sûr, n'ont pas de foyer, mais ces hommes leur ont offert de les accueillir dans leurs villages. Les familles seront bientôt réunies et Lamal retrouvera une partie de son histoire.

Kevla se rappela la surprise de la créature de glace, à l'idée que les êtres humains puissent éprouver amour ou compassion. Mais elle n'était pas surprise de la réaction généreuse de ces gens.

Après le repas, Kevla demanda à Mylikki :

— Peux-tu me raconter ce qui s'est passé ?

Mylikki soupira. Elle hocha la tête.

— Tu devrais deviner, dit-elle doucement.

Elle raconta comment Altan et elle étaient entrés dans le royaume de la Vierge de Glace, comment Altan s'était transformé en femme. Comment il… comment *elle* l'avait frappée, l'avait attachée à un arbre et l'avait laissée là.

— Elle m'a proposé quelque chose à boire pour que je ne sente pas le froid, dit Mylikki.

Elle regarda Kevla et ajouta fièrement :

— Je ne l'ai pas bu.

Kevla se rappela ce que la terre avait dit à Jareth. Ilta avait drogué Taya et Annu avant d'ouvrir portes et fenêtres pour qu'ils meurent tous de froid. Elle frissonna en songeant que Mylikki l'avait échappé belle.

— Je regrette ce qui t'est arrivé, dit-elle.

Mylikki haussa les épaules.

— Une seule chose me réconforte, malgré toute cette folie, dit-elle. Le fait qu'Altan m'aimait. Ilta me l'a dit. C'est pour cette raison qu'elle a voulu me tuer. Parce que Altan aurait tout fait pour la vaincre et rester avec moi…

Ses yeux s'emplirent de larmes mais elle les essuya rageusement.

— Où est-il ? Le sais-tu ?

Kevla secoua la tête.

— Non. Ilta contrôle son corps. J'ignore s'il est mort… ou simplement prisonnier de ce corps.

Elle hésita, puis ajouta :

— Mylikki, veux-tu venir avec nous ?

— Non, répondit la jeune fille. J'ai tant à faire ici. J'aimerais aider les Gardiens à rentrer dans leurs foyers et ces hommes à retrouver leurs familles.

Kevla comprit pourquoi les *selvas* n'avaient pas choisi Mylikki cette nuit-là. Kevla et Jareth étaient des Danseurs, et le corps d'Altan abritait Ilta, la Gardienne de Jareth. Malgré sa beauté et son courage, Mylikki était une mortelle, et les *selvas* n'avaient pas besoin de s'adresser à elle. Kevla se demanda ce qu'ils avaient pu dire à Ilta.

— Je crois que cette vie n'est pas pour moi, Kevla. Je crois que je serai plus heureuse dans mon village, à chanter des aventures au coin du feu, plutôt que de les vivre.

— Tu vas me manquer, dit Kevla, sincère. Mais je comprends, je ne crois pas que je serais là… si j'avais le choix.

— Les Gardiens et les anciens esclaves de la Vierge de Glace seront ravis de t'avoir, Mylikki, ajouta le Dragon. Tu es généreuse de penser à eux. Le voyage ne sera pas long. Dès que tu seras prête, je te conduirai à eux.

— Maintenant, je crois, dit Mylikki.

Les deux femmes se levèrent.

— Ne veux-tu pas dire adieu à Jareth ? demanda Kevla.

— Non, dit Mylikki. Je ne ferais que lui rappeler Altan. Au revoir, Kevla. Certains… certains moments ont été formidables.

Kevla la serra dans ses bras.

— Au revoir, Mylikki. Salue ta famille pour moi.

— Je le ferai.

Mylikki grimpa facilement sur le dos du Dragon et Kevla se souvint de la première fois où la jeune fille avait fait le même geste : elle était terrifiée, mais avait pris son courage à deux mains et avait affronté sa peur.

Le Dragon se prépara à prendre son envol et Mylikki cria, le sourire aux lèvres :

— Bonne chance, Kevla ! Sois assurée que des chansons célébreront ton courage à Lamal !

Kevla la salua de la main et le Dragon s'envola, disparaissant bientôt à l'horizon.

Kevla se tint là un long moment, tandis que le vent jouait avec ses cheveux et sa *rhia* ; elle réfléchissait à ce qui s'était passé ces dernières heures. Tant de choses en si peu de temps... Elle avait du mal à croire que tout fût déjà terminé et qu'une nouvelle « aventure », comme auraient dit Mylikki et Altan, était sur le point de commencer. Elle soupira, puis se mit à emballer ses affaires.

Elle sentit alors une présence à ses côtés. Une fourrure épaisse, celle du Tigre... Elle sourit et caressa les oreilles du félin. Elle se tourna ensuite vers Jareth, sur le point de prononcer des paroles amicales, lorsque...

Jareth était méconnaissable. Ses cheveux lui arrivaient aux épaules. Il était propre, rasé de près et, pour la première fois, Kevla put admirer ses pommettes et sa mâchoire, qui avaient jusqu'alors été dissimulées par sa barbe hirsute. Ses vêtements aussi étaient propres, bien qu'humides et froissés. Plus important encore, son regard était clair et brillant.

— Te voilà, dit-elle.

Il lui sourit. Enfin, il était là : le Danseur de Terre, avec le Tigre bleu à ses pieds, l'homme qu'elle avait vu dans ses visions, comme Jashemi le lui avait montré. Un homme bon, au sourire aimable, mais qui avait visiblement traversé nombre d'épreuves. C'était l'homme qu'elle avait imaginé rencontrer en arrivant dans cette contrée du Nord. L'homme qui allait la décharger de son fardeau.

Elle comprenait aujourd'hui que Jareth avait certes accepté son destin, mais que certains fardeaux lui appartenaient, à elle et à elle seule. Cette pensée ne l'inquiétait plus, à présent. Kevla savait que Jareth Vasalen et elle étaient capables d'accomplir leur devoir. Le Feu et la Terre, les flammes et la pierre. Tous deux avaient été durement éprouvés, mais ils n'étaient pas brisés.

Elle mesura aussi, en le regardant, à quel point elle-même était sale.

— Je crois que je vais aller me laver, dit-elle.

— Il y a une source là-bas, dit-il en prenant sa part du repas. Où est Mylikki ?

— Le Dragon l'a emmenée auprès des Gardiens et des autres hommes. Elle a refusé de nous accompagner.

— Je comprends, dit Jareth avec une expression de chagrin sur le visage. Elle a tant souffert… Si je pouvais rester, je le ferais.

— Moi aussi, dit Kevla. Le Dragon reviendra vite. Je meurs d'envie de me baigner.

Kevla goûta avec délectation au plaisir de l'eau fraîche sur sa peau. Elle ne s'était pas rendu compte à quel point elle était sale. Ses ongles étaient incrustés de crasse et elle s'activa à se laver jusqu'à se sentir complètement propre. Elle aperçut une petite racine posée sur un rocher et, comprenant que Jareth avait dû l'utiliser en guise de savon, elle fit de même. Elle se lava les cheveux et les tressa encore humides. Ils brillaient au soleil. Elle fit appel au feu et se fabriqua une nouvelle *rhia* rouge.

A son retour, Jareth avait fini de rassembler leurs affaires. Le Tigre dormait. Jareth leva un sourcil appréciateur dans sa direction. Elle sourit, soudain intimidée.

— Eh bien, dit-il sur le ton de la plaisanterie, tu es joliment propre !

— Merci. Je peux te retourner le compliment.

Le sourire de Jareth disparut.

— Kevla, dit-il en regardant ailleurs, je voudrais te remercier. Pour tout. Tu as… tu es formidable. J'espère juste que je ne t'ai pas déçue.

Elle s'approcha et le regarda dans les yeux.

— Pas le moins du monde.

— Je voulais aussi te dire que je n'ai plus… aucun des objets. Ceux que j'écoutais la nuit. Je les ai rendus à la terre.

Kevla fut envahie d'un sentiment d'admiration.

— Cela a dû être dur, dit-elle.

— Oui… et non. Je devais faire la paix avec cette tragédie. La revivre chaque nuit… m'en aurait empêché. Mes souvenirs sont ici, ajouta-t-il en posant la main sur son cœur. C'est suffisant à mes yeux.

— Je suis très fière de toi. Cela t'a demandé beaucoup de courage, Jareth.

Ils se regardèrent longuement. Jareth avança d'un pas, sans la quitter des yeux.

— Kevla, dit doucement Jareth. Je…

Le battement familier des ailes du Dragon l'interrompit soudain. Le Tigre leva la tête, bâilla et s'étira de tout son long.

— Comment va Mylikki ? demanda Jareth.

— Elle est entre de bonnes mains, dit le Dragon. Son frère était là, bien sûr. Lui aussi était sous la coupe de la créature de glace. Gelsan sera ravie de les retrouver tous les deux.

— C'est merveilleux ! Si seulement Altan...

Kevla se tut soudain.

— Oui, soupira Jareth. Si seulement...

— Il y a une chose que je voudrais savoir, dit Kevla en changeant de sujet. Tu étais face à la Vierge de Glace mais tu n'as jamais succombé à ses charmes. Pourquoi ?

Jareth haussa les épaules.

— Je n'en suis pas sûr. Peut-être parce que je suis un Danseur et que nous avons le pouvoir de lui résister. Ou peut-être... parce que tout en moi était déjà froid...

Kevla fut surprise de sa franchise. Et il devait avoir raison. L'homme qu'elle voyait aujourd'hui n'avait rien à voir avec celui qui se tenait devant la Vierge de Glace, empli d'une rage contenue. Et elle était ravie de ce changement.

— Où allons-nous, maintenant ? demanda-t-elle au Dragon et au Tigre.

— Pourquoi ne pas nous le dire vous-mêmes ? répliqua le Tigre.

Kevla regarda Jareth et tendit les mains vers lui. Il les prit lentement, maladroitement. Kevla se prépara à l'avalanche de sensations qu'elle avait ressentie la dernière fois, mais elle n'éprouva rien d'autre qu'une grande clarté d'esprit. Elle ferma les yeux et ils eurent la même vision.

Une jeune fille, debout près d'une étendue d'eau si vaste que Kevla n'en voyait pas la fin. Elle s'étalait jusque l'horizon. Le soleil se couchait lentement et paraissait plonger dans les profondeurs de l'eau. La jeune fille avait de longs cheveux roux et le visage pâle. Ses grands yeux étaient verts. Elle semblait à la fois triste et pleine de vivacité. Un cheval se tenait à ses côtés. L'expression de l'animal était aussi changeante que celle d'un être humain.

— A l'ouest, murmura Jareth, tandis que Kevla ouvrait les yeux. Elle est à l'ouest. Elle est l'Elément Eau incarné. Elle est la Danseuse d'Eau ou de la Mer.

— Qu'est-ce que la mer ? demanda Kevla.

— Je l'ignore, mais nous le saurons bientôt, déclara fermement Jareth.

— Vous n'êtes pas aussi préparés que vous devriez l'être, déclara le Dragon d'une voix solennelle qui ne lui ressemblait pas. Vous êtes ensemble, mais vos Gardiens ont disparu. Celui de Kevla vit en elle, mais il n'est plus ici en chair et en os. Celui de Jareth a perdu la raison et est devenu l'allié de l'Empereur. Vous devez être prudents, Danseurs.

— Je suis prêt, dit Jareth. Kevla ?

Elle les regarda tous les trois : son cher Compagnon, le grand Tigre bleu et le Danseur de Terre, aussi solide désormais que l'Elément qu'il incarnait. Malgré les paroles d'avertissement du Dragon, Kevla fut emplie d'espoir.

— Oui, dit-elle avec fermeté. Je suis prête.

Épilogue

L'exquise créature, dont le pouvoir dépassait tout ce que le conseiller pouvait imaginer, malgré sa délicatesse et sa beauté, s'était réfugiée dans un coin de la pièce. Elle avait réussi à tirer sur sa chaîne dorée, à bondir, et à l'aide de sa corne unique, avait renversé le *Tenacru*, qui s'était brisé en mille morceaux écarlates sur le sol. Mais les portes étaient fermées et la créature n'avait pas de voie de salut.

L'Empereur se leva et la fixa intensément. Elle frissonna et cligna des yeux. Lentement, l'Empereur approcha et le conseiller tressaillit légèrement. La colère de l'Empereur était parfois terrible.

— Qu'as-tu fait ? dit l'Empereur sur un ton monotone et froid. Je les avais, ici, à l'intérieur du *Tenacru*. La Vierge m'aurait obéi si j'avais eu un peu plus de temps. Mais tu… tu…

Aussi rapide qu'un serpent, il frappa et sa botte s'écrasa sur le flanc du *ki-lyn*. La créature émit un petit son étouffé et trembla. Le conseiller tressaillit de nouveau, même s'il était conscient que rien de ce que pouvait faire l'Empereur ne blesserait réellement le *ki-lyn*. L'Empereur s'empara de la chaîne.

Ce simple geste l'épuisa et il vacilla. Le conseiller se précipita pour l'aider et le retint par le bras. La santé de l'Empereur avait payé un lourd tribut aux événements récents. Il n'avait ni dormi ni mangé depuis trop longtemps.

— La Vierge de Glace était une création trop parfaite, murmura-t-il en s'installant dans son fauteuil richement brodé.

Le *ki-lyn* le suivit, de nouveau prisonnier de la chaîne.

— Je ne pouvais la surveiller tout le temps... J'ai tant à faire. Aussi en avais-je fait un être autonome. Elle ne savait rien de mon existence. C'est ce qui m'a perdu.

Il regarda le *ki-lyn*, méprisant.

— Comme cette malheureuse créature prisonnière, ajouta-t-il. Tu ne cesses de vouloir m'arrêter. Je finirai par ne plus te montrer aucune pitié.

Le Mage avança vers les fragments du *Tenacru*. Il s'agenouilla et commença à les ramasser de ses mains gantées.

— Ne désespérez pas, Excellence. Le *Tenacru* a été brisé et réparé à maintes reprises. Cela prendra du temps, mais je puis le faire.

L'Empereur ferma les yeux, soulagé. Il dit au *ki-lyn* :

— Tu as de la chance, mon petit ami.

— Mon seigneur, dit le conseiller avec circonspection, il y a d'autres moyens de venir à bout des Danseurs.

L'Empereur, les yeux fermés, se frottait les tempes.

— Evidemment, si j'avais voulu les tuer... Mais si l'un d'entre eux meurt trop tôt, tout est perdu, idiot.

Le conseiller émit un cri de surprise. Alors…

On frappa à la porte et l'Empereur parut s'éveiller quelque peu. Le conseiller fronça les sourcils. Le Mage et lui étaient les seuls à être admis dans cette aile du château de l'Empereur. Qui osait donc frapper ?

L'Empereur n'était visiblement ni offensé ni inquiet.

— Ah, tant mieux… Une personne qu'il te faut rencontrer. Tu vas travailler avec elle, à l'avenir. J'ai besoin des conseils de tous afin d'arrêter les Danseurs.

Le conseiller s'efforça de dissimuler sa surprise. L'Empereur avait-il nommé un autre conseiller ? Qui cherchait-il à lui imposer, et pourquoi ?

— Entre, lança l'Empereur.

Les portes s'ouvrirent et une femme mince s'avança. Elle était d'un âge mûr, mais toujours belle. Ses vêtements discrets ne pouvaient cacher son apparence exotique : elle avait la peau et les cheveux sombres. Elle s'inclina devant l'Empereur et le Mage, qui ramassait toujours les morceaux du *Tenacru*. Elle hocha la tête en direction du conseiller, qui la regardait avec une hostilité à peine voilée.

— Voici ta nouvelle collaboratrice, mon vieil ami. Elle en sait beaucoup sur la Danseuse de Feu, et elle est prête à nous aider.

La femme s'inclina devant le conseiller, cette fois, mais son geste était de toute évidence hypocrite.

— Mes respects, dit-elle froidement. Je m'appelle Yeshi.

Composé et édité par les
éditions **Harlequin**
Achevé d'imprimer en avril 2006

par

LIBERDÚPLEX

Dépôt légal : mai 2006
N° d'éditeur : 12063

Imprimé en Espagne